KB052258

이계리
판타지아

이계귀 판타지아

이시우 장편소설

황금가지

차례

1. 궁수와 개

한기에 몸서리치며 미호는 잠에서 깨어났다. 어둠 속에서 손을 더듬어가며 핸드폰을 찾았다. 새벽 2시였다.

'이제 9월인데 왜 이렇게 춥지? 보일러를 켜야 하나?'

이 추위에 밖으로 나가 어두컴컴한 1층 보일러실로 들어갈 생각을 하니 온몸에 오슬오슬 닭살이 올라왔다.

'정 못 견디겠으면 그냥 옷 몇 겹 더 껴입자.'

미호는 이불 속으로 더 깊숙이 파고 들어갔다. 무엇 때문에 이토록 순식간에 잠이 깼는지 당최 기억이 안 났다.

회사를 다닐 때는 잠에서 깨기가 그렇게 힘겨웠는데 지금은 언제 잠이 들었는지 모를 정도로 정신이 말똥말똥했다. 그래도 당장 내일 회사를 안 가도 된다는 생각을 하니 몸 전체에 온기가 퍼지며 한결 포근한 기분이 들었다. 사표를 던지는 그 순간, 인수인계를 마치는 마지막 그 시각까지도 미호는 앞날에 대한 두려움에 사로잡혀 있었다. 그런데 막상 새벽 2시에 잠이 깨어서도 오늘 일과에 대한 걱정을 하지 않아도 된다고 생각하니 자신의 인생에서 그보다 더 훌륭한 선택은 없었을 거라는 확신마저 들었다.

'아버지…… 한평생 저에게 뭐 하나 도움 주신 게 없는 분이 돌아가시면서 그래도 큰 선물 하나 주고 가셨네요.'

아버지가 돌아가시기 수년 전부터 별거 상태였던 어머니는 구경 한 번 못 해 본 이계리의 집과 토지에 어떤 애착도 없는 상태였다. 아마 아버지의 장례가 끝나자마자 집과 토지 모두 팔려는 계획이었을 게 분명했다. 미호가 다니던 회사를 그만두고 아버지가 살던 집으로 내려가 전업 작가로의 삶을 살겠다고, 작품 집필에 몰두하겠다고 선언했을 때 어머니가 별다른 저항 없이 순순히 허락한 게 미호로서는 천만다행이었다. 어쩌면 시시껄렁한 액수의 공모전 입상 경력 몇 건이 어머니에게 깊은 인상을 주었을지도 모를 일이었다.

'어찌 되었건 나는 이제부터 귀촌한 전업 작가야! 작가답게 행동해야지!'

무절제한 하루하루를 살아 나가는 것도 훌륭한 작가다운 행동 양식임은 말할 것도 없는 일이었다. 새벽에 잠에서 깨어 망상의 타래를 이어 가는 것도 그 사례 중 하나임은 분명했고……. 어쩌면 지역 예술가 지원 사업 대상에 들어갈 수도 있을 것 같았다. 이러든 저러든 가까운 시일 내에 이계리 이장님을 찾아 뵙고 인사도 드리고 상의도 해 봐야지 싶었다.

'물론 오늘 당장 하겠다는 건 아니고…….'

갑자기 1층에서 다다닥 하는 급한 발걸음 소리가 들려 왔다. 몇 명의 어린아이들이 차고 겸 창고 겸 보일러실로 쓰이는 1층을 뛰어다니는 듯한 소리였다.

'반경 500미터 이내에 다른 집도 없는 데서 무슨……'

사실 그게 미호가 이계리의 시골집에 끌린 점이기도 했다. 담 하나를 사이에 두고 있는 옆집에는 할머니 혼자 살고 계신데, 어디 도시에 사는 자식들 집이라도 쏘다니시는지 대부분 시간은 집을 비워 두신다고 들었다.

아버지의 집이었지만 이제는 미호의 집이 된 이곳과 옆집을 제외하면 가장 가까운 인가는 임도를 따라 500미터쯤 산자락으로 올라가야 있는 저수지 옆집이었다. 언젠가 아버지와 함께 나선 산책길에 지나치며 본 저수지 옆집은 경제 수준이 경상남도 면, 리 평균을 훨씬 상회한다고 들은 이계리 기준으로도 꽤 으리으리한 편이었다. 호사스러운 걸 떠나 유난히 높은 담과 폐쇄적인 구조가 마치 고립무원에 세워진 성처럼 느껴지는 집이었다.

문득 미호가 이계리로 내려간다 말하자 지인들이 우려하던 내용이 떠올랐다. 하지만 근방에 오가는 사람도 없는 곳에서 딱히 사람들을 무서워하거나 할 필요는 없어 보였다.

그리고 얕잡아 보이기 싫어 활까지 챙겨오지 않았던가?

"시골에서 젊은 여자 혼자 살면 어떤 험한 꼴을 겪는지 아냐?"
"걱정 말라고, 2층 집이잖아. 우리 집 마당에서 좀만 수상하게 굴어도 내가 활이랑 화살 챙겨 들고 나가서 확 땅기며 상대해 줄 거야!"

큰소리 친 것에 비해 미호의 활 솜씨는 형편없었다. 몇 개월 전 헤어진 남자친구의 꼬드김에 빠져 잔뜩 장비를 갖춘 것까지는 좋았지만 아직까지도 어디의 누구에게 자랑할 만한 실력은 아니었다.

그래도 아버지가 살아 계실 때는 종종 이계리에 와서 개활지에 과녁을 세워 놓고 즐기곤 했었다. 무엇보다 미호는 활 쏘는 걸 좋아했다. 실내 양궁장에서의 몇 번의 데이트를 끝으로 급격히 활쏘기에 대한 흥미를 잃었던 전 남자친구와는 달리 미호는 아직도 꾸준히 활을 쏘며 감각을 유지하고 있었다. 적어도 2층 현관 앞에서 마당에 서 있는 사람 크기의 과녁 정도는 못 맞출 정도로 형편없는 실력은 아니었다.

'그런데 그 저수지 집 아저씨는 너무 전형적으로 무례한 시골 사람처럼 굴긴 했어……'

생각의 실타래는 자연스레 낮에 있었던 사건으로 이어졌다.

남자는 미호가 막 이삿짐 정리를 마쳤을 무렵 인사도 없이 불쑥 열린 대문을 넘어 마당으로 들어왔다. 인기척에 놀란 미호가 허둥대며 2층 거실 벽에 걸어 둔 활을 챙겨 나왔을 때 남자는 차고에 세워 둔 미호의 일본산 SUV만을 뚫어지게 쳐다보고 있었다.

"안녕하세요?"

남자는 시선을 들어 활시위도 걸지 않은 빈 활을 들고 2층에 서 있는 미호를 바라보았다.

눈이 깊고 코가 오똑했지만 긴 머리와 덥수룩한 수염에 가려진 얼굴이 남자의 나이를 가늠하기 힘들게 했다. 언젠가 아버지와 함께 인사를 주고받은 적이 있는 것 같은데도 남자의 인상은 생소했다. 하지만 유달리 깡마르고 훤칠한 체형만은 기억에 분명히 남아 있었다.

"아! 아가씨가 김 서방 딸이던가? 이제 이계리 내려와 산다고?"

'김 서방이 도대체 누구야?'

미호는 남자가 아버지의 성을 잘못 알고 말한 것이려니 생각했다.

"전 강! 미호인데요. 저희 아버지랑 아시는 사이 아니셨던가요? 장례식장에서 한번 뵀었던 거 같은데요?"

"어…… 알아요. 김 서방 딸. 나는 저 위 저수지 집에 사는 사람인데 옆집 김귀녀 할머니는 어디 가셨나?"

'귀녀래…… 어떡해! 귀할 귀자에 여자 여자 쓰시나 봐!'

미호는 옆집 할머니의 이름을 듣고 순간 웃음이 터져 나오는 걸 간신히 억눌러 참았다.

"네. 저도 막 이사 와서요. 할머니 못 뵀었어요."

"아가씨 궁수야?"

"네??"

"아니…… 활 들고 있길래. 궁수냐고?"

"아…… 이거 그냥 취미에요, 취미."

순간 궁수라고 인정을 하는 게 더 나았나 하는 생각이 들었다. 화살도 없이 빈 활에 시위도 걸어 놓지 않고 있는 모양새가 남자에게 얼마나 우스워 보였겠는가?

"뭐 상관없고…… 할머니가 아가씨 이사 온다고 가 보래서 와 본 건데…… 개가 없네?"

"네? 아…… 네. 저 동물 안 키워요."

"여기선 개 안 키우면 안 돼! 마침 우리 집 개가 새끼 낳아서 내가 한 마리 가져다 줄 테니깐 사룟값이랑 해서 오…… 오 만 원만 줘!"

쓴웃음이 나왔다. 시골 텃세가 더 무섭다더니 초면에 이런 식으로 유치하게 사람 푼돈을 갈취하려 하나?

"아저씨 말씀은 고마운데요. 전 개 안 키워요!"

"아니. 지금 무슨 말이야! 이계리 살면서, 특히 이 집! 살면서 개를 안 키우겠다는 게 말이 되는 소리야?"

"네! 제가 필요 없다고 지금 말씀 드린 거고요! 이삿짐 정리가 아직
안 끝나서요…….'

미호가 엉덩이를 뒤로 빼며 집 안으로 들어가려 하자 남자의 얼굴이
벌겋게 달아 올랐다.

"아니! 내가! 선의로 개를…… 파수견을! 주겠다는데! 어! 도시 사람
이라고 시골 사람들 무시하는 거야? 어! 5만 원이 그 사…… 사룟값도
안 되는 금액인데!"

액수가 문제가 아니었다. 5만 원이면 개 한 마리를 들이는 데 그리
큰 금액은 아니라는 걸 미호도 잘 알고 있었다. 하지만 생전 처음 보는
남자에게 강압적으로 돈을 뜯기고 싶은 마음은 전혀 없었다. 무엇보다
이런 곳에서 이웃에게 얕잡아 보이면 앞으로의 나날이 피곤해질 거라
는 생각이 들었다.

"저 신경써 주셔서 감사한데요. 제가 개 알레르기가 있거든요? 그리
고 짐 정리가 좀 남아서요. 이만 들어가 볼게요!"

미호가 2층 현관문을 닫고 집으로 들어가려 하자 남자는 분에 겨운
지 크게 발을 한번 굴렀다. 순간 집 전체가 가볍게 흔들리는 기분이 들
었지만 미호는 무시하고 집 안으로 들어갔다.

'그때 그냥 개를 받을 걸 그랬나? 이럴 때 개라도 끌어안고 있으면
따듯하고 얼마나 좋아?'

그래도 첫날부터 얕잡아 보일 수는 없는 노릇이었다. 정 아쉬우면 읍
내 나가서 개 한 마리 사 오면 되겠지.

몇 안 되는 이웃을 박대한 게 조금은 미안한 마음도 들었다. 있지도
않은 알레르기 핑계까지 댔으니 개를 키우면 그것도 모양새가 이상할

노릇이긴 했다.

'에이, 정 쓸쓸하면 고양이나 키우면 되지 뭐.'

작가라면 역시 개보다 고양이가 어울리지 않는가?

"킥킥킥……."

순간 1층에서 숨죽여 웃는 소리가 들려오는 듯했다.

'진짜 누가 있나?'

시골이 안 좋은 게 이런 거다. 시골 밤의 숨 막히는 적막과 그 적막을 뚫고 들려오는 작은 소리 하나가 이야기를 만들어낸다. 이야기에서 파생된 감정은 마음을 뒤흔들며 숙면을 방해한다.

어쩌면 보일러가 재가동 하는 소리일 수도 있었다. 어쩌면 마당에 놓은 물건들이 바람에 쓰러지며 벽을 긁어 대는 소리 같기도 했다.

"봐봐. 애써 우리 못 들은 척 한다."

"응응…… 파수견도 안 키우고."

"응. 파수견도 없고. 우리 말하는 것도 못 들은 척 하고 있어. 봐봐, 지금도."

미호는 들려오는 목소리를 애써 무시하며 낮의 사건으로 생각을 옮겨 가려 했다.

'그래. 망상은 집어치우고. 개…… 나중에라도 개 키우면 저수지 집 아저씨랑 더 뻘쭘해질 테니깐 고양이 키우자. 고양이.'

"저것 봐. 또 우리 무시하려고 하잖아."

"어쩌지? 지금 찢어 죽이고 뜯어 먹을까? 인간 여자치고는 팔다리가 길쭉하니 팔다리를 쭉쭉 잡아 뽑고 살아 있을 때 눈앞에서 뜯어 먹어 줄까?"

"아냐. 오늘은 1층까지밖에 못 가. 내일! 내일 2층 올라가자."

"그래, 내일. 내일 새벽에 잡아먹자!"

"응응. 그 무서운 할망구도 없으니 내일 해치우자!"

다시 한 번 1층에서 우당탕거리는 소리가 들리더니 기다란 손톱으로 강철 문을 긁어 대는 듯한 소리가 들려 왔다.

'전형적인 강박 증세야. 나 같이 한평생 도시에서 살았던 사람이 처음으로 혼자서 시골 밤을 지새우려니 별 망상을 다 키우는 거야. 난 작가잖아? 작가는 망상을 이야기로 만들어 내는 데 친숙해야지.'

문제는 미호가 다루려는 장르는 판타지 소설이지 공포 소설이 아니라는 거였다. 미호는 한평생 이런 갑작스러운 공포의 감정과 마주쳐 본 경험이 없었다.

'망상이야…… 다 망상이야. 무서워 말자, 이것도 며칠 있으면 익숙해질 거야. 몇 시간만 참으면 해가 뜰 거고 지금 이 일도 아무렇지 않게 느껴질 거야. 여차하면 다시 짐 꾸려서 서울로 돌아가면 돼!'

소리는 곧 잦아들었지만 한번 시작된 망상의 나래는 좀처럼 가라앉지를 않았다.

뜬눈으로 떠오르는 해를 맞이한 미호는 활과 화살을 챙겨 들고 1층 보일러실로 내려갔다. 이번에는 활시위를 거는 것도 잊지 않았다.

마당과 보일러실은 어제저녁 미호가 마지막으로 본 그대로였다. 쓰러진 물건 같은 건 없었다.

안도의 한숨을 내쉬며 시선을 돌렸을 때 보일러실 철문 안쪽에 이제껏 못 보았던 자국들이 눈에 띄었다.

미호는 철문에 깊게 새겨진 손톱자국들을 바라보며 아득해지는 정신을 간신히 추슬렀다. 입맛이 없었지만 억지로 아침을 차려 먹고, 남은 짐을 마저 풀고, 무선 인터넷을 연결하고, 위성 TV까지 설치하고 나니 오후 1시가 조금 넘어 있었다. 생각할 시간 없이 몰아친 노동과 정오의 햇살과 TV에서 들려오는 가식적인 웃음소리와 무엇보다 인터넷에 연결된 노트북 화면이 미호의 공포를 몰아내주었다.

'시골이잖아? 들짐승 같은 게 열어 둔 차고 문으로 들어왔나 보지. 산 쪽 담은 없는 거나 마찬가지니깐.'

어떤 들짐승이 철문을 긁어서 저 정도로 깊은 자국을 낼 수 있을지는 딱히 떠오르지 않았다.

'멧돼지 같은 거겠지. 아니면 원래 자국이 나 있었던 걸 내가 몰랐던 걸 거야. 저런 걸 누가 유심히 보고 다니겠어?'

개를 받지 않기를 잘했다는 생각이 들었다. 멧돼지 같은 게 돌아다니다 개를 공격하기라도 하면 곤란하지 않은가?

'아니면 개가 있으면 멧돼지가 안 들어오는 건가? 그래서 저수지 집 아저씨가 개 키우라고 한 건가?'

'파수견'이라는 단어가 갑작스럽게 미호의 생각을 비집고 들어왔다. 그 단어를 누군가가 계속 언급했던 것 같은데 누구였는지 기억이 나질 않았다.

집과 지방도를 이어 주는 농로 끝에 들어서는 자동차의 요란한 엔진 소리에 미호의 상념은 깨어졌다. 좁고 경계석도 없는 농로를 따라 집 쪽으로 들어오는 차는 작고 낮고 넓었다. 농로는 미호의 집과 옆집의 경계에서 끝나 있었다. 미호의 집 앞에서부터 저수지 집으로 올라가는 길이 이어져 있었지만, 포장 안 된 돌투성이의 임도였다. 저 작고 요란한 자동차가 임도를 올라갈 수 있을 거란 생각은 들지 않았다.

'옆집 할머니인가 보다! 자식 중 누가 집까지 태워다 주나 보네?'

인사를 해야 한다는 생각에 미호는 1층으로 내려가 대문 앞을 서성였다.

자동차는 미호를 스치고 지나가 옆집 한편의 공터에 멈추어 섰다. 차에서 내린 건 미호의 기대와 달리 장신의 노부인 한 명뿐이었다.

'김귀녀 할머니 맞나?'

몸의 굴곡이 드러나는 깔끔한 등산복 차림의 노부인은 언뜻 봐도 미호보다 머리 하나는 더 커 보였다.

키보다 더 인상적인 건 노부인의 자세였다. 숱이 많은 백발을 등 뒤로 동여매고 꼿꼿한 허리에 어깨는 딱 벌어진 게 시골 동네 할머니라기보다는 런웨이에 선 슈퍼모델과도 같은 인상이었다.

노부인의 얼굴에 세월이 남긴 주름만이 그녀의 나이를 짐작하게 해주었는데 한쪽 광대에서 다른 쪽 광대까지 깊게 파인 섬뜩한 흉터가 그녀의 인상을 험악하게 만들어 주고 있었다.

쭈뼛거리며 인사할 기회를 노리는 미호에게 시선 한번 건네지 않고 노부인은 자동차의 뒷좌석에서 부드러운 남색 천으로 싸놓은 기다란 막대기 같은 물건을 꺼내 들었다. 막대기를 한쪽 벽에 대충 기대어 세워 두고 몸을 돌린 노부인이 미호를 바라보며 입을 열었다.

"그래. 강 형 딸이라고? 어제 이사 왔지?"

노부인의 목소리는 쇠를 긁어대는 듯했다. 목청은 또 어찌나 큰지 귀가 다 따가울 정도였다.

미호는 눈앞의 노부인을 할머니라고 부르는 게 적절한 호칭인가 잠시 고민하다 먼저 인사할 기회를 놓쳤다.

"네…… 안녕하세요. 할……머니. 아버지한테 말씀 들었어요. 혼자 사신다고……."

"그런 걸 알아서 얻다 쓰려고?"

노부인은 코웃음을 치더니 미호의 집 대문으로 걸어 와 미호를 마주 보고 손을 내밀었다.

"김귀녀일세. 편하게 귀녀 할머니라고 불러."

"네, 할머니. 저도 편하게 미호라고 불러 주세요."

경황없이 악수를 하는 와중에도 노부인의 손이 나무껍질처럼 딱딱하고 억센 게 느껴졌다.

노부인은 미호 뒤편의 열린 대문 안을 흘끗 들여다보더니 얼굴을 찌푸렸다. 얼굴을 길게 가로지른 흉터가 일그러지자 가뜩이나 험악한 노부인의 인상이 이제는 바라보기가 두려울 정도였다.

"어제 김 서방 왔다 가지 않았어? 내가 분명히 미호 집에 들르라고 말해 놨는데?"

'또 김 서방이다! 아마 저수지 집 아저씨를 말하는 거겠지.'

"아뇨, 어제 왔다 가셨어요. 제가 짐 푸느라 정신이 없어서 잠깐 인사만 하고……."

"그런데 개는? 개는 어디 갔어?"

"아, 그게 전 개 필요 없어서요. 주신다는 걸 제가 사양했어요."

이 동네 사람들은 왜 이리도 개에 집착한단 말인가?

"개가 필요 없다고?"

노부인에 얼굴에 미소인지 조롱인지 알 수 없는 표정이 떠올랐다. 미호는 딱히 대답할 말은 찾지 못해 침묵을 지켰다.

"그래, 필요 없을 수도 있지. 나도 집 비울 때가 많아서 개 안 키워. 뭐 한동안 여기 머무를 테니 뭔 일 있으면 나 찾고."

말을 마친 노부인은 등산복 안주머니에서 지갑을 꺼내 들고 명함을 건넸다. 명함에는 '필요할 때 있는 사람. 김귀녀'라는 문구와 전화번호가 적혀 있었다.

미호가 퇴직한 회사 명함이라도 건네드려야 하는지 고민하는 와중에 노부인은 미호에게 손을 한 번 들어 보이고선 뒤돌아 집으로 향했다.

순간 집에 모셔서 음료수라도 대접했어야 하는 게 아닌가 하는 생각에 후회가 들었다.

'에이, 이웃인데…… 내일 음료수라도 들고 찾아뵙지 뭐.'

노부인은 벽에 기대 둔 막대기를 들고 집으로 들어갔다. 막대기를 둘러싼 천 한끝에 나와 있는 건 두툼한 가죽으로 덧대어진 칼자루였다.

* * *

한 것도 없는데 저녁 식사를 마치고 정리를 하고 나니 어느새 10시가 지나 있었다.

'분명히 검이었어. 그것도 아주 큰.'

판타지 소설 한번 써 보겠다고 자료 조사만은 충실히 하고 다녔던 미호였다. 칼자루의 길이와 양손으로 나누어 잡을 수 있게 가운데가 볼록한 모양을 고려해 보면 양손 검이거나 바스타드소드일 가능성이 높아 보였다.

'막대기 길이가 할머니 허리 높이보다 조금 더 길었으니 바스타드소드였을 거야.'

너무 이상한 일이었다. 시골 할머니가 저렇게 기골이 장대한 것 하며 요란한 스포츠카를 몰고 다니는 것도 충분히 특이한데 서양식 대검까지 들고 있다니?

'시골이잖아? 도시의 상식이 통하지 않을 수도 있지. 아니 나만 해도

어제 활 들고 설쳤는데 뭘.'

어쩌면 할머니도 혼자 사는 처지에 마을 사람들에게 얕잡아 보이기 싫어서 검 같은 걸 들고 다닐 수도 있을 것 같았다. 김귀녀 할머니 같은 체구와 인상의 사람을 나이 먹은 노파라고 감히 무시할 만한 사람이 있을지는 모를 일이었지만……

침대에 눕고 나니 새벽잠을 설쳤는데도 좀처럼 잠이 오지가 않았다.

'그러고 보니 오늘도 한 글자도 못 썼어. 뭐, 이제 2일 지났으니.'

마음속으로 아무리 합리화를 해도 죄책감이 쉬 가시지 않았다. 잠도 오지 않는데 밤새 글 쓰고 낮에 잔다고 해도 아무런 문제가 없을 거란 생각도 들었다.

'이상한 목소리들 때문에 새벽에 추위에 떨며 깰 일도 없을 테고.'

"이상한 목소리래!"

"응응! 들었어. 잠깐 잠들어 놓고선 꼭 계속 깨어 있었던 것처럼 그런다."

'내가 잠이 들었었나?'

시계를 보니 새벽 3시 10분이었다.

"올라가자, 오늘은 2층 가야지!"

"응응. 올라가자!"

1층에서 들리던 아이들 목소리가 잦아들더니 요란하게 바깥 계단을 밟고 올라오는 소리가 들려왔다. 마치 지금 올라가고 있다는 걸 과시하는 듯한 발걸음 소리였다.

미호는 이를 악물고 이불을 박차고 나왔다. 거실로 나가 벽에 걸어 둔 활을 집어 들고 시위를 걸고 빈 화분에 꽂아 둔 화살을 꺼내 시위에 먹였다.

계단을 올라오는 발소리가 잦아들더니 2층 현관문 바로 앞에서 목소리가 들려 왔다.

"봐, 봐, 깼지? 오늘 들어가서 잡아먹을 거야?"

"응응. 깼어. 그런데 야차 같은 할머니가 옆집에 있는데 잡아먹을 수 있을까?"

"괜찮아. 못된 것이 할머니 집 안에도 안 들여보내고 물 한 잔 안 줬어!"

순간 치밀어 오른 분노가 미호의 마음속 공포심을 몰아냈다.

"야! 너네 누구집 애들이야! 어! 못된 장난이나 치고! 그리고 할머니한테 음료수 줄려고 했어! 아니 내일 할 거야!"

"어? 말했네? 우리한테 말했어?"

"어, 이제 우리 무시 안 한다. 우리 인정했어."

현관문 밖의 목소리는 어느새 아이 목소리에서 굵고 위협적인 성인의 목소리로 바뀌어 있었다.

"들어가서 죽이자. 욕보이고 죽이든가. 죽이고 욕보이든가. 욕보이면서 죽이자."

"그래, 들어가자. 야차 같은 할머니는 초대받지 못했으니 우리 마음대로 해도 돼."

미호는 활을 들어 현관문 앞 신발장 방향을 겨냥했다.

활시위를 당기고 있는 손이 덜덜 떨려 왔다.

"야, 너희! 누나가 활 들고 있다. 들어오면 무단 침입이야! 어? 경찰 부르기 전에 너희 화살 맞을 거야! 장난 그만 치고 너희 집 가!"

애써 위협적인 소리를 내려 해 보았지만 미호의 입에서 새어 나온 건 울먹거림에 가까웠다.

"거기 아닌데? 그쪽으로 들어갈 거 아닌데?"

목소리는 미호의 방 창가 쪽에서 들려 왔다. 창밖은 발 디딜 곳 없는 허공이었다.

미호는 몸을 돌려 창가 쪽으로 활을 겨냥했다.

"외지인이 시골에 왔다고 텃세나 부리고! 진짜 가만 안 둘 거야!"

미호의 고함을 조롱하는 듯한 웃음이 이번엔 반대쪽 부엌 창가에서 들려 왔다.

'안 되겠어. 경찰 부르자.'

경찰서 지구대는 읍내까지 나가야 있다는 게 떠올랐다. 아무리 차 한 대 없는 시골길을 달려온다고 해도 최소 30분은 걸릴 터였다.

"겁먹었지? 이제 들어갈까?"

"그래, 겁먹었어. 조금만 더 괴롭히고."

미호는 순간 낮에 받은 귀녀 할머니의 명함이 떠올랐다.

한손에 활을 쥔 채로 방에 불을 켜고 다급하게 지갑을 뒤져 명함을 꺼내 들었다. 새벽 3시에 할머니가 깨어 있을 거란 생각은 들지 않았지만, 예의나 염치를 따질 상황이 아니었다. '필요할 때 있는 사람. 김귀녀'라는 문구에 지금처럼 어울릴 상황이 또 언제란 말인가?

미호는 핸드폰을 꺼내 들고 전화를 걸었다. 귀녀 할머니는 벨이 3번 울리기 전에 전화를 받았다.

"그래. 미호구나."

'아직 말도 안 했고 내 전화번호인지도 모르시는데 어떻게 나인지 알았지?'

지금은 호기심을 접어 둬야 할 때였다. 미호는 정확히 무슨 말을 해야 할지 알고 있었다.

"네, 할머니. 저 미호인데요. 우리 집에 오셔서 음료수 한잔하고 가주세요. 지금 당장요!"

"그래. 곧 가마."

전화가 끊어지고 뒤이어 옆집에 불이 켜지는 게 보였다.

"야! 너네 봤지! 귀녀 할머니 오신대! 너네 이제 큰일 났어! 지금이라도 빨리 집에 가? 어!"

"그 야차 같은 할망구가 온다고? 이 시간에? 초대도 안 하고 물 한잔 내주지 않았는데?"

"거짓말이야. 거짓말. 이제 들어가자."

"지금 막 초대받았다!"

집 마당에서 귀녀 할머니의 걸걸한 고함이 들려오자 미호는 안도감에 바닥에 주저앉았다.

둔중한 쇳덩어리가 바람을 가르는 소리가 났고 뒤따라 개의 짖음 같기도 하고 원숭이 울음소리 같기도 한 소리가 들려 왔다.

"쯧. 한 놈은 진즉에 도망쳐 버렸군."

곧이어 2층 현관문을 두드리는 소리가 났다.

"할머니세요?"

"그래. 이제 문 열어도 돼."

여전히 화살을 먹인 활을 손에 들고 있다는 것도 의식하지 못한 채 미호는 현관문을 열었다.

펑퍼짐한 잠옷을 입은 귀녀 할머니의 등 뒤에 가로 걸린 검이 달빛을 반사하고 있었다.

"자네 궁수였나?"

귀녀 할머니는 미호의 손에 들린 활을 바라보면서 말했다.

"아니요. 작간데요."

* * *

귀녀 할머니가 별일 없을 거란 말을 남기고 돌아간 후 미호는 날이 밝을 때까지 한잠도 못 잘 거라 생각했다.

하지만 커튼을 치지 않은 창문을 뚫고 내리쬐는 따가운 햇볕에 미호는 자각도 없이 빠져든 잠에서 깨어났다. 언제 잠들었는지 모르겠지만, 정신이 들어 보니 거실 소파에서 부적이나 되는 것처럼 활을 손에 꼭 쥔 채로 누워 있었다.

오전 11시가 한참 지난 시간이었다.

불과 몇 시간 전의 일이었지만 새벽의 일이 좀처럼 현실처럼 느껴지지 않았다.

'동네 못된 꼬마들 장난이었을 거야. 할머니가 오니깐 놀라서 도망간 거겠지⋯⋯.'

스스로도 믿지 않는 거짓 해석을 읊으며 2층 현관문을 열고 나가니 지독한 악취가 풍겨왔다. 계단 단마다 고무가 녹은 것 같은 시커먼 물체가 동물의 발자국 모양으로 찍혀 있었고 마당에는 썩은 내가 나는 액체가 흩뿌려져 있었다. 빗자루를 들고 나와 물을 뿌리고 빡빡 문질러 보아도 계단과 마당에 묻은 자국들은 좀처럼 지워지지 않았다.

"그거 물로는 잘 안 씻겨. 내가 전용 세제 줄게, 그걸로 지워 보게."

대문 너머에서 미호를 바라보며 말을 거는 귀녀 할머니는 어제와 달리 헐렁한 옷을 입고 머리까지 푼 모습이었다.

미호는 퍼뜩 떠오르는 게 있었다.

"아…… 할머니 우리 집에서 음료수 한잔하고 가세요. 새벽에 제가 대접한다는 걸……."

미호는 차고 안 구석에 놓여 있는 간이의자 2개를 들고 나와 마당에 펴고 물티슈로 먼지를 닦아냈다.

귀녀 할머니는 말없이 대문을 넘어 들어와 간이 의자에 걸터앉았다.

2층에서 음료수 잔을 들고 내려오다 간이 의자에 구부정하게 앉아 있는 귀녀 할머니를 보니 새벽과 달리 그 나이 또래의 노파처럼 처량하고 쓸쓸하게 보였다.

"이거 드세요, 할머니."

"새벽엔 별일 또 없었지?"

"네……. 동네 애들이 장난이 너무 심하네요."

미호를 노려보는 귀녀 할머니의 눈에 기이한 광채가 돌았다. 그 눈빛에 압도당한 미호는 자기도 모르게 마른침을 삼켰다.

"괴이는 두려워하거나 빠져들 만한 것은 아니지만 그렇다고 애써 무시하거나 도망치려 해서도 안 돼."

"……."

"어제 어둑이 한 놈 놓친 게 마음에 걸리네."

"어둑이요?"

미호는 그 이름을 어디선가 들어보았던 기억이 있었다.

"그래. 어둑이는 거짓된 주인을 섬기는 것들 중 가장 저급한 놈들이야. 무서워할 필요 없어."

"어제 할머니가 안 오셨다면 제가 무슨 일 당했을지도 모르는데 무서워할 필요가 없다고요?"

"어둑이들은 대부분 말뿐이야. 놈들을 강하게 만드는 건 사람의 인정과 두려움이지. 진짜 경계해야 할 건 어둑이들을 따라 오는 것들이야."

미호는 할머니의 말을 조금도 이해할 수가 없었다. 갑자기 외계 행성에 홀로 떨어져 외계인에 둘러싸인 유일한 인간이라도 된 기분이 들었다. 시골 동네라는 건 원래 다 이렇게 이상한 건가?

"아……. 그럼 잠들었을 때 소름 끼치는 목소리로 밤새 시끄럽게 떠들어도 그냥 무시하면 된단 말씀이신가요?"

귀녀 할머니는 앉은 자리에서 등을 쭉 펴며 미호를 바라보고 야생동물 같은 웃음을 지었다.

"그러니깐 개가 필요한 거야!"

"저 그럼 당장에라도 읍내 동물 병원 가서 개 사 올게요."

"아니, 그런 개들은 어둑이들 한 입 거리도 안 돼. 오히려 공포에 질려 어둑이들을 더 강하게 할 뿐이지. 그래서 김 서방네 개가 딱이라네! 새끼라도 어둑이 따위는 얼씬도 못 할걸?"

저수지 집 남자를 다시 대면해야 한다는 생각에 절로 한숨이 나왔다.

"네……. 이따 저수지 집 아저씨 다시 찾아뵐게요."

"그래. 김 서방한테 이미 내가 말해 놨으니 딴소리 안 할 거야."

할머니는 의자에서 일어나며 미호에게 빈 음료수 컵을 건넸다.

"잘 마셨네. 당장에라도 김 서방한테 가 보라고. 개 없으면 오늘 밤은 더 힘들어질 거야!"

* * *

저수지 집까지는 1킬로가 조금 안 되는 거리였지만 돌투성이의 언덕길을 걸어 올라갈 마음은 없었다.

25

미호의 차가 올라오는 걸 멀리서부터 지켜봤는지 남자는 대문 앞에 나와 팔짱을 끼고 있었다.

'이 아저씨가 원래 이렇게 생겼었나?'

이틀 만에 보는 얼굴인데도 남자의 얼굴이 너무나 생소했다. 오직 그 훤칠한 체형만이 눈에 익었다.

"안녕하세요. 김 서방…… 아저씨……. 저 그제 말씀하셨던 거 말인데요. 지금이라도 개 주실 수 있나 해서요."

"개 알레르기 있다며? 그새 나았어?"

"어…… 그냥 마당에서 키우면 별 상관없을 것 같아서요. 전 어차피 2층에서 사니 개는 마당이랑 1층 차고랑 보일러실 쓰고 하면 괜찮을 거 같은데……."

남자의 얼굴에 얄미운 승리자의 미소가 떠올랐다.

"난 이제 개 줄 생각 어…… 없는데?"

"귀녀 할머니가 아저씨한테 말해 두셨다고……."

"내가! 귀녀 할머니가 무…… 무서워서 이러는 줄 알아? 어? 도시 사람이라고! 어? 시골 와서 사람이 호의 베푸는 거 무시하고 거절했다가! 이제 와서 사과도 안 하고! 귀녀 할머니 핑계를 대?"

미호는 할말을 잃었다. 생각해 보면 남자의 말이 틀릴 게 하나도 없었다.

"죄송했습니다. 아저씨 말씀이 다 맞네요. 저 그냥 가 보겠습니다."

미호가 뒤돌아 가려 하자 남자는 당황한 목소리로 더듬거리며 제안했다.

"어…… 귀녀 할머니 때문에 말하는 건데…… 어둑이 고기라도 가져다주면 내가 다시 생각해 볼게!"

'무슨 소리야? 어둑이면 밤에 그 난리 친 미친것들 아냐? 밤새 시달린 걸 내가 무슨 수로 잡는다고!'

"네……."

미호는 남자에게 건성으로 대답하고 차를 몰고 집으로 돌아왔다.

'지긋지긋하다. 그냥 서울 가자. 엄마 집에서 눈칫밥 먹으면서 글 쓴다고 내가 작가 못할 것도 아니고. 염병할 동네! 어둑이고 나발이고 그냥 당장 집에 가자!'

다시 이삿짐을 꾸리는 것도 귀찮았다. 미호는 여행용 가방에 옷가지들과 노트북만을 던져놓고 대충 짐을 쌌다.

2층 현관문을 나가려는데 거실 벽에 걸린 활이 눈에 밟혔다. 미호는 다시 활과 화살을 챙겨서 캔버스 천에 둘둘 말아 넣었다.

차를 빼기 좋게 마당 문을 활짝 열고 짐을 실으려 하는데 미호를 바라보는 귀녀 할머니의 눈길이 느껴졌다.

"어디 나가나?"

"……네, 할머니. 저 그냥 서울 돌아가려고요."

"왜? 온 지 이제 3일밖에 안 되었는데."

"저 시골이 안 맞나 봐요. 그…… 어…… 밤에 잠도 제대로 못 자고 해서요."

"이대로 서울로 도망가면 자네도 아버지 꼴 날 텐데?"

새벽녘에 어둠 속에서 활을 들고 기이한 목소리에 맞서게 했던 그 분노가 다시 한 번 미호를 사로잡았다.

"아버지 심장마비로 돌아가셨는데요? 잘 알지도 못하면서 말씀 좀 조심해 주세요!"

귀녀 할머니는 미호의 말이 재미난 농담이라도 되는 양 요란한 웃음을 터트렸다.

"자넨 바보인가? 누가 자넬 저수지에 빠뜨려서 심장마비로 죽게 되면 '아, 저를 저수지에 처넣은 저분이 문제가 아니라요, 차가운 물의 온도를 못 견딘 제 심장이 문제입니다.' 그렇게 말할 텐가?"

귀녀 할머니의 말이 암시하는 바에 미호는 입을 굳게 닫았다.

"지금 서울 올라가면 하루 이틀은 괜찮을 것 같겠지. 어둑이들은 말이야…… 별다른 재주는 없지만 냄새 하나는 귀신같이 잘 맡아. 또 기억력이 얼마나 좋다고. 곧 자기 무리를 이끌고 자네 냄새를 뒤따라 조금씩 조금씩 서울로 쫓아 갈 거야. 한 일주일 지나 봐, 온갖 도시의 소음도 새벽녘에 어둑이들이 떠들고 까부는 소리를 감출 수 없을걸? 더 문제는 어둑이들을 따라올 것들이지. 인간들이 지어 놓은 제아무리 철옹성 같은 건물도 그것들한테는 종이짝 상자에 지나지 않아. 결국엔 자네도 어느 날 밤 공포에 질려 젊은 나이에 자네 아버지처럼 '심장마비'로 죽게 될 거야."

으르렁대며 을러대는 귀녀 할머니의 말에 미호는 울음이 터져 나오려는 걸 간신히 참았다.

"그럼 저보고 어쩌라고요? 개도 안 주신다는데!"

"김 서방이 개를 안 주겠다고 했다고?"

"아니, 저보고 어둑이를 잡아 오래요! 한평생 컴퓨터 앞에서 숫자나 맞춰보고 펜 들고 노트에 이야기나 쓰던 제가 무슨 수로 그런 걸 잡냐고요!"

미호를 바라보는 할머니의 얼굴이 한결 부드러워졌다. 마치 손녀딸을 바라보는 할머니와도 같은 자애로운 모습이었다.

"자넨 궁수이잖은가? 활 뒀다 뭐하게?"

귀녀 할머니가 미호의 활을 가리키며 말했다.

이번에는 미호도 자신의 정체성을 부인하지 않았다.

"일단 활부터 줘 보게."

미호의 활을 건네받은 귀녀 할머니는 활시위를 몇 번 당겼다가 놓아 보았다.

"뭐 이렇게 활이 약해? 이래서야 화살을 날려 보낼 수나 있겠나?"

"제가 힘이 별로 세지를 않아서요. 그리고 제 화살 카본 화살이라 가벼워요."

귀녀 할머니는 카본 화살이란 말에 혀를 찼다.

"물푸레나무 화살이 아니라? ……그래, 화살이 뭐가 중요해. 화살촉이 중요하지."

화살 끝에 달린 화살촉을 손으로 만져 보더니 귀녀 할머니는 다시 인상을 찌푸렸다.

"이런 연습용 촉으로 어둑이 잡는 건 어림도 없어. 그래도 화살촉 구경은 표준 치수네?"

미호는 무슨 말인지 알아들을 수 없어 그저 고개만 끄덕였다.

"괴이를 상대하려면 3발 이내에 승부를 봐야 해. 자네가 3발 쏘면 무조건 다 과녁에 맞출 수 있다 자신하는 거리가 몇 보 정도지?"

'몇 보? 무슨 소리야? 몇 발자국이란 말인가?'

"어……. 15미터 거리에서는 빨간색 원 안에 다 맞출 수 있어요."

"15미터면 한 20보 되겠네. 그 정도면 거리는 딱 적당한 거 같고……문제는 화살촉인데……. 잠깐만 기다려 보게."

미호를 내버려 두고 할머니는 집 안으로 사라졌다. 얼떨떨한 기분으로 한참을 기다리던 미호에게 돌아온 할머니는 엄지 손톱만 한 물건을 건넸다.

"이게 뭔가요? 무슨 부적 같은 건가요?"

귀녀 할머니는 세상에 이런 바보 같은 소리는 처음 듣는다는 표정으로 미호를 바라보았다.

"자네 컴퓨터 써 본 적 없어? USB 메모리도 몰라?"

미호의 얼굴이 확 달아올랐다.

"거기에 파일 넣어 놨고 좀 전에 내가 문자 메시지로 주소 하나 보내 놨으니깐 거기 가서 화살촉 뽑아와."

'화살촉을 뽑아 오라고? 이건 또 무슨 소리지?'

"어……. 무슨 대장간 같은 데가 있나 보죠?"

"요즘 같은 시절에 대장간은……. 자네 혼자 조선 시대 살고 있나?"

할머니가 보내준 주소지는 읍내의 2층짜리 낡은 상가 건물에 있는 치과였다. 어둡고 음침한 상가 안 계단을 걸어 올라가 치과 문을 열고 들어가니 낡은 소파에 잡지들이 너부러져 있는 대기실과 수납 창구가 눈에 들어왔다. 대기실은 손님 한 명 없이 텅 비어 있었고 진료실 안쪽에서 요란하게 드릴이 돌아가는 소리와 짐승의 신음 같은 소리만 들려왔다.

"처음 오셨어요? 처음 오신 거면 이 종이에 이름이랑 주민등록번호랑 핸드폰 번호 좀 적어서 주세요."

치과 안을 두리번거리는 미호를 보며 수납창구에 앉아 있는 간호사가 말을 건넸다.

"아뇨. 저 김귀녀 할머니가 가 보래서 왔는데요."

"김귀녀 할머니 추천받고 오셨다고요? 그럼 종이에 '추천인 김귀녀'라고 적어 주시면 돼요."

'아, 말을 좀 제대로 해 주든가. 화살촉 이야기하다 말고 다짜고짜 USB 하나 주고 치과로 보내면 나보고 어쩌라고?'

답답한 마음에 어쩌지도 못하는 미호에게 진료실 안쪽에서 구원이 찾아왔다.

"김간 그분 내 손님이야. 원장실로 모시고 커피 한 잔만 내드려요."

수납창구 간호사의 표정이 굳더니 미호를 원장실로 안내했다.

잠시 후 간호사는 한마디 말도 없이 미호의 손에 우악스럽게 뜨거운 종이컵을 쥐어 주고 나갔다.

'아니. 내가 뭘 어쨌다고? 처음 보는 날 적대시해?'

미호가 원장실 소파에서 그냥 집에 갈까 말까 고민하던 그때 파란색 진료복을 입은 남자가 들어왔다. 남자의 얼굴 절반은 마스크로 가려져 있었는데 마스크로도 왼쪽 뺨에 깊게 파인 발톱 자국 같은 흉터를 감출 수는 없었다.

"김귀녀 할머니 덕분에 이 정도로 그쳤죠."

미호의 시선이 향하는 곳을 눈치 챘는지 남자는 마스크를 벗으며 자신의 상처를 손으로 가리켰다.

"USB 가져오셨죠? 바로 출력해 드릴게요."

'출력한다고? 프린터는 집에도 있는데. 이게 대체 무슨 고생이람.'

이제 와서 그냥 가기도 억울했다. 미호는 말없이 USB를 남자에게 건네었다.

"저 따라 오세요."

남자는 미호의 대답을 기다리지 않고 원장실과 진료실 사이의 조그마한 방으로 들어갔다. 방 안에는 컴퓨터와 미호의 몸통 크기 정도 되는 반투명한 주황색 상자와 공기 청정기처럼 생긴 물건이 놓여 있었다.

남자가 USB를 컴퓨터에 꽂고 마우스를 조작하자 화면에 화살촉 모양의 3D 도형이 커다란 판 위에 배치되어 나타났다.

"이번에는 화살촉이네요? 몇 발이나 필요하세요?"

'괴이를 상대하려면 3발 이내에 승부를 봐야 해!'

귀녀 할머니가 말한 게 떠올랐다.

"저 3발만 있으면 충분할 거 같아요."

남자가 컴퓨터를 조작하자 화면의 화살촉이 여러 개로 늘어났다. 남자는 화살촉을 가상의 판 위 이곳저곳에 배치해 보았다.

"이 정도면 9발도 충분히 뽑을 수 있을 것 같네요. 넉넉히 가져가세요. 어차피 출력 시간은 똑같으니까."

얼떨떨한 마음에 미호는 고개를 끄덕였다.

'이게 다 뭐야? 시골 마을 치과에 왜 이런 게 다 있지?'

"3D 프린터 처음 보셨어요? 요새 임플란트나 교정 시술 빨리 진행하려고 치과에서 많이들 사요. 특히 이계리에는 치아 관리 중요한 존재들이 많잖아요?"

남자가 미호의 눈치를 보더니 웃으며 말했다.

'치아 관리가 중요한 존재들이라고? 시골이니 노인분들이 많기는 하겠지. 요새 나이 많으신 분들 임플란트 보험도 해 준다고 했잖아?'

남자가 노인들을 말한 게 아니라는 것 정도는 이제 알 것도 같았지만 애써 부정하고 싶은 기분이었다.

"30분 정도 걸릴 겁니다. 잠깐 대기실에 앉아서 기다려 주세요."

남자는 미호를 내버려 두고 원장실로 돌아갔다. 대기실로 돌아와 소파에 몸을 기대니 반나절 동안 겪은 감정의 진폭들이 고단함으로 돌변하여 밀려왔다.

수납 창구의 간호사가 미호를 흘끔흘끔 바라보는 게 신경 쓰였다.

* * *

아버지는 집 뒷산에 가꾸어 둔 텃밭을 서성이고 있다.

'지금이라도 도망가야 해.'

아버지는 지금이라도 도망가야 한다고 생각하고 있다.

아니, 이건 아버지의 생각이 아니다. 미호에게 전하는 메시지다.

'저 글 쓰러 이계리에 이제 막 내려왔어요. 도망 안 갈 거예요.'

아버지는 고개를 돌려 산 아래를 바라본다.

'그 여자를 믿지 마. 믿을 수 없는 여자야!'

귀녀 할머니의 집을 바라보며 아버지가 생각한다.

'누구요? 귀녀 할머니요?'

아버지가 떠올리는 흰옷을 입은 여자의 어떤 형상이 미호에게도 어렴풋이 전해져 온다.

'절대 그 여자를 들이지 마! 넘어오게 해서는 안 돼!'

'저 아침에 할머니 집에 모셨어요. 2층에…… 거실로 모셔야 했는데 계단이 너무 더러워서 마당에서 음료수만 대접했어요.'

감당할 수 없는 공포가 아버지에게 밀려온다.

아버지의 온몸에 소름이 돋고 머리카락이 곤두선다.

그 공포가 미호에게도 그대로 전해져 온다.

'이렇게 두려워하면 안 되는데…… 할머니가 공포가 어둑이들을 키운다고 했는데…….'

아버지를 두렵게 하는 건 아버지가 바라보는 방향의 반대쪽, 등 뒤의 산 쪽에 있다.

산 위의 나무숲, 그 깊숙한 곳에서 넘어오는 무언가가 아버지를 두렵게 만든다.

아버지의 맥박이 빨라지며 호흡이 힘들어진다.

'아버지는 이런 식으로 돌아가신 게 아니야! 아버지는 대구의 지인 댁에서…….'

"피곤하셨나 봐요?"

아직도 집 뒤 야산 텃밭의 실재감이 뚜렷했다. 미호는 이곳이 어디인지 한참 생각하고 나서야 현실로 돌아올 수 있었다.

"화살촉 다 나왔어요. 다듬어야 하니 좀 도와주시죠."

남자를 따라 들어간 방에는 적갈색 화살촉이 넓은 판에 붙어 있었다.

"이거 니퍼로 잘라서 하나씩 다 분리하시고요. 옆에 들러붙어 있는 찌꺼기 같은 것들 사포로 다듬어 주시면 됩니다. 아! 나사산 부분은 손대지 마세요. 자칫하다간 화살대에 안 맞을 수 있어요."

남자는 능숙하게 화살촉을 하나씩 떼어 내고 다듬었다. 한두 번 해 본 솜씨가 아니었다.

'임플란트 같은 거 할 때 많이 해 봤겠지……'

미호는 눈대중으로 남자를 따라 화살촉을 다듬었다. 순식간에 9개의 화살촉이 완전해졌다.

"자, 이제 경화기에 넣고 굽기만 하면 됩니다. 이건 금방 돼요."

"아 감사합니다! 저…… 비용이 얼마나 하죠? 이런 거 해 보는 게 처음이라……."

남자가 어리둥절한 표정을 짓더니 웃음을 터트렸다.

"사실 저 3D 프린터도 귀녀 할머니가 사라 하셔서 산 건데요. 물론

보철물이나 임플란트 만들 때도 써먹긴 하지만 귀녀 할머니 도구 제작 용도가 주목적이죠."

남자는 진료복 주머니에서 명함을 꺼내 건넸다.

"그냥…… 필요는 없어 보이지만 교정 같은 거 할 생각 있으시면 우리 병원 찾아 주세요. 스케일링 같은 것도 싸게 해 드릴게요."

명함에는 '북지읍 치과병원. 원장 구야자'라고 적혀 있었다.

"다른 거 필요하시면 미리 연락 주시고요."

* * *

미호는 차를 몰고 집으로 돌아가는 길에 몇 번이나 화살촉을 손에서 굴려 보았다. 다이아몬드 모양의 화살촉은 미호의 생각보다 훨씬 더 단단했지만, 전혀 날카롭지가 않았다.

'어둑이가 어떻게 생겼는지는 모르겠지만, 이걸로는 과녁도 뚫기 힘들어 보이는데…….'

집에 도착해서 차를 세우려 하는데 귀녀 할머니가 손짓을 하는 게 보였다.

"빨리! 딱 맞추어서 왔네! 차 대충 세워두고 화살촉 들고 우리 집으로 와!"

할머니의 다급함에 이끌려 미호는 화살촉을 들고 급히 옆집으로 들어갔다.

"이쪽으로! 얼른 들어와!"

할머니의 목소리를 따라 들어온 집 안은 지극히 평범해 실망스러울 정도였다.

귀녀 할머니는 부엌에서 은색 액체가 담긴 도자기로 된 그릇 같은 걸 들고 나왔다.

"어서 화살촉 여기에 담그게!"

"저기…… 이게 다 뭐 하는 건데요?"

"뭐긴 뭐겠어! 은화살 만드는 거지!"

* * *

"그런데 꼭 저 혼자 해야 하나요?"

"내가 자네 곁에 있으면 그놈들은 모습을 안 드러낼 거야."

"……네……."

미호는 문득 '필요할 때 있는 사람'이라는 할머니의 명함 문구가 떠올랐다. 왜인지 그 말이 미호에게 위안을 주었다. 필요한 순간이 온다면 분명히 할머니는 미호 옆에 있어 줄 거라는 확신이 들었다.

"자네 집 뒷산 올라가면 자네 아버지가 가꾸어 둔 텃밭 있을 거야. 자정이 넘으면 거기서 기다리게."

미호는 낮에 꿈에서 이미 그 장소를 본 적이 있었다. 다시 한 번 생생하게 가 보지도 않은 장소와 겪어 보지 못했던 아버지의 기억이 떠오르자 온몸에 소름이 돋아났다.

"기다리다 보면 잠이 들게 될 거야. 아니 자네가 잠이 들어야 어둑이가 자넬 찾아올 거야!"

"위험하지 않나요? 제가 잠들어 있을 때 그 어…… 어둑이가 절 찾아오면요."

"그놈들은 잠들어 있는 사람을 공격하지 않아. 반드시 깨우고 난 후 겁을 주려 할걸."

미호는 어제와 그제의 기억을 떠올렸다. 두 번 모두 잠이 깨고 나서 그 밉상스러운 목소리가 들려왔다는 게 생각났다.

"어둑이가 등을 돌리고 있거나 주변을 맴돌 때는 절대 화살을 쏘아선 안 돼! 화살을 쏘아도 되는 건 어둑이가 자네를 잡아먹으려 작정하고 덤벼올 때야! 반드시 어둑이를 정면으로 바라보고 3발 안에 해치우라고."

"은화살을 9발이나 만들었는데…… 꼭 3발만 쏴야 하나요? 3발에 무슨 의미 같은 게 있나요?"

귀녀 할머니는 미호를 보며 특유의 으스스한 미소를 지어 보였다.

"어둑이가 덤벼올 때 3발 이상을 쏠 시간이 있을 것 같나?"

* * *

할머니는 입맛이 없더라도 저녁은 먹어 두라 했지만 미호는 아무것도 먹을 수가 없었다.

'그리고 자정 전까지 괜히 활 당겨 본다든가 하면서 기운 빼지 말고 드러 누워서 그냥 쉬도록 해!'

말이야 쉬웠다. 결국 미호는 자정 전까지 할머니가 하지 말라고 했던 행동들만을 정확히 골라서 했다. 활시위를 미리 걸어 당겨 보기도 하고, 미리 걸어 둔 활시위가 저절로 풀리기라도 할까 불안해 다시 활시위를 풀기도 하다가, 결국엔 고민 끝에 다시 활시위를 걸어두었다.

'글이라도 쓸까? 그래 이런 거 써 놓자. 난 사냥을 나가는 거야. 사냥…… 판타지 소설에서 이런 대목 많이 나오잖아?'

물론 도대체 어떤 판타지 소설에서 시골에 혼자 사는 여자 주인공이 집 뒷산에 올라가 말하는 괴물을 사냥하는 대목이 나올지는 모를 일이었다.

손에 든 펜이 의미 없이 종이 위를 방황하고 다녔다. 미호는 '아버지', '활', '개'라는 세 단어만을 종이 위에 남기고 글쓰기를 포기했다.

11시 30분이 넘어가자 미호는 옷장에서 전 남자친구가 산에 가자 졸라서 사 놓고 딱 한 번만 입은 등산복을 꺼내 입었다. 귀녀 할머니의 것과 달리 펑퍼짐하고 요란한 모양의 등산복이 영 마음에 들지 않았다.

11시 40분에 활을 집어 들고 몇 대의 화살을 손으로 휘어 본 후 가장 묵직하게 느껴지는 것 3발을 골라 들었다.

집 안의 불을 끌까 잠시 고민했지만, 뒷산에서 집의 불빛이 보이는 게 더 안심이 될 거란 생각이 들었다.

역시나 딱 한 번만 신어 본 등산화를 신고 마당으로 내려오니 11시 45분이었다.

미호는 1층 차고와 보일러실의 불도 모두 켰다. 차고 한 쪽에 놓인 간이 의자를 집어 드니 11시 50분이었다.

오른쪽 어깨에 활을 걸고 화살 3대를 오른손에 쥐고 왼손에는 간이 의자를 들고 뒷문으로 나와 산으로 걸어 올라갔다. 텃밭까지는 50미터도 안 되는 거리였지만 숨이 차고 간이 의자를 든 손이 아려왔다.

텃밭은 낮에 꿈에서 본 모습 그대로였다. 미호는 간이 의자를 산 위 숲 쪽 방향을 향하게 내려놓고 그 위에 걸터앉아 숨을 골랐다.

12시였다.

하늘에 걸린 달이 너무 낮고 밝아 눈이 부실 정도였다. 달이 이토록 밝은데도 별들이 쏟아져 내릴 것처럼 촘촘한 게 기이했다.

어깨에 걸어둔 활을 무릎 위에 올려놓았다. 손에 땀이 차서 화살이 자꾸 미끄러져 내렸다.

'난 못할 거야······. 손이 이렇게 미끄러운데 어떻게 해. 중요한 순간에 화살을 놓친다거나, 활시위에 걸지도 못할 거야. 어쩌면 힘이 다 빠져서 활시위를 당기지 못할지도 몰라.'

나무가 빽빽한 숲은 환한 달빛 아래에도 그 속이 드러나 보이지 않았다. 그 어둠 속에서 무언가 건너온다는 생각이 들었다.

'잠들지도 못할 것 같아. 이런 상황에서 누가 잠을 잘 수 있겠어? 어쩌면 이렇게 떠오르는 해를 맞을 수도 있겠는데. 그래······. 그게 차라리 낫겠다. 꼭 담력 훈련 같네?'

고개를 돌려 뒤를 보니 귀녀 할머니의 집에도 아직 불이 켜져 있는 게 보였다. 심장 부근부터 따뜻한 온기가 퍼져나가는 게 느껴졌다. 미호는 손바닥을 바지에 비벼 땀을 닦아 냈다.

'장갑이라도 끼고 올걸. 손이 시릴 거 같은데······.'

입안이 말라가며 갈증이 느껴졌다.

'물을 챙겨올걸······. 에이, 아니다. 괜히 물 마셨다가 소변이라도 마려우면 곤란하잖아?'

이런 상황에서 하기 적절한 생각은 아니다 싶어, 미호는 괜히 웃음이 나왔다.

"웃네? 내가 안 무서워?"

'저 얄미운 목소리!'

미호의 머리카락이 쭈뼛 올라갔다. 주머니에서 핸드폰을 꺼내 시계를 보니 새벽 3시 40분이었다. 미호는 핸드폰의 플래시를 켜고 목소리가 들린 방향으로 비추어 보았다. 무언가가 빛을 피해 기어가는 모습이 얼핏 보였다.

"겁을 먹었어! 혼자서 야차 같은 할망구도 없이 문 앞에 나와 있으니 겁이 날 수밖에 없지!'

이번에는 왼쪽 귓가에서 들려왔다.

미호는 천천히 화살 두 대를 땅바닥에 내려놓고 한 발만을 시위에 먹인 후 의자에서 일어났다. 그러고는 어둠에 잠긴 숲속을 바라보았다.

"그래 무서워 죽을 것 같다! 어디 있어? 나와 봐!"

모습을 드러낸 건 불독 정도 크기의 개였다. 원숭이의 얼굴을 가진 개도 개라고 할 수 있다면…….

원숭이의 입이 크게 벌어졌다. 셀 수 없이 많은 뾰족한 이빨이 드러났다. 이빨 사이사이에서 뻘건 물이 흘러 떨어졌다.

"날 봤네? 날 봤어!"

미호는 활을 들어 올려 시위를 당겼다. 거리가 너무 멀었다.

"그걸로 날 맞추려고? 너 같은 겁쟁이가 날 잡겠다고?"

원숭이의 얼굴이 점점 미호에게 다가왔다.

활시위를 놓는 순간 미호는 화살이 빗나간 걸 바로 알 수 있었다. 너무 긴장해서 시위를 잡아 뜯듯이 놓아 버린 게 문제였다.

화살은 원숭이 얼굴의 왼편을 한참 벗어 날아가서 어딘가 땅에라도 박혔는지 픽 하는 소리를 내었다.

"형편없네? 이제 어찌할 거야? 활도 못 쏘면서? 무섭지? 날 맞출 수 없을 것 같지?"

미호의 손이 걷잡을 수 없이 떨려 왔다. 간신히 진정하며 허리를 굽혀 화살 한 대를 더 주워 시위에 먹였다.

원숭이 얼굴이 점점 가까이 다가왔다.

이제 그건 원숭이의 얼굴이 아니었다.

아버지의 얼굴 같기도 하고 귀녀 할머니의 얼굴 같기도 하고 저수지 집 아저씨의 얼굴 같기도 하고 미호의 얼굴 같기도 했다.

얼굴은 점점 거대해져 갔다. 하늘의 뜬 달보다도 거대해 보였다. 드러난 이빨 하나하나가 귀녀 할머니의 검만큼 거대했다. 이빨 사이에 긴 기괴한 살덩어리들에서 역겨운 냄새가 풍겨 왔다.

의식하지도 못하는 사이에 미호의 눈에서 눈물이 흘러내렸다.

"우네? 형편없는 겁쟁이야! 이제 충분히 맛 봤으니 잡아먹을 거야. 지금! 산 채로 뜯어먹을 거야!"

거대한 얼굴이 미호를 덮쳤다.

'저 깐족거리는 목소리! 저 밉상스러운 얼굴!'

분노가 활을 들어 올리게 했다. 분노가 활시위를 당기게 했다. 이번에는 조준을 할 필요도 없었다.

미호는 자신을 덮치는 핏발 선 거대한 눈을 똑바로 마주 보았다. 미호의 분노가, 적의가 의식하지도 못하는 사이에 시위를 놓게 했다. 활시위가 공기를 진동시키는 소리가 나고 동시에 커다란 가죽 북을 막대기로 때리는 것 같은 '퉁' 하는 소리가 났다.

원숭이의 비명도 개의 비명도 들리지 않았다.

원숭이 얼굴을 한 개는 다시 불독 정도의 크기로 돌아가 있었다.

화살이 개의 열린 입을 뚫고 목 뒤로 나와 있었다.

벅찬 희열이 좀 전까지의 공포를 몰아냈다. 활을 쥔 왼손에 힘이 들어갔다. 미호는 이를 갈며 주먹 쥔 오른손을 하늘 위로 내 찔렀다.

"망할 개자식이! 날 뜯어 먹겠다고? 너나 김 서방 아저씨한테 뜯어 먹혀라!"

갑작스러운 허탈감에 기운이 쭉 빠져나갔다. 왜인지 계속 웃음이 터져 나왔다. 어둠에 잠긴 숲속이 아까처럼 무섭게 느껴지지 않았다. 뒤를 돌아보니 귀녀 할머니 집에 켜져 있던 불이 꺼지는 게 보였다.

'그래…… . 어둑이…… . 저걸 이제 어떻게 들고 가져다주지?'

곧 좋은 생각이 떠올랐다. 집 뒤편에 쌓여 있는 빈 비료 포대를 들고 입구를 벌려 발로 어둑이의 시체를 대충 밀어 넣었다. 두꺼운 등산화 끝에 와 닿는 둔중한 감촉이 소름 돋았다. 어둑이는 생각 외로 묵직했다. 비료 포대로 감쌌다고는 해도 도저히 두 팔로 안아 들을 자신이 없었다.

비료 포대의 한 귀퉁이를 질질 끌고 집 마당까지 내려와 보니 어느새 새벽 5시가 가까워져 오고 있었다. 달이 희미해지고 곧 해가 떠오를 것 같았다. 차 뒤편에 묵직한 비료 포대를 던지다가 다른 생각이 떠올랐다.

'그래, 어둑이 고기가 드시고 싶다 하셨지! 불쑥 남의 집 마당에 들어와서 사람 놀라게 해놓고.'

이 시간이면 저수지 집 아저씨는 아직 자고 있을 것이다. 하지만 차가 올라오는 소리가 들리면 미리 깨서 미호를 맞을 준비를 할 가능성이 높아 보였다.

'사람을 이 고생을 시켜? 그깟 개 한 마리 때문에? 어디 한번 너도 놀라 봐라!'

미호는 비료 포대를 차에서 다시 끄집어냈다. 그렇다고 아까처럼 질질 끌면서 500미터가 넘는 언덕길을 올라갈 수는 없을 것 같았다. 미호는 눈을 딱 감고 비료 포대를 안아 들었다. 기묘할 정도로 척척하게 안겨 오는 감촉에 구역질이 나오려 했다.

언덕길은 끝도 없이 이어지는 것 같았다. 저수지 집 대문 앞에 도착했을 때 미호의 등산복 안은 온통 땀투성이가 되었다. 미호는 가쁜 숨을 진정시키고 비료 포대를 땅 위에 내려놓았다.

저수지 집 대문은 활짝 열려 있었다. 미호의 입가에 야비한 미소가 떠올랐다. 미호는 비료 포대를 마당 안에 던져넣으면서 열린 문을 발로 찼다.

"김 서방! 나와! 어둑이 잡아 왔다!"

미호는 김 서방이 나올 때까지 몇 번이나 대문을 걸어찼다. 발길질 한 번 한 번이 이리도 상쾌할 수가 없었다. 집 안쪽 마당에서 미호의 발길질 소리에 화답하듯 요란한 개 짖는 소리가 터져 나왔다.

잠시 후 추리닝 차림의 김 서방이 잠에서 덜 깬 듯한 모습으로 마당으로 나왔다. 이번에도 그의 얼굴은 처음 보는 사람처럼 느껴졌다.

"뭐야…… 김 서방 딸내미잖아? 이 시간에 왜 소란이야? 으…… 이거 뭐야? 피 냄새가 왜 나?"

김 서방은 야릇한 냄새의 액체가 새어 나오는 비료 포대를 바라보고 질겁한 표정을 지었다. 피가 배어 나오는 포대를 쳐다 보기도 두려운지 시선을 애써 멀리 두며 외면했다.

"개 줘요! 아저씨가 말한 어둑이 저기 잡아 왔으니 고기를 구워 먹든! 수육을 해 먹든! 가죽을 벗기든! 알아서 하시고 어서 약속한 대로 개 줘요!"

울 것 같은 표정으로 미호를 바라보던 김 서방이 비료 포대를 바라보지 않으려 애쓰며 미호의 뒤편으로 시선을 보냈다. 뒤를 돌아보니 어느새 왔는지 귀녀 할머니가 대문 밖에서 호기심 어린 눈초리로 마당을 들여다보고 있었다.

"아니, 할머니! 쟤 왜 저래요? 도시 애들은 다 저렇게 이상해요? 아니! 내가 어둑이 고기 사 달라 했더니! 저기 협동조합 마트 가면 한 근에 2만 5000원에 파는 고기를! 그걸 사 주기 싫어서! 어? 이렇게 남의 집 마당을 피범벅으로 만들고! 나보고 어쩌라고 이런데요?"

김 서방의 하소연을 들으며 김귀녀 할머니는 웃음을 터트렸다. 어찌나 유쾌하게 웃는지 산이 다 뒤흔들리는 것 같았다.

미호는 어느새 귀녀 할머니도 김 서방도 신경 쓰고 있지 않았다. 마당 구석에 놓인 개집에서 꼬물거리는 검정 형체가 꼬리를 흔들며 미호에게 다가왔다. 미호는 검은 형체에서 시선을 떼지를 못했다.

짧고 새카만 털의 개는 어둑이만큼 커다랬다. 오직 그 발랄한 발걸음과 미숙한 꼬리의 움직임만이 아직 새끼임을 알 수 있게 해 주었다.

발치까지 구르듯이 기어와 꼬리 치는 개를 보고 미호는 쪼그려 앉았다. 개를 안아 들자 개는 혀를 길게 빼 미호의 코를 핥았다. 뭐가 그리 좋은지 잔뜩 흥분한 개는 연신 킁킁거리며 미호의 얼굴에 뜨거운 콧김을 내쏘았다. 콧김에서 유황 냄새가 풍겨 왔다.

"저 애로 할래요. 얘 주세요!"

막간극

"강 대리니임, 아니 이제 강 작가님이라고 해야겠네? 시골 내려가니깐 좋아요?"

"세연아! 왜 인제야 전화하냐! 말도 마라. 내가 왜 그놈의 회사를 진작에 때려치우지 않았는지 후회가 다 들 정도다."

"흐음…… 여자 혼자 시골 살면 무섭고 불안하고 하지 않아? 왜 인터넷 같은데 보면 별의별 이야기 다 있잖아."

"뭐…… 처음에는 좀 그랬는데 이제 한결 나아졌어. 야! 나 개도 키운다!"

"오오, 종이 뭔데?"

"어? 몰라…… 그냥 까맣고 큰 개야. 아직 강아지인데도 무지 커!"

"사진 보내 봐!"

"어? 나중에…… 얘 사진 찍으려 하면 자꾸 얼굴 들이밀어서 이쁘게 나오질 않아."

"그래? 아, 그래도 언니 시골 가서 개도 키우고 잘 산다니깐 다행이네. 글은 많이 썼어?"

"……그런 건 묻지 마라. 아직 온 지 한 달도 안 됐잖아……. 야! 너 그러지 말고 한번 놀러 와. 서울에서 고속도로 타고 4시간이면 온다."

"너무 먼데……. 나중에 그냥 언니가 서울 오면 얼굴 보자."

"너 개 구경하고 싶은 마음 없어? 완전 귀여워! 그리고 내가 마당에 불 피우고 고기도 구워 줄게! 밤새 술도 마시고!"

"옆집에 할머니 혼자 사신다며? 밤새 시끄럽게 굴고 하면 좀 그렇지 않나?"

"아냐, 할머니 완전 쿨하셔. 그리고 집 비우실 때 많아서 괜찮을 거야. 주변에 다른 집들도 하나도 없고."

"에이…… 이야기 들어보면 무서울 거 같은데…….'"

"야! 진짜 좋은 게 뭔지 알아? 너 여기 오면 담배 막 피워도 돼! 마당에서 펴도 되고, 아니다, 그냥 집 안에서 창문 열어놓고 펴!"

"당장 갈게, 언니! 내가 금요일 오후에 반차 쓴다!"

* * *

서울 톨게이트를 지나 영동 고속도로를 거쳐 중부내륙 고속도로로 내려가는 길은 구미까지는 막힘없이 시원하게 내달릴 수 있었다. 구미를 지나자 차량이 늘어나기 시작하더니 도로는 숫제 주차장을 방불케 하는 모양새가 되었다.

짜증스런 마음에 세연은 미호에게 전화를 걸었다.

"언니, 차 왜 이렇게 막혀!"

"어? 어딘데? 너 운전 중 아냐?"

"핸즈프리야. 그리고 대구 근천데 차 완전 멈춰 서서 가지도 않아!"

"야야, 좀만 참아! 일단 창녕 톨게이트에서 빠지면 거기서부터 길 완전 좋아. 진짜 금방 와! 내가 협동조합 마트 가서 완전 맛있는 막걸리도 사놨어. 밤에 영화도 보자. 내가 IPTV로 다 사놓을게."

다급하게 달래는 미호의 목소리에 세연은 웃음이 터져 나왔다.

'이 언니가 진짜 심심하긴 한가 보네?'

다행히 대구를 지나치자 정체는 풀리기 시작했고 곧 창녕 톨게이트로 접어들었다. 창녕에서부터 이어지는 지방도는 새로 닦은 길이라도 되는지 미호의 말처럼 깔끔하고 넓고 무엇보다 차가 없었다.

'무슨 인가도 별로 없는 시골이 이렇게 도로가 잘 되어 있대?'

톨게이트 옆 주유소에서 기름을 채우고 있는데 미호에게 전화가 걸려왔다.

"어, 언니 왜?"

"너 어디야?"

"이제 톨게이트 나왔어. 바로 앞에 주유소 있어서 기름 좀 채우게."

"야! 내가 아까 마트에서 고기 산다는 걸 깜빡했다. 좀만 오다 보면 협동조합 마트 크게 보일 거거든? 거기서 우리 먹을 고기 좀 넉넉하게 사와!"

"아, 진짜, 놀러 오라더니 사람을 부려 먹어!"

길을 따라가다 보니 금방 마트가 눈에 띄었다. 텅 빈 주차장에 차를 세우고 안으로 들어가니 뜻밖에 물건이 충실하게 갖추어져 있었다. 정육 코너에서 고기를 고르고 있는데 다시 전화벨이 울렸다.

"아, 자꾸 왜!"

"야, 너 마트지! 고기 아직 안 샀지?!"

"어, 이제 살라고."

"야! 너 고기 살 때 대충 보고 사지 말고 라벨에 무슨 고기라고 적혀 있는지 잘 보고 사! 어?"

"뭔 소리야? 소고기 살 거야. 소고기 딱 보면 모르나……."

"아니…… 라벨에! 소고기라고 적혀 있는지 꼭! 보고 사라고!"

절규하듯 내뱉는 미호의 말을 귓가로 흘리며 세연은 장을 보았다.

내비게이션은 작은 농로로 빠지는 갈림길에서 안내를 종료했다. 세연은 막막함에 농로 옆으로 펼쳐진 버려진 논을 바라보다 농로 끝 저편에 두 채의 집과 그 앞에서 손을 흔들고 있는 미호를 발견했다.

농로는 좁고 울퉁불퉁했다. 차가 논으로 빠질까 봐 신경을 곤두세우며 세연은 천천히 미호의 집으로 차를 몰아갔다. 집 앞에 도착하자 미호가 운전석 옆으로 뛰어 왔다.

"세연아, 고기 소고기라고 적혀 있는 걸로 사 왔지?"

간만에 본 사람한테 하는 인사치곤 해괴하기 짝이 없었다.

"아, 여기 길이 왜 이래! 언니 차 어따 세워야 해?"

"저기 옆집에 보면 공터 있지? 차 세워져 있는데 거기 아무렇게나 세워 놔."

공터에는 한눈에 보아도 요란스러워 보이는 차가 서 있었다.

"저건 누구 찬데?"

"옆집 할머니 차야."

세연이 차를 세우는 걸 멀뚱히 바라보던 미호가 대답했다.

"엥? 시골 할머니가 저런 차를 몰고 다니신다고? 근데 할머니한테 인사해야 하는 거 아냐?"

"말했잖아, 완전 쿨하시다고. 그리고 차 버려 두고 어디 막 돌아다니셔…… 집에 안 계신 지 한 이틀 된 듯?"

"와아, 그런데 언니 안 본 지 이제 한 달도 안 지난 거 같은데 왜 이리 기골이 장대해졌대? 가뜩이나 키도 큰 양반이 어깨가 딱 벌어진 게 완전 장군감인데?"

말없이 노려보는 미호의 눈빛을 외면하던 세연의 눈에 마당 한쪽에 놓인 빈 화분 여러 개와 화분에 빼곡히 꽂혀 있는 화살이 보였다.

"와! 내 딱 이럴 줄 알았다. 글 쓴다고 내려와서 이 언니 맨날 활만 쐈구나. 화살이 이게 다 몇 개야?"

"아, 아니……. 글 쓰다가 머리 아프고 집중 안 되고 하면 기분전환할 겸 잠깐씩 쏘는 거야."

선후가 뒤바뀐 해명이었다. 미호는 하루 대부분을 활 쏘는 데에 허비하다 등과 팔근육이 아파 오면 휴식을 위해 노트와 만년필을 꺼내 들었다.

마당에서 투닥거리는 둘의 목소리를 듣고 묵직하고 단단해 보이는 강아지가 차고 안에서 발랄한 걸음으로 뛰어나왔다.

세연은 눈가가 시큰해지는 기분에 마당에 쪼그려 앉았다.

"얘 너무 귀엽네! 이름이 뭐야?"

세연은 연신 콧김을 내뿜는 강아지를 바닥에 굴리고 주물러대며 물었다.

"아직 안 지었는데?"

"아니, 개 언제 데려왔는데 아직 이름도 안 지어 줬대?"

"아니, 그냥 '개야' 하고 부르면 쫄래쫄래 잘 나와."

세연이 기가 찬다는 듯이 미호를 바라보았다.

"좀 멋있는 거로 지어 봐. 얘 크면 장난 아니게 무섭게 생겼을 거 같은데. 뭐 장군이 그런 거로."

* * *

숙취에 지끈거리는 머리를 부여잡고 미호는 잠에서 깨어났다. 담배 냄새가 집 안에 가득했다. 세연은 밤새 2갑의 담배를 피우는 위업을 달성했다.

"김 서방 딸! 나와 봐봐!"

고함에 뒤따라 개 짖는 소리가 들려왔다. 아직 오전 9시도 안 된 시간에 미호를 잠에서 깨운 건 김 서방 아저씨와 개의 목청의 합작 공연이었다.

미호는 아직도 잠에 취한 채로 무언가 웅얼거리는 세연의 이불을 바로 해 주고 거실로 나왔다. 마당에서 연신 미호를 찾는 김 서방을 무시한 채 집 안 모든 창문을 다 열고 세수를 하고 머리를 대충 묶고 바람막이를 걸치고 나서야 1층으로 내려갔다.

"아저씨. 아침부터 왜요? 그리고 제가 자꾸 남의 집에 벌컥벌컥 들어오지 말라 했죠?"

"아니 내가 뭘…… 대문 열려 있어서 들어왔지…….”

"대문이 열려 있든 닫혀 있든 남의 집에 들어오려면 허락을 먼저 맡아야죠!"

김 서방은 헛기침을 하며 뒷걸음질로 슬금슬금 대문 밖으로 물러났다. 개는 미호와 김 서방의 사이에 서서 의연하게 고개를 쳐들고 꼬리를 흔들고 있었다. 미호는 개의 머리를 두어 번 쓰다듬어 주었다.

"아니…… 나 개 사료 사러 갈 건데. 가는 길에 얘 사료도 사다 주려 그랬지. 현금 좀 있어?"

"현금은 왜요?"

"아, 거기 카드를 안 받아. 내가 지금 현금이 없어서 가는 길에 사료 사고 돈 뽑아서 남는 돈이랑 해서 돌려줄게."

미호는 미심쩍은 표정으로 김 서방을 노려보았다. 개가 갸웃거리며 미호의 눈치를 살폈다.

"얼마 필요하신데요?"

"5만 원짜리 두 장만 줘. 내가 사료 5만 원어치 사고 나서 5만 원 돌려줄게."

"무슨 사료가 그리 비싸요?"

"아! 얘들은 아무 사료나 먹이면 안 된다니까? 저번에 내가 조금 나눠준 사료 벌써 다 떨어져 가지 않나?"

생각해 보니 먹는 거 하나는 정말 잘 먹는 개였다. 미호는 2층으로 올라가 지갑에서 돈을 꺼내 김 서방에게 건네주었다.

"저 친구랑 오후에 낙동강 구경하러 갈 거니깐요. 집 비어 있으면 사료랑 돈이랑 그냥 차고 안쪽 책상에 놔 주세요."

김 서방은 가타부타 말없이 5만 원 두 장을 미호에게서 가로채더니 손을 흔들고 농로로 걸어갔다.

'저 아저씨는 왜 차도 안 끌고 다니지?'

강 구경은 생각보다 더 지루했다. 그나마 볼 만한 구경거리라고는 강가에 새로 짓고 있는 집의 이계리와 어울리지 않는 휘황찬란한 외양 정도였다.

"언니 저 집 진짜 좋다. 꼭 무슨 펜션 같네?"

"어…… 누가 이사오나 봐?"

미호의 집에서 지방도를 끼고 맞은편에 있는 낙동강으로 들어가는 임도를 따라가다 보면 나오는 강가에 새로 짓고 있는 집은, 김 서방의 으리으리한 저수지 옆집이 초라해 보일 정도로 높은 담과 보안시설에 둘러싸인 집이었다. 집으로 들어가는 길부터가 으슥하고 외진 것이 '저 집에 새로 들어오는 사람은 사람들이 근처에 얼씬거리는 걸 무척이나 싫어하는구나' 싶은 생각마저 들 정도였다. 집 공사가 끝나면 다음부터는 이쪽 길로 다니지 말아야겠다고 미호는 속으로 생각했다.

세연과 미호는 열의 없이 낙동강을 보며 건성으로 감탄사를 몇 번 더 내뱉고 차에 올라탔다.

"언니 커피 땡기지 않아?"

"왜? 집에 가서 타 줄까?"

"아니, 그런 거 말고……."

"아…… 그럼 읍내에 가 볼래? 거기 치과도 있고 볼 거 많아."

"치과가 뭐가 볼 만한 거라고? 진짜 촌사람 다 됐네."

말은 그렇게 해도 세연은 미호가 차를 몰고 가는 데로 군말 없이 따라왔다. 둘은 쌍화차부터 파르페까지 없는 게 없는 커피숍에서 메뉴판의 이름으로만 아메리카노임을 알 수 있는 맹탕 같은 커피를 마시고 밤에 먹을 피자를 두 판 사고, 건성으로 장터도 둘러보고 난 후 집으로 돌아왔다.

차고 책상 위에는 배가 빵빵하게 부른 비료 포대와 5만 원이 놓여 있었다.

'이게 뭐야? 무슨 사료가 이렇게 담겨 있어? 아닌 것보다 이 비료 포대 그때 그거 아니야?'

다음 날 아침 일찍 세연은 서울로 돌아갔다.

갑작스러운 쓸쓸함에 미호는 읍내로 차를 몰고 나가 목적 없이 방황하고 다녔다. 수상쩍은 분위기의 옷가게에서 듣도 보도 못한 브랜드의 등산복들을 열의 없이 구경하다 갑자기 며칠간 한 글자도 쓰지 않았다는 생각이 떠올랐다. 죄책감에 사로잡혀 미호는 집으로 돌아왔다.

차고에 차를 세워 두고 2층으로 올라가는 미호의 시선을 책상 위에 놓인 물건이 사로잡았다. 어제와 똑같은 비료 포대와 5만 원이었다.

'사료라면 보일러실 한쪽에 다 옮겨 놨는데? 5만 원은 지금 지갑 속에 있고?'

미호의 얼굴에 야비한 미소가 떠올랐다.

'이것 봐라? 그 아저씨 진짜 허술한 구석이 많네?'

미호는 김 서방에게 돈과 사료를 돌려줘야 할지 모른 척해야 할지 고민하지 않았다.

2. 고양이와 회색의 방랑자와 작가

리보위츠는 달뜬 신음을 내뱉으며 샤다이의 치골 위로 입술을 가져갔다. 리보위츠의 거친 숨결이 닿은 샤다이의 잔털 하나 없는 하얀 피부에 오소소 소름이 돋아 올랐다. 리보위츠는 조금씩 얼굴을 샤다이의 하복부로 옮겨가며 혀를 내밀었다. "이제 그만!" 겁에 질린 어린 사슴의 비명과 같은 샤다이의 굵은 목소리를 들으며 리보위츠는 싱긋 웃었다. "훗! '이제 그만'이 아니라 '부탁합니다'겠지?" 리보위츠는 혀로 샤다이의…….

빳빳한 종이 위에 만년필이 스쳐 지나가는 속도가 점점 빨라졌다. 만년필과 종이가 마찰하며 내는 사각사각 소리가 음악처럼 들려왔다. 미호는 이계리에 내려온 이후 처음으로 만족스러운 창작의 시간을 보내고 있었다.

'완벽해! 이보다 더 잘 쓸 수는 없을 거야!'

벅차오르는 충족감에 미호의 얼굴이 상기되었다.

'4000자! 아직 12시도 안 되었는데 벌써 4000자나 썼어!'

단순히 글자의 수가 중요한 건 아니다. 더 중요한 건 내용과 문체가 아닌가? 미호의 눈에는 모든 게 만족스러워 보였다.

아직 10월이 안 된 이계리의 가을 하늘 역시 눈이 부실 정도로 완벽했다. 농로가 마주치는 교차점에 세워진 정자는 글쓰기에 최적의 그늘과 바람을 제공해 주고 있었다.

'이 정도 환경이라면 종일이라도 쓸 수 있겠어! 1만 자, 아니 오늘 하루 2만 자도 꿈이 아니지!'

또다시 쓸데없는 망상의 늪으로 빠져드는 스스로에 놀라 미호는 고개를 내저었다. 다시 마음을 다잡은 후 종이로 시선을 돌리고 펜을 집어 들었지만 아까 같은 흥이 영 나지가 않았다.

'에이……, 아직 오전인데도 4000자나 썼잖아? 잠깐 쉬었다가 점심 먹고 마저 쓰지 뭐.'

할일을 뒤로 미루니 마음이 한결 가벼워졌다. 미호는 잠시 주변을 둘러보고 정자 위에 벌렁 드러누웠다. 팔베개로는 영 편한 자세를 잡기 힘들었고 등도 아려왔지만 나무 바닥의 서늘한 감촉이 기분 좋았다.

'다음에 여기 올 때는 아예 베개도 가져 오자.'

"쯧……."

잠시의 평온은 노인의 혀 차는 소리에 깨어졌다.

미호는 급히 몸을 일으켜 세우고 엉거주춤한 자세로 정자 앞에선 노인에게 인사를 건네었다.

"어르신, 안녕하세요."

노인은 대답 없이 마뜩찮은 눈초리로 미호를 머리부터 아래로 천천히 훑어 내렸다. 다시 미호의 몸을 거꾸로 훑어 올라오다 시선이 마주

치자 고개를 돌리고 또다시 혀를 내찼다.

'아니, 인사를 하면 좀 받든가. 정자에 들어올 거면 신발 벗고 어서 올라오든가. 고기 품평하듯이 뭐 저렇게 시선 돌리고 혀만 차고 있는 건데?'

미호는 노인이 정자에 들어오지 않길 바라는 동시에 정자에 들어와서 앉아 주기를 바랐다.

노인은 미호의 신경을 거슬리는 딱 그 지점, 정자의 입구에 우뚝 서서 미호를 옆눈으로 훑어보며 혀를 차고만 있었다.

"김 영감님 좀 비키 보이소. 들어가 앉든가! 와 입구를 막고 서서 그라는데?"

미호와 노인의 신경전은 오전의 뜨거운 해를 피해 정자를 찾아온 또다른 두 명의 할머니에 의해 급작스레 깨어졌다.

노인은 이제까지 중 가장 큰소리로 혀를 한번 차 보이고 무어라 구시렁거리며 정자를 떠나갔다.

이번에는 미호도 준비되어 있었다.

"안녕하세요, 어르신들."

"하따 마아, 뭔 가시나가 키가 이리 크노? 니 누꼬?"

할머니들은 과장되게 밝고 높은 목소리로 인사를 건네는 미호에게 건성으로 응대하며 정자 한편에 털썩 주저 앉았다.

"저쪽 농로 끝에 있는 집에 이사 온 강미호에요."

"아…… 그 귀녀 할머니 옆집 사는 처자 맞재?"

"네. 이사 온 지 몇 주 되었어요."

"니가 그 궁수라꼬? 귀녀 할머니 제자?"

"네? 아뇨, 저 작간데요?"

"김 서방이 니가 완전 신궁이라 하든데? 어둑이도 화살 한 발로 잡았다고 안 카드나?"

"아, 맞나? 야가 가가? 아따 마 키도 훤칠한기 귀녀 할머니가 다 늙어가 제자라꼬 가르칠 맛 제대로 나겠다 아니가?"

"그래도 귀녀 할머니보다는 좀 많이 작다 아니가?"

'이 아저씨는 도대체 동네에 뭔 소리를 하고 다니는 거야?'

미호는 속으로 이를 갈았다.

"아뇨. 저 활은 취미로 쏘고요. 글 쓰고 있어요."

"맞나? 취미로 활 쏘는데 어둑이를 화살 한 방에 잡았따고? 와, 신궁 맞네!"

"뭐라 카는교? 글 쓴다 안 카는교. 그래, 니 무슨 글 쓰는데?"

"아, 저 판타지 소설 써요."

"아…… 맞나?"

갈색의 수수한 등산복을 입은 할머니가 주머니에서 핸드폰을 꺼내 익숙한 노란색 화면을 구동시킨 후 미호에게 내밀었다.

"니 꺼 함 띄어 봐라! 내 함 봐 보자!"

"아…… 아뇨. 전 이런 데 연재글 안 올리고요. 이북이랑 종이책 출판만 해요."

거짓말이었다. 혼자 만든 이북을 누구나 올릴 수 있는 스토어에 올린 것 말고는 소소한 공모전에 합격한 미호의 글은 언제 종이책으로 출간될 지 영 기약도 없었다.

"글이 다 똑같은 글이지……. 이걸로 보면 모가 다르나 카드나?"

"아. 종이책만 낸다잖아! 니도 그 순 거짓부렁 이야기만 보지 말고 책방에서 돈 주고 책 사 봐라!"

"와? 『백호전생』이 뭐가 어때서? 그 맨치로 재미난 이야기가 또 어디 따고?"

"순 말도 안 되는 거짓부렁 이야기만 보니깐 야가 니 무시하는 거 아 니가."

"모가? 니 『백호전생』이 여서 1등 먹는 거 모르나? 미호라고 했재? 니 『백호전생』 봤나?"

『백호전생』은 미호에게도 익숙한 소설의 제목이었다. 대한민국의 모 든 소설 연재 플랫폼에서 몇 년째 부동의 1위를 지키며 장르 소설 연재 판도를 비슷비슷한 전생 회귀물과 수인물 범벅으로 만든 싸구려 판타 지 무협 소설을 어찌 모를 수가 있단 말인가?

"아뇨. 보지는 않았는데 들어는 봤어요."

"맞나? 미호 니도 돈 벌라므는 이런 거 쓰래이. 옥수로 재미나다 아 이가."

"무신. 사람이 전생에는 호랑이였다, 또 사람이었다! 죽었다 깨나면 맨날 한 거 또 하고 또 하고 하는 거짓부렁이 뭐가 재밌다고!"

말을 그렇게 해도 디테일을 꽤 구체적으로 꿰차고 있는 게 두 명 다 『백호전생』의 열혈 독자임은 분명해 보였다. 미호는 씁쓸한 기분에 정 자를 박차고 일어섰다.

"저 어르신들 저는 이만 가 볼게요. 다음에 또 뵙겠습니다."

"어? 그래, 미호 니도 활 열심히 쏘고……."

'문학은 죽었어…… 글 쓸 기분도 안 난다. 집에 가서 점심이나 먹고 활이나 쏘자.'

선선한 바람이 불고 해가 높지 않아 걷기엔 딱 좋은 날씨였다. 오후 에는 검둥이를 데리고 산책이나 나가 볼까 고민하며 글 생각을 떨쳐내니 마음이 한결 가벼워졌다.

'그래도 이제 이장님 한번 찾아뵙고 지역 예술가 지원 프로그램 같은 거 있는지 한번 여쭤봐야 할 텐데…….'

공모전 입상 경력이나 자작 이북 정도면 이런 촌구석에서는 포트폴리오로 차고도 넘칠 것 같았다.

돌아오는 길 끝에 위치한 공터에 귀녀 할머니의 차가 없는 게 멀리서도 눈에 띄었다.

'요샌 며칠째 계속 집 비우시네?'

미호는 귀녀 할머니에게 물어보고 싶은 게 많았다. 하지만 막상 귀녀 할머니를 만나 그 질문들을 할 수 있을지는 자신이 없었다.

열어 둔 대문을 넘어 마당에 들어가니 검둥이가 꼬리를 치며 미호를 반겼다. 몇 주밖에 지나지 않았는데도 미호가 안아 들기 부담스러울 정도로 훌쩍 커진 검둥이였다. 쭈그려 앉아 오른손으로 검둥이의 목덜미를 잡고 거칠게 바닥에 굴리고 있는데 머리 위에서 처음 듣는 목소리가 들려왔다.

"너 이장님 안 찾아뵐 거야?"

미호는 앉은 자세 그대로 몸이 굳었다. 선선한 날씨임에도 등 뒤로 식은땀이 흘러내렸다.

'활…… 2층 거실에 있는데. 사람도 없는 위쪽에서 목소리 들리잖아. 보일러 실로 뛰어들어서 삽이라도 들고…….'

검둥이가 몸이 굳어 꼼짝도 못 하는 미호를 바라보며 고개를 갸웃거렸다.

"왜 말을 걸어도 대답을 안 해? 내가 묻잖아?"

미호는 천천히 목소리가 들리는 방향으로 고개를 들었다. 2층 현관 앞 난간에 걸터앉아 있는 갈색과 검은색과 흰색의 털이 뒤섞인 고양이 외에는 아무도 보이지 않았다.

'대답을 하면 다시 모습을 드러내 보일 거야. 내가 언제 잠이 들었나? 지금은 낮인데? 그냥 바로 뛰어 올라갈까? 현관문 잠가 놨는데……. 한 20초면 계단 뛰어 올라가서 잠긴 현관문 열고……. 아니! 그런데 개 키우면 괜찮을 거라며?'

고양이가 몸을 펴며 온몸의 털을 일으켜 세우고 하악 거리는 소리를 내었다.

"아! 진짜 짜증나네! 왜 대답을 안 해?"

"어? 고양이?"

"왜 고양이 처음 보냐? 서울에는 고양이도 안 살아? 지금 시골 고양이라고 무시하냐?"

'이 동네는 사람이나 고양이나 도시 사람들한테 무슨 억하심정이 이리 많대?'

"아니, 고양이 많이 봤지……."

지금 자신이 고양이와 대화를 나누고 있다는 생각이 들자 절로 웃음이 터져 나왔다.

'그래, 이게 리잖아?'

정자에서 할머니가 말한 '거짓부렁 이야기'라는 단어가 계속 머릿속에 맴돌았다.

"그래…… 이장님 찾아 뵈야지. 시간 날 때 가려고 그랬어."

"그럼 지금 당장 가자. 안 그래도 이장님이 너 한번 봐야 한다고 그러셨어."

"그……럴까? 나 아직 점심도 안 먹었는데…… 너 밥은 먹었어?"

"아니, 가서 먹자. 이장님 댁에 조풍 형 와서 사람들 모여 있어. 거기 가면 먹을 거 많을 거야."

'조풍 형은 또 누구, 아니 뭐야?'

가 보면 알게 될 것 같았다. 지금 무얼 예측하고 예상하는 게 아무런 의미가 없을 거라는 생각이 들었다.

"그래, 가자…… 이장님 댁!"

미호는 수첩과 만년필을 안주머니에 찔러 넣고 고양이를 바라보며 말했다.

"이장님 댁은 여기서 많이 멀어?"

"아니. 금방 가."

그때까지만 해도 미호는 고양이의 시간관념이 사람과는 전혀 다르 리란 생각을 해 보지 않았었다. 고양이는 차를 타고 가자는 미호의 제 안을 단숨에 거절했다.

"멍청아. 내가 그걸 타며 이장님 댁을 어떻게 안내해 주냐?"

"이장님 댁 주소 같은 거 몰라?"

"주소가 뭔데?"

그렇게 해서 한 명의 사람과 한 마리의 고양이는 9월의 태양이 내리 쬐는 농로를 걸어가기 시작했다. 선선한 바람이 부는데도 금세 이마에 땀이 맺혔다. 논 사이로 끝없이 펼쳐진 농로를 고양이를 앞세우고 말없 이 뒤따라 걸어가는 건 지루하고 민망한 일이었다.

"그런데 이 동네 동물들은 다 너처럼 말하니?"

"내가 다른 동물들이 말하는지 안 하는지 어떻게 알아?"

"아…… 그래……."

민망함을 이겨 보고자 시도했던 대화가 가로막히자 미호는 슬슬 짜증이 밀려왔다.

'이게…… 은근히 아까부터 계속 사람을 긁네?'

딱히 뭘 어찌해 볼 도리도 없었다. 지금 이 상황에서 이대로 집으로 돌아가는 것도 이상할 노릇 아닌가? 혹시라도 집에 돌아가는 미호를 고양이가 따라오며 만류라도 하면? 그건 그 나름대로 기괴하고 민망한 장면임이 분명해 보였다.

포기하고 묵묵히 고양이의 뒤를 따라 내키지 않는 발걸음을 옮기다 보니 어느새 오전의 창작 활동을 즐겼던 정자에 다다랐다. 미호와 문학에 대한 건설적인 토의를 나누었던 할머니 두 분은 여전히 정자에 앉아서 무언가 열띤 대화를 나누고 있었다. 할머니 한 분이 미호를 발견하고 반갑게 손을 흔들었다. 기분이 한껏 상쾌해진 미호가 할머니에게 마주 손을 흔들자 할머니의 표정이 미묘하게 일그러졌다.

'설마 지금 고양이한테 아는 척 하신 거야? 나한테 한 게 아니고? 그래서 별 안면도 없는 내가 손 흔들어서 당황하신 거야?'

고양이가 뒤를 돌아 미호를 바라보았다. 미호는 고양이가 그렇게 여러모로 해석될 수 있는 표정을 지을 수 있다는 것을 그때 처음으로 깨달았다.

고양이는 할머니들에게 말을 걸지 않고 평범한 고양이처럼 묵묵히 정자를 지나쳐 계속 걸어갔다. 미호는 벌겋게 달아오른 얼굴로 꾸벅 고개만 숙여 보이고 말없이 정자를 지나갔다.

"너 저 할머니들 알아?"

"누구? 아…… 난 이계리에 사는 사람들 다 알아."

"그럼 김 서방 아저씨도 알아?"

"김 서방이 누군데?"

"왜 저수지 옆 큰집 사는 아저씨. 몰라?"

"아, 그것도 알지! 개 많이 키우는 집이잖아."

"그럼 귀녀 할머니는? 귀녀 할머니도 알아?"

"어. 할머니가 가끔 나 생선도 주고 해! 할머니는 개 안 키우잖아. 그래서 할머니 집이 좋아. 가끔 할머니 집 쥐 잡아 주면 할머니가 잘했다고 개다래나무 같은 것도 주고 그래."

'이것 봐라? 은근 수다스럽네? 이런 화제 좋아하나?'

"낙동강 옆에 새로 짓고 있는 집엔 누가 이사 오는지 아니?"

"그게 조풍 형 집이잖아! 조풍 형은 서울이랑 부산이랑 대구에 큰집 여러 채 가지고 있는데 여기에도 집 새로 짓는다고 했어!"

아까부터 '조풍 형'이란 단어만 나오면 고양이가 미묘하게 흥분하는 게 느껴졌다.

"조풍 형이 뭔데?"

"조풍 형이 뭐냐고? 이장님 아들 조풍 형 몰라? 너 진짜 아는 게 하나도 없구나?"

"아……. 그럼 이장님 성이 조씨야?"

"이장님이 이장님이지……. 성이 조씨가 뭐야?"

"아니……. 그럼 조풍 형은 성이 조씨에 이름이 풍형이냐?"

"조풍 형 이름이 조풍이지!"

'나랑 아무런 상관도 없고 관심도 없는 사람 이름 한번 알아내기 참 힘들다!'

미호는 이장님의 가족사에 대해 더 알고 싶지 않았지만, 고양이의 생각은 달랐던 모양이었다.

"형은 이계리 잘 안 오고 도시에만 있었는데 요새는 자주 이계리 와.

그래서 아예 집도 짓고 그러려나 봐."

"그 조풍이란 사람은 사람들 싫어하나 봐? 집도 외진 곳에 짓고……."

"형은 사람들 안 싫어해. 사람들이 형을 무서워하지."

"아, 그렇구나……."

"너도 형 보면 알 거야. 그런데 형은 무섭긴 해도 사람들이나 동물들이나 이상한 것들한테도 잘 대해 줘."

"……."

고양이의 말이 떠올리기 싫은 기억을 다시 미호의 머릿속에 끄집어 올렸다.

'이 고양이는 동물일까? 이상한 것일까?'

미호의 생각 따위 알 리 없는 고양이의 수다는 한번 시작되니 좀처럼 멈출 줄을 몰랐다. 이장님 집에 도착하기까지 몇 개의 농로의 교차점을 지나는 동안 고양이는 미호에게 조풍이라는 인물과 이계리 거주민들의 사생활과 주거지의 쥐 서식 분포도와 가구별 저녁 식사 시간과 차량 보유 현황 등을 끝도 없이 늘어놓았다. 아무래도 좋을 시시콜콜한 정보의 다발 중에 미호의 뇌리에 남은 건 이장님이 아들이 매우 많다는 것과 조풍이란 사람은 이장님의 셋째인지 넷째 아들이라는 것, 그리고 고양이가 조풍을 굉장히 좋아한다는 것뿐이었다.

여유로운 고양이의 발걸음을 따라 걸었다고는 해도 쉬지 않고 40분을 걸으니 다리가 아리고 목이 탔고 무엇보다 배가 고팠다.

산자락에 마을회관이라는 간판이 붙은 단층 건물 주변으로 이십여 채의 가구가 옹기종기 모여 있는 마을이 보이자 고양이가 말했다.

"다 왔어. 저기 마을회관 뒤편에 파란색 지붕 집 보이지? 거기가 이장님 집이야."

말을 마친 고양이는 미호의 대답을 기다리지 않고 쏜살같이 파란색 지붕 집으로 뛰어 들어갔다.

'그래…… 일단 가서 물부터 얻어 마시고, 인사하고 밥도…….'

고양이가 말한 집 안에서 많은 사람이 언성을 높여 무언가를 이야기하는 듯 웅성거리는 소리가 들려왔다. 대문이 열려 있었지만 미호는 문앞에 멈추어서 대문을 두드렸다.

"계세요?"

집 안의 사람들은 자기들끼리의 이야기에 빠져 미호는 안중에도 없어 보였다.

미호에게도 익숙한 목소리가 들려왔다.

"내가 여기 청년회장인데! 나한테 말해야지! 왜! 조퐁……한테 말하고……."

"그래. 김 서방이 지금 청년회장이라는데 김 서방한테 말해라. 간만에 아버지 집에 온 나 붙들고 난리냐."

김 서방을 상대하는 목소리는 마치 동굴 속에서 들려오는 것처럼 낮고 울림이 컸는데 왜인지 듣고 있으면 몸이 저절로 움츠러들고 잔털이 곤두서는 기분이 들었다.

"형님. 그래도 흉조를 김 서방이랑 우리끼리만 잡는 것보다야 형님이 좀 도와주시는 게……."

"말귀 못 알아 듣네. 내가 이 마을 사는 것도 아니잖아? 마을 일은 마을 사람들끼리 해결해야지 왜 외지인을 붙들고 하소연이야? 정 김 서방이 못 미더우면 귀녀한테 부탁하든가? 그리고 마을 꼴이 어떻게 돌아가기에 흉조 같은 게 다 넘어오도록 내버려 두고 그래?"

"그건! 저기 문 앞집 김 서방이 갑자기 죽고 그 딸이 이사 와서……."

"귀녀가 제자로 들였다는 여자애? 그 애비란 놈은 뭐 하는 놈이라 자기 땅 하나 못 지키고 죽어서 딸한테 의무를 넘겨?"

듣고 있던 미호의 마음속에서 분노의 불길이 타올랐다.

"계세요? 들어갑니다!"

미호가 고함을 치고 대문을 넘어가자 말소리가 끊기고 모든 사람의 시선이 미호에게 쏠렸다. 이번에도 낯선 얼굴이지만 익숙한 김 서방과 4~50대 정도로 보이는 남자 몇 명과 얼굴과 팔의 피부가 허옇게 떠 보일 정도로 두껍게 선크림을 바르고 챙이 넓은 모자를 쓴 젊은 청년 몇 명 사이에 온통 검정 일색의 옷을 입은 남자가 나른한 자세로 마루에 앉아 있었다.

검은 옷의 남자는 이장님 집 안의 기이한 군상 중에서도 독보적으로 눈에 띄었다. 마당에 모인 사람들 대부분이 흙 묻은 헐렁한 옷이나 등산복을 입고 있는 와중에 남자 혼자만 검은색의 정장 바지와 몸에 잘 맞는 검정 셔츠를 입고 있었다. 그 와중에 셔츠는 팔꿈치 위로 깔끔하게 접어 올리고 있었고 그 사이로 기이할 정도로 하얀 피부가 드러나 보였다.

남자는 미호를 바라보며 천천히 마루에서 일어났다. 남자는 모든 게 다 커 보였다. 키는 귀녀 할머니 정도였는데 어깨는 더 넓고 몸통은 두툼한 와중에 허리와 손목은 대조적으로 잘록했다. 유별나게 큰 입은 얼핏 광대까지 이어져 보일 정도였고 매섭게 치켜뜬 눈과 깔끔하게 다듬어진 짙은 눈썹을 가지고 있었다. 잘 다듬어진 건 눈썹뿐만이 아니었다. 단정한 짧은 머리에 잘 어울리는 짙은 턱수염도 보통 신경 써서 다듬은 모양새가 아닌 것이 남자의 성격을 미루어 짐작하게 했다.

남자는 사람들을 내려다보는데 익숙해 보였다. 왼쪽 입꼬리를 치켜올리고 얕보는 듯한 시선으로 사람을 내리깔아 바라보는 본새가 보통 오만한 게 아니었다.

'이런 시골에서 혼자 멋은 더럽게 부리고는 사람을 왜 저렇게 기분 나쁘게 바라 봐? 그리고 암만 봐도 30대 중반 정도밖에 안 되어 보이는데 할머니 이름도 귀녀라고 막 부르고.'

미호는 첫 대면부터 남자가 마음에 안 들었다. 미호의 마음을 읽기라도 한듯 남자의 입꼬리가 더 치켜 올라갔다.

둘은 한동안 서로에게 시선을 떼지 않고 있었다. 남자의 눈은 사람을 빨아들이는 듯 깊었다. 어느새 감정이 무뎌진 미호는 남자의 눈만을 홀린 듯 멍하게 바라보았다.

"누구?"

남자가 턱짓으로 미호를 가리키며 김 서방에게 물었다. 온 마당을 가득 채우는 울림에 미호는 흠칫 정신이 들었다.

"그 김 서방 딸…… 귀녀 할머니 옆집에 사는…….."

"아아……."

남자는 미호의 인사를 기다리는 듯 보였지만 미호는 말을 받아 자기소개를 할 생각이 없었다. 남자 역시 미호에게 더 말을 걸 생각이 없어 보였다.

둘의 신경전이 계속되자 마당에 있던 사람들은 헛기침을 하며 무어라 인사말을 건네고 집 밖으로 나갔다.

이제 집 안에는 검은 옷의 남자와 김 서방과 미호만이 남았다. 김 서방은 미호와 검은 옷의 남자를 번갈아 바라보며 마른침만 삼키고 있다.

균형을 깨트린 건 미호를 데리고 온 고양이었다. 집 뒤편에서 의기양양한 발걸음으로 걸어 나오더니 남자를 발견하자 말도 없이 야옹거리며 남자의 다리 사이를 부비고 돌아다녔다.

"킥……."

남자의 위압적인 모습에 어울리지 않는 광경을 보고 미호는 자기도 모르게 억눌린 웃음소리를 내었다. 남자의 얼굴에 짜증이 번지더니 고양이의 목덜미를 잡고 마당 한쪽의 화단으로 집어 던졌다.

"넌 좀 그만 치대고 가라!"

공중에서 멋들어지게 자세를 잡고 화단에 착지한 고양이는 남자의 고함에 놀랐는지 부리나케 집 뒤편으로 도망갔다.

'뭐 이딴 새끼가 다 있어? 이거 동물 학대 아니야?'

미호가 막 남자에게 따지려는 찰나, 그리고 김 서방이 둘의 눈치를 보며 무어라 중얼거리며 이장님 집을 떠나려는 찰나에 대문에서 청아한 목소리가 들려왔다.

"조풍아. 손님이 왔으면 접대를 해야지. 왜 마당에 멀뚱히 모셔 두고만 있어?"

조풍의 코웃음을 한 귀로 흘리며 대문 쪽으로 몸을 돌리자 한 손에 지팡이를 들고 회색 로브에 챙이 넓은 회색 모자를 쓰고 길고 무성한 수염을 가진 노인이 서 있었다.

'설마 저분이 이장님? 아니, 저 모습은 암만 봐도 간…….'

"안녕하세요. 이장님, 저 관문길 귀녀 할머니 옆집에 이사 온 강미호에요."

이장을 너무 빤히 바라보지 않기 위해서는 대단한 노력이 필요했다.

'무슨 코스프레 같은 걸 거야. 아니, 그런데 생긴 게 딱 서양 사람이잖아? 아들이랑 하나도 닮지 않았고.'

"아, 그래. 미호 씨. 반가워요. 일단 좀 앉으세요."

이장은 미호가 스크린을 통해서 수십 번은 바라본 바로 그 미묘한 표정을 지으며 미호에게 말했다.

"먼 길 오셨네요. 차도 안 가지고 오신 게, 걸어오셨나 봐요?"

"네, 아, 그게 고양이가……."

미호는 말을 잇지 못했다. 둘의 대화를 바라보는 조풍의 얼굴에 기묘한 미소가 맴돌았다.

"뭐 마실 거라도 좀 내드릴까요? 점심 식사는 하셨고?"

미호가 간절히 기다리던 질문이었다.

"아뇨. 아직 못 먹었는데요……."

"저런. 식사는 잘하고 다니셔야죠."

이장은 집 안으로 들어가더니 물 한잔과 대접 가득 담긴 고양이 사료 같은 것을 들고 나왔다.

'그냥 예의상 물어 본 거였어? 식사 대접을 하겠다는 게 아니라?'

미호에게 물을 건네고 화단 옆에 사료를 내려 놓자 어딘가에 숨어 있던 고양이가 달려 나왔다. 고양이는 미호를 바라보며 '봤지'라는 표정을 짓고 대접에 얼굴을 박고 사료를 흡입하기 시작했다.

'너 먹을 게 많다는 이야기였냐.'

빈속에 차가운 물이 들어가자 공복이 배가 되는 것 같았다.

"그런데 이사 오시고 몇 주가 지난 지금에서야 찾아오신 거 보니 저한테 무슨 부탁이라도 하실 게 있나 보죠?"

정중하지만 묘하게 미호를 책망하는 어투였다. 미호는 왜인지 고등학생 시절의 교장 선생님이 떠올랐다.

'한여름 태양 아래 애들 세워 놓고 저런 말투로 10분이고 20분이고

끝도 없이 훈계 늘어놨지.'

어느 순간에인가 이장의 모습은 그 시절 교장의 모습으로 바뀌어 있었다. 아까와 완전히 동떨어진 모습이었지만 미호는 둘이 같은 존재라는 걸 바로 알 수 있었다.

'이건 또 뭐야?'

미호는 더 놀랄 기운도 없었다. 이계리 기준으로 대단히 이상한 일이라고 할 것도 아니지 않은가? 생각해 보니 이장이 무슨 모습을 하고 있든 별 문제가 될 일도 아니었다. 미호는 이계리에서 겪는 일들을 대하는 데에 가장 효과적인 태도를 빠르게 터득한 터였다. 그래서 이번에도 그냥 무시하기로 했다.

"아, 제가 인사 먼저 드렸어야 했는데 좀 바빴어요. 오늘은 여쭤 볼 것도 있고 해서…….."

"친구분이랑 놀러 다니시고 뒷산에서 활 쏘는 연습하시느라 꽤 바쁘셨나 보군요. 그래요. 뭐, 이제라도 아쉬운 게 생겨서 찾아오신 게 어딘가요?"

계속 바뀌는 외모는 무시할 수 있어도 이장의 점잖으면서도 가시 돋친 말을 무시하기는 쉽지 않았다.

"네……. 아, 제가 이계리 내려온 게 글 써서 출판하려고 그런 거거든요. 그래서 혹시 지역 예술가 지원 프로그램 같은 게 있나 해서…….."

미호의 말을 듣던 조풍의 얼굴에 호기심이 어렸다.

"글을 쓰신다고요? 그런 게 있다고는 얼핏 알고는 있는데…….. 아니면 예산을 제가 좀 받아 올 수도 있을 거 같고……. 그런데 그런 지원금 받으려면 무엇보다 미호 씨의 성과가 중요할 건데 뭔가 남들한테 객관적으로 내세울 만한 게 있나요?"

"아, 공모전 입상 경력 4개 정도 있고요! 전자책 출판한 게 검색 사이트 도서 순위 300위 안에도 들어 봤어요!"

"아버지가 특용작물 재배하는 법 자비로 출판한 책도 순위가 100위 안인데 300위라니 참 대단도 하시네에."

조풍의 빈정거리는 말이 미호의 가슴에 와 박혔다.

"조풍아. 글 쓰는 재주가 없거나 내세울 만한 게 별 볼 일 없는 성과밖에 없다고 해도 남한테 조롱받아 마땅하다는 건 아니지 않느냐? 말 조심하거라."

"아, 네에, 네에."

조풍이 느물거리며 미호에게 고개를 꾸벅하고 웃음을 지어 보인다.

'부자가 아주 쌍으로……'

더는 허기를 참기 힘들었다. 속에서 열이 올라오니 현기증까지 날 지경이었다.

"그래요, 미호 씨. 내가 한번 읍이나 군 사무소 쪽 들를 일 있으면 그런 게 있는지, 미호 씨가 해당되는지 알아보고 연락드릴게요."

"아, 네, 감사합니다."

"미호 씨 연락처가 어떻게 되더라?"

노인이 핸드폰을 내밀자 미호는 작은 실망감이 들었다. 내심 전서구 같은 것이라도 날아오지 않을까 기대했던 참이었다.

조풍과 김 서방은 미호와 이장에게 고개를 꾸벅해 보이고 집을 떠났다. 미호도 더 이곳에 볼일이 없었다. 무엇보다 배고픔이 너무 커서 견딜 수가 없을 정도였다.

"그럼 이장님 저도 들어가 보겠습니다. 제가 너무 늦게 찾아뵀었죠? 종종 뵙겠습니다."

인사를 건네고 이장의 집을 나서자 막막함이 밀려왔다.

'이 뙤약볕에 또 언제 걸어가지. 배고파서 쓰러질 거 같은데. 염치 불구하고 밥이라도 좀 달라 해 볼까.'

갑작스레 이장 집 뒤편에서 들려오는 날카로운 클랙슨 소리에 미호는 펄쩍 뛰어올랐다. 차는 바퀴의 높이가 미호의 허리 위에 걸릴 정도로 높고, 넓고, 컸다. 문짝 4개의 승객석 뒤에 개방된 넓은 짐칸이 따로 달려 있는 픽업트럭이었다.

"어이! 미호 씨라고 했죠? 타요. 김 서방 집 가는 길에 내려 주면 되니까."

거절하고 싶은 마음이 불쑥 들었지만 미호는 군말 없이 고개를 숙여 보이고 뒷좌석에 올라타 앉았다.

"미호 씨 귀녀 집 옆집이라 했지?"

"네…….."

"김 서방은 여전히 저수지 옆에 살고?"

"어…… 어……."

조수석에 앉은 김 서방은 조풍과 눈도 못 마주치며 대답했다.

"그런데 건너온 흉조가 지금 얼마만 한데 이 난리들이야?"

"나도 못 봤어……. 양봉하는 김 서방이 며칠 전에 집 지붕에 앉아 있는 거 봤는데 겨울나기 전에 벌들이 다 죽을 거라고 하고 날아갔대."

"답답하네! 너희들은 청년회라고 마을에 하나 있는 것들이 흉조 하나 제대로 못 다뤄서……. 그거 그냥 아무도 관심 안 두면 저절로 돌아가! 자꾸 너희들이 말을 키우고 하니깐 그게 계속 여기서 머물러 있는 거 아냐?"

조풍의 목소리는 크지 않았지만, 감정이 실리자 차 안에 맹수와 함께 간혀 그 포효를 듣고 있는 기분이 들었다. 미호는 김 서방이 왜 그리 조풍에게 위축되어 있는지 알 것 같았다.

걸어갈 때는 한 시간 가까이 걸렸던 거리였는데 차로 돌아오니 5분도 채 걸리지 않았다. 조풍은 미호를 집 앞에 내려주고 김 서방과 함께 저수지 쪽으로 차를 몰고 올라갔다.

마당에서 미호를 반기는 검둥이를 건성으로 쓰다듬어 주고 미호는 냉장고로 달려갔다.

이장으로부터 연락이 온 건 그로부터 며칠 뒤였다. 미호는 공모전 입상 증빙 자료 따위를 준비한다고 펜도 활도 한동안 내려놓고 지냈다.

10월이 되자 날씨는 더 선선해졌고 검둥이는 제법 의젓한 모양새가 나오기 시작했다. 문제는 새벽녘만 되면 꼭 한 번 우렁차게 짖어서 미호의 단잠을 깨운다는 것이었다. 그때마다 푸드덕거리는 날갯짓 소리가 같이 들리곤 했다. 어차피 수면 시간에 부담을 가질 필요도 없는 생활이었지만 새벽의 단잠으로부터 강제로 깨어나는 게 좋은 기분은 아니었다.

'저게 흉조인가 뭔가 하는 건가?'

"네가 언니 지켜 주려고 새벽에 짖어서 내쫓은 거야?"

미호의 말을 알아듣기라도 한듯 검둥이는 갸웃거리며 미호를 바라보았다.

"집 지키는 건 좋은데, 좀만 조용히 짖으면 안 돼? 아님 그냥 가서 콱 물어 버려!"

그러자 검둥이는 마당 한쪽에 던져 놓은 나뭇가지를 물고 미호에게 다가왔다.

"어휴……. 넌 언제 커서 언니한테 말하고 할 거니?"

"바보야. 개가 어떻게 사람 말을 하냐?"

저 밉상스러운 고양이는 이장님 댁을 방문한 그날부터 시도 때도 없이 미호의 집 계단참이나 난간에서 불쑥불쑥 말을 걸어오곤 했다.

"너한테 말한 거 아닌데?"

미호가 퉁명스럽게 쏘아붙이자 고양이는 마당으로 내려와 야옹거리며 미호의 다리 사이를 부비고 다녔다.

"이 동네는 진짜 다들 하나같이……. 야, 그래서 그 청년회……에서 흉조인가 하는 건 잡았대?"

그 구성원들의 나이를 떠올리면 도저히 '청년회'란 단어가 쉽게 입에 붙지는 않았다.

"그게 말도 마! 요번엔 김 서방한테 저수지 물 못 쓰게 될 거라고 말하고 날아가서 김 서방이 흉조 잡는다고 맨날 청년회 사람들 데리고 마을 돌아다니고 난리법석이야."

"김 서방이 어떻게 흉조 잡는다는데?"

"흥, 김 서방이 조풍 형이나 귀녀 할머니도 아닌데 어떻게 흉조를 잡아! 도시에서 엽사들 돈 주고 데려온다고 그러긴 하는데……."

"기…… 김 서방 딸! 미…… 미호! 지…… 집에 있지? 나…… 드…… 들어간다?"

둘의 대화를 듣고 있기라도 했던 것처럼 김 서방의 목소리가 들려왔다. 평소의 어눌한 말투와 달리 흥분되고 울음기 실린 목소리였다.

"들어와요! 어…… 아저씨 울어요?"

김 서방의 얼굴에는 눈물 자국이 가득했다. 심지어 아직도 감정을 추스르지 못했는지 집으로 들어오면서도 계속 어깨를 떨고 있었다.

"저…… 전화기 좀 빌려 줘……. 조풍……한테 연락해야 해……."

"조풍 씨 전화번호 모르는데. 제가 이장님한테 전화해서 조풍 씨한테 연락하라고 할게요. 뭐라고 전해 달라 할까요?"

"개…… 우리 집 개가 주…… 죽었어……. 저수지에 빠져서……. 저수지에 피…… 피가……."

"아저씨, 일단 2층 가셔서 소파에 앉아서 진정 좀 하고 계세요. 제가 알아서 조풍 씨한테 연락할게요."

조풍은 한 시간쯤 지나 도착했다. 조풍의 깔끔한 검정 일색의 옷차림이 왜인지 섬뜩한 느낌을 주었다.

"김 서방은?"

"우리 집에 앉아 계세요. 많이 흥분하셔서……."

조풍은 고개를 끄덕이고 말없이 저수지로 걸어 올라갔다. 미호는 엉겁결에 조풍의 뒤를 따라갔다.

저수지에 다가가자 물 한가운데에 검은색 형체가 떠 있는 게 눈에 띄었다.

조풍은 검은색 형체를 한번 바라보더니 신발을 벗어두고 물로 뛰어들었다. 고개를 빳빳이 들고 저수지 한가운데까지 헤엄쳐 들어간 후 순식간에 검은색 형체를 안아 들고 빠져나왔다. 물에 흠뻑 젖은 조풍의 옷이 검은색 형체에서 흘러나온 피에 얼룩졌지만 조풍은 그다지 신경을 쓰는 것 같지 않았다.

언제 왔는지 김 서방이 미호의 뒤에서 조풍과 검정 형체를 초점 없는 눈동자로 바라보고 있었다. 김 서방은 무어라 말을 하려 하다가 시선을 돌리고 덜덜 떨기만 하였다.

"집 안에 삽 있지? 내가 좀 쓴다?"

김 서방이 고개를 끄덕이자 조풍은 검정 형체를 안아든 채 집 안으로 성큼성큼 걸어 들어갔다. 미호는 조풍의 뒤를 따라 집 안으로 들어갔다. 많은 검둥이의 형제자매들이 또 다른 형제의 죽음을 슬퍼하듯 조풍의 주변을 낑낑거리며 맴돌았다.

"미호 씨는 여기서 김 서방이랑 같이 있어."

그렇게 말한 조풍은 마당 한쪽에 있는 삽을 들더니 집 뒤편의 산으로 걸어 올라갔다.

망연자실하게 땅만 보는 김 서방을 보고 있자니 무슨 말이라도 해야 할 것 같았지만, 딱히 할 말이 떠오르지 않았다.

조풍은 잠시 후에 삽만을 들고 내려왔다. 엉망으로 흐트러진 조풍의 옷은 온통 진흙 범벅이었다. 집 안에 삽을 두고 나오며 조풍은 김 서방의 어깨를 한번 툭 건드렸다.

"내가 묻어 주었으니 나중에 나한테 위치 물어봐."

조풍은 미호에게도 손을 한번 들어 보이고 산 아래로 걸어 내려갔다.

그날 이후로 밤만 되면 이계리 야산 곳곳에서 산발적인 엽총 소리가 들려왔다. 미호는 한동안 새벽잠을 설쳤지만 다른 이계리의 밤의 소음을 접했을 때처럼 곧 익숙해지고 무뎌졌다. 총소리는 간혹 잠든 미호에게 오직 꿈에서만 유효한 통찰을 더해 주기도 했다.

'총으로는 흉조를 못 잡을 건데……. 할머니가 그래서 은화살을 만들어 줬잖아? 화살 한 발 잃어버린 거 찾아야 하는데…….'

물론 날이 밝으면 바로 잊힐 종류의 통찰이었다.

추석이 다가왔고 미호는 어머니에게 추석에도 이계리에서 집필 활동에 몰두하겠다고 먼저 연락했다. 어차피 아버지가 살아 계실 때에도 두 분의 별거로 친척 집을 방문하기도 애매했기에 추석 때마다 전 남자친구와 어마무시한 항공료를 치르고 해외여행이나 다녔던 미호였다.

추석을 며칠 안 남겨두고 이계리에는 비가 내리기 시작했고 엽총 소리는 거짓말처럼 멈추었다. 가을에 내리는 비답게 보슬비였지만 밤낮을 가리지 않고 쉬지 않고 내려 추수를 얼마 안 남겨둔 논밭을 물에 잠기게 했다.

'무슨 10월에 3일 밤낮으로 쉬지 않고 비가 내리지?'

며칠간 해를 못 보아 우울한 것도 있었지만 온종일 마당에 나가지 못하고 보일러실 한구석에 갇혀 있는 검둥이가 신경 쓰였고, 넋이 나간 표정의 김 서방 아저씨의 모습이 자꾸 떠올랐다. 미호가 김 서방 아저씨 집을 가 볼까, 검둥이를 2층으로 데려올까 고민하던 그날 밤이었다. 미호의 눈에 자신의 집과 연결된 농로 끝에 조풍의 거대한 픽업트럭의 전조등이 들어서는 모습이 들어왔다. 처음에는 김 서방의 집을 방문하겠거니 생각했지만 픽업트럭은 미호의 집 앞에 멈추어 섰다. 집 대문에 달린 방범등 불빛 아래 자신의 덩치에 걸맞은 커다란 검정 우산을 든 조풍이 내려서는 모습이 비쳤다.

'우산까지 검은색이야? 진짜 저 정도면 병이다.'

조풍은 미호의 집 대문 앞에 서서 한참을 두리번거렸다. 조풍이 집 대문에 설치한 적도 없는 초인종을 찾고 있는 것임을 깨닫자 웃음이 터져 나왔다. 조풍이 어떻게 나올지 미호가 조금은 두려우면서도 흥미진진한 마음으로 바라보고 있을 때 1층 차고를 쏜살같이 뛰어나오는 검둥이의 모습이 보였다.

검둥이는 대문을 사이에 두고 이제껏 미호가 들어본 적이 없는 목청으로 사력을 다해 조풍에게 짖어 대기 시작했다. 미호는 어쩔 수 없이 우산을 챙겨들고 내려갔다. 보슬비에 흠뻑 젖은 검둥이의 털은 번들거리는 윤기가 흘러내리고 있었는데 어찌나 겁을 집어먹었는지 꼬리가 뒷다리 사이로 깊숙이 파고 들어가 있었다. 두려움에 떨면서도 검둥이는 온 힘을 다해 조풍을 맞상대하고 있었다.

"검둥아, 괜찮아. 언니 아는 사람이야. 다 젖잖아. 저기 안에 들어가 있어."

미호가 머리를 쓰다듬으며 차분하게 달래자 검둥이는 미심쩍은 표정으로 미호를 한번 바라보고 조풍을 다시 바라보았다. 미호를 조풍 앞에 절대 혼자 내버려 둘 수 없다는 표정이었다. 할 수 없이 미호는 조풍과 검둥이의 사이에 끼어들었다.

"조풍 씨, 이 한밤중에 무슨 일이에요?"

"미안한데 미호 씨 나 좀 도와줘야겠는데."

"제가 조풍 씨를 왜 도와줘야 하는데요? 아니, 그것보다 너무 늦은 시간이니 내일 날 밝으면 다시 이야기해요. 우리 집 말고 이장님 댁에서나……."

검둥이가 다시 미호의 다리 사이로 고개를 내밀고 조풍에게 짖어 대기 시작했다. 흥분한 검둥이의 침이 내리는 비 사이에 흩날리는 게 느껴질 정도였다.

"일단 좀 나와 봐요. 밖에 나와서 이야기하지? 쟤도 흥분 좀 가라 앉혀야지."

이 밤중에 집 밖에서 조풍을 혼자 대면하기는 꺼림칙했지만 그렇다고 조풍을 집에 들일 생각은 절대 없었다. 문득 손에 활과 화살이 들려 있었더라면 좋았을 거라는 생각이 들었다. 미호는 한숨을 내쉬고 대문을 조금 열고 집 밖으로 나갔다. 검둥이가 튀어나올까 걱정이 들었지만, 다행히 검둥이에게는 집 밖에서 조풍을 마주 대할 용기가 없는 것 같았다.

조풍은 뒷걸음질로 대문에서 다섯 걸음 정도 멀어졌다. 그제야 진정된 듯 검둥이는 짖는 걸 멈추었지만, 여전히 문 사이로 걱정스레 미호를 바라보고 있었다.

"대체 무슨 일인데요? 내일 이야기하면 안 돼요?"

조풍이 왼팔을 들어 올려 자동차의 전조등에 비추어 보였다. 팔이 부러지기라도 했는지 두터운 깁스가 눈에 띄었다.

"미호 씨 활 쏠 줄 알지? 보다시피 내 손이 이 모양이라."

'또 궁수 타령이냐?'

"활은 취미로 쏘는 거예요. 그리고 내가 활을 쏠 줄 알든 모르든 지금은 너무 늦었으니 내일 이야기해요."

"지역 예술가 지원금 신청했지? 하필이면 내가 외부 심사위원으로 선정되었거든?"

"조풍 씨가 뭐라고 심사위원 하는데요? 아니, 그것보다 갑자기 그 이야기를 왜 하는데요?"

조풍의 왼쪽 입꼬리가 또다시 올라가기 시작했다.

'저 얄미운 표정 진짜……'

"미호 씨가 지금 나를 도와주면 내가 심사할 때 아무래도 영향을 좀 받지 않겠어? 반대의 경우도 마찬가지이겠고."

"지금 이거 일종의 청탁……, 아니, 지금 나한테 협박하는 거죠?"

"글쎄, 지역에서 나오는 지원금인데 그 대상이 지역에 기여한 바가 뚜렷하다면 당연히 고려해 봐야 할 상황 아닌가?"

이건 분명한 협박이었다. 거기에 은근슬쩍 말도 내려놓는 게 보통 불쾌한 게 아니었다. 그래도 지원금의 액수는 결코 무시할 만한 액수가 아니었다. 그다지 큰돈이 들지 않는 이계리의 생활을 고려해 보아도,

퇴직금과 모아 둔 돈에 지원금까지 더해지면 미호가 이 생활을 이어나 갈 수 있는 시간이 꽤 길어질 터였다.

"……그래서 나보고 뭐하라는 건데요?"

"그때 김 서방이랑 나랑 이야기하는 거 들었지? 얼마 전 저수지 사건 도 봤을 테고……."

'흉조'라는 단어가 미호의 머릿속을 스치고 지나갔다. 미호는 말없이 고개만 끄덕였다.

"김 서방, 그 바보 같은 놈이 얼치기 같은 포수들 데려와서 결국엔 일을 더 키워 버렸어. 공기총 따위로 그걸 어떻게 잡겠다고. 내버려 두 면 다시 돌아갈걸."

"그 흉조인가 하는 거요? 그게 도대체 뭐 하는 건데요?"

"뭐, 이제부터 보게 되겠지만 미호 씨가 몇 주 전에 활로 잡았다는 놈들이랑 비슷한 거야. 그놈들이 사람의 두려움을 먹는다면 흉조는 사 람들의 의심과 걱정을 먹어. 사람들 겁주는 예언하고 심약한 놈들이 그 예언에 신경 쓰면 거기서 힘을 얻어서 직접 예언을 구현한달까."

처음에는 양봉장의 벌이 다 죽을 거라 했고 그다음에는 김 서방의 저수지 물이 못 쓰게 될 거라 했다. 그럼 이번에는 뭐란 말인가?

"이번엔 누구한테 무슨 예언을 했는데요?"

"……하! 망할 놈이 건방지게 내 집 지붕에서 이계리가 물에 잠길 거 라고 떠벌거리는데……."

남들한테는 잘났다는 듯이 무시하라 하더니 결국에는 자기도 똑같 이 당했다는 소리였다. 거기에 예언의 스케일도 이제까지와는 비교도 할 수 없게 크지 않은가?

"이거 왼팔은 그놈 때문에 그런 건 아니고……."

자신의 왼팔에 꽂힌 미호의 시선이 신경 쓰였던 모양이었다. 미호의 얼굴에 비웃음이 가시지 않자 조풍도 입꼬리를 더 잡아 올리고 짓궂은 표정을 지으며 어깨를 으쓱해 보였다.

'제법 귀여운 구석도 있네.'

"심. 약. 한 조풍 씨 말대로라면 그냥 내버려 두면 되는 거 아니에요? 그리고 마을 사람 아니라서 마을일 간섭 안 한다 하지 않았나?"

"이것 봐요, 미호 씨. 이제 추수철인데 이렇게 계속 비가 내려서 논이 잠기면 수확기가 논에 들어가지를 못해요. 저 염병할 것이 언제까지 비를 내리게 할지는 모르겠지만 추수 시기를 가지고 도박을 걸 수는 없지. 그리고 어디 가서 또 다른 심약한 놈들한테 이상한 예언 해서 김 서방 꼴 나면……."

조풍의 마지막 말이 미호의 마음을 굳히게 해 주었다.

"그렇다고 해도 나 혼자서 그거 상대해야 하는 위험한 일이라면 절대 안 할 거예요."

"사냥 끝날 때까지 내가 옆에 있으니 위험한 일은 절대 없을 거야."

"그리고 내가 흉조를 잡든 못 잡든 무조건 지원금은 받을 수 있게 해 줘요."

"……그건 심사위원이 나 혼자가 아니라 장담은 못하겠는데."

"무. 조. 건!"

"……애는 써 보지. 미호 씨도 흉조를 무. 조. 건 잡는 게 좋을 거야. 비 안 그쳐서 미호 씨 뒷산 무너져 집이라도 덮치면 곤란하잖아?"

'그럴 땐 그냥 서울 가면 그만이지 뭐.'

"그리고 마지막으로…… 자꾸 나한테 말 놓지 마! 나보다 나이를 먹었으면 몇 살이나 더 먹었다고 계속 반말이야?"

조풍의 얼굴에 어이없어 하는 표정이 스치고 지나가더니 또다시 빈정거리는 입매가 돌아왔다.

"예, 예, 말씀 다 끝나셨으면 활이랑 화살 가지고 나오세요. 비 맞으면서 돌아다녀야 하니 옷도 적당한 거로 갈아입으시고."

집으로 들어오자 검둥이가 걱정스러운 표정으로 미호를 바라보며 다가왔다.

"괜찮아, 집에 있어. 언니 좀 나갔다 올 거야."

활과 은화살을 챙기고 등산복으로 옷을 갈아입고 방수가 되는 재킷까지 걸치고 마당으로 내려오자 검둥이는 여전히 어찌할 줄 몰라 하며 미호와 조풍을 번갈아 바라봤다. 따끔거리는 뒤통수를 무시하며 미호는 대문을 닫았다.

"이제 가요."

"활이랑 화살 좀 보여 주세요."

꾸며낸 기색이 역력한 조풍의 말투가 거슬렸지만 미호는 순순히 활과 화살을 건네었다. 조풍은 왼팔의 깁스를 활의 줌통에 고정하고 귀녀 할머니가 그랬던 것처럼 활시위를 몇 번 당겨 보았다.

"이 활 가지고는 어림도 없겠습니다. 그리고 화살은 왜 8발뿐인가요? 귀녀가 은화살을 3발이나 9발이 아니라 8발을 만들어 주었을 리는 없을 텐데요?"

"한 발은 뒷산에서 잃어버렸어요. 8발이든 9발이든 무슨 차이라고……."

조풍은 우산을 접어 차 안에 던져 놓더니 귀녀 할머니의 집으로 걸어가 성한 오른팔로 담장 위를 짚고 한 번의 도약으로 순식간에 담을 넘어 들어갔다.

"뭐 하는 거예요? 남의 집에 불쑥……!"

"아, 여기 제집입니다! 신경 끄세요?"

집 안에서 조풍의 목소리가 흘러나온 후 불이 켜지더니 무언가 뒤지는 소리가 들려 왔다. 잠시 후 불이 꺼지고 들어갈 때처럼 단숨에 담장을 넘어오는 조풍의 모습이 보였다. 부러진 왼팔을 고정하고 오른팔로만 담장을 짚고 넘어 다니는 조풍의 모습이 어디인지 고양이를 연상케 했다.

조풍은 입으로 거대한 활을 물고 있었다. 팔로 활을 옮겨 쥐고 미호에게 건넸다.

"이걸 쓰세요. 가지고 온 장난감 활은 어디 멀리 치워 두고."

활은 몸통과 날개가 세 부위로 분리되는 미호의 것과 달리 단일한 한 개의 몸통으로 구성되어 있었는데 시위를 걸지 않아 곧게 펴진 길이가 미호의 눈높이와 비슷할 정도로 길었다.

"저 이런 거 쏴 본 적 없는데……."

"미호 씨 쓰던 거랑 별 차이가 없습니다. 한 두어 발 쏴 보면 바로 적응돼요. 이제 가죠. 차에 타세요."

조풍은 미호의 대답을 기다리지도 않고 운전석으로 들어가 앉았다. 미호가 조수석 문을 열려는데, 차 안에서 문을 걸어 잠그는 소리가 났다.

"뭐예요, 문 열어요!"

조수석 쪽 창문이 조금 내려왔다.

"거기 아니에요. 조수석에서 활을 어떻게 쏘시려고?"

"아니, 그럼 어디 타라고요?"

조풍은 픽업트럭의 짐칸을 가리켰다. 픽업트럭의 화물칸은 두툼한 고무바닥이 깔려 있었지만, 비에 젖어 무척이나 미끄러웠다. 화살을 놓을 장소도 마땅치 않았다. 미호는 잠시 둘러보다 포기하고 고무바닥에 아무렇게나 화살을 내려놓았다.

"일단 시위부터 걸고 출발합시다."

운전석 창문을 열고 조풍이 말했다. 시위를 거는 것도 보통 일은 아니었다. 비에 젖은 활은 미끄러웠고 반탄력이 너무 강해 두 다리 사이에 활을 고정하고 허리를 뒤틀어도 조금도 휘어질 생각을 하지 않았다. 몇 번의 시도 끝에 손톱 끝을 두어 개 부러뜨리고서야 간신히 시위를 걸 수 있었다.

시위를 거는 것만으로도 기운이 다 빠져나간 느낌이 들었고 어깨와 옆구리가 견딜 수 없이 쑤셔오기 시작했다.

"이 활 너무 세서 당길 수도 없을 거 같아요!"

"많이도 아니고 딱 8발만 쏘면 돼요. 시위 걸었으면 귀 막아요."

말뜻을 이해 못해 어리둥절해 하다가 조풍이 창밖으로 얼굴을 내밀고 입을 크게 벌리는 걸 보고 미호는 본능적으로 바닥에 쭈그리고 앉아 귀를 틀어막았다.

조풍의 입에서 터져 나온 포효가 이계리를 가득 메웠다. 귀가 아닌 이제껏 한 번도 사용해 본 적 없는 감각 기관으로 느껴지는 기운이 미호에게 포식자를 마주 대한 피식자의 공포를 불어넣었다.

집 안에서 검둥이의 비명과도 같은 낑낑 소리가 들려왔고 미호의 집 뒷산에서 셀 수도 없이 많은 새가 일제히 하늘로 날아가는 게 눈에 띄었다. 그 안에 흉조가 있었다. 처음에는 새들의 무리인 것처럼 보였으나 잘 보니 날개 하나가 미호의 집 대문만 한 거대한 새였고 얼굴은……

'뭐야, 수염까지 기른 중년 남자 얼굴이잖아?'

도무지 이해할 수 없는 이질적인 모습에 미호의 몸에 소름이 돋았다.

"쫓아갑니다. 꽉 잡아요."

'잡으라니 어디를 잡으란 말이야?'

미호는 잠시 고민하다 활을 오른쪽 어깨에 걸고 승객석의 지붕과 짐칸의 끝을 사선으로 이어주는 봉을 붙잡았다.

길이 좁고 험한 농로를 조풍은 속도를 높여 지나갔다. 픽업트럭의 걸걸한 엔진 소리와 짐칸 바닥을 타고 올라오는 노면의 잔 진동이 미호의 심장을 빠르게 뛰게 했다.

조풍은 농로 끝의 지방도 합류 지점에서 흥조가 날아간 오른쪽으로 차를 꺾더니 순식간에 엄청난 속도로 가속하며 달려 나갔다. 걸걸했던 엔진 소리는 귀곡성 같은 높고 소름 끼치는 소리로 변했다. 보슬보슬 내리는 비가 휘몰아치는 바람에 실려 따끔한 바늘처럼 미호의 노출된 얼굴을 사정없이 찔러대었다.

하늘에 걸린 만월이 불빛 없는 이계리를 훤하게 비추어 주고 있었다. 흥조는 픽업트럭 앞쪽의 하늘을 유유히 날았다.

'움직이는 걸 쏴 본 적은 한 번도 없는데 어떡하지?'

화살들은 어느새 짐칸의 끝으로 굴러가 있었다. 미호는 네 발로 엉금엉금 기어가 화살 하나를 집어 들고 천천히 몸을 일으켰다. 끊임없이 짐칸 바닥에서 올라오는 진동에 자세를 잡기가 영 쉽지 않았다. 화살을 장전하고 활을 들어 올린 후 천천히 시위를 당기려 하는데 도무지 좀처럼 당겨지지 않았다. 등 근육의 힘으로만 당겼던 이제까지와 달리 꼴사납게 오른쪽 가슴과 옆구리까지 뒤틀어서야 겨우 활은 조금씩 휘기 시작했다.

'맙소사. 이거 겨냥할 때까지 절대 못 버틸 거야. 그것보다 어디를 노

려야 해? 내 앞쪽 위에 있으니 조금 더 위를 겨냥해야 하나?'

비에 젖은 머리카락이 눈 주위로 달라붙으며 시야를 가렸다. 노출된 눈동자를 사정없이 찔러대는 빗방울에 두 눈을 뜨고 있기도 힘들었다. 무엇보다 어깨가 활의 힘을 더 버텨낼 수가 없었다.

미호는 활의 힘을 못 견디고 화살을 쏘아 내보냈다. 요란한 활시위의 진동 소리와 함께 화살은 엄청난 속도로 흥조의 옆을 스치고 지나갔다.

단 한 번 활시위를 당겼을 뿐인데 왼쪽 팔꿈치 안쪽과 오른쪽 어깨가 찢어질 듯이 아팠다. 하지만 이제껏 한 번도 본 적 없는 속도와 궤적으로 비행하는 화살의 모습에 미호는 마음을 빼앗겼다.

'높이는 정확한 거 같은데……. 내가 서 있는 위치 따라서 왼쪽이나 오른쪽으로 많이 틀어지니 조금만 더 바로잡아서 쏘아 보자.'

다시 한 번 짐칸의 바닥을 더듬어 화살을 주어 들고 장전한 후 온몸을 뒤틀어가며 시위를 당기고 흥조를 겨냥했다.

'조금만 더 오른쪽…….'

미호가 의식도 못한 사이에 픽업트럭의 짐칸이 튀어 올랐고 손은 반사적으로 시위를 놓았다. 충분히 힘을 받지 못한 화살은 꼴사나운 모양으로 도로 옆 논 어디론가 날아갔고 미호는 짐칸 앞쪽으로 활과 함께 굴러가 처박혔다. 얼얼한 와중에도 분노가 치밀어 올라 몸을 일으켜 트럭 승객석의 지붕을 내리쳤다. 운전석 옆으로 조풍의 깁스한 팔이 나오더니 좌우로 흔들렸다. 미안!

차를 튀어 오르게 만든 범인은 픽업트럭의 앞에 펼쳐진 산길에 놓인 과속 방지턱이었다. 경사가 심한 산길에 접어들자 차의 속도는 눈에 띄게 줄어들었고 흥조와의 거리가 점점 벌어지기 시작했다.

정상을 넘어 내리막길에 접어들자 측면의 봉을 붙들지 않으면 자리를 지키기 힘들 정도로 다시 차의 속도가 빨라졌다. 내리막길의 끝자락에는 낙동강이 펼쳐졌고 흉조는 어느새 오른쪽 상공을 날고 있었다. 픽업트럭은 속도를 줄이지 않고 뒷바퀴를 미끄러뜨리며 오른쪽으로 방향을 틀고 속도를 더 내었다.

"미호 씨! 클랙슨 한 번 길게 누르면 안전! 두 번 누르면 주의!"

미호의 귀를 괴롭히는 바람 소리와 엔진 소리도 조풍의 목소리를 가리지는 못했다. 그다지 목소리를 높인 것 같지도 않은데 너무나 또렷하게 들려왔다. 미호는 소리쳐 대답하려다 차의 지붕을 두 번 쾅쾅 두드렸다. 알았다!

곧 클랙슨 소리가 한 번 길게 이어졌다.

왼쪽에는 낙동강이 곧게 펼쳐져 있고 흉조는 픽업트럭의 오른쪽에서 차와 비슷한 속도로 나란히 날고 있었다.

'이럴 땐 또 어딜 조준해야 해? 움직이고 있으니 조금 더 앞을 조준해야 하나?'

시위를 당기자 왼쪽 팔꿈치에서 무언가 찢어지는 느낌이 났지만 미호는 무시했다.

아까와는 달리 왼쪽에서 불어오는 옆바람에 자세가 불안정했다. 미호는 흉조의 앞쪽을 겨냥하고 화살을 쏘았다. 화살은 흉조의 꼬리 뒤쪽으로 흘러 사라졌다.

'조금 더 왼쪽으로 겨냥해야 하나? 너무 빗나갔는데?'

이번에는 높이가 문제였다. 화살은 흉조의 한참 위로 빗겨 날아갔다.

다시 한 번 화살을 주어 시위에 먹이고 활을 들어 올리려 하는데 흉조가 오른쪽으로 방향을 틀었다.

빵빵! 두 번의 클랙슨이 울리자 미호는 화살이 먹여진 활을 어깨에 걸고 측면 봉에 매달렸다.

픽업트럭은 이번에도 또 한 번 절묘하게 뒷바퀴를 미끄러트리며 우측에 펼쳐진 개활지로 뛰어들었다. 임도의 돌투성이 노면은 짐칸을 잠시도 쉬지 않고 요동치게 했고 미호는 측면 봉을 잡고 바닥에 주저앉아 버티고 있을 수밖에 없었다.

잠시 후 정면에 지방도가 펼쳐지자 흥조는 또 한 번 우측으로 방향을 틀었고 픽업트럭은 개활지와 지방도의 단차를 우악스럽게 타 올라가 미호의 몸을 짐칸에서 50㎝는 족히 떠오르게 했다.

'그런데 저 흥조라는 거 아까부터 계속 이계리 경계를 빙글빙글 도는 것만 같은데……?'

미호는 깨질 듯한 엉덩이의 고통보다 흥조의 이해 못 할 행동이 더 신경 쓰였다.

픽업트럭이 지방도에 올라서자 클랙슨이 다시 한 번 길게 울렸다. 미호는 몸을 일으켜 흥조를 찾았다. 이번에는 다시 픽업트럭 앞의 상공을 날고 있었다. 활시위를 당기고 조준을 하려 하는데 이제 힘이 빠질 대로 빠진 온몸의 근육이 그 익숙한 동작을 거부했다. 미처 조준을 끝내기도 전에 오른팔이 스스로 의지를 가지기라도 한 듯 시위를 놓아 버렸고 화살은 자동차 앞 도로를 튕겨 불꽃을 남기고 어디론가 사라졌다.

"미호! 시위를 당기고 나서 조준하는 게 아니야! 먼저 바라보고! 활을 들고! 바로 쏘아 보내!"

'말이야 쉽지!'

미호는 조풍의 말을 이해 못 하는 동시에 이해할 수 있었다.

이제 짐칸에 굴러다니는 화살은 세 발밖에 남지 않았다. 바닥을 기다시피 해서 화살 하나를 집어 들고 시위에 먹였다.

'바라보고!'

미호는 흥조를 눈으로 바라보았다.

'활을 들고!'

미호는 활을 들어 올렸다.

'바로 쏘⋯⋯.'

이번에는 충분히 시위가 당겨지지 않았는데 화살을 쏘아 내보낸 게 문제였다.

이제 두 발의 화살만이 남았다.

미호가 화살을 시위에 먹이고 몸을 일으켰을 때 다시 한 번 클랙슨이 두 번 울렸고 흥조를 뒤따라 트럭은 우측으로 방향을 틀었다. 미호에게도 친숙한 길이었다. 쭉 뻗은 도로를 따라 계속 달리다 보면 다시 미호의 집이 보일 터였다.

미호는 몸을 일으켜 흥조를 바라보며 자연스러운 동작으로 화살을 쏘아 내보냈다. 화살은 흥조의 오른쪽 다리 뒤쪽으로 흘러 떨어졌다.

모든 게 명확해졌다. 흥조와 픽업트럭은 결국 이계리를 돌고 돌아 미호의 집으로 향하고 있었다. 미호의 조준은 흥조를 향한 게 아니었다. 흥조가 날아가는 가상의 방향 선을 겨냥한 것이 문제였다.

마지막 화살이었지만 빗나갈 거라는 불안감은 전혀 들지 않았다. 시위에 화살을 먹이고 몸을 일으키자 정면에서 불어오는 바람이 미호의 머리카락을 뒤로 날려 주었다.

어느새 비는 잦아들어 눈을 치켜떠도 바람에 스치는 눈동자가 시릴 뿐 눈을 찌르는 빗방울을 신경 쓸 필요는 없었다. 분당 6000번이 넘게 회전하는 픽업트럭 엔진의 날카로운 고음과 펄럭이는 바람이 만드는 저음이 어우러져 음악처럼 들렸다. 짐칸의 바닥을 타고 발바닥에 전해지는 진동이 미호의 감각을 자극했다. 하늘 위에 걸린 만월과 픽업트럭의 지붕에 반사된 만월, 은은하게 세상을 비춰주는 두 개의 광원이 미호의 시야를 환하게 밝혀 주었다.

미호는 눈으로 흉조를 바라보고 활을 들어 올렸다. 이제껏 수천 발의 화살을 쏘아 보낸 미호의 몸이 눈에 담긴 사물을 겨냥했다. 미호는 의식도 못 하는 사이에 맞춘다는 의지만을 담아내 화살을 쏘아 내보냈다.

시위를 놓는 바로 그 순간 미호는 흉조를 잡았다는 걸 알 수 있었다. 그 뒤는 벌어지는 일을 즐기기만 하면 됐다.

화살은 직선에 가까운 포물선을 그리며 흉조의 몸통에 빨려 들어갔다. 이제까지의 느긋한 비행과는 사뭇 다른 모양새로 흉조의 몸이 불안하게 흔들렸다. 흉조는 좌측으로 기울어져 픽업트럭 쪽으로 떨어져 내려왔다. 점점 거대해지는 흉조의 날개와 원망 섞인 눈망울이 또렷해진다 느껴지는 순간 흉조는 발톱을 세워 트럭의 왼쪽을 강타하고 나가떨어졌다.

트럭은 달려가는 속도 그대로 공중에 떠서 돌아가며 짐칸에 있던 승객을 뱉어내었고 미호의 한껏 예민해진 시야에 이 모든 과정이 슬로우모션으로 들어왔다. 하늘이, 만월이 눈에 들어왔고, 미호의 집 근처 버려진 논이 보였고, 깁스한 조풍의 몸이 운전석 문을 잡아 뜯으며 튀어나오는 모습이 보였고, 공중에서 조풍의 억센 오른손이 미호의 몸을 끌어안는 게 보였고, 이장님 집 화단에 조풍이 집어 던진 고양이가 착지하듯이 도로 위에 우아하게 내려서는 조풍의 모습이 보였다.

뒤흔들리는 방향감각에 정신을 못 차리는 미호의 눈에 이제는 날지 않고 성큼성큼 뛰어 미호의 집 뒷산으로 사라지는 흉조의 모습과 그 뒤로 길게 이어진 핏자국이 보였다.

"젠장…… 이래서 9발이어야 하는데…….

여전히 미호를 품에 안은 채로 조풍이 내뱉었다.

"쫓아가야죠? 안 쫓아가요?"

얼떨떨한 기분으로 조풍을 올려다보며 미호가 말했다.

조풍은 미호를 내려 보더니 고개를 끄덕이고 깁스한 왼팔을 보태 미호를 받쳐 든 채로 미호의 집 쪽으로 달려갔다. 미호는 조풍의 몸이 트럭보다 빠른 것 같다는 생각이 들었다.

"개를 불러요."

집 대문 앞에 미호를 내려놓고 조풍이 말했다.

검둥이는 기다리고 있었다는 듯 문 앞까지 나왔다가 조풍을 보더니 또다시 몸을 낮추고 으르렁대기 시작했다.

"검둥아, 아니야, 이 아저씨 언니 친구야! 봐 봐, 손도 잡았잖아!"

왼손으로 조풍의 오른손을 잡고 흔들며 미호가 말하자 검둥이는 어리둥절한 표정을 지었고 조풍은 소리 내 웃음을 터트렸다. 위압적이지도, 두렵지도 않은 평범한 웃음이었다.

"개 데리고 이쪽으로…….

조풍은 귀녀 할머니 집 옆에 흘려진 흥조의 피를 가리켰다. 미호가 검둥이를 안아 들고 대문 밖으로 나와 검둥이를 내려놓았다.

"이거…… 이거 쫓아 갈 수 있지?"

검둥이는 냄새를 두어 번 맡더니 뒷산으로 뛰어 올라갔다. 미호와 조풍이 거리가 멀어지니 잠시 기다려서 컹컹 짖어대었다.

"이거 실례. 넘어가기 전에 잡아야 해서…….

조풍은 미호를 안아 들고 산을 뛰어 올라갔다. 미호는 이번에도 딱히 거절하지 않았다.

아쉽다는 생각이 들 정도의 시간 뒤에 다시 한 번 미호에게 익숙한 장소가 나왔다. 만월 아래에도 그 안이 들여다보이지 않는 숲속과 그 앞에서 숨을 헐떡이고 누워 있는 흉조의 모습이 보였다.

흉조가 천천히 고개를 들어 미호를 바라보았다. 흉조의 얼굴은 잘 다듬어진 수염에 그린 듯 흘러내리는 눈썹을 가지고 있었다. 지성의 흔적이 뚜렷한 흉조의 눈을 바라보자 미호의 마음에 죄책감의 그늘이 드리워졌다.

"강미호!"

갑작스럽게 터져 나온 자신의 이름에 미호는 몸이 굳었다.

"너는 절대로!"

흉조가 다음 말을 마치기 전에 조풍의 몸이 흉조를 덮쳤고 미호가 죽을 때까지 이해하지 못할 모습과 방식으로 흉조의 남은 숨을 끊었다.

"지금 나한테 예언하려고 했어요! 내 미래 이야기하려 했다고요!"

"……말했잖아, 얼치기 예언이라고. 귀담아들을 필요 없어."

어느 순간 조풍이 다시 말을 놓았지만 미호는 마음을 온통 사로잡고 있는 생각에 파묻혀 신경 쓰지 않았다.

"내려가 있어요. 처리하고 갈 테니."

"어떻게 할 건데요? 또 파묻나요?"

"온 곳으로 되돌려 보내야지. 볼 만한 광경이 아니니 그만 집에 들어가 있어요."

조풍은 한 손으로 거대한 흉조의 목을 잡아끌며 숲속으로 사라졌다.

걱정스럽게 미호를 바라보는 검둥이를 이끌고 미호는 집으로 돌아왔다.

'집 뒤 담장을 보강하든 해야겠어.'

검둥이를 들인 뒤 단 한 번도 걱정해 본 적은 없었지만 상상도 못 해 본 조풍의 모습이 미호에게 두려움을 심어 주었다.

잠시 뒤에 조풍은 저수지에서 개를 묻었을 때처럼 혼자 내려왔다. 이번에는 검둥이도 조풍에게 적의를 드러내 보이지 않았다.

"끝났어요. 오늘 잘해 줬어요. 지원금 건은 내가 힘닿는 데까지 애써 볼게요."

"차는…… 제가 태워 드려요?"

"견인 불러도 되고. 뭐, 여기 집 공사 끝났으니 거기 가서 자도 되고. 천천히 걸어가도 얼마 안 걸려……."

자신을 안고 뛰던 조풍의 속도를 떠올리니 딱히 미호가 신경을 쓸 일은 아닌 것 같았다. 조풍은 손을 한번 들어 보이고 뒤돌아서 대문을 나갔다.

'끝까지 폼 잡긴.'

* * *

기다리던 소식은 미호가 한참 읍내 마트에서 장을 보고 있을 때 날 아왔다. 모르는 번호였지만 내용을 봐서 조풍의 문자임을 짐작할 수 있었다.

— 미호 씨. 미안한데. 이계리에 이미 예술가 지원금 받는 사람도 있었고 다른 심사위원들이 완강해서 요번엔 좀 힘들겠네.

— 그리고 이런 이야기도 진짜 미안한데. 일단은 판타지 소설 작가 지망생

인 건 알겠는데, 반지의 제왕 딱 한 편 보고 판타지 소설 쓴다는 티 팍팍 나는 글로 작가 하겠다는 건 좀 무모한 발상인 거 같아요. 일단 쓰기 전에 뭐든 좀 많이 봐야 할 것 같네.

　— 수고해 줬는데 실망하게 한 거 같아서 사과의 의미로 작은 선물 하나 보냈으니 유용하게 썼으면 좋겠네요.

"선물은 무슨…… 내가 딱 이럴 줄 알았다!"

말은 그렇게 내뱉었지만 실망감이 이만저만이 아니었다. 몇 개의 짐 봉투를 우악스럽게 차에 싣고 미호는 집으로 돌아갔다.

올 때 편하려고 활짝 열어 둔 대문 안에서 김 서방이 검둥이를 쓰다듬고 있다가 미호의 차를 발견하더니 화들짝 놀라 대문 밖으로 튀어나왔다.

"어휴……. 아저씨 그냥 들어오세요!"

미호는 창문을 열고 김 서방에게 소리치고 차고에 차를 집어넣었다. 차고에는 커다랗고 길쭉한 세 개의 상자가 놓여 있었다.

"아니…… 지나가는데 문밖에 우체부가 짐을 던져두고 갔더라고……. 신경 쓰여서 옮겨 놓으려고 했지……."

그날 이후 처음 보는 김 서방의 모습이 반가웠다. 쭈뼛 거리는 김 서방의 모습에 왜인지 웃음이 나왔다.

"……에혀. 아저씨, 아이스크림 사 왔는데 하나 드실래요?"

"난 그런 거 안 먹어. 그것보다 저거 짐 안 뜯어 봐? 조풍이 보낸 거 같은데……."

"장 봐 온 거 풀어놓고 아저씨 가시면 혼자서 뜯어 볼 거예요."

김 서방은 아쉬워하는 눈초리로 한참을 머뭇거리다 떠나갔다.

두 개의 상자에는 미호에게도 이미 익숙한 물건들이 들어 있었다. 택배 상자의 포장을 뜯자 은은한 향이 나는 나무 상자가 나왔다. 가죽으로 덧대어진 상자의 걸쇠를 풀자 두툼한 쿠션에 파인 홈에 딱 맞추어 놓인 두 개의 활 날개와 몸통과 시위가 보였다. 활은 도구 없이도 간단히 결합할 수 있었고 거기에 시위만 걸자 바로 온전해졌다. 짙은 적갈색으로 도색된 활은 나뭇결을 그대로 드러내 보였고 은은하게 단풍나무 향이 풍겨왔다. 활의 줌통은 미호의 손에 감겨오듯 착 달라붙었다.

미호는 시험 삼아 시위를 당겨보았다. 여태까지 쓰던 것보다는 한참 강했지만, 흉조를 잡던 날 힘겹게 다루던 활보다는 조금 약했다. 무엇보다 급격히 힘을 요구하는 구간 없이 만작까지 일정한 강도로 당겨지는 시위의 느낌이 좋았다.

'이 상자에, 활까지……. 이것만 내다 팔아도 거의 지원금 액수 나오겠는데?'

물론 틈만 나면 인터넷에서 눈으로만 바라보며 즐기던 물건을 내다 팔 마음은 전혀 없었다.

두 번째 상자에는 촉이 빠진 아홉 개의 화살이 들어 있었다. 따로 분리된 촉은…….

'은이네. 무게도 할머니가 급히 만들어 준 것보다 훨씬 무거운 게 순은 같은데.'

화살 역시 미호의 것과 달랐다. 더 무거웠고 쉽게 휘어지지 않았는데 화살대의 처음부터 끝까지 균일하게 무게가 걸리는 게 느껴졌다.

그리고 전통이 들어 있었다. 전통은 등에 사선으로 비끄러매는 방식이었는데 적당한 무게감과 두툼한 가죽이 등에 와 닿는 감촉이 무척이나 좋았다.

미호의 입에 미소가 걸렸다. 어울리지 않게 의외로 세심한 남자가 아닌가? 선물이라기엔 과한 금액의 물건이란 생각도 들었지만 그날 밤 미호의 수고는 이 정도의 보상을 받을 만한 가치가 있었다.

마지막 상자를 열어 보고 미호는 이제까지와는 확연히 다른 성격의 웃음을 터트렸다. 35권의 책이 빼곡히 들어간 상자에는 손 글씨가 쓰인 쪽지가 놓여 있었다.

동료이자 경쟁작가들 책도 좀 읽으시고. ― 조풍

쪽지를 구겨 한편으로 던져 놓고 책 한 권을 빼 들어보니 요란한 띠지가 미호의 눈을 사로잡았다.

3년간 부동의 베스트셀러! 바닷바람 작가의 무협 대작 백호전생!

'그래. 조풍……. 바닷바람……. 마침 겨울이 다가오니 불쏘시개로 쓰기엔 딱 좋네!'

미호는 상자에 책을 대충 던져 놓고 보일러실 한편으로 상자를 밀어 넣은 후 활과 전통과 화살을 챙겨 2층으로 올라갔다.

막간극

"세연아! 잘 지냈어? 서울에는 별일 없고?"

"어…… 언니. 우리 마지막으로 본 지 몇 주나 되었다고……. 그리고 거기도 뉴스 나오잖아……."

"어? 말이 그렇다는 거지. 야, 너 언제 또 놀러 안 올래? 검둥이 이제 제법 커서 되게 늠름해."

"어……, 담에 기회 봐서 갈게……."

"야! 내가 다음에 오면 완전 신기한 거 보여 줄게. 나 이번에 활 바꿨거든? 그걸로 테니스공 허공에 던져 놓고 화살로 쏴 맞힌다. 하하."

"어…… 잘됐네……. 다음에 가면 보여 줘……."

"어? 어…… 그래."

"언니, 나 지금 야근하고 막 들어와서 너무 피곤하거든……."

"어, 그래……. 미안! 내가 백수 생활 하다 보니 그런 감을 다 잃었다. 얼른 씻고 푹 쉬어!"

"어, 담에 또 통화해……."

통화를 마치고 시계를 보니 밤 10시 30분이었다.

'그러고 보니 이 생활 한 지도 한 달이 좀 넘었네. 몸이 익숙해지니 시간 가는 것도 잘 모르겠고.'

평범한 직장인이라면 닥쳐올 내일에 대한 부담을 안고 막 잠을 청하려 할 시간이었지만 미호에게는 하루의 시작이 될 수도 끝이 될 수도 있는 시간이었다.

'그나저나 저 민망스러운 『백호전생』 전집, 저거 치워 버려야 하는데. 누가 보면 되게 팬인 줄 알겠네.'

『백호전생』 전집 35권의 속지에는 한 권도 빼놓지 않고 조풍의 친필 사인이 새겨져 있었다.

'그걸 하나씩 다 사인해서 보내다니, 자뻑이 얼마나 심한 거야?'

그 거대한 손으로 조막만 한 책 표지를 붙들고 씨름하는 조풍의 모습을 상상하니 절로 웃음이 나왔다.

'그래도 인기 작가이신데 친필 사인 새겨진 전집이면 내다 팔면 목돈 좀 생기는 거 아닌가?'

생각 외로 이계리에서의 생활은 큰돈이 들어갈 일이 없었다. 마트에서 파는 음식물들의 가격도 저렴했고 외식을 하려 해도 마땅치 않은 환경이었기에 인터넷 쇼핑에 대한 유혹만 끊을 수 있으면 서울에서 직장생활 할 때는 상상도 못할 정도의 생활비로 하루하루를 지낼 수 있었다.

'뭐, 당분간 큰돈 쓸 일도 없을 거고…… 일단 차고에 계속 내버려 두고 보자.'

미호의 예상과 달리 이계리 생활비 기준으로 큰돈을 쓸 일은 바로 다음 날 찾아 왔다.

"아저씨! 내려갈 테니 그냥 들어와서 차고에 앉아 계세요!"

아침나절부터 대문 앞을 서성이는 김 서방의 모습에 미호는 창문을 열고 소리쳤다. 주섬주섬 옷을 챙겨 입고 1층으로 내려가니 김 서방은 검둥이를 쓰다듬느라 미호가 온 것도 모르고 있었다. 미호는 괜스레 저수지에서 죽은 검둥이의 형제가 생각나 짠한 기분이 들었다.

"아침부터 또 무슨 일인데요."

"어? 미…… 미호 오늘 별일 없지?"

'별일 없어?'란 의문문도 아니고 별일이 없을 거란 단정이었다.

"왜요? 제가 별일이 있든 없든 아저씨랑 무슨 상관인데요?"

별일이 없는 것은 맞으나 괜히 울컥해지는 미호였다.

"아니……. 저기 우리 집 개들 예방 접종할 때가 되어서 읍내 가서 주사 좀 맞추려고 하는데……. 차 좀…… 태워 달라고."

"시골 개도 그런 걸 해요?"

"아니! 그! 시골 개는! 개도 아닌가? 그리고! 미호네 검둥이도 주사! 그거 해야 해! 이참에 같이 데려가면 좋잖아!"

"아, 알았어요. 몰라서 물은 건데 되게 그러네……."

"어? 어…… 그럼 지금 바로 가자고. 차에 검둥이 태워서 우리 집 가자고. 애들 다 태우게."

"그런데 아저씨는 차 없어요? 여기서 맨날 걸어 다니시는 거예요?"

"어? 어…… 난 별로 필요 없어."

뒷좌석을 접어 트렁크를 확장하고 거기에 검둥이와 세 마리의 형제들을 태우니 자기들끼리 반가워 서로 냄새를 맡고 까부는 게 꽤 보기 좋았다.

"그런데 아저씨 뒷좌석에 타세요. 쟤들 잡고 있어야지. 내가 신경 쓰여서 운전을 못 하겠어."

"어? 어…… 그럴까?"

"동물병원 주소 지금 알려 줘요. 네비 찍고 가게."

"아니, 동물병원 말고…… 애들을 그냥 수의사가 어떻게 봐."

"동물병원이 아니라 그럼 어딜 가는데요?"

"그 구 원장네 병원……."

"치과요?"

치과에 도착해 미호와 김 서방이 양팔에 개 한 마리씩을 끼고 올라가자 수납창구의 간호사가 많이 겪어 본 일이라는 듯 심드렁하게 작은 방으로 안내했다.

"미호…… 그럼 난 나가 있을게. 잘 좀 해 줘."

"예? 나 혼자 애들을 어떻게 감당하라고?"

"밑에 있을게 끝나면 불러…… 내가 그 병원 냄새랑 주사 같은 걸 못 견뎌서 그래."

"아니, 돈은 주고 가셔야지! 이거 얼만데요?"

"어…… 한 마리에 한 3만 원 할 거야. 그리고 5번 맞춰야 하는데 지금 한꺼번에 내면 좀 싸게 해 줄 거니깐 미리 대금 치르고."

"아니, 돈은요?"

"내가 지금 지갑이 없어서…… 미호가 계산하면 내가 나중에 현금으로 줄게."

현금으로 준다는 말에 떠오르는 게 있어 미호는 순순히 알았노라 대답했다.

이전처럼 마스크를 쓴 구 원장이 미호에게 아는 체를 하며 방으로 들어와 개들을 훑어보고 주사를 놓기 시작했다.

"그런데 미호 씨 교정해 볼 생각 없어요? 요새 급속 교정하면 몇 개월 걸리지도 않는데?"

"네? 그걸 제가 왜 하는데요?"

"아니, 미호 씨 얼굴 정도면 교정으로 턱선만 살짝 만져 주면 여기 군에서 주최하는 우포늪 메기 아가씨 대회 정도는 그냥 우승할 수 있을 거 같아서요, 하하……."

미호에겐 어떤 식으로든 얼굴을 고치고 싶은 마음 따위는 전혀 없었다. 거기에 대장장이에 수의사까지 겸직하는 돌팔이 치과 의사에게 교정이라니? 그리고 도대체 누가 '메기 아가씨'같은 해괴한 타이틀을 원한단 말인가?

다행히 구 원장은 눈치는 있는 사람이었다. 냉랭한 표정으로 대답을 하지 않는 미호를 보며 말없이 예방접종에만 몰두했다.

미호는 수납창구에서 대금을 치르고 1층에서 서성대는 김 서방을 끌고 와 차에 개를 태웠다.

집으로 돌아오는 길에 『백호전생』을 처치할 좋은 방법이 떠올랐다.

정자의 할머니들은 늘 같은 시간에 정자를 들르는 게 분명해 보였다. 할머니들은 미호의 차가 농로를 타고 정자로 접근하자 의아한 시선을 보내다가 미호가 커다란 상자를 들고 차에서 내려서자 반갑게 맞아 주었다.

"안녕하세요, 어르신들."

"미호 왔나? 그건 뭐꼬?"

"할머니 저번에 『백호전생』 좋아하신다고 한 거 생각나서요. 이거 『백호전생』 전집인데 작가 친필 사인도 다 되어 있는 거예요!"

"아…… 맞나? 근데 우짜노? 나 이제 『백호전생』 안 본다."

"네? 왜요?"

"아니. 그게…… 해도 해도…… 매번 죽었다 다시 태어나는 건 그렇다 쳐도 갑자기 와 시골 가서 농사짓고 가시나 데리꼬 검술 가르치고 하는 게 나오는데?"

"내가…… 그래서 진즉에 때려치라 안 했나! 되도 않는 거짓부렁을 왜 그렇게 열심히 보나 했다!"

'하…… 역시 겨울에 불쏘시개로 쓰는 수밖에는 없겠네.'

애써 여기까지 저 무거운 물건을 들고 왔는데 허탕을 쳤으니 허무해질 법도 했지만 왜인지 기분이 상쾌해지는 미호였다.

3. 소년과 소

창문 하나 없이 창호지 문만 있는 방의 들뜨고 누렇게 변색된 장판을 짓밟고 소가 서 있었다.

소년과 여동생이 할머니와 함께 쓰는 방은 아직 몸이 덜 자란 두 명의 아이와 이제는 몸이 쭈그러든 한 명의 노인이 간신히 함께 바닥에 몸을 누일 수 있을 정도로 비좁았다. 축축한 열기가 뿜어져 나오는 소의 콧김이 방 안의 공기를 달구는 걸 느끼면서도 소년은 저렇게 큰 소가 방 안에 서 있을 수는 없다고 생각했다. 하지만 문이 닫힌 좁은 방 안 공간에 어떻게든 소는 소년과 여동생과 함께 존재하고 있었다.

두려움도 놀라움도 없이 담담하게 소의 존재에 대해 동생에게 말하려 할 때 소의 찌르는 듯한 시선이 소년에게 와 박혔다.

소년은 단번에 소의 의중을 알 수 있었다. 말하지 마!

소년은 의아했다. 왜 동생에게 말하면 안 된다는 거지?

동생은 소의 존재를 눈치 채지 못하고 있는 게 분명해 보였다. 동생은 가족 구성원 중 유일하게 얼굴에 감정을 드러내는 아이였다. 얼굴 가득 웃음기를 띠고 소년이 학교에 가 있는 동안의 일을 이야기하며 동생은 소에게 눈길 한 번 보내지를 않고 있었다.

소가 천천히 고개를 숙여 얼굴 앞에 거친 콧김을 내뿜고 있음에도 동생은 소년만을 바라보고 있었다. 긴장감에 소년은 마른침을 삼켰다.

소년은 동생을 사랑했다. 다채로운 감정을 드러내 보일 줄 아는 얼굴을 사랑했고, 침묵과 한숨만을 내뱉는 어른들의 입과 달리 웃음소리가 터져 나오는 입을 사랑했고, 혐오와 낙담의 시선만을 보내는 눈들과 달리 애정과 의존의 시선으로 소년을 바라보는 눈을 사랑했다.

무엇보다 동생의 하얀 피부색을 사랑했다. 소년과 어머니의 짙은 갈색 피부와 달리 동생은 아버지와 할머니와 같이 하얀 피부색을 가지고 있었다. 물론 소년의 아버지와 할머니의 피부색은 태양 아래 그을려 구릿빛이 감돌았다. 하지만 그 둘의 피부색도 소년과 어머니와는 달랐다. 아마 그들의 피부도 한때는 동생의 피부색과 비슷했을 것이다.

어쩌면 피부색 때문에, 어쩌면 둘의 뭉툭한 코 때문에 소년과 어머니는 아버지와 할머니에게 사랑받지 못하는 존재였지만 동생만은 달랐다. 고된 일과에 시달린 날이면 여지없이 소년과 어머니에게 험한 말을 내뱉는 아버지와 할머니도 동생에게만은 애정의 시선을 보내곤 했다.

가족 중 동생을 사랑하지 않는 건 소년의 어머니뿐이었다. 그 역시 피부색 때문일 거라고 소년은 생각했다. 하지만 소년의 어머니는 같은 피부색을 가진 소년에게도 어떠한 애정도 보이지 않았다.

사실 어머니는 가족 중 누구도 사랑하지 않았다. 어머니가 그들과는 다른 언어를 사용해서, 가족 그 누구와도 원활한 의사소통을 하기 힘들어서 그런 것일 수도 있을 거라고 소년은 생각했다.

소년의 어머니가 마음을 주는 대상은 집 뒷산 한편에 모셔 놓은 조잡한 모양의 여자 흉상뿐이었다. 아버지와 할머니가 잠든 한밤에 어머니가 몰래 뒷산에서 닭의 목을 베고 그 피를 흉상 앞에 내려놓은 그릇에 담고 알 수 없는 언어로 알 수 없는 이야기를 바치는 건 소년만이 알고 있는 비밀이었다.

어머니의 행동은 기이했지만 소년을 두렵게 하지는 않았다. 소년이 동생에게 위안을 얻고 소년의 아버지가 술에서 위안을 얻듯이 소년의 어머니도 의지할 만한 무언가가 필요했을 거라 소년은 생각했다.

하지만 지금 소의 행동은 소년을 공포에 사로잡히게 했다. 너무나도 분명하게 동생을 해치겠다는 의도를 드러낸 소의 눈이 두려웠다. 소년은 많은 소를 보았고 그들의 눈을 보았지만 저런 눈동자를 가진 소는 한 번도 본 적이 없었다.

귀에 잘 들어오지도 않는 동생의 질문에 소년은 고개만을 끄덕여 대답했다. 소녀가 예, 아니오로 대답할 수 없는 질문을 다시 던졌고 소년은 무의식적으로 입을 열어 대답하려 했다.

소가 거칠게 콧김을 내뱉고 앞발을 세게 굴렀다. 말하지 마! 동생을 바라보는 소의 얼굴에 드러난 살의가 소년의 입을 틀어막았다.

그렇게 소년은 언어를 빼앗겼다. 소는 언제 어디에서든 언어가 필요한 순간이 오면 소년과 함께했다. 소년의 닫힌 입이 소년의 가족들에게 어떤 반향을 불러오지는 못했다. 오직 소년의 동생만이 빼앗긴 둘의 대화와 이야기들을 아쉬워하고 슬퍼했다.

아버지는 소년을 병원에 데려가지 않았다. 어쩌면 소년의 어머니가 뒷산의 여자 흉상에 무언가를 빌었을 수도 있었을 테지만 소년은 알 수 없었다.

놀랍게도 소년의 할머니만이 소년에게 언어를 되찾아 줄 시도를 하였다.

그날 소년의 비좁은 집에 많은 사람이 모여들었다. 색색이 화려한 옷을 입은 남자인지 여자인지 구분하기 힘든 사람이 커다란 칼과 부채를 들고 마당에서 춤을 추었다. 가슴을 울리는 요란한 북소리와 귀를 어지럽히는 웅성거림과 칼을 들고 춤을 추는 사람이 내뱉는 생소한 말이 소년을 혼란스럽게 했다. 소의 모습은 보이지 않았다.

칼을 든 사람이 커다란 방울을 소년의 귓가에 요란하게 흔들었다. 무언가 소년에게 말을 걸었지만, 소년은 알아들을 수 없었다. 여전히 소의 모습은 보이지 않았다.

할머니는 소년 옆에 무릎을 꿇고 앉아 손을 모으고 알 수 없는 말을 쏟아내고 있었다. 소년은 두리번거리며 동생과 어머니를 찾았다. 마당에 몰려든 구경꾼 무리 중에 어머니의 모습이 보였다. 어머니의 얼굴에 드러난 노골적인 비웃음이 소년을 소름 돋게 만들었다. 소년은 어머니의 얼굴에 어떤 감정이 드러나는 걸 그때 처음 보았다.

동생의 모습은 보이지 않았다. 소와 동생의 모습이 함께 보이지 않는 게 조금은 안도가 되었다.

칼을 든 사람의 춤과 웅얼거림이 멈추었다. 구경꾼들의 웅성거림도 함께 잦아들었다. 좀 전까지 온갖 소리로 가득 찼던 소년의 집 마당에 정적과 긴장감이 감돌았다.

누군가 커다란 붉은 색의 의자 두 개를 마당에 놓고 그사이에 완만하게 휘어진 기다란 작두를 걸쳐 놓았다. 발작적으로 북소리와 방울 소리가 다시 터져 나왔다. 구경꾼들의 눈은 기대감으로 반짝거렸고 그 사이에서 이제껏 보이지 않던 동생의 모습이 보였다. 동생은 걱정되고 두려운 표정이었다. 구경꾼 무리에서 어느샌가 어머니의 모습이 사라졌다. 아마 뒷산에 올라갔을 거라고 소년은 생각했다.

춤을 추던 사람이 소년의 어깨를 부채로 두어 번 때리고 무언가 질문했다. 소년은 마당을 둘러보았다. 소의 모습이 보이지 않았다.

다시 한 번 춤을 추던 사람이 소년에게 질문했다. 반사적으로 소년의 입이 벌어지자 구경꾼들의 입에서 탄성이 터져 나왔다.

소는 동생 옆에 서 있었다.

소년의 입이 다시 닫혔다.

춤을 추던 사람도 천천히 고개를 돌려 소를 바라보았다. 그 순간 춤을 추던 사람의 입도 굳게 닫히는 걸 소년은 놓치지 않았다. 춤을 추던 사람의 얼굴이 이제까지의 달뜬 모습과 달리 창백하게 변해 갔다. 어쩌면 요란한 옷 아래에서 식은땀을 흘리고 있을 거라는 생각이 들었다.

춤을 추던 사람은 누군가에게 떠밀리듯 작두가 놓인 의자 한쪽으로 올라갔다. 시선은 여전히 소에게서 떨어지지 않았다.

또 다른 누군가가 닭의 목을 잘라 마당에 피를 뿌렸다. 소년은 어머니 역시 뒷산에서 같은 행동을 하고 있을 거라 생각했다.

춤을 추던 사람의 눈에 공포가 드리워졌다. 한동안 소를 바라보다 자포자기한 듯 발을 작두로 조금씩 가져갔다. 옆에선 누군가 손을 내밀어 춤을 추던 사람의 균형을 잡아 주었다.

북소리와 방울 소리는 이제 듣고 있기 힘들 정도로 요란하게 커졌다. 구경꾼들은 황홀경에 빠진 눈으로 작두 위를 바라보고 있었다.

춤을 추던 사람이 최초의 몇 걸음을 떼었고 이내 어떤 확신이 찾아온 듯 조금은 더 과감하게 발걸음을 내디뎠다.

'그만두게 해야 해……'

소년의 입이 다시 벌어졌다.

소년과 춤을 추던 사람은 동시에 분노에 찬 소의 콧김 소리를 들었다. 소년이 소 옆에 선 동생을 바라보고 춤을 추던 사람이 소를 바라보는 그 순간 작두 위에 올라탄 발바닥이 기이한 각도로 뒤틀어졌고 그 아래로 검붉은 피가 쏟아져 내렸다. 구경꾼들이 내뿜는 열기와 체취로 가득했던 마당에 피비린내가 퍼져 갔다. 북소리와 방울 소리가 순식간에 멈추었고 고통에 찬 비명과 구경꾼들의 외침이 마당을 채웠다.

소년의 입은 다시 굳게 닫혔다. 언어를 빼앗긴 후 소년은 천천히 모든 것으로부터 고립되어 갔다. 피부색이나 빼앗긴 언어가 아닌 남들과 공유할 수 없는 소년의 비밀이 소년을 가두는 감옥의 벽이 되었다.

동생과 소를 같은 공간에 두지 않으려는 소년의 노력은 동생에게 깊은 상처만을 남겼다. 소년의 노력을 동생은 의도적인 회피로 해석했고, 마음의 상처는 어느새 소년에 대한 원망과 미움으로 뒤덮이면서 아물어 갔다.

가족 중 누구도 소년의 등교를 신경 쓰지 않았다. 소년은 매일 읍내의 학교까지 한 시간이 넘는 거리를 걸어 다녀야만 했다. 비슷한 피부색을 가진 또래가 절반이 넘는 학교에서도 소년은 외떨어진 섬이 되었다. 입이 닫히고 얼마 안 있어 학교 안에 그 누구도 소년에게 말을 걸어오지 않았다.

소년에겐 오히려 다행스럽게 여겨지는 일이었다. 빼앗긴 이야기와 사람들의 온기를 소년은 그리워하지 않았다. 사람들의 말과 이야기가 가득 차 있는 공간에서는 언제나 물속에 귀를 담근 것처럼 먹먹한 기분이 들었다. 소년은 그런 상태에서 한발 물러나 그를 강제하는 소와 입을 다문 자신을 타인의 시선으로 바라보듯 관찰하곤 했다.

이제 소년의 세계는 사람 없는 외딴 공간으로 오그라들었다. 그곳에서 소년의 유일한 동반자는 살의와 분노의 표현으로 소년의 언어와 이야기를 빼앗아 간 소뿐이었다.

그 세계에서 소년에게 안식처가 되어 준 건 이계리의 우포늪이었다. 읍내의 학교에서 소년의 집 방향으로 걸어오다 집을 지나쳐서 나오는 갈림길에서 이계리 방향으로 다시 30여 분의 산길을 넘어가면 우포늪이 나왔다. 온통 수초로 뒤덮인 늪은 사람의 인적은 찾아볼 수 없었고 다채로운 새들의 울음소리만이 그 공간을 가득 메우고 있었다.

소년은 세상에 그토록 다양한 종류의 새들이 존재하리라고는 상상도 해 본 적이 없었다. 어떤 날은 사람의 얼굴을 한 새가 소년에게 말을 걸려 하다가 소의 서슬에 질려 날아가기도 했다. 늪 근처로 다가가면 소년의 존재를 눈치 챈 메기 떼들이 내뿜는 거품으로 수면이 부글부글 끓어올랐다.

무엇보다 소년의 마음을 사로잡은 건 늪 한편에 놓인 다 쓰러져 가는 판잣집과 그 앞에 아무렇게나 방치된 바닥이 뚫린 돌로 만든 배였다. 처음 돌로 만든 배를 본 순간 누군가, 아마도 소년의 할머니가, 소년에게 절대 돌로 만든 배를 타면 안 된다는 이야기를 해 준 게 떠올랐다. 소년은 배에 올라탈 생각이 없었다.

조악하고 비좁은 소년의 집보다 더 부실해 보이는 판잣집 안에는 알록달록한 옷을 입은 여자의 초상화가 걸려 있었다. 소년의 눈에도 초상화의 투박한 색상과 비례가 맞지 않는 외양이 서툴고 어설프게 보였다. 하지만 거기에는 소년의 눈을 사로잡는 강렬함이 있었다. 어머니가 뒷산에 모셔 둔 흉상과 닮은 점이라곤 그 조악함 말고는 찾아볼 수 없는 초상화였지만 어쩌면 둘은 같은 사람, 같은 존재일 거란 생각도 들었다. 초상화의 아래에는 수많은 초에서 흘러내린 촛농들과 작은 동물의 뼈와 정체를 알 수 없는 새들의 깃털들이 너부러져 있었다.

판잣집의 바닥을 뒤덮은 검붉은 얼룩은 소년에게 작두에 발을 깊게 베인 사람의 핏자국을 떠올리게 했다. 소년의 할머니는 작두를 타던 사람이 그날 모시던 주인을 잃었다고, 몸의 진정한 주인을 잃고 거짓된 주인에 사로잡혀 시름시름 앓고 있다고 이야기해 주었다. 소년에겐 아무래도 상관없을 이야기였다.

우포늪의 적막함이, 알 수 없는 새들의 울음소리가, 늪을 가득 메운 메기들이 그들의 왕에게 바치는 경의가 소년의 마음을 사로잡고 위안을 주었다. 소년은 오랫동안 늪의 정취를 즐기다 해가 떨어지기 직전에야 집으로 향하곤 했다.

집으로 돌아가는 길에는 외떨어진 두 채의 집 뒤편의 야산을 넘어갔다. 산길은 험하지 않고 완만했고 숲은 빛의 침범을 용납지 않을 정도로 짙었다. 숲속을 걸을 때면 소년은 기묘한 위화감과 설명하기 힘든 익숙함을 동시에 느꼈다.

그날도 소년은 학교를 마치고 이계리 방향의 도로를 걷고 있었다. 11월이었음에도 날씨는 소년의 낡고 누추한 외투의 엉성한 보호막을 뚫지 못할 정도로 포근했다. 햇빛이 쨍쨍한 날이었다.

그 찬란할 정도로 새파란 하늘에서 소년의 주먹 반절만 한 우박이 떨어져 내리기 시작했다. 우박이 도로를, 소년의 머리를 강타하는 느낌보다 이계리의 한산한 도로를 지나가는 차의 엔진 소리가 소년을 당황하게 했다.

수없이 많이 걸어 다닌 길이었지만 지나치는 자동차와 마주친 건 처음이었다. 하얗고 커다란 자동차는 소년을 스쳐 지나가는가 싶더니 이

내 속도를 줄이기 시작했다. 그때까지만 해도 소년은 시야 끝 산길 앞 도로에 멈추어 선 자동차에 별다른 관심을 두지 않았다.

소년이 우박을 피하고자 두 손을 머리에 올리고 몸을 웅크린 채로 이대로 집으로 돌아갈지 늦으로 갈지를 고민하고 있을 때 듣기 싫은 톱니바퀴 소리와 함께 자동차의 뒷모습이 점점 커지며 소년에게 다가 왔다. 후진으로 다가와 소년의 옆에 나란히 선 차의 조수석 창문이 내려 왔다.

"얘! 너 집에 가는 길이니? 어디 사는데?"

고개를 돌리지 않고도 소년은 자신의 말없는 동반자가 내뿜는 콧김 소리를 들을 수 있었다. 소년은 창문을 넘어 운전석에 앉은 사람을 바라보았다.

자동차의 핸들을 잡고 있는 건 예쁘게 생겼지만 눈매가 사나운 젊은 여자였다. 소년을 바라보는 여자의 눈이, 소년을 바라보는 방식이 왜인 지 무섭게 느껴졌다. 그 시선을 마주 보며 소년은 천천히 고개를 내저 었다.

"우박 많이 쏟아지는데 걷기 힘들지 않아? 이 인근에 인가도 하나 없 는데. 내가 태워 줄게, 일단 타!"

여자는 소년의 대답을 기다리지 않고 조수석 문의 잠금장치를 풀었 다. 당황하며 소년은 소를 바라보았다. 소의 얼굴에는 어떤 감정도 드 러나 보이지 않았다. 소년은 더는 우박을 맞고 싶지 않았다. 적어도 입 을 열어 대답할 필요는 없지 않은가? 소년은 고개를 끄덕이고 차에 올 라탔다.

"너희 집 주소 아니? 아니면 가는 방향 말해 줘도 되고."

여자가 소년과 운전석 사이에 놓인 화면을 손으로 조작하면 물었다.

소년은 오른손을 들어 올려 앞쪽의 도로를 가리켰다. 여자는 소년을 의아한 시선으로 잠깐 바라보고 말없이 고개를 끄덕였다.

"누나가 길을 모르니 갈림길 나오면 바로바로 손가락으로 가리켜."

소년은 여자가 말을 거는 방식이 마음에 들었다. 여자는 소년의 대답을 요구하지 않았고, 입을 열지 않고도 대답할 수 있는 질문만을 던지고 있었다. 소년은 여자를 바라보다 여자가 소년의 시선을 의식하자 고개를 끄덕여 보였다.

둘은 말없이 차를 타고 산길을 넘어갔다. 소년의 오른편으로 늪이 스쳐 지나갔다. 하지만 오늘은 늪에 가고 싶은 마음이 더는 들지 않았다.

잠시 후 왼편에 소년이 이용하는 산길로 향하는 갈림길이 보였다. 소년은 큰 동작으로 왼편의 농로를 가리켰다. 여자의 눈에 당혹감이 스쳐 지나갔다.

"어? 그 방향은 외딴 길이야."

소년은 고개를 가로젓고 농로를 다시 한 번 가리켰다. 여자는 한숨을 내쉬더니 농로로 차를 몰고 나아갔다.

"여기는 누나 집이거든? 너 집 방향 제대로 찾아온 거 맞니?"

여자는 산길 앞에 놓인 집들 근처에 다다르자 자동차의 속도를 줄이고 물었다. 소년의 눈에도 당혹감이 찾아왔다. 당황스러워하는 소년을 바라보던 여자는 다시 한 번 한숨을 내쉬었다.

"그래, 일단 우박부터 피하게 우리 집 들어가자. 누나가 TV 틀어 줄게 그거 보고 있어. 내가 마을 어른들한테 한번 물어보지 뭐."

여자가 차에서 내려 대문을 활짝 열어젖혔다. 소년은 여자를 따라 차에서 내려섰다. 집 안마당에서 검고 위협적인 개가 소년에게 이를 드러내 보이며 으르렁댔다.

"야야! 언니 친구야! 괜찮아, 집에 내가 초대한 거야!"

이빨을 드러내 보이던 개는 당황한 동시에 억울한 표정을 지으며 여자를 바라보았다.

"어허…… 친구라니까? 얘가 또 왜 이럴까. 얘! 너 저 옆에 계단 보이지? 누나가 개 잡고 있을 테니 거기 올라가서 현관 앞에 잠깐 있을래? 내가 차만 집어넣고 올라갈게!"

소년은 여자의 말대로 했다. 개는 계단을 올라가는 소년을 뒤따르는 소에게는 시선 한 번 주지 않고 소년의 뒷모습만을 한참 동안 적의에 찬 시선으로 바라보았다.

잠시 뒤 올라온 여자가 2층의 현관문을 열고 거실 소파 앞에 TV를 켜 주었다. 소년이 말없이 소파에 주저앉자 여자가 소년에게 음료수를 내어 주었다.

"잠깐 이거 보고 있어. 내가 이장님이나 알 만한 사람한테 전화 좀 해 볼게."

소년은 음료수에 입을 대며 건성으로 고개를 끄덕였다.

여자는 거실 옆에 있는 방으로 들어갔다.

"예…… 이장님……. 말 안 하는 아이 같은데……. 네? 누구 보낸다고요? 아니, 고양이를 왜요!"

드문드문 들려오는 통화 소리가 왜인지 유쾌하게 들려왔다.

음료수를 비우고 소년은 거실 맞은편 주방으로 향했다. 창 너머로 소년에게 익숙한 산길이 보였다.

소년은 음료수 잔을 탁자 위에 내려놓고 조용히 현관문을 열고 밖으로 나섰다. 마당의 검은 개는 여전히 소년에 대한 적의를 감출 생각은 없어 보였다.

하지만 이미 소년은 산길로 가는 입구에 초대받았다. 소년은 더 이상 여자의 도움이 필요하지 않았다.

* * *

소년은 여자의 집 뒷산 텃밭을 서성이고 있었다. 달도 안 뜬 밤인데도 산 아래에 펼쳐진 마을의 모습이 훤히 보였다. 고개를 돌려 우포늪 방향을 보았다.

그곳에서 누군가가 소년을 기다리고 있었다. 많은 시간을 보낸 우포늪이었지만 소년 외의 사람을 마주 친 적은 한 번도 없었다. 하지만 소년을 기다리는 존재가 너무 뚜렷하게 느껴졌다.

가족들이 잠들기를 기다렸다 몰래 빠져나온 어머니가 이 산 어딘가에서 조잡한 흉상에 기도하고 있다는 것도 알 수 있었다. 자신이 기도를 바치는 대상이 누구인지도 모른 채로 어머니는 기도를 올리고 있었다. 어머니의 기도는 대답을 듣지 못할 것이다.

소년은 산 아래에 외롭게 놓인 여자의 집과 옆집을 바라보았다. 그 안에서 문을 닫고 있는 이들이 곤히 잠들어 있다는 걸 알 수 있었다.

등 뒤의 숲속에는 원래 소년의 것이어야 하지만 소년이 가져 본 적이 없는 이야기가 있었다. 문을 닫고 있는 이들이, 소가, 소년의 정당한 권리 행사를 가로막고 있었다. 아직은 문을 열 수 있는 힘이, 소년의 입을 막고 있는 소를 물리칠 힘이 없었다. 하지만 문은 열기 위해 존재하는 것이고 소년은 곧 자라서 어른이 될 터였다.

오직 꿈속에서만 유효한 통찰들이 소년의 기분을 들뜨게 했다. 꿈속 세상은 소년이 깨어서 바라보던 것과는 많이 달라 보였다. 이 모든 게 꿈에서 깨어나는 순간 바로 잊힐 이야기란 걸, 꿈에서 깨어나는 순간 세상의 모습 역시 다르게 보일 거란 것도 알고 있었다.

적어도 꿈속에서는 소를 신경 쓸 필요가 없었다. 소년은 이 자유를 더 오래 누리고 싶었다. 말을 걸 대상은 안 보였지만 입을 열어 어떤 말이건 내뱉어 보는 것도 좋을 것 같았다.

"······."

소년의 입술이 들썩이며 입안 가득 차 있던 공기를 내뱉어 소리를 만들려 할 때 이제는 친숙해지기까지 한 소의 콧김이 느껴졌다. 비좁은 방에 나란히 누워 있는 동생이 소년의 팔을 흔들고 있었다. 팔에 와 닿는 동생의 손이 불처럼 뜨거웠다.

"오빠아, 일어나 봐. 나 너무 추워."

갑작스레 밀어닥치는 현실감에 얼떨떨한 와중에도 소년은 소의 존재를 찾기 위해 방 안을 둘러보았다. 소는 어두운 방 안에서 소년과 동생을 말없이 지켜보고 있었다.

"오빠, 너무 추워······."

동생은 이불을 끌어안으며 몸을 떨고 있었다.

소년은 불을 켰다. 갑작스레 쏟아져 내려오는 빛이 눈부셨다. 동생의 입술 주변이 허옇게 변해 있었다. 손을 들어 동생의 이마를 만져 보니 뜨거운 주전자에 손을 덴 듯 펄펄 끓고 있었다.

소년은 할머니를 흔들어 깨웠다. 좀 전까지의 소년처럼 아직 꿈의 잔상에 사로잡혀 있는 할머니의 손을 잡아 동생의 이마로 가져갔다.

곧 집 안은 터져나오는 빛과 다급하게 오가는 말들로 풍성해졌다. 아버지가 마당에서 전화기로 누군가와 통화하는 소리가 들려왔다. 아마 동네 사람에게 차를 빌리고 있는 모양이었다. 할머니가 동생의 열을 내리기 위해 차가운 수건을 동생의 이마에 대고 있었다. 소년의 때와는 달리 아버지는 곧 동생을 병원에 데려갈 것이다.

아무도 사라진 어머니의 존재를 모르고 있었지만, 소년에게도 별 상관없는 일이었다.

"오빠……."

소가 소년을 노려보는 게 느껴졌다. 소년은 동생의 부름을 외면했다.

"오빠, 왜 나한테 말 안 해?"

고개를 떨군 채 소년은 침묵했다.

"오빠, 나 죽을 때까지 나랑 말 안 할 거야?"

열에 들뜬 동생의 목소리가 소년의 심장을 찌르는 칼처럼 날카롭게 느껴졌다. 소년은 고개를 들고 동생을 바라보았다. 동생의 눈에는 눈물이 그득했다. 오한과 고열 때문만은 아니었다.

소년의 입가가 들썩거렸다.

소의 거친 콧김이 동생 쪽으로 뿜어져 나왔다.

"응? 나랑 말 안 할 거야?"

소가 흥분한 콧김을 연신 내뿜으며 앞발로 마당을 긁어대었다. 눈가가 축축해진 것도 의식하지 못한 채 소년은 소를 노려보았다. 소가 동생의 곁에 얼굴을 바짝 들이대고 있다. 힘겹게 치켜 올린 소년의 윗입술 사이로 나지막한 바람 소리가 새어 나왔지만 언어를 만들어 내지 못하고 공기 중에 흩어졌다.

* * *

소년은 늪을 누렇게 물들이는 석양을 바라보며 망가진 돌 배 위에 앉아 있었다.

그날 밤 아버지가 서툴게 운전하는 차를 타고 병원으로 떠난 동생의 모습을 다시는 못 볼 것 같은 예감이 들었다. 할머니와 함께 차에 올라타는 마지막 순간까지도 동생은 눈물 고인 눈으로 소년의 입을 바라보았다.

치밀어 오르는 분노에 소년은 돌을 집어 들어 늪에 던졌다. 물가에 몰려든 메기 떼들이 소년의 분노에 전염된 듯 수면을 들끓게 했다.

주변을 둘러보아도 소의 모습은 보이지 않았다.

해가 저물고 밤이 찾아 올 테지만 소년은 늪을 떠나고 싶은 마음이 없었다. 곧 앞을 분간하기 힘들 정도로 주위가 어두워졌다. 판잣집에서 새어 나오는 불빛만이 어렴풋이 늪 주변을 밝혀 주고 있었다.

소년은 판잣집으로 이끌리듯 걸어갔다. 이제껏 맡아 본 적 없는 생경한 냄새가 소년의 코를 찔러왔다. 소년은 치밀어 오르는 구역질을 참으며 손으로 코를 틀어막았다.

판잣집에는 셀 수 없이 많은 촛불이 어둠을 밝히고 있었다. 온갖 새들의 깃털로 더러웠던 바닥은 깨끗이 치워져 있었고 바닥의 검붉은 얼룩은 새로 칠한 듯 강렬한 붉은색에 뒤덮여 보이지 않았다. 그 안에서 티끌 하나 없이 깨끗한 하얀색 옷을 입고 온화한 미소를 띤 노부인이 소년을 기다리고 있었다.

"이제 오셨나요?"

반사적으로 소년은 주변을 둘러보았다.

"그딴 것은 신경 쓰지 마시고 편히 들어오세요. 한낱 미물 따위가 주인의 허락도 없이 들어오지는 못할 겁니다."

물가의 어둠 속에서 소의 모습이 어렴풋이 보였다.

소년은 판잣집 안으로 들어갔다.

"두려워할 필요가 없습니다. 오히려 두려움을 느껴야 할 건 저 미물이지요."

소의 흥분한 콧김이 판잣집의 주변 이곳저곳을 맴돌며 들려왔다.

소년의 눈에 비친 하얀 옷의 노부인은 소년의 할머니나 마을의 다른 할머니와 너무나도 다른 존재였다. 화장기 하나 없는 하얀 얼굴의 노부인은 대조적으로 입술이 새빨갰고 하얗게 센 머리카락을 단정하게 묶고 있었다. 커다랗고 동그란 눈을 소년에게 고정하고 있는데 눈동자가 조금도 움직이지를 않았다. 순간 벽에 걸린 조악한 초상화가 눈앞에 있는 노부인을 그린 것이라는 생각이 들었다. 어쩌면 어머니가 기도하는 흉상의 인물도 이 노부인일 수 있을 것 같았다.

"저 어리석은 미물은 닫을 수 없는 걸 닫으려 시도하고 있는 거지요. 산 아래에서 그 의미도 모른 채 문을 닫고 있는 멍청이들과 마찬가지로요."

소년의 머릿속에 차를 태워 줬던 여자가 떠올랐다. 소년은 고개를 가로저었다.

"가지고 있어야 할 걸 가져보지도 못하고 빼앗긴 채 살아가는 게 부당하다고 느끼지 않나요?"

노부인의 말을 좀처럼 이해할 수가 없었다. 하지만 그 차분한 말투와 소년을 바라보는 자애로운 표정이 소년의 마음을 부드럽게 어루만져 주었다.

소년은 고개를 끄덕였다. 둔중한 물체가 판잣집의 벽을 들이받는 느낌이 들었다.

"진실된 주인을 알아보지도 못하는 보잘것없는 미물의 보잘것없는 시도지요."

바람이 불지도 않는데 촛불이 하나씩 꺼져갔다.

"저 미물 역시 목소리를 빼앗긴 걸 알고 있었나요?"

그러고 보니 소가 울음소리를 내는 걸 들어 본 적이 없었다.

다시 한 번 판잣집의 벽이 들썩였다. 절반 정도의 촛불이 꺼지자 판잣집은 눈에 띄게 어두워졌다.

"너무 노여워하고 슬퍼하지 마세요. 곧 진실된 주인의 언어를 되찾으면 많은 이들로부터 섬김을 받을 겁니다."

모든 촛불이 꺼지고 판잣집을 어둠이 집어삼켰다.

하지만 알아들을 수도 없는 노부인의 말에 소년은 벅차오르는 기분을 느꼈다.

"진실된 주인이 언어와 종복들을 되찾으면 닫힌 문도 열릴 겁니다."

집 안을 어둠이 집어삼키자 노부인의 모습이 보이지 않았다. 판잣집 밖이 별빛을 받아 더 밝아 보였다.

밤공기가 상쾌했다. 더 이상 소년은 분노하지도 절망하지도 두려워하지도 않았다.

물가에서 소가 소년을 바라보고 있었다. 평소의 위협적인 모습이 아니었다. 소는 소년을 두려워하고 있었다. 이제서야 주인과 종복의 관계가 제대로 맺어진 셈이었다.

* * *

검둥이는 이제 곧잘 트렁크의 이동장에 얌전히 앉아 미호의 쇼핑을 따라 다녔다. 집을 비울 때마다 떠나가는 미호의 차를 물끄러미 바라보는 모습이 뒤통수를 따끔따끔하게 만들었는데 김 서방 아저씨의 꼬드김에 넘어가 산 이동장의 활용도가 꽤 쏠쏠했다.

'그 아저씨 완전 개박사가 따로 없다니깐. 개 이야기만 나오면 모르는 게 없어.'

여전히 서울보다는 한참 따뜻한 이 계리지만 이제 기온도 제법 내려가 겨울 기분이 났다. 겨울이 오면 집 안 가득 먹을거리와 술을 쟁여 두어야 할 것 같은 기분에 살짝 무리했더니, 검둥이의 이동장과 함께 트렁크를 꽉 메운 박스들이 든든하기 짝이 없었다.

검둥이가 신경 쓰여 낙동강을 따라 천천히 달리고 있는데 도로 저 끝에서 낯익은 모습이 보였다. 낡고 얇은 외투를 입고 걸어가는 소년의 모습이 미호의 눈에 밟혔다.

"얘! 안 추워?"

열린 창문으로 소년이 미호를 바라보더니 반가운 표정으로 고개를 꾸벅 숙여 보였다.

"너 그때 왜 말도 없이 사라졌어? 내가 너 찾느라고 되게 고생했다. 그때 그 고양이……. 아무튼, 늪에도 가 보고."

소년의 입술이 잠시 떨리더니 굳게 마주 닫혔다. 소년은 주변을 두리번거렸다.

"날도 추운데 일단 타. 이번엔 너희 집 가는 길 제대로 알려 주고."

소년은 잠시 고민하더니 고개를 끄덕이고 조수석에 올라탔다. 미호는 히터 온도를 높였다.

"이번엔 방향 잘 알려 줘야 해. 이장님한테 들어서 너희 집 대충은 알고 있는데……."

소년의 입술이 다시 들썩였다. 바람 새는 소리 비슷한 게 소년의 열린 입술 틈새로 새어 나왔다.

미호는 천천히 차를 출발시켰다.

'당분간 갈림길도 없으니 갈림길 나오면 다시 물어보자.'

소년이 차 뒤편을 바라보았다. 조금은 화가 나 보이기도 하고 조금은 결의에 차 있는 것 같기도 했다.

소년의 존재를 눈치 챈 검둥이가 이동장 안에서 어떤 모습을 하고 있는지 미호는 알아차리지 못했다. 검둥이는 조풍을 처음 보았을 때와 비교할 수 없을 정도로 극심한 공포에 사로잡혀 있었다. 온몸의 털 사이로 땀이 새어 나왔고 꼬리는 다리 사이로 단단히 숨긴 채 감히 짖거나 신음할 생각도 못 하고 그저 이 상황이 지나가기만을, 미호에게 아무런 일이 없기만을 바라고 있었다.

소년의 입술이 다시 반쯤 열렸다. 이제 미호의 시선도 소년의 입술에 고정되었다.

"고맙습니다…… 저 태워 주셔서……."

미호는 알 수 없는 감정에 사로잡혀 눈물이 나올 것 같았다.

'세상에 어쩜 이렇게 예쁜 목소리를…….'

"아니야. 혹시 지나가다 만나면 내가 또 태워 주고 할게."

괜히 시큰거리는 눈자위를 누르며 미호는 말했다.

"……이제 괜찮아요. ……저 초대하고 열어 주셨잖아요."

조금은 더 단호하게 소년이 말했다. 이제 주변을 두리번거리지도 않았다. 소년의 갈색 얼굴에 떠오른 미소가 미호의 눈을 사로잡았다. 미호는 소년의 얼굴을 마주 보며 웃어 주었다.

막간극

세연이 며칠째 전화를 받지 않았다. 메시지를 보내 봐도 읽음 확인 상태로 변경은 되는데 정작 답장은 없었다.

'아…… 투고한 원고 까인 것만으로도 짜증나는데 얘는 갑자기 또 왜 이래?'

이계리에서의 3개월을 바친 『높은 성의 리보위츠에게 장미를』은 적어도 미호의 눈에는 썩, 아니 굉장히 훌륭한 글이었다. 하지만 원고를 투고한 다섯 군데 출판사들의 생각은 달랐던 모양이었다. 대답조차 없거나 기껏해야 '장르적 재미 요소가 부족'이란 뜻 모를 단평만이 되돌아왔다.

스트레스를 겹쳐 받으니 위장이 쿡쿡 쑤셔 왔다. 누구라도 붙들고 길게 하소연 하고 싶은데 마땅한 사람이 떠오르지 않았다.

'……'

그러다 미호는 잠시 조풍을 떠올린 스스로에 어이없어하며 고개를 내저었다.

'그 인간한테 글 쓰는 거 가지고 조언 들을 바에 김 서방 아저씨를 붙들고 말하지.'

이럴 때는 시도 때도 없이 엄한 장소에서 말을 걸어와서 사람을 깜짝 깜짝 놀라게 하는 고양이라도 있었으면 좋겠단 생각이 들었다.

"야! 이장님이 너 오래!"

이번엔 부엌 쪽 창문이었다.

'저긴 또 어떻게 올라간 거야?'

"내가 현관문 앞에서 말고는 말 걸지 말라고 했지? 이장님이 날 왜?"

두근거리는 심장을 진정시키며 부엌 창문을 열자 가느다란 배수관에 힘겹게 매달려 있던 고양이가 훌쩍 집 안으로 뛰어 들어왔다.

"동네 잔치 한대. 지금 한참 고기 먹고 술 먹는 중이야. 조풍 형이 너 전화번호 없대서 내가 데리러 왔어."

"조풍 씨가 왜?"

"이번에 집 다 지어서 주소지 옮겼다는데? 집들이 대신 마을 회관에서 잔치 열었어."

조풍의 외지고 철옹성 같은 강변 집을 떠올리자 왜 마을 회관에서 잔치를 여는 것인지 이유를 알 것도 같았다.

"그래, 가자. 이번에 내 차 끌고 갈 거야."

마을 회관 근처에 다가가자 요란한 트로트 가요 소리에 귀청이 떨어질 것 같았다. 마을 회관의 별실마다 사람들이 빼곡히 차 있었는데 나이와 성별로 구분해서 방을 나눈 듯했다.

'뭐, 다 늙으신 분들이 내외라도 하나.'

아는 얼굴을 찾아 방을 두리번거리는데 전(前) 『백호전생』 팬 할머니들이 미호에게 아는 체를 했다.

지금 같은 기분에 가장 어울리기 싫은 게 장르 문학 팬들이 아니겠는가? 미호는 가식적인 미소로 화답하고 다른 방으로 자리를 옮겼다.

옮겨 간 방에는 매일 정자에서 미호와 신경전을 벌이는 짜증스런 표정의 할아버지가 미호를 기다리고 있었다. 미호는 할아버지의 눈에 띄지 않도록 바로 일어나 방을 나왔다.

최종 정착지는 김 서방과 청년회의 중년 아저씨들이 판을 벌인 방이었다. 벌써 거나하게 취했는지 김 서방은 미호에게 잠깐 아는 체를 하고 정체불명의 고기를 뜯어 먹느라 정신이 없었다. 옆자리에 앉은 귀엽게 생긴 미호 또래의 남자가 잔을 가득 채워 주었다.

'뭐, 차 두고 천천히 걸어가도 한 시간이면 가니까. 무서우면 김 서방 아저씨 끌고 같이 걸어가자 하지…….'

빈속에 털어 넣은 소주의 맛이 그리도 호쾌할 수가 없었다. 저절로 터져 나오는 크으 소리와 함께 미호는 두부 한 조각과 김치 한 점을 집어 먹었다. 미호의 기분을 읽기라도 한 듯 바로 다시 잔이 가득 채워졌다. 사양할 이유가 없었다. 듣기 싫은 트로트의 반복적인 리듬이 이제 제법 신명 나게 느껴졌다.

석 잔을 연거푸 털어 넣자 무언가 이빨로 짓씹을 게 필요했다. 자리에 놓인 고기는 돼지고기처럼 보였지만 김 서방이 정신 나간 사람처럼 연신 집어 먹고 있는 게 영 찝찝했다.

"그거 돼지고기 수육이에요."

의심스러운 눈초리로 고기를 노려보는 미호의 뒤에서 조풍이 말을 걸어왔다. 얼간이 같은 검은색 일색의 옷차림은 여전했지만 상체의 굴곡을 드러내고 목을 덮는 검은색 스웨터는 제법 잘 어울려 보였다.

"아! 우리 바닷바람 작가님! 이사 오셨다니, 이제 이웃사촌 되었네요? 그런데 그 시골 나이트 밤무대 가수 같은 의상은 여전하네요?"

높낮이 조절이 안 된 미호의 말에 조풍이 말없이 고개를 절레절레 흔들었다.

"시골 나이트 좀 다녀보셨나 봐요?"

민망함에 미호는 헛기침을 한두 번 했다.

"이번에 우리 출판사에 미호 씨 원고 투고하셨던데."

"에헤이, 그 이야기는 그만합시다."

세상 모든 사람을 붙들고 자신의 책 이야기를 늘어놓을 수 있었지만 조풍한테만은 그러기 싫었다.

'그것보다 우리 출판사라니? 출판사 사장님이었어?'

조풍이 미호에게 고개를 끄덕였다.

"활 보낸 건 어째 좀 마음에 들어요?"

미호가 살면서 받아 본 선물 중 가장 마음에 드는 물건이었지만 정작 미호의 입에서 튀어나온 건 "뭐, 그냥."이었다.

옆자리 남자가 호기심 어린 시선으로 미호와 조풍을 바라보다 조풍이 매섭게 노려보자 바로 고개를 돌렸다.

미호는 어느새 채워진 소주잔을 한 잔 더 비웠다. 이제야 몸에 열기가 돌며 기분이 좀 유쾌해졌다.

"아니, 그런데 조풍 씨. 아니 여러분. 도대체 이놈의 동네는 뭐 하는 동네입니까? 조풍 씨나 귀녀 할머니나 김 서방 아저씨 정체는 대체 뭐랍니까? 네?"

미호의 외침에 방 안이 순간 싸해졌다. 모두의 시선이 미호에게, 그 다음에 조풍에게로 향했다.

'조풍이 무슨 자기들 대장이야? 맨날 이렇게 눈치를……'

"제가 『백호전생』 보낸 거 안 읽어 봤어요?"

조풍의 느물거리는 대답에 방 안 사람들 모두가 웃음을 터트리고 고개를 끄덕거리더니 자연스럽게 다시 자기들끼리의 대화로 돌아갔다.

"내가 『백호전생』을 왜 읽어야 하는데요?"

"내 글 봤으면 굳이 할 필요 없는 질문이었는데……"

"안 봤다고요! 그러니깐 대답해 봐요."

"그거 안 봤어도 판타지 작가 지망생이면 내 정체 정도는 이제 짐작할 수 있어야 하는 거 아닌가?"

조풍의 느물거림이 점점 심해져 갔다.

"아…… 진짜, 내가 확 이놈의 동네 인터넷에 다 까발려 버리든가 해야지."

순간 조풍의 표정이 굳어졌다. 그리 오래되지 않은 어느 날 밤에 미호가 본 적이 있는 표정이었다.

"안 그러는 게 좋을 텐데."

"왜요? 나도 흉조처럼 그렇게 하려고요?"

조풍이 다시 느물거리는 표정을 지었다.

"미호 씨 집 뒷산 임야 전체가 다 미호 씨 건 거 모르나? 괜히 이상한 소문 나서 땅값이라도 떨어지면 미호 씨만 손해 아니겠어?"

미호는 처음 듣는 소리였다.

'집만 물려주신 게 아녔어?'

"뭐, 동네 마음에 안 들어서 떠날 거면 인터넷에 올리기 전에 미호 씨 집이랑 뒷산 나한테 팔아요. 시세보다 잘 쳐 줄 테니까. 나도 더 적절한 사람 세워 두는 게 훨씬 안심되기도 하고."

미호는 지금의 이 생활을 포기할 생각이 없었다.

"됐습니다. 생각 없네요!"

조풍이 웃으며 고개를 끄덕해 보이고 다시 다른 방으로 옮겨갔다.

막상 조풍이 떠나니 말 상대가 없어 적적했다. 옆자리의 귀여운 남자는 어느샌가 사라져 보이지 않았다.

김 서방의 흥분한 목소리가 듣기 싫을 정도로 커졌다. 또 누군가에게 개에 대한 장광설을 늘어놓고 있는 모양이었다.

미호는 술잔과 수저를 들고 자리에서 일어섰다. 방을 나서 마을 회관 안을 기웃거리다 보니 이제껏 발견 못한 조그마한 방이 눈에 띄었다. 듣기 싫은 음악 소리도 한결 덜하고 방 안의 사람들도 다 조곤조곤 점 잖게 이야기를 나누고 있었다. 미호는 누구에게라고 할 것도 없이 꾸벅 꾸벅 인사를 하고 빈자리에 앉았다.

"……건넛마을 며느리…… 실종되고…… 아니, 그 조그만 거 상을 치르면 부모 맘이 어떻겠어?"

누군가 하는 이야기가 드문드문 귀를 파고들었다. 방 안 사람들의 인 상이 흐릿해 누가 한 말인지를 모르겠다.

'벌써 취했나? 4잔 먹고?'

고개를 절레절레 흔들고 탁자 위의 생수병을 집어 드는데 방 한구석 에 귀녀 할머니의 모습이 보였다. 반가움에 몸을 일으키는데 자세히 보 니 귀녀 할머니가 아니었다. 티끌 하나 없이 깨끗한 하얀 옷을 입은 노 부인이 미호를 보고 고개를 끄덕여 보였다. 노부인은 귀녀 할머니처럼 키가 크지도, 인상이 험악하지도 않았다. 왜 둘을 착각했는지 이해가 안 갈 정도였다.

노부인이 자리에서 일어나 미호에게 다가왔다.

"안녕하세요?"

미호는 왜인지 미안한 마음에 자리에서 일어나 노부인에게 인사를 건넸다.

"또 뵙네요."

노부인의 목소리는 온화하고 담담했다. 마치 호숫가의 고요한 물을 바라보는 것처럼 마음을 차분하게 가라앉히는 목소리였다.

"……저 죄송한데 처음 뵙는 거 같은데요?"

"저번에 늦에 오셨을 때 제가 먼발치에서 뵈었답니다."

"아, 그때……. 그 애 할머니세요?"

"저한테는 소중한 아이지요. 미호 씨가 많은 도움을 주었다고 들었어요."

'내가 언제 내 이름을 말했던가?'

원체 소문이 빨리 도는 동네이니 이상할 것도 없었다.

"아, 별것도 아닌데요. 아이는 잘 있지요?"

"불행한 일을 겪었지만 잘 이겨내고 더 강인해질 겝니다. 애당초 아이의 불행이 아니기도 하고요."

'뭐 이렇게 말하는 사람이 다 있지? 무슨 사극 하나.'

미호의 속마음을 읽기라도 한듯 노부인이 얼굴 가득 웃음을 띠었다. 입매는 움직이는데 눈 대부분을 차지한 커다란 눈동자가 전혀 움직이지를 않으니 묘한 느낌이었다. 언젠가부터 음악 소리도 사람들의 말소리도 들려오지를 않았다.

"저도 미호 씨를 보았고 미호 씨도 저를 보았으니 오늘은 이만 가 봐야겠네요. 다음에 또 뵙지요."

급작스러운 선언에 당황하며 미호는 꾸벅 인사를 했다. 노부인의 모습이 사라지자 숨죽이고 있던 모든 소리가 다시 일제히 터져 나왔다. 심장이 터질 듯이 빠르게 뛰고 있었다.

'와! 너무 마셨나 봐……. 세상에! 얼마 있은 거 같지도 않은데 시간이 벌써 이렇게 지났어?'

"미호 씨 어지간하면 집에 가는 게 나을 거 같은데……."

뒤돌아보니 조풍이 미호를 걱정스러운 표정으로 바라보고 있었다.

'저런 표정도 지을 줄 알았어?'

"알아서 가고 싶을 때 갈 겁니다."

"더 있어 봐야 들어선 안 될 거 듣거나, 보면 안 될 거 볼 일밖에 없어요. 어지간하면 들어가세요."

"들어선 안 될 건 뭐고, 봐선 안 될 건 뭔데요?"

조풍이 어깨를 으쓱했다.

"술 취한 영감들한테 붙들려서 호구조사 당하거나, 선 자리 강요당하거나, 술 취한 김 서방 나체춤 보거나 하고 싶다면 굳이 말리지는 않겠는데……."

조풍의 말에 웃음이 터져 나왔다.

"영감님들보다 한참 나이 많으실 양반이……. 차 두고 가야 해서 김 서방 아저씨랑 같이 가려고요. 밤길 혼자 걷기도 무섭고."

"뭐하면 내가 태워다 줄게요."

미호의 웃음이 더 커졌다.

"이번엔 조수석에 태워 줄 거예요?"

"짐칸이 좋으면 돗자리 깔아 줄 수도 있고."

"그럼 갑시다. 집에!"

4. 아가씨와 어머니와 할머니

그날 오전 미호는 보일러실 한편에 마련해 둔 검둥이 집 옆에 의자를 피고 앉아 한참 집필에 열중하고 있었다. 미호의 창작 활동을 대견한 듯 바라보는 검둥이의 시선이 무언의 채찍질처럼 느껴져 한참 능률이 오르고 있었다. 이번 작품에서는 작가로서의 자존심을 조금 굽히고 대세를 따라보기로 한 미호였다. 그 잘나신 조풍 선생의 글을 읽어 본 적은 없지만, 어차피 유행하는 소재가 거기서 거기 아니겠는가?

'그래, 그까짓 전생물 나라고 못 쓸 것도 없지!'

글의 소재가 정해지니 인물들이 바로 뒤따라 왔다.

'주인공은 장신의 여검사로 하자. 제목은 '여신전생'. 딱이네! 거기에 검정 호랑이 사역마 캐릭터도 하나 넣고.'

스스로 생각해도 놀랄 정도로 친숙하고 생생하게 그려지는 인물들에 소름이 돋을 정도였다.

등장인물들이 살아 있는 것처럼 느껴지니 이야기는 너무나도 쉽게 풀려나갔다.

'그래, 문학이 밥 먹여 주나? 여신전생으로 대박 치면 내가 조풍 작가 당신네 출판사에서 쫓아다니면서 출간하자 해도 거절한다.'

미호의 집중력은 농로에 들어서는 귀녀 할머니의 자동차가 내는 요란한 엔진 소리에 깨어졌다. 무시하고 이대로 글쓰기에 집중할까 고민이 잠깐 들었다. 하지만 한참 탄력받던 글쓰기 속도가 점점 떨어지던 참이었다. 귀녀 할머니 얼굴을 본 지도 꽤 되었다는 생각도 들었다. 미호는 수첩과 만년필을 주머니에 찔러 넣고 현관문 밖으로 나섰다.

"할머니 오셨어요! 이번에는 오래 집 비우셨네요?"

대답 없이 미호를 물끄러미 바라보는 귀녀 할머니의 표정이 묘했다.

조금 전까지 격한 운동이라도 한듯 귀녀 할머니는 빨갛게 상기된 얼굴로 가쁜 숨을 몰아 내쉬고 있었다.

"마침 잘됐네. 미호 자네 지금 시간 있나? 나랑 같이 자네 집 뒷산 좀 올라갈 수 있겠어?"

등산이라면 질색인 미호였지만 귀녀 할머니에게 신세 진 것도 있어 마냥 거절하기만도 난감한 노릇이었다. 귀녀 할머니가 괜히 미호에게 이런 제의를 할 사람도 아니었다. 무엇보다 머릿속 이야기의 캐릭터와 겹쳐 보이는 귀녀 할머니의 모습에 미호는 강렬한 이끌림을 느꼈다.

"어, 시간 있어요. 제가 뭐 따로 준비할 거 있나요? 활 챙길까요?"

"자네, 활로 사람도 쏠 수 있나?"

"네?"

"그럼 그냥 몸만 와. 자네 소유의 산이라 자네가 있는 게 도움이 돼서 그래."

"그래도 혹시 모르니 활이랑 화살도 챙길게요. 옷 갈아입고 나올 테니 잠시만 기다려 주세요."

선물 받은 활과 화살과 전통을 누구에게라도 보여 주고 자랑하고 싶어 한참 근질거리던 참에 찾아온 좋은 기회를 놓치기 싫은 맘도 컸다.

전 남자친구와 함께 샀지만 몇 번 입지도 않은 겨울용 등산복과 두건과 모자와 등산스틱과 등산화까지 챙기고 난 후 화살과 활을 전통에 찔러 넣고 등 뒤로 단단히 매니 든든함이 이루 말할 수가 없었다. 괜히 기분이 고조되며 심장이 빠르게 뛰기 시작했다.

귀녀 할머니는 어느새 작은 배낭과 검을 등에 메고 현관문 앞을 서성이며 미호를 기다리고 있었다.

"가요. 할머니. 뒷문 쪽으로 해서 올라가실 거죠?"

귀녀 할머니를 따라 텃밭까지 완만한 경사를 올라가자 으슥한 숲이 나왔다. 내심 숲을 가로질러 가는 걸 기대했지만, 할머니는 숲 주변의 험한 산길로 미호를 이끌었다.

"활은 언제 샀나? 전통도 화살도 최상급이네! 자네 안목이 이 정도로 좋았나?"

등산 스틱을 바쁘게 놀려도 두 발로 걸어 올라가는 귀녀 할머니의 걸음을 쫓아가기 벅차 가쁜 숨을 몰아쉬는 미호를 돌아보며 할머니가 말했다.

"아, 이거 선물 받았어요."

"선물?"

"네. 조풍 씨…… 아시죠?"

귀녀 할머니의 얼굴에 씁쓸한 표정이 스쳐 지나간다.

"조풍 선생이 이계리 다시 이사 왔다고 이야기는 들었지……."

'조풍더러 선생이라고? 둘이 진짜 무슨 사이야?'

"조풍 선생이 선물한 물건이라면 세상에서 구할 수 있는 것 중에 가장 훌륭한 것일 거야. 아껴 쓰게."

귀녀 할머니의 발걸음은 눈에 띄게 느려졌다. 미호의 속도에 보조를 맞추기 위한 것임이 틀림없어 보였다.

"그런데 제가 정확히 뭘 하면 되나요?"

"여긴 자네 소유지잖아? 정당한 권리자가 있는 것만으로도 나한테는 도움이 크네."

"……아, 또 뭐 어둑이 같은 거 쫓으시나 봐요?"

"하! 더한 놈일 거야. 짐작 가는 건 있지만 일단 봐 보자고. 나도 건넛마을 처자가 산에서 실종되었다는 이야기만 듣고 온 거니."

아직 해가 높이 떠 있었고 산속이라 춥지도 않았지만 귀녀 할머니의 말은 오싹했다.

'그냥 집에 있을 걸 그랬나? 그래도 귀녀 할머니도 옆에 있는데 별일 없을 거야.'

둘은 한동안 별다른 대화도 없이 묵묵히 경사가 심한 산길을 올라갔다. 왜인지 모르게 미호의 마음속에는 귀녀 할머니에 대한 친근감이 점점 커졌다.

"여기…… 이쪽으로……."

귀녀 할머니가 나지막한 목소리로 미호를 불렀다. 소리를 죽여 말하니 귀녀 할머니의 목소리가 기괴하게 들렸다. 할머니가 가리킨 곳에는 조잡한 여자의 흉상과 한때는 새였던 것처럼 보이는 생물들의 잔해와 사람의 옷가지들이 너부러져 있었다.

"인면지주야. 넘어온 지 꽤 된 거 같은데…… 벌써 알을 깠을 가능성도 높아 보이는군……."

말뜻을 이해할 수 없었지만, 할머니에게 질문을 해 봐야 돌아오는 대답 역시 이해할 수 있을 것 같지는 않았다. 귀녀 할머니는 어리둥절한 표정으로 말없이 고개만 끄덕이는 미호를 바라보며 소리 내어 웃었다.

"자네도 거미는 알고 있지? 좀 큰 거미라고 생각하면 돼. 고약한 건 한꺼번에 알을 많이 낳는다는 것과 한곳에 머물러 있지 않고 여기저기 싸돌아다닌다는 거지."

"……설마 이것도 말하는 거미인가요?"

"말만 하겠어?"

할머니의 험상궂은 웃음이 점점 더 커졌다.

"추적해서 처치하는 건 어렵지 않은데 알을 낳은 장소를 찾는 게 더 중요해. 알을 제거하지 않으면 자네 뒷산이 온통 인면지주로 뒤덮일 거거든."

"알을 낳은 장소는 어떻게 찾는데요?"

"고약한 어미들은 조금만 힘들어져도 자식들을 자신을 옭아맨 거미줄처럼 생각하지. 적당히 괴롭혀 주면 자기 배에서 나온 괴물 새끼들을 찾아가 죽이려 할 거야."

귀녀 할머니의 말에 점점 더 소름이 돋았다. 딱히 미호가 할 일이야 없다지만 말을 하는 커다란 거미도, 귀녀 할머니가 거미를 괴롭히는 것도, 거미가 거미의 새끼들을 죽이는 것도 보고 싶지 않았다.

"아. 마침 저기 있었네. 겁도 없이 대낮에 내 앞에 모습을 드러내?"

절대로 바라보고 싶지 않았지만, 호기심에 미호의 시선이 조금 돌아갔다. 할머니가 가리킨 방향에는 농사꾼 복장을 한 머리 긴 여자가 엎드려 있었다.

아니, 엎드려 있는 게 아니라 등을 땅 쪽으로 향한 채 양팔과 양다리로 땅을 밀어 올린 자세였다. 자세히 보니 팔과 다리사이에 한 쌍의 팔과 한 쌍의 다리가 더 돋아나와 몸을 지탱하고 있었다. 뒤집혀 땅 쪽으로 늘어진 머리카락은 조풍의 옷처럼 까맸고 훤히 드러난 이마와 얼굴의 피부는 오래된 나무처럼 까무잡잡했다.

여자의 입에서 인간의 언어임이 분명하나 미호는 알아들을 수 없는 말이 터져 나왔다.

평소의 미호는 영화에서 괴물을 마주 대하고 몸이 굳어 무력하게 당하는 피해자들을 보면 그 상투적인 연출에 넌더리를 내곤 했다. 그런데 막상 인면지주의 모습을 보니 미호 역시 땅에 다리가 뿌리박힌 듯 꼼짝할 수가 없었다.

공포 때문은 아니었다. 활쏘기로 단련된 눈에 담긴 인면지주의 세세한 모습이 미호를 굳게 만들었다. 분명 사람이 입었던 게 분명해 보이는 인면지주의 누추한 옷과 땅을 뒤집어 지탱하고 있는 손바닥 끝에 달린 험한 일에 굽고 부르튼 손가락과 손톱 아래에 시커멓게 긴 때가 기묘한 연민을 불러일으켰다.

무엇보다 얼마 전에 만난 소년의 모습을 떠올리게 하는 인면지주의 얼굴이 미호의 마음을 사로잡았다. 시원시원한 커다란 눈동자와 짙은 갈색 피부와 뭉툭한 코…….

'난 저 사람, 아니 저거…… 죽어도 못 쏴.'

인면지주는 덤벼들지도 도망가지도 않고 까뒤집은 머리로 미호를 바라보면서 계속 말을 걸었다. 미호가 뜻 모를 말을 이해해 보려 하는 와중에 인면지주는 뒤집힌 얼굴 때문에 숨이 차오르는 듯 재채기까지 했다.

"미호. 괴이가 하는 말에 현혹되면 안 돼!"

귀녀 할머니가 인면지주와 미호 사이에 끼어들더니 검집에서 검을 뽑아 들지도 않고 인면지주에게 달려들었다.

인면지주의 어디선가(미호는 굳이 알고 싶지 않았다.) 거미줄 같은 게 뿜어져 나왔다. 이미 예상하였던 듯 귀녀 할머니는 옆으로 가볍게 몸을 날려 거미줄을 피했다. 귀녀 할머니가 달려가는 속도를 조금도 늦추지 않고 그대로 돌진하며 검집을 양손으로 짧게 움켜잡고 칼자루의 뭉툭한 부분으로 인면지주의 얼굴을 올려 쳤다.

고무망치로 커다란 호박을 때리는 듯한 둔중한 소리가 울리더니 인면지주의 비명이 뒤따라 왔다. 이번에는 인간이 아닌 무언가가 내지르는 비명처럼 들렸다. 칼자루에 정수리를 맞은 인면지주는 4개의 팔과 4개의 다리를 비틀거리다 땅으로 쓰러져…… 드러누워 버렸다.

귀녀 할머니의 다음 동작도 물 흐르듯 부드럽게 이어졌다. 양손으로 잡았던 검집에서 오른손을 떼더니 어느새 칼자루를 쥐고 검을 뽑아 들어 단 한 번의 칼질로 인면지주의 오른쪽, 아니 왼쪽의 중간 팔과 중간 다리를 잘라냈다. 귀녀 할머니는 그대로 멈추지 않고 인면지주의 맞은편으로 돌아가 반대편의 중간 팔과 중간 다리도 잘라내었다.

인면지주는 고통스러운 표정으로 쉼 없이 비명을 내질렀다.

검을 다시 검집에 집어넣은 귀녀 할머니는 등산복 주머니에서 시계처럼 보이는 무언가를 꺼내 들었다. 할머니가 잘린 중간 팔다리를 발로 걷어차 치우고 자신의 성한 팔에 다가가도 인면지주는 할머니에게 저항할 의지가 없어 보였다.

귀녀 할머니는 인면지주의 아직 성한 한쪽 팔에 시계처럼 보이는 물건을 채워 주었다. 바닥에서 퍼덕이는 잘린 팔의 손가락들이 무언가를 움켜쥐려는 듯 펴졌다 오므렸다를 반복했다. 그 손가락에서 얼핏 반지

자국 같은 게 보였다.

연민과 혐오감에 사로잡혀 미호는 고개를 돌려 외면했다. 인면지주가 끊임없이 내지르는 새된 비명에 귀가 얼얼했다. 미호는 귀를 틀어막고 싶었다.

"정신을 차리고 제 자식들을 찾아가도록 잠깐 시간을 주자고."

귀녀 할머니가 미호의 어깨에 손을 올리고 인면지주에서 멀리 떨어진 산길 안쪽으로 이끌었다.

울창한 숲에 가로막혀 비명이 잦아들자 귀녀 할머니는 발을 멈추고 평평한 돌 위에 털썩 주저앉았다. 홀린 듯 이끌려 걷던 미호 역시 그 옆에 주저앉았다. 바위의 척척한 습기가 등산복 바지를 뚫고 올라오자 아까의 광경이 떠올라 몸서리가 쳐졌다.

"끔찍한가? 괴이의 겉모습은 사람을 닮게 되어 있어."

어둑이나 흉조의 모습을 말하는 거라면 이해할 수 있었다. 하지만 저 거미의 모습과 행동은 '사람을 닮았다'라고 간단히 말하고 넘어갈 수 없는 기묘한 지점이 있었다.

"저 사람, 거미가 뭘 했나요?"

"인면지주의 외양은 잡아먹은 사람의 모습을 닮게 되어 있어. 자네가 동정을 느끼는 그 여자가 최초의 희생자였겠지."

"저한테 말을 했어요. 절 공격하지도 않았고요. 그냥…… 저한테 무슨 이야기를 하려고 했어요."

미호를 바라보는 귀녀 할머니의 얼굴에 짜증이 묻어났다.

"어둑이는 자네에게 무슨 말을 하던가? 괴이의 형상과 말은 모두 사람의 생김새와 말을 그럴듯하게 흉내 내는 것뿐이야!"

"……도대체 괴이가 뭔데요? 제가 자꾸 캐물어서 짜증이 나시는 것도 알겠는데 그러기 전에 설명을 제대로 해 주셔야죠!"

급격히 달아오른 만큼 금방 사그라질 흥분이었다. 순간적인 감정에 사로잡혀 무례한 행동을 했다는 자책에 귀녀 할머니의 얼굴을 바라보기도 민망했다.

"……괴이를 불러들이고 사실로 만드는 건 사람들의 욕망과 염원, 믿음 같은 것들이야. 더 많은 이들이 갈망하고, 의지하고, 기도하면 할수록 괴이의 힘은 더 강해지지."

또 뜬구름 잡는 이야기였다.

"그럼 저 거미도 누군가 불러들인 거란 말이죠? 어떤 바람 때문에?"

귀녀 할머니가 입꼬리를 올리며 으스스한 미소를 지었다.

"……세상 모든 어미가 다 한 번쯤은 제 자식이 괴물처럼 느껴져서 그 앨 죽이고 싶은 마음을 가져 보지 않았겠나."

말을 마친 할머니가 물통을 건넸다. 일종의 화해 제스처였다. 미호로서도 당장은 더 캐묻고 싶은 마음은 없었다.

"아무튼, 자네한테 험한 꼴 보게 해서 미안하네. 거미를 추적해서 끝을 보는 건 나 혼자서도 충분히 할 수 있으니 안전한 데까지만 같이 움직이자고."

"같이 가요. 이미 볼 거 못 볼 거 다 본 마당에……."

목을 축인 미호가 대답하자 할머니의 미소가 커졌다. 어렴풋이 들려오던 거미의 비명도 어느샌가 멎었고 숲에는 적막만이 감돌았다. 귀녀 할머니는 배낭에서 휴대폰을 꺼내 들고 스포츠 트래킹 프로그램을 구동했다.

"거미에게 GPS 내장 시계를 채워 줬거든."

미호의 호기심 어린 시선을 의식한 귀녀 할머니가 웃으며 말했다. 전 남자친구의 꼬드김에 넘어가 하마터면 거금을 주고 살 뻔 했던 물건이 었기에 미호도 기능은 잘 알고 있었다.

"배터리가 30시간 정도 갈 테니 그 안에 알을 깐 장소를 찾고 처치해야 해. 가장 좋은 건 제 새끼를 죽이려 할 때지. 그때를 놓치고 다시 산으로 돌아가기라도 하면 우리 발걸음으로 거미를 쫓아다니는 게 쉬운 일은 아닐 거야."

귀녀 할머니가 트래킹 프로그램의 새로 고침 버튼을 몇 초 간격으로 누르자 시계의 위치가 조금씩 움직이고 있는 걸 알 수 있었다.

"우리도 이제 움직이자고. 다리가 절반으로 줄었다고는 해도 여전히 두 다리 대 네 다리니 부지런히 움직여야 할 거야."

그때까지만 해도 거미와 둘의 거리는 50미터 이내였다. 귀녀 할머니는 거미를 추적하는 와중에도 틈틈이 휴대폰을 들여다보며 위치를 확인했다.

"생각 외로 빠르게 달려가지는 않는데? 알을 이 근처에 낳았나?"

미호의 기준에서는 지금도 충분히 빠른 속도였다. 등산 스틱을 바쁘게 놀리며 귀녀 할머니의 뒤를 힘겹게 쫓다 보니 손이 다 얼얼해질 지경이었다. 다행인 건 활쏘기로 단련된 상체 덕분인지 숨이 찬 것 말고는 근육에 별다른 통증은 없다는 것이었다.

"뭔가 이상해. 왜 점점 거리가 좁혀 들지? 다리가 잘렸다고 해도 거미의 속도가 이렇게 느릴 리가 없는데."

그 말이 불길한 전조처럼 미호의 심장을 움켜쥐었다.

할머니가 발걸음을 멈추고 왼손에는 칼집을, 오른손으로는 검을 들고 자세를 굳혔다. 미호 역시 귀녀 할머니를 따라 전통에서 활을 뽑아 들려 했다.

"미호! 자네 솜씨로 인면지주 상대하기는 힘들 걸세. 내 주머니에서 핸드폰 꺼내서 거미 위치를 확인해 줘!"

많은 노인이 그러하듯 귀녀 할머니의 핸드폰도 별다른 보안이 걸려 있지 않았다. 트래킹 프로그램의 새로 고침 버튼을 몇 번 눌러 보아도 시계의 위치는 여전히 둘로부터 20미터는 떨어져 있었다.

"움직이지 않고 있어요. 저 수풀 방향으로 20미터쯤 떨어져 있다고 나오는데요?"

귀녀 할머니는 미호가 가리킨 방향으로 시선을 돌리지 않았다.

"원래 산속에서 GPS란 놈이 그리 정확하게 동작하지는 않……."

수풀 방향이 아닌 귀녀 할머니가 바라보는 방향에서 거미가 뛰쳐나왔다. 할머니의 머리 위를 뛰어넘어 거미가 미호를 덮쳤다. 급작스러운 거미의 습격에 미호는 균형을 잃고 쓰러졌다. 왼쪽 발목이 기괴한 각도로 구부러졌다. 쓰러지는 미호의 모든 체중이 고스란히 꺾이는 왼쪽 발목에 실리자 불에 발을 담근 듯한 통증이 밀려왔다.

거미의 억센 네 개의 다리가 쓰러지는 미호의 양팔과 양다리를 짓눌렀다. 뒤집힌 거미의 눈동자와 미호의 눈동자가 마주쳤다. 눈물이 인면지주의 이마를 타고 머리카락으로 흘러내리고 있었다.

달려든 거미가 억센 팔과 다리로 미호를 넘어뜨리며 짓눌렀다. 마치 커다란 집게로 발목과 손목을 사정없이 뒤트는 듯한 고통에 입에서 신음이 터져 나왔다.

거미의 입이 천천히 열렸다. 무수히 많은 날카로운 칼날을 빼곡히 박아놓은 듯한 이빨들이 미호의 눈앞으로 다가왔다. 코까지 올려 쓴 미호의 두건으로도 거미의 입에서 나오는 매캐한 냄새를 가릴 수 없었다.

"내……."

천천히, 그리고 한 글자씩 확실히 단어의 모양을 만들어내는 거미의
입이 미호의 눈을 사로잡았다.

"아…… 들…… 즈……."

귀녀 할머니가 몸을 던져 거미의 옆구리를 들이받자 거미는 미호의
팔다리를 놓고 옆으로 나가떨어졌다.

"자네 물리지 않았나?"

여전히 거미에게서 시선을 떼지 않고 검을 뽑아 들면서 귀녀 할머니
가 말했다.

"예, 괜찮아요!"

거미의 얼굴이 분노로 일그러지더니 땅을 박차고 뛰어올라 귀녀 할
머니의 얼굴로 돌진했다. 귀녀 할머니는 뽑아 든 검으로 땅을 지탱하며
지면과 평행하게 몸을 누인 후 검집으로 머리 위를 지나가는 거미의
등을 가격했다. 고통스러운 비명을 지르며 땅을 나뒹구는 거미의 얼굴
에 귀녀 할머니를 향한 원망의 표정이 떠올랐다. 비웃는 표정으로 거미
를 바라보던 귀녀 할머니가 순간 거미를 향해 몸을 날릴 듯 자세를 취
하자 거미는 황급히 뒤돌더니 도망쳤다.

"할머니 팔! 거기 찢어져서 피 나와요!"

찢어진 등산복을 바라보던 귀녀 할머니가 무심하게 물통의 물로 피
를 닦아냈다.

"별거 아니네. 아까 녀석의 손톱에 조금 긁힌 모양이야."

말은 그렇게 해도 귀녀 할머니는 꼼꼼히 상처 부위를 닦아 내고 배
낭에서 휴대용 압박붕대를 꺼내 상처 부위를 감싸고 알루미늄 테이프
로 찢어진 옷을 이어 붙였다.

"별일이군. 인면지주가 지 새끼 죽이는 것도 제쳐 두고 습격을 해 오

다니……."

'……습격이 아니라 나한테 할 이야기가 있었던 거야.'

미호의 생각에 거미가 끝맺으려 한 말은 '내 아들 죽여'였던 듯했다.

'어쩌면 '내 아들 지켜'였을 수도 있을까?'

미호로서는 알 수가 없는 일이었다.

"이제는 진짜 꽁지가 빠져라 달려가고 있군. 우리도 서둘러 다시 쫓아가지."

인면지주가 지나간 흔적을 눈으로 좇으며 귀녀 할머니가 말했다.

등산복에 들러붙은 나뭇잎을 대충 털어내고 고개를 끄덕이며 미호도 귀녀 할머니를 따라 발을 옮겼다.

하지만 미호의 생각보다 부어오른 발목의 상태가 심각했다. 한걸음 내디딜 때마다 퉁퉁 부은 발목에 둔중한 충격이 가해졌다. 등산 스틱에 최대한 체중을 나누어 실어 보았지만 땅을 딛고 선 발에 힘을 주지 않고 가파른 내리막길에서 귀녀 할머니의 빠른 걸음을 쫓아가기는 힘들었다.

"미호, 힘들면 지금이라도 포기해! 나 혼자 쫓아가도 돼!"

귀녀 할머니가 뒤를 돌아 미호를 바라보며 말했다. 미호를 배려해 주는 말의 내용과는 달리 귀녀 할머니의 얼굴에는 감출 수 없는 초조함과 실망감이 묻어 나왔다. 고개를 내저으며 미호는 이를 악물었다.

"아니에요! 계속 가요!"

귀녀 할머니는 핸드폰을 꺼내 인면지주의 위치를 다시 확인했다.

"우리보다 300미터는 앞서가고 있네. 이 방향이면 낙동강 쪽…… 아니, 우포늪 쪽인가?"

미호는 대답 없이 고개를 끄덕이고 등산 스틱을 접어 전통에 화살과 함께 찔러 넣었다. 내리막길에서 등산 스틱은 빠른 걸음에 도움이 되지 않았다.

"뛰어서 쫓아가요. 이제 좀 나아졌어요."

귀녀 할머니의 입에 다시 웃음기가 맴돌았다. 할머니는 검을 고정해 둔 배낭의 측면 포켓에서 물통을 꺼내 한 모금 마시고 미호에게도 건넸다.

"등산화 끈을 좀 갑갑하다 싶을 정도로 꽉 매면 도움이 될 거야."

목을 축이고 물통을 돌려주자 귀녀 할머니가 미호의 발을 가리키며 말했다. 미호는 말없이 귀녀 할머니가 시킨 대로 발목 위까지 등산화 끈을 졸라매었다. 이전 남자친구의 꼬드김에 넘어가 다소 무리다 싶은 금액을 주고 구입한 후 거의 신을 일이 없었던 겨울용 등산화인데 오늘 제대로 써먹는다 싶은 생각이 들었다.

신발 끈을 묶고 허리를 펴니 귀녀 할머니는 배낭에 매어 둔 검을 오른손으로 잡아들고 산길을 뛰어 내려가기 시작했다. 발이 성하다 한들 쫓아갈 수 있을까 싶은 속도였다. 이를 꽉 물고 정신없이 할머니를 뒤쫓아 뛰는데 발목은 생각 외로 견딜 만했다.

문제는 전통과 함께 등 뒤에서 덜렁거리는 활과 화살이었다. 잠시 멈출 엄두가 나지 않아 미호는 뛰어가며 전통을 풀어 왼손으로 그러쥐고 옆구리에 단단하게 고정한 채 귀녀 할머니를 뒤쫓았다.

'500미터 아니 1킬로 정도만 뛰면 집에 도착할 거야. 그럼 차 끌고 쫓아 갈 수 있겠지.'

영하 이하로 온도가 떨어지는 날이 극히 드문 이계리였지만 산길의 흙은 단단하게 굳어 있었고, 군데군데 얼음이라도 밟으면 발이 쭉쭉 미끄러졌다. 발밑의 땅과 부어서 점점 감각이 없어지는 발목을 동시에 신경 쓰며 죽을힘을 다해 뛰어 보았지만, 귀녀 할머니와의 거리는 조금씩 멀어지고 있었다.

턱 끝까지 숨이 차올라 왔다. 입으로 가쁜 날숨을 내쉬면 코까지 추켜올린 두건에 다시 부딪혀 축축하고 침 냄새 가득한 물기와 함께 되돌아 왔다.

'내가…… 괜히 왜 따라나서서 이 고생을…….'

지금 와서 귀녀 할머니를 따라나선 걸 후회해 봐야 의미 없는 짓이었다. 무엇보다 인면지주의 말과 행동에 대한 호기심이 미호를 유혹하고 있었다. 금방이라도 터져 버릴 듯한 심장도, 이제는 발이 땅에 닿을 때마다 두개골까지 뒤흔드는 발목의 고통도 미호의 머릿속을 가득 메우고 있는 상념에 묻혀 버렸다.

'분명 그때 그 아이의 엄마일 거야. 우포늪 방면이라니…… 거기에 아이가 있는 걸까?'

"미호, 잠깐 숨 좀 고르고 천천히 걸어가세. 거미 녀석도 다리를 네 개나 잃어서 계속 달리기는 힘든 모양이네."

귀녀 할머니가 발걸음을 멈추고 핸드폰을 들여다보며 말했다.

"또 아까처럼 습격하려는 건 아닐까요?"

"그건 아닐 걸세. 느려졌지만, 꾸준히 우포늪 방면으로 이동하고 있어. 우리는 저 아래에서…… 우리 집 방향으로 갈라져서…… 차를 타고 뒤쫓아 가세."

놀랍게도 귀녀 할머니 역시 숨을 헐떡이고 있었다. 그뿐만 아니라 얼굴 가득 불편한 표정이 드러난 것이 어딘가 몸 상태가 좋아 보이지 않았다.

"괜찮으세요, 할머니? 몸 안 좋아 보이시는데……."

귀녀 할머니는 말없이 고개만 내 젓고 휴대폰을 바라보며 앞장서 걸어갔다. 아까와는 달리 천천히 걸어가는 정도의 속도였다.

미호로서는 사양할 이유가 없었다. 숨을 쉬기는 한결 나아졌지만 천천히 한 걸음씩 착실히 발걸음을 떼어 놓으며 걸어가자 다시 발목의 고통을 참기가 힘들었다. 절뚝거리며 할머니의 뒤를 따라가는데 귀녀 할머니의 걸음걸이도 영 시원치가 않아 보인다.

"그래, 나도 영 괜찮지는 않군……."

귀녀 할머니가 걸음을 멈추고 자조적인 미소를 띠며 말했다.

"점점 몸이 둔해지는 것이 신경독 같은 데 당한 것 같군."

"지금이라도 거미는 내버려 두고 병원 가요. 제가 차로 바로 모셔 드릴게요."

"거미를 내버려 둘 수는 없어. 몸이 둔해지긴 했지만, 완전히 마비되려면…… 아직 시간이 좀 있으니…… 거미를 끌어들여서 처치하는 건 무리가 없을 걸세……."

"무슨 말도 안 되는 소리를 하세요? 지금 말하는 속도도 완전 느려지시고 발목 다친 저보다도 잘 못 걸으시잖아요! 산 내려가서 바로 병원 가요."

미호를 바라보는 귀녀 할머니의 얼굴에 또다시 짜증이 묻어나왔다.

"……거미를 내버려 둬서 ……거미가 무슨 흉악한 짓을 하면……."

"아니! 아까 저 공격했을 때 보셨잖아요! 저 죽이려면 바로 목을 물거나 했겠죠! 저한테 무슨 말을 하려 한 거였어요! 처음부터 공격할 생각 없어 보였다고요!"

"……."

"그리고 애초부터 괴이를 죽여야 한다는 걸, 아니 어떤 괴이는 죽여

야 하고 어떤 괴이는 그냥 내버려 둬도 상관없다는 걸 정한 게 누군데
요? 이장님은, 김 서방은, 조풍은 괴이가 아닌가요? ……할머니는 괴이
가 아니에요?"

"……최소한 제 자식들 처치하는 것까지는 봐야……. 그 뒤는……."

미호 역시 눈으로 확인하고 싶은 게 있었다.

"……그럼 차 타고 우포늪까지만 쫓아가 봐요. 할머니 말대로 알 낳
은 거 처치하는지만 멀리서 지켜보고 뒷일은 조풍 씨한테 맡기든가 하
자고요."

"하……. 조풍 선생……한테만은 기대고 싶지 않았는데."

"쓸데없는 고집 부리지 마세요. 자꾸 그러시면 그냥 이대로 강제로
병원에 태워 갈 거예요! 어차피 지금 몸도 잘 가누지 못하셔서 제가 그
래도 막을 힘도 없잖아요?"

미호의 말이 뭐가 그리 유쾌한지 귀녀 할머니가 요란하게 웃음을 터
트렸다.

"……그래……. 자네 말이 맞네……. 일단 내려가서 차 타고 움직이
자고……. 운전을 못할 거 같으니 자네한테 부탁 좀 하지……."

"부탁 안 하셔도 제가 억지로라도 태워서 갈 거예요."

둘은 천천히 그리고 착실하게 한 걸음씩 내디디며 산에서 내려왔다.

다행히 거미가 움직이는 속도도 이제는 그들이 움직이는 속도와 큰
차이가 없어 보였다.

영원토록 이어지는 것 같았던 산길이 끝나고 익숙한 텃밭과 나무숲
이 나오자 반가운 마음에 다리의 힘이 풀렸다. 저 아래에서 검둥이가
미호와 할머니를 반기며 컹컹 짖는 소리가 들려왔다.

"다 왔어요, 할머니. 천천히 내려오세요. 제가 먼저 차 빼놓고 시동

걸고 있을게요."

"……그래……. 부탁 좀 하겠네."

검둥이의 짖는 소리를 듣자 미호의 머리에 순간 어떤 생각이 스쳐 지나갔다.

"검둥이…… 개도 데려갈까요?"

"……아니. 파수견이 자꾸 지켜야 할 곳을 떠나는 건 좋지 않네……."

고개를 끄덕인 미호는 애써 발목의 통증을 억누르고 집으로 달려갔다. 검둥이는 의아한 표정으로 다가오더니 연신 미호의 다리 냄새를 맡아 댔다.

"……저리 좀 가 있어. 언니 지금 바빠."

미호의 말을 따르면서도 검둥이는 뭔가가 걱정스러운 표정이었다.

대문을 활짝 열어젖히고 시동을 걸고 농로 쪽으로 차의 방향을 돌려 놓았을 때 귀녀 할머니가 천천히 미호의 집에 들어왔다. 귀녀 할머니는 반기는 검둥이를 건성으로 한번 쓰다듬고 차에 올라탔다.

"……이제 가세. 방향은 알지?"

아이를 찾느라 가 본 적이 있어서 길은 알고 있었다. 가속 페달을 밟아 차를 출발하는 와중에 다친 발목이 왼쪽이라 다행이라는 생각이 들었다.

"할머니, 저한테 조풍 씨 전화번호 좀 문자로 보내 주세요."

귀녀 할머니는 작게 구시렁거리더니 빈정거리는 표정으로 미호에게 문자를 보냈다.

"……지금 속도대로라면…… 거미가 우리보다 조금 앞서서 우포늪에 도착할걸세. 조금…… 속도를 더 올리도록 하게."

핸드폰을 들여다보며 말하는 귀녀 할머니에게 고개를 끄덕여 보이고 미호는 자동차의 속도를 높였다.

10분도 안 되어 둘은 우포늪에 도착했다. 텅 빈 개활지에 차를 세우고 내리니 어느새 조금씩 해가 넘어가고 있었다.

핸드폰을 꺼내 거미의 위치를 확인해 볼 필요도 없었다.

늪가를 따라 오른쪽으로 조금 걸어가자 돌로 만든 배와 초라한 판잣집이 나왔다. 그 앞에서 인면지주와 미호가 아는 사람이 서로를 바라보며 대치하고 있었다. 미호가 이런 상황, 이런 장소에서 다시 만날 것이라곤 전혀 기대도 못 했던 인물이었다.

거미는 판잣집 안을 노려보고 있었다. 언제라도 안으로 뛰어들 기세로 기괴하게 굽어 있는 두 개의 팔과 두 개의 다리의 근육이 팽팽하게 긴장해 있었다.

판잣집 앞에 서서 거미의 앞을 가로막고 있는 건 미호가 얼마 전 동네잔치 자리에서 만난 흰 옷의 노부인이었다. 티끌 하나 없는 노부인의 하얀 옷이 거미의 낡고 헤지고 흙투성이인 옷과 대비되어 기괴한 느낌을 주었다. 거미를 마주 대하는 상황에서도 노부인의 얼굴은 온화했다.

노부인은 칼자루에 방울과 고리가 여러 개 달린 짧은 칼을 들고 있었다. 노부인의 외모와 표정과는 영 어울리지 않는 칼이었다.

"……이게 누구야……. 기대하지도 못했고, 반갑지도 않은 얼굴을 여기서 다 보게 되네……."

귀녀 할머니가 끌끌 혀를 차며 천천히 말했다.

"그러게요. 당신…… 그동안 더 늙고 나약해졌군요?"

"……자넨 여전히…… 제 나잇값도 못하는 추잡한 모양새로군? 늙고 추해지는 게 그리도 두렵던가?"

비판의 주체가 귀녀 할머니라는 점에서 그 내용이 영 부적절하다는 생각이 들었지만 왜인지 조금 후련한 생각이 들었다.

"미호 씨도 와 있고…… 수호자라는 자들이 하나는 늙어서 나약해졌고 하나는 미숙하니 인면지주 같은 게 이계리를 활개치고 다닐 만도 하군요."

여전히 얼굴에 미소를 지우지 않고 노부인이 미호에게 묵례를 해 보였다. 엉겁결에 고개를 끄덕해 보인 미호는 시선을 어디에 두어야 할지를 몰라 갈팡질팡했다. 거미의 목적지가 판잣집 안인 것도, 노부인이 거미를 가로막고 있는 것도 분명해 보였다.

"……할 일이 있으니 좀 비켜 주게……. 자네가 가로막고 있어서 거미가 볼일을 못 보지 않나?"

"저런 흉물을 함부로 제 거소에 들일 수는 없지요."

"자네 요새는 저런 추잡한 장소를 집이라 부르고 머무르나? 자네한테는 딱 어울리는군."

빈정거리는 귀녀 할머니의 말투가 어느새 평소처럼 돌아와 있었다. 미호가 보기엔 독설을 내뱉느라 흥분해서 피가 빨리 돌아서 그런 것 같기도 했다.

"당신처럼 추한 외모에 추한 정신이 깃들어 사는 경우가 일반적이겠지만 제게 외견의 미추는 그리 중요한 게 아니더군요."

이대로 내버려 두다간 해가 넘어가도록 말싸움을 할 모양새라, 미호가 끼어들었다.

"저기, 저랑 귀녀 할머니는 판잣집…… 그…… 사시는 곳 안에 거미가 알을 낳았다고 생각하고 있거든요."

"저 안에는 누구도, 아무것도 없답니다. 미호 씨."

"그럼 저 안에서 거미로부터 지키려고 하는 게 뭔가요? 우리는 산에서부터 줄곧 인면지주를 추적해 왔어요. 거미가 향하던 방향은 한결같이 이곳이었고요."

흰옷의 노부인이 대답 없이 어깨를 으쓱해 보였다.

"……제깟 것이 숨기려 하는 게 뻔한 거겠지. 어디서 구한 그릇된 공물로 헛되이 세월에 저항이나 하려는 속셈 아닌가? 자네 요새도 창부처럼 거짓된 주인들을 섬기는 자의 힘을 탐하고 다니나?"

노부인의 얼굴에서 미소의 가면이 벗겨졌다. 한껏 일그러진 표정으로 미호와 귀녀 할머니를 바라보는 노부인의 모습이 섬뜩해 보였다.

"이제 제 한 몸 건사하기 힘들어 간신히 입이나 놀리고 계시는군요. 수호자가 마땅히 해야 할 일을 수행할 힘도 없어 보이니 저 거미는 제가 대신 처치하도록 하지요."

노부인이 칼을 잡은 손에 힘을 주자 방울과 고리가 뒤엉켜 흔들리며 불쾌한 불협화음을 내었다.

"……미호. ……지금 거미 죽이는 거 막아야 해. ……반드시 안에 뭐가 있는지…… 먼저……."

미호는 고개를 끄덕였다. 막상 노부인을 만류하려 하니 적절한 호칭이 떠오르지 않았다.

"저기! 잠시만요, 일단 제가 먼저 안에 뭐가 있는지 봐야 할 거 같은데요."

미호가 거미에게 등을 진 채로 노부인의 앞을 가로막자 귀녀 할머니의 얼굴엔 놀라움이, 노부인의 얼굴엔 짜증이 배어 나왔다. 등 뒤의 거미를 의식하지 않으려 미호는 부단히 노력해야만 했다. 하지만 마음 한편 어디선가 절대로 공격받지 않으리란 확신이 있었다.

"좀 전까지 머물러 있던 곳에 뭐가 있고 뭐가 없는지도 제가 모를까 봐요? 안에는 아무것도 없습니다."

"그럼 그냥 보여 주시면 되겠네요?"

빠르게 쏘아내는 미호의 말에 노부인은 체념한 표정을 지었다. 노부인이 들어 올린 칼을 내려놓고 한편으로 물러나자 미호는 등을 돌려 거미를 마주 대했다.

"들었죠? 당신도 같이 보도록 해요."

노부인과 귀녀 할머니의 눈에 이채가 맴돌았다.

거미는 경계하는 태도로 미호에게 다가왔다. 거미의 늘어진 옷자락이 땅을 스치는 소리와 거친 손바닥과 발바닥이 부드러운 늪지대의 흙을 짓누르며 움직이는 모습이 너무나도 기괴했다.

거미와 함께 들여다본 판잣집 안에는 미호가 기대하던 그 어떤 것도 없었다. 기괴한 느낌을 주는 여자의 초상화와 수많은 촛불이 어슴푸레 노을이 지는 하늘색과 어우러져 묘한 분위기를 자아내고 있었다. 텅 빈 판잣집 안을 바라보는 거미의 뒤집힌 눈에 실망감이 감도는 걸 미호는 놓치지 않았다.

"아무것도 없네요. 알도…… 거미 새끼들도……."

미호의 말이 끝나자 노부인과 귀녀 할머니의 각각 칼과 검을 잡은 손에 힘이 들어갔다.

"……잘해 주었네……. 이제 물러서도록 해……."

둘은 천천히 거미에게 다가왔다. 미호는 다시 한 번 거미와 그 둘 사이에 끼어들었다.

"잠깐만요. 애당초 새끼를 낳은 것도 아니고 딱히 피해를 준 것도 아닌데 죽일 이유는 없는 것 같은데요."

"……인면지주가 죽이고 거죽을 훔친 그 여자는?"

"아니요. 인면지주가 거죽을 훔친 게 아니라 할머니가 인면지주라고 하는 이…… 괴이가 바로 그 여자예요! 보면 모르시겠어요? 자기 인간 아이 찾아서 여기 온 거라고요!"

그게 아이를 죽이기 위해서인지 지키기 위해서인지는 미호도 알 수 없었지만, 굳이 말할 필요는 없는 이야기였다.

미호를 바라보는 노부인의 눈에 살기가 감돌았다.

"이런 어처구니가 없는 일이…… 도대체 당신들은…….."

칼을 쥔 손에 힘이 들어가자 다시 한 번 칼자루의 쇠붙이들이 맞부딪히며 불쾌한 소리를 내었다. 노부인의 얼굴을 바라보며 미호는 순간 활을 가져오지 않은 걸 후회했다.

"귀녀 할머니! 분명 집 뒷산은 제 소유라고 하셨죠? 집 뒷산에서 제가 뭘 어떻게 하든 그건 정당한 제 권리고요?"

또 다시 미호를 바라보는 귀녀 할머니와 노부인의 얼굴에 어리둥절한 표정이 스쳐 지나갔다.

"거미 거기에 풀어 주고 거기서 살게 할 거예요. 그건 제 정당한 권리 맞죠?"

미호가 말을 마치기도 전에 노부인이 칼을 치켜들고 거미에게 달려들었다. 기다리고 있었다는 듯이 귀녀 할머니가 검집을 들어 올려 노부인의 앞을 가로막았다. 도저히 좀 전까지 몸을 가누기도 힘들어 보였던 사람의 움직임이라고는 믿어지지 않을 속도였다.

"……내가…… 몸이 이렇다 해도…… 자네 하나 못 죽일 것 같나?"

노부인은 자신의 목을 내찌를 듯 세워진 검집의 끝을 바라보며 천천히 뒤로 물러섰다.

"······이계리 관문의 수호자이자 정당한 권리자인 자네 뜻이 그렇다면 그렇게 하는 게 맞겠지······."

귀녀 할머니의 말투에는 영 내키지 않는 기색이 뚜렷했지만, 목소리에는 뒤틀린 웃음기가 담겨 있었다.

미호는 거미에게 천천히 다가가 몸을 낮추었다.

"들었죠? 당신 온 곳 가서 거기서만 지내도록 해요. 뭘 먹고 사는지는 모르겠지만······. 알아서 하겠죠. 당신 아이는 잘 지내요. 말도 이제 곧잘 하고······."

거미의 입이 열리고 알 수 없는 언어가 쏟아져 나왔다. 거미의 눈에서는 눈물이 흘러내리고 있었다. 그 말과 눈물의 의미가 고마움인지 두려움인지 미호는 알 수 없었다.

"가요."

한참을 머뭇거리던 거미는 미호의 집 방향으로 떠나갔다.

"막아야 할 것을 지키는 수호자라니. 그야말로 괴이하기 짝이 없는 이야기군요."

이제 노부인은 미소의 가면을 쓸 생각도 없어 보였다.

"스스로······ 몸의 주인을 버리고 거짓된 주인들의 힘만 탐하는 무당보다는 괴이할 거 없는 이야기네······. 우리도 이만 물러가지. 또 볼일이 없었으면 좋겠네······."

귀녀 할머니는 미호에게 눈짓을 하고 차를 세워 둔 공터로 걸어갔다. 미호는 노부인에게 고개를 숙여 인사하고 귀녀 할머니를 뒤따라갔다.

늪을 떠나는 둘의 뒷모습을 노부인은 한참 동안 제자리에 선 채로 바라보았다.

"······미호. ······어서 빨리 여기를 떠나도록 하세······. 내 상태가 얼마나 안 좋은지 그 여자가 알면…… 위험해…….”

말의 내용보다 귀녀 할머니가 말하는 태도가 미호를 두렵게 했다. 언제나 자신만만하던 귀녀 할머니가 이토록 긴장하는 걸 미호는 처음 보았다.

차를 타고 늪을 빠져나오는 동안 귀녀 할머니는 때때로 휴대폰을 들여다보며 거미의 위치를 확인하기도 하고 때때로 고개를 돌려 차 뒤를 바라보기도 하였다. 마치 뒤에서 누가 쫓아오지는 않나 걱정하는 듯한 모양새였다.

익숙한 지방도에 접어드니 어느새 완전히 해가 넘어가 이계리에 어둠이 내려오고 있었다.

“바로 병원 가셔야죠. 어디…… 읍내 치과로 갈까요?”

“자넨 나를 도대체 뭐라 생각하나? 아니, 것보다 그 돌팔이가 무슨 치료를…….”

귀녀 할머니가 좀 전까지의 긴장된 모습과 달리 크게 웃으며 말했다.

“……부산에 종합병원으로 가세. 주소 불러 주겠네……. 그리고 전화번호 하나 줄 테니…… 내가 독에 당했다고 좀 전해 주고…….”

미호의 전화를 받은 건 나이가 들어 보이는 여자의 목소리였다. 전화기 건너의 여자는 미호가 귀녀 할머니의 이름을 대고 상황을 말하니 별 말 없이 준비하고 있겠다는 말과 함께 전화를 끊었다.

퇴근 시간의 고속도로는 주차장을 방불케 했다.

하루 동안 계속 귀녀 할머니와 충돌한 게 생각나 괜히 어색한 미호와 달리 귀녀 할머니는 눈을 감고 무언가를 골똘히 생각하고 있는 듯했다.

“……아까 나한테 이장님이나 조풍 선생이 괴이가 아니냐고 물어 봤지?”

갑작스러운 할머니의 말에 당황하며 미호는 고개를 끄덕였다.

“그들은…… 사람들의 순수한 경외가 불러온 존재야. 다른 괴이처럼 사람들이 의지하고자 하는 믿음이나 염원 때문에 불려온 게 아니라…… 오직 사람들의 외경만을 원하고 필요로 하는 자들이지……. 사실 그들처럼 오래 사람들과 어울려 산 존재들은 사람과 구분하기 힘들기도 하고…….”

“그럼 조풍 씨는…….”

“조풍 선생은 내 아비이자 스승이자…….”

갑자기 차 앞으로 끼어드는 차를 피하려 급브레이크를 밟고 클랙슨을 날리느라 귀녀 할머니의 말이 끊겼다. 이후 부산의 병원에 도착할 때까지 귀녀 할머니의 입이 다시 열리는 일은 없었다. 정작 귀녀 할머니 본인에 대한 이야기는 빼 놓았다는 게 떠올랐지만 괜한 미안함과 서운함 때문에 입을 열어 물어보기도 어려웠다.

병원 주차장에 도착하니 이미 연락이 되어 있었던 듯 의사복을 입은 중년 여성 한 명이 기다리고 있었다.

“……나 내려주고…… 바로 돌아가면 되네……. 오늘 나 때문에…… 고생 많았고…….”

미호는 고개를 끄덕였다.

귀녀 할머니가 조수석 문을 열고 내리려다 말고 핸드폰을 미호에게 건네었다.

“……이거…… 궁금해서라도 필요할걸세……. 배터리는 이제 하루에서 이틀이면 끝나겠지만…….”

미호를 바라보는 할머니의 얼굴에 짓궂은 미소가 떠올랐다. 짓궂은 미소는 곧 대견함이 깃든 시선으로 바뀌었다. 귀녀 할머니는 말없이 미호를 한참 바라보았다.

"······그리고······ 이것도 잠시 자네가······ 좀 맡아주게. 필요하면 맘껏 써도 좋고······."

귀녀 할머니는 조수석에 커다란 검을 남겨두고 천천히 차에서 내려 문을 닫았다.

그날 밤부터 한동안 미호는 핸드폰에서 시선을 떼지 못하며 지냈다.

거미는 낮에는 산속 이곳저곳을 목적 없이 방황하는 듯하다가 밤이 되면 미호의 집 근처로 다가왔다. 한밤중에 검둥이가 사납게 짖는 소리에 잠을 깨어 핸드폰을 확인해 보니 어느새 집 뒤 텃밭 근처까지 내려와 있는 거미의 위치를 확인한 적도 있었다.

'진짜······ 괜히 쓸데없는 짓 한 건가? 그냥 할머니들이 처리하게 내버려 둘걸······.'

미호로서는 자신을 바라보는 거미의 눈과 그 입에서 나오던 알 수 없는 말들 때문이었던 것 같았다.

'······그리고 그 얼굴. 그 애는 자기 엄마가 저렇게 된 걸 알고 있을까? 둘이 영원토록 만나지 않는 게 좋은 거 아냐?'

'세상 모든 어미가 괴물 같은 제 자식을 죽이고 싶은 마음을 가져 보지 않았겠나'라는 귀녀 할머니의 말이 계속 머릿속에 맴돌았다.

거미의 손목에 채워진 시계는 3일째 되는 날 수명을 다했는지 더 이상 핸드폰에 거미의 위치가 잡히지 않았다. 그 뒤로 한동안 밤이 찾아오면 미호는 막연한 공포에 사로잡혀 산 쪽을 바라보며 해가 뜰 때까지 잠이 들지 못했다. 하지만 밤마다 짖어대던 검둥이에 대한 의지와 모든 것을 익숙하게 만들어 주는 시간이 점차 미호의 공포를 무디게 만들었고 곧 여느 때처럼 별다른 걱정 없이 숙면을 취할 수 있었다.

미호가 이계리에서 처음으로 맞는 겨울이었다.

막간극

"어…… 엄마. 아니, 바빴어요. 글도 쓰고…… 이것저것 할 일이 많았
어……. 어……. 크리스마스는 무슨……. 교회도 안 나가는 우리가 무
슨 크리스마스예요. 아……. 얘기가 왜 또 그리로 흘러가는데? ……아.
……애인 생기면 엄마한테 제일 먼저 인사시킬 테니 그 이야기 그만
합시다? ……어. ……퇴직금이랑 저축해둔 돈 아직 많이 남았어요. 걱
정 안 해도 되니깐 돈 이야기도 그만하고……. 아…… 알았어. 구정 때
는 올라가든가 할게. 어…… 여기 왔으니 뭐라도 해야지. 어…… 끊어
요. 어…… 아, 알았어, 연락 자주 할게. 무슨 내가 외국 나가 살고 있
는 사람인가? 소식 몇 주 없다고 불안하고 하게……. 어…… 어, 알았어
요……."

10분도 안 되는 통화였지만 온몸의 기가 다 빨려 나가는 느낌이었
다. 차라리 어두운 산속에서 정체 모를 괴이들과 홀로 대면하는 게 더
속 편할 거라는 생각이 들었다.

그래도 가족과의 정기적인 안부 확인을 꾸역꾸역 해치우고 나니 조금은 마음이 편해졌다. 어차피 세연과 엄마 말고는 이제 딱히 연락하고 지내는 사람도 없는 미호였다.

미호가 이계리로 내려오고 난 후 어중간한 관계였던 지인들과의 친분은 자연스럽게 끊어졌다. 말로는 한번 놀러 와 보겠다고들 하지만 세연을 제외하곤 그 누구도 미호에게 자기 시간을 투자하는 사람은 없었고, 그건 미호도 마찬가지였다. 사람 간의 물리적인 거리가 멀어지면 마음도 자연스럽게 멀어지는 것 역시 당연한 일이었다. 세연에 대해 생각하니 갑자기 화가 치밀어 올랐다.

'뭐가 서운한 게 있으면 말을 하든가? 무슨 어린애도 아니고…… 전화도 안 받고 문자도 다 씹고…… 이게 도대체 몇 주째야?'

생각난 김에 미호는 핸드폰을 들고 세연에게 전화를 걸었다. 몇 통이나 거듭 전화를 걸어 보았지만 신호는 정상적으로 가는데 세연은 도대체 받을 생각을 안 했다.

미호는 메신저를 구동해 세연과 주고받은 마지막 메시지를 확인해 보았다.

— 세연아 무슨 일 있어? 걱정되니깐 연락 좀 줄래?

미호 딴에는 최대한 부드럽게 질책한다고 보낸 문자였지만 수신 확인 상태로 바뀐 지 며칠이 지나도 답이 없었다.

— 너 문자 읽는 거 다 확인되는데 자꾸 내 말 씹을래? 뭐가 불만이 있으면 말을 하든가? 갑자기 왜 이러는데?

홧김에 강한 어투로 문자를 보내 놓고 나니 후회가 되었다. 짜증스레 핸드폰을 침대에 집어 던졌는데 문자 수신을 알리는 진동이 울렸다.

— 언니 나 거기 왜 불렀어? 왜 오라고 한 거야?

세연으로부터의 문자였다.

— 그게 무슨 소리야? 너 괜찮아? 왜 연락도 없고 연락도 안 받아?

— 나 언니 사는 데에 왜 불러들인 거야? 그날 이후로 계속 따라다녀

— 세연아 괜찮아? 통화할까? 내가 지금 전화해도 돼?

— 언니 그게 내 목소리 들을 거야 나 꼼짝도 못 해 지금 이불 밑에 숨어서 고개도 돌리지 못하고 있어

한참 동안 보일러를 틀어 놓은 집 안은 반소매만 입고 있어도 후끈할 정도로 따뜻했지만 미호의 등줄기에 냉기가 흘러내리며 머리카락이 쭈뼛 섰다.

— 경찰엔 신고했어? 병원은?

— 내가 뭐 말하는지 언니는 알잖아 그런 거 경찰도 소용없는 거 알잖아

시계를 보니 오후 7시였다.

'귀녀 할머니한테 도움 청해야 하는 걸까? 병원 입원한 지 며칠 되지
도 않으셨는데…….'

순간 이런 일에 도움을 청하기에 적합한 또 다른 사람이 떠올랐다.

— 세연아. 언니 지금 바로 너희 집에 갈게. 내가 너 도와줄 사람 알고 있
거든? 같이 데리고 갈게. 집 그때 그 오피스텔 그대로 살고 있지?

한참을 기다려 보아도 세연으로부터의 대답이 없었다. 미호는 멍하
니 메신저 화면만을 바라보다 가장 최근에 연락처에 등록된 번호로 전
화를 걸었다. 한참 동안 초조한 마음으로 통화 연결음만 듣고 있던 미
호가 막 전화를 끊으려 하는 그때 전화기 너머로 조풍의 목소리가 들
려왔다.

"……지금 새벽 2시야. 누군지 몰라도 쓸데없는 거면 죽여……."

조풍의 목소리에는 전화기 너머로도 감출 수 없는 졸음기가 역력히
묻어 있었다.

'새벽 2시라고? 어디 외국에라도 있나?'

"조풍 씨. 저 이계리 강미호인데요. 갑작스럽게 죄송하지만 제 친구
가 지금 곤경에 처해서요……."

더 이상 뭐라 말을 이어가야 할지 생각이 나지 않았다.

"……계속 말해요……."

조풍의 목소리가 한참 멀리서 한 박자 느리게 들려왔다.

"그게…… 몇 달 전에 친구가 이계리 놀러 와서 며칠 자고 갔는데 그
다음부터 뭐가…… 따라 다닌다고…….'

"……이계리 어디 어디 갔는데요?"

"우리 집이랑 읍내랑…… 낙동강도 갔었고…….'

"낙동강 어디쯤?"

"아! 그때 조풍 씨 집 막 공사 하고 있어서 그 앞에 잠깐…….'

"……9월?"

"네, 추석 전이었으니 9월쯤이었을 거예요."

"그럼 3개월 지났네. 친구가 정확히 뭐라고 해요?"

"그게 저랑 말을 잘 안 하려고 해요. 겁도 엄청 집어먹었고…….'

"귀녀는?"

"……할머니 지금 병원에 입원하셨어요."

조풍으로부터 귀녀 할머니에 대한 한바탕 질문 공세가 이어질 거라 예상했지만 뜻밖에 조풍은 별말 없이 뭔가를 생각하는 듯 끙 하는 소리만 내었다.

"지금 미국이라 가장 빠른 비행기 표 구해서 간다 해도 최소 20시간은 걸릴 거예요. 표 사는 대로 도착하는 시간 알려 줄 테니 공항에서 만나 친구한테 같이 가 봅시다."

"저…… 바쁘신데…… 괜찮으시겠어요? 아니, 것보다 해외 나가 계신 줄 몰라서 새벽에 전화해서…….'

"안 자고 있었고, 어차피 내일 바로 한국 갈 생각이었습니다."

앞뒤가 맞지 않는 조풍의 말이 믿기지는 않았지만 미호로선 아무래도 좋았다. 하지만 20시간이나 조풍을 마냥 기다리고 있을 여유가 없었다. 죄책감이 지금 당장이라도 세연에게 달려가도록 미호를 내몰고 있었다.

"미호 씨. 혹시라도 나 없을 때 걱정돼서 혼자서라도 친구 도울 생각이면, 뭐 가져가야 하는지 알죠?"

몇 번이나 거듭 고맙다는 말을 하고 전화를 끊으려 할 때 조풍이 말했다. 조풍이 무얼 말하는지 미호는 정확히 알고 있었다.

전화를 끊고 메신저를 확인해 보았지만, 여전히 세연으로부터 연락은 없었다.

'일단 가 보자. 더 이상 애 연락 기다리고 뭐할 상황이 아니잖아?'

전통에 활과 화살부터 챙기고 있는데 내팽개쳐 둔 전화기의 진동이 울렸다.

— 언니 너무 무서워 빨리 와

조바심을 내며 집 안 창문과 문들을 다시 한 번 단속하고 짐을 꾸리고 있는데 다시 한 번 진동이 울렸다.

— 언니 올 때 개도 꼭 데려와야 해

왜인지 미심쩍은 생각이 들었지만, 한편으로는 검둥이가 도움이 되었으면 도움이 되었지 해가 될 것 같지는 않았다.

이동장과 검둥이의 사료까지 챙기고 1층으로 내려가려는데 거실 한 귀퉁이에 기대 세워 놓은 물건이 미호의 눈에 밟혔다.

'내가 저거 쓸 수도 없을 텐데……'

한편 지금으로서는 뭐든 의지할 만한 건 다 챙기는 게 좋을 거란 생각이 들었다. 미호는 바리바리 싸든 짐에 귀녀 할머니의 검까지 챙겨 1층으로 내려갔다.

그리 춥지 않은 날이었지만 혹시나 하는 마음에 보일러 온도를 가장 낮은 온도로 맞추어 놓고 의아한 표정으로 연신 고개를 갸웃거리는 검둥이를 차에 태운 후에 짐을 실었다. 알 수 없는 석연찮음에 미호는 뒷산 쪽 문을 잠가두고 몇 번이나 거듭 확인해 보았다.

차를 집 밖으로 빼내고 집 안의 모든 전원을 다 내린 후에 정문까지 잠그고 나니 저녁 8시였다. 불이 꺼진 귀녀 할머니의 집과 미호의 집은 뒷산에 내려앉은 어둠에 잠겨 있었다. 벌써 몇 달째 혼자 살고 있었던 집이었지만 이제는 귀녀 할머니도 미호도 검둥이도 지키지 않을 이곳이 너무나 낯설게 느껴진다.

다시 한 번 메신저를 들여다보려다 미호는 고개를 내저었다. 더 이상 시간을 지체할 수는 없었다.

몇 달 전 밤 이곳에서 미호가 귀녀 할머니를 필요로 했듯이 지금 세연에겐 미호가 필요했다. 미호는 시동을 걸고 차를 몰아 나갔다.

전조등의 불빛이 이계리에 내려앉은 어둠을 잠깐씩 몰아냈다. 부지런히 달려간다면 자정 전에는 세연의 집에 도착할 수 있을 것이다.

5. 거울에 비치는 것

깜박 잠이 들었나 보다. 세연은 어둠 속에서 습관적으로 핸드폰을 더 듬어 찾다 흠칫 놀라 손을 멈추었다.

지금이 몇 시인지도 모르겠다. 벌써 며칠째 보일러를 가동하지 않은 오피스텔 안은 냉방을 방불케 할 정도로 추웠다. 조금 더 몸을 웅크리 고 이불을 촘촘하게 몸 주위로 둘러 보았지만 한참을 켜켜이 쌓여 앉 은 냉기를 몰아내기에는 부족했다.

세연은 담배와 라이터를 찾기 위해 침대 위를 더듬거리다 꽁초와 재 가 수북하게 쌓인 통을 건드렸다. 통이 쓰러지며 꿉꿉하고 매캐한 냄새 가 공기 중으로 퍼져 나갔지만, 집 안을 가득 메운 지독한 물비린내보 다야 훨씬 나았다.

'이 빌어먹을 물비린내······.'

세연은 어둠 속에서 능숙하게 담배 한 개비를 찾아 물고 불을 붙였 다. 텅 빈 속에 담배 연기를 채워 넣자 세상이 세연의 머리를 중심으로 빠르게 회전하는 것 같았다.

마지막으로 음식을 먹은 게 언제인지 기억이 나지 않았다. '왜 문이 전신거울인 냉장고를 샀을까?'로 시작된 후회는 자연스럽게 '왜 미호 언니의 시골집으로 놀러 갔을까?'로 이어졌다. 세연이 그것과 처음으로 대면한 건 미호의 집에서 돌아오는 길이었다.

'성주 휴게소 화장실이었지.'

그때의 기억이 생생하게 떠올랐다. 세면대 앞에 달린 거울, 그 귀퉁이에 자그마하게 난 금, 그리고 실금이 거울 위에 만들어낸 작은 이지러진 상에서 누군가 세연을 바라보고 있었다. 언제나 빛이 반사되는 곳이라면 흐릿하게 모습을 드러내는 비현실적으로 하얀 얼굴과 초점 없는 퀭한 눈동자의 응시를 떠올리자 온몸의 잔털이 한 올 한 올 일어서는 것 같았다.

지금도 그것은 분명 어디선가 세연을 바라보고 있을 것이다.

'가지 말았어야 했어. 거길 가는 게 아니었어…….'

어쩌면 미호와 함께 간 낙동강의 수면에서 살짝 사람의 형상 같은 게 어른거리던 걸 보았던 것도 같았다.

'그래, 낙동강, 휴게소 화장실…… 그다음은 어디였더라?'

누군가가 지켜보고 있다는 느낌은 차를 몰고 고속도로에 올라타자 곧 사라졌다. 요철 하나 없이 잘 포장되어 있고 막힘없이 시원하게 뚫린 고속도로를 질주하자 세연의 마음속에 조금이나마 남아 있었던 석연찮음도 이내 사라졌다.

운전석 쪽 사이드미러에 금이 간 건 영동고속도로를 타고 여주쯤을 지나갈 무렵이었다. 팽팽하게 당겨져 있던 표면이 뒤틀려 깨져나가는 소리에 순간 놀라기는 했지만, 도로의 돌이 튀어서 거울에 금이 갔겠거니 생각하며 대수롭지 않게 여겼다. 공기 청정기가 돌아가는 차 안에서 물비린내가 나기 시작했을 때도 그저 공기 청정기 필터를 갈 때가 됐겠거니 생각하고 말았었다.

하지만 창문을 열어 세차게 몰아치는 바람으로 차 안을 환기해 보아도 냄새는 좀처럼 사라지지 않았다. 어디선가 맡아 보았던 냄새라는 생각은 했지만 그걸 바로 낙동강의 물 냄새와 연결짓지는 못했다.

거울에 난 금이 구분지어 만들어 놓은 작은 구역에 비친 일그러진 상으로 자꾸만 시선이 갔다. 누군가가, 무언가가 절대 서 있을 수 없는 장소에서 세연을 바라보고만 있는 것 같았다. 앞을 보지 않고 자꾸만 사이드미러만 흘긋거리다 차선을 이탈하여 뒤차의 클랙슨 세례를 받은 것만 몇 번이었는지 셀 수가 없었다. 심지어 정체 구간에 들어선 것도 모르고 멍하니 사이드미러를 흘긋거리다 앞차와 충돌하기 직전에서야 겨우 차를 멈추어 세웠다.

그래도 그날은 어떻게든 마음속에서 피어오르는 공포의 감정들을 애써 외면하고 무시할 수 있었다. 세연은 사이드미러를 바라보지 않고 항상 최상위 차선만을 이용하여 차를 몰아 집까지 왔다. 집에 도착해 모든 불을 다 켜고 나니 그때까지 세연을 사로잡고 있던 막연한 공포가 어처구니없이 느껴졌다. 미호에게 귀가를 알리는 문자를 보내고 집 안에 있는 몇 개의 전신 거울을 천으로 감싸고 나서야 세연은 잠이 들 수 있었다.

'그때까지만 해도 온 사방에 거울이 그렇게 많이 있을 거라곤 생각도 못했지.'

세연은 이불을 조금 들쳐 담배 연기를 밖으로 내보냈다. 눈을 아리게 하는 담배 연기로도 물비린내를 지울 수가 없었다. 담배 연기로는 배를 채울 수도 없었다. 허기도 문제였지만 갈증은 더 견디기 힘들었다.

'눈을 감고 냉장고 더듬어 보면 생수 꺼낼 수도 있지 않을까?'

사 두었던 생수가 냉장고에 남아 있는지도 기억나지 않았다. 화장실
세면대에서 물을 받아먹을 수도 있을 것 같았지만 이내 포기했다. 화장
실 거울에 금이 간 건 이미 몇 주 전의 일이었다.

세연은 샤워 도중에 풍겨오는 익숙한 물비린내로 그것의 등장을 눈
치 챘다. 금이 가기 전에 거울로부터 시선을 돌리고 있었지만, 세면대
와 샤워기의 수도꼭지에 비치는 것은 피할 수 없었다.

가끔 깨진 거울에서만 모습을 드러내던 그것의 시선이 본격적으로
세연의 세계를 둘러싸고 방과 이불 안에 세연을 가두어 버린 시점이
그때였던 것 같다. 모든 오피스텔 엘리베이터의 거울에도 언젠가부터
작은 실금이 가 있었다. 8층에서 지하 주차장으로 내려가는 시간 동안
밀폐된 공간에서 그것의 시선을 견뎌낼 자신이 없었기에 세연은 계단
을 이용했다. 사이드미러에 이어 룸미러까지 금이 갔기에 차를 이용할
수도 없었다. 사람들 사이에 치이는 지옥 같았던 출퇴근길의 대중교통
이 오히려 위안이 되었다. 사람들이 많은 장소에서는 그것의 존재감이
약해졌다.

사무실 빌딩 역시 온갖 종류의 거울들이 세연을 둘러싼 공간이었다.
제대로 씻지도 못하고 거울을 사용하지 못해 맨 얼굴로 출근하는 세연
을 보며 사람들이 수군댔지만 그런 수군거림조차 따듯한 온기처럼 느
껴졌다.

하지만 사무실 안이 물비린내로 가득 차고 모니터 베젤의 작은 귀퉁
이에 어른거리는 상에서까지 그것의 존재가 느껴지기 시작하자 더 이
상 회사를 나갈 수도 없었다. 곧 오피스텔 통로의 난간과 유리창, 심지

어 금속 재질의 계단 미끄럼 방지 패드에까지 그것의 얼굴과 시선이 투영되었다.

세연은 스스로를 방 안에 가두어 버렸다.

방 안의 모든 거울과 빛을 반사하는 표면을 천으로 덮어 두는 데에도 한계가 있었다. 조금만 마음을 놓으면 천은 의지를 가지고 있는 듯 스스로 흘러내렸고 여지없이 그것의 창백한 얼굴과 시선이 세연에게와 꽂혔다.

세상과 세연을 이어주던 유일한 통로였던 핸드폰의 액정마저 금이 가자 세연은 이불 속으로 파고 들어갔다. 거울을 가려 둘 수 없다면 스스로를 가리면 될 일이었다.

'도대체 며칠을 이러고 있었던 거지?'

연달아 울리는 핸드폰의 메시지 수신음에 아까의 꿈이 떠올랐다. 꿈에서 세연은 미호와 통화를 하고 있었다. 아마 미호에게 도움을 요청하는 내용이었던 것 같았다. 이런 상황에서도 미호에 대한 원망은 전혀 들지 않았다. 항상 어딘가에 조금은 화가 나 있는 듯한 미호의 얼굴을 떠올리자 몸에 살짝 온기가 도는 것 같았다.

'진짜로 미호 언니가 여기에 있다면 어떻게든 해 주겠지?'

몸안의 수분이 이미 다 말라 버렸다고 생각했는데, 또 눈물이 흘러내렸다.

'눈 감고 냉장고 더듬어서 뭐라도 찾아 먹고 마시자. 이대로 있다가는 진짜 죽을지도 몰라.'

한편으론 이제 한 번만 더 그것의 얼굴을 보고 시선을 마주친다면 미쳐 버리거나 놀라서 죽을지도 모르겠다는 생각도 들었다.

세연은 눈을 감고 이불을 걷어치우고 발로 바닥을 더듬었다. 걷는 법을 까먹은 건 아닐까 조금은 걱정했지만, 다행히도 어떻게든 걸어나갈 수 있었다. 손을 내밀어 벽을 더듬어가며 세연은 조금씩 냉장고 쪽으로 나아갔다.

방을 가득 채우고 있던 물비린내가 점점 진해졌다. 벽에 얼굴을 바짝 가져다 대고 잠깐 눈을 떠 위치를 확인해 보았다. 무언가가 세연의 시야 끝에서 어른거리는 것 같았다.

'몇 발자국만 더 가면 냉장고 앞이야.'

냉장고 앞일 거라 생각되는 위치에 다다르자 세연은 등 뒤로 팔을 뻗어 허공을 휘저었다. 손에 잡히는 냉장고의 손잡이를 당기며 거기에 비치고 있을 그것의 얼굴을 상상하지 않으려 애썼다.

갑작스레 쏟아져 오는 냉기가 세연의 몸을 굳게 만들었다. 이미 얼음굴과도 같은 방이었지만 이건 무언가가 세연에게 냉기의 한숨을 불어대는 느낌이었다. 등 뒤에서 척척한 발걸음 소리가 들려 오는 듯했다.

'냉장고 냉기일 거야……. 손 집어넣어 보자.'

점점 짙어져 가는 물비린내와 축축한 존재감이 세연의 몸을 굳게 했다. 천둥이 치기 전의 적막과도 같은 소리와 감각의 공백이 세연을 사로잡았다. 온몸의 털이 곤두서 허공을 향해 뻗쳐 올라갔다. 왼쪽 귀 아래를 지나 목덜미를 훑고 오른쪽 귀 아래로 움직이는 차가운 냉기의 흐름이 느껴졌다.

세연의 눈에서 걷잡을 수 없이 눈물이 흘러내렸다.

'난 결국 눈을 뜨게 될 거야……. 눈을 뜨면 내 앞에 그게 창백한 얼굴을 들이밀고 퀭한 눈동자로 나를 바라보고 있겠지? 결국 난 미쳐 버릴 거야.'

천둥과도 같이 찾아온 초인종 소리에 세연은 깜짝 놀라 눈을 뜰 뻔

했다.

몇 번을 거듭 울리던 성마른 초인종 소리가 멎고 문을 두드리는 소리가 뒤따라 왔다.

"세연아! 나 미호야! 안에 있지? 문 좀 열어 봐!"

좀 전까지의 공포와는 다른 감정이 홍수처럼 밀려 들어왔다.

"언니! 나 문 못 열어! 그냥 열고 들어와 빨리! 비밀번호가······."

영원토록 울리는 것 같던 키패드의 입력 소리가 멎고 세연의 현관문이 열렸다. 순간 방 안을 가득 메우던 냉기와 물비린내가 현관문으로 빨려 나가는 느낌이 들었다.

알 수 없는 확신에 세연은 천천히 눈을 떴다.

한 손에는 검둥이를 묶은 줄을 잡고 한 손에는 활을 든 채로 미호가 현관 앞에 서 있었다. 미호의 등 뒤로 가로 걸린 검이 복도의 형광등 불빛을 반사하고 있었다.

* * *

집에서 출발해 세연의 오피스텔에 도착할 때까지 미호는 단 한 번도 쉬지 않았다. 검둥이 역시 3시간이 넘는 시간 동안 한 번을 보채지 않고 이동장 안에서 얌전히 앉아 있었다.

세연의 오피스텔 주차장에 들어서며 시계를 보니 11시 40분이었다. 주차장은 이미 빈자리 없이 차들로 꽉 차 있었다. 지하 4층까지 내려가서야 어둡고 음침한 구석 빈자리를 발견할 수 있었다.

금방이라도 무슨 일이 벌어질 것만 같은 불길한 예감이 들었다. 미호는 검둥이를 끈으로 묶고 활과 화살을 손에 쥐고 등 뒤에 검을 매고 엘리베이터로 향했다. 초조한 미호의 마음과 달리 엘리베이터는 좀처럼 내려오지 않았다. 영겁과도 같은 기다림 끝에 내려온 엘리베이터에 올라타고 닫힘 버튼을 연타하는데 주차장 끝에서 누군가 발을 질질 끌며 엘리베이터로 다가왔다.

"어어이……. 같이 좀…… 갑시다."

한눈에 봐도 거나하게 취한 취객이 숨을 쉬기 벅찬지 돼지코를 쿵쿵대며 천천히 엘리베이터로 걸어오는 게 마치 영화 속 슬로우 모션을 보는 것 같았다. 돼지코 취객을 기다리는 미호의 미간에 핏줄이 섰다.

"아아……, 감사합니다아."

말꼬리를 길게 끌며 말을 거는 취객을 무시하며 미호는 닫힘 버튼을 눌렀다.

취객의 시선이 미호의 머리에서부터 아래로 훑어 내려가다 검둥이에게 머물렀다.

"우와…… 개…… 되게 크네요? 이런 건…… 얼마나 해요?"

"……파는 개 아니에요. 그리고 저 아저씨랑 말할 기분 아니니 말 걸지 마세요."

"아…… 그 언니……, 되게 까칠하시네에……. 뭐야? 등에 칼 차고 활도 들었네? 뭐 코스프레…… 그런 거 하시나?"

미호의 감정이 전해진 것인지 검둥이가 취객에게 이를 드러내고 으르렁거렸다.

"코스프레 아니고 진짜 검이랑 활이니깐 입 다물고 갈 길 가세요."

"어어우, 무서워라. 무슨 전사가 우리 오피스텔에 출두하셨네."

뭐가 그리 우스운지 돼지코를 벌렁 거리며 연신 킬킬대는 남자를 뒤로하고 미호는 말없이 엘리베이터에서 내렸다.

"잘 가요, 전사 언뉘이, 검둥이도 잘 가고."

밤늦은 시간인데도 복도에는 유달리 오가는 사람이 많았다. 핸드폰에 정신이 팔려 있다 검둥이와 미호의 모습에 놀라 비명을 지른 여자한 명과 미호의 등 뒤에서 코스프레 어쩌고 하며 숙덕거리는 커플을 지나치고 나서야 미호는 세연의 집 현관 앞에 도착할 수 있었다.

세연의 집 현관문 안쪽으로부터 기묘한 냉기가 흘러나오고 있었다. 초인종을 눌러 보았지만, 반응이 없었다. 초조한 마음에 거듭 초인종을 누르다가 미호는 문을 두드리기 시작했다.

"세연아! 나 미호야! 안에 있지? 문 좀 열어 봐!"

"언니! 나 문 못 열어! 그냥 열고 들어와 빨리! 비밀번호가……."

울음기 가득한 세연의 목소리에 소름이 돋았다. 미호는 검둥이의 끈을 잡고 있는 손으로 키패드를 조작했다. 좀처럼 마음먹은 대로 되지가 않았다. 몇 번의 시도를 하고 나서야 미호는 현관문을 열 수 있었다.

문을 여는 순간 서늘한 냉기가 미호를 덮쳤다.

'세상에, 이런 데서 어떻게……. 그리고 이건 또 무슨 냄새야?'

불이 꺼져 어두운 방에서 열려 있는 냉장고의 불빛만이 세연을 비추고 있었다. 눈을 감고 바닥에 주저앉은 세연은 볼썽사나울 정도로 깡마르고 초췌한 모습이었다. 머리카락엔 온통 담뱃재 같은 게 붙어 있고 화장기 없는 얼굴은 마지막으로 만났을 때보다 10살은 더 먹은 것처럼 보였다.

'저 예뻤던 애가 어쩌다가…….'

세연의 모습을 바라보니 눈물이 나올 것 같았지만 애써 억눌렀다.

"세연아, 왜 그러고 있어? 도대체 무슨 일이야?"

활과 검을 현관에 기대어 세워 두고 현관문을 닫았다. 문을 닫고 나니 냄새가 더 짙어졌다. 보일러가 돌지 않는지 방 안은 복도보다 더 추운 것 같았다. 온 방 안에 기묘할 정도로 습기가 가득 차 있었다.

"언니, 어떻게 왔어? 진짜 언니 맞지?"

"무슨 소리야? 네가 나한테 문자 보냈잖아. 일단 불부터 켜고 보일러 좀 돌리자."

"아, 안 돼! 언니 불을 켜면 안 돼!"

감은 눈을 더 세게 질끔 감는 세연의 얼굴에 공포의 감정이 드리워졌다.

미호는 자기도 모르게 활과 화살을 집어 들었다.

"왜 그래? 도대체 뭐 때문에 그러는데?"

"빛 반사되는 곳에 뭐가 있어……. 자꾸 날 쫓아다니고 바라봐…….."

"그게 정확히 어떻게 생긴 건데?"

"……몰라. 꼭 깨진 거울이나 흐릿하게 보이는 데에만 나와……. 지금도 어디서 나 보고 있을 거야."

미호는 검둥이를 내려다보았다. 세연이 반가운지 꼬리를 흔들고 있었지만, 딱히 경계하는 기색은 없어 보였다.

"세연아. 일단 검둥이도 데려왔거든? 지금 끈 풀면 너한테 갈지도 모르니깐 놀라지 말고……."

묶고 있던 끈을 풀자 검둥이는 천천히 조심스럽게 세연에게 다가갔다. 눈을 감고도 검둥이의 콧김 소리가 들리는지 세연은 허공을 더듬어 검둥이의 목을 그러안았다.

"……한결 낫다."

세연의 눈에서 걷잡을 수 없이 눈물이 흘러내렸다. 팔에 힘을 주어 검둥이를 안은 채 어깨를 떨며 흐느끼는 세연을 검둥이는 말없이 바라만 보고 있었다. 불안정한 세연의 모습을 보며 병원에 먼저 데려가야 한다는 생각이 들었지만 이내 그게 해결이 될 수 없을 거라는 깨달음이 뒤따라 왔다.

보이지 않는 무언가의 존재가 분명히 이곳에 있다는 걸, 그게 세연을 이 꼴로 만들었다는 걸 미호는 알 수 있었다. 죄책감과 함께 정체불명의 대상에 대한 분노가 미호의 마음속에서 자라났다.

"세연아, 일단 불 켜고 보일러 올릴 거야. 너 눈 감고 있는 게 그러면 안전할 거라는 확신 있어서 그런 거지? 언니가 불을 켜고 확인해 볼 테니 계속 눈 감고 있어."

"언니! 그게 언니도 볼 거야……."

"너도 이미 봤잖아? 괜찮아, 지금 내 손에 활도 있고 칼도 있어. 그리고 나……."

'그런 것들에 익숙하다'는 말이 입 끝까지 걸렸지만 애써 참아 눌렀다. 굳이 세연에게 들려줄 필요는 없는 이야기였다.

"지금 불 켤 거야. 눈 감고 계속 검둥이 안고 있어."

바닥에서 검둥이를 한 몸처럼 그러안고 세연은 고개를 끄덕였다.

어느덧 방 안의 어둠에 익숙해진 미호의 눈에 조명 스위치가 보였다. 미호는 조심스럽게 세연을 지나쳐 가 실내의 모든 조명을 다 밝혔다.

미호는 급작스럽게 쏟아져 내려오는 빛에 잠시 시선을 돌렸다 방 안을 천천히 둘러보았다. 방 귀퉁이에는 커다란 전신거울이 엎어져 있었고 침대 위는 흐트러진 이불과 셀 수도 없이 많은 담배꽁초와 담뱃재가 가득했다. 책상 위에는 컴퓨터의 모니터와 크고 작은 거울들이 함께 엎어져 있었다.

시야의 사각에서 무언가의 응시가 느껴졌다. 분노에 찬 채 미호를 향한 무한한 적의를 내보내고 있는 시선이…….

활짝 열린 냉장고에서 갑작스레 터져 나오는 경보음에 순간 몸이 움찔했다.

"언니…… 보여? 나왔어?"

"아직. 집에 거울들이 다 쓰러져 있네?"

"그거 내가 그런 거야. 보면 다 금 가 있을 거야"

등 뒤의 욕실 쪽에서 물비린내가 진해졌다.

"나 지금 욕실 들어가 본다. 거기에 거울 있지?"

"언니, 조심해! 거기 거울도 금 가 있고…… 수도꼭지나 샤워기에도 비칠 수 있어!"

눈을 감고 있는 세연이 볼 수도 없을 테지만 미호는 고개를 끄덕였다. 욕실 등을 켜고 들어가려는데 손에 든 활이 거치적거렸다. 좁은 욕실 안에서는 활이 무용지물일 거란 생각이 들었다. 미호는 벽 한편에 활을 기대어 두고 등 뒤의 검을 풀어 손에 쥐고 한쪽 손에는 화살을 집어 들었다. 검 같은 걸 한 번도 휘둘러 본 적은 없었지만 양손 가득 무기가 될 만한 걸 쥐고 있어야만 마음이 든든할 것 같았다.

처음부터 거울을 바라볼 용기가 나지 않아 바닥에 시선을 두며 천천히 욕실로 들어갔다. 욕실을 가득 메운 물비린내에 구역질이 나올 것 같았다.

바닥의 타일에 흐릿한 무언가가 어른거렸다. 미호는 천천히 고개를 들어 올려 욕실의 깨진 거울을 바라보았다. 깨진 거울 귀퉁이에서, 물기 어린 수도꼭지에서, 바닥의 타일에서, 샤워 부스에서 무수히 많은 흐릿한 얼굴이 떠올랐다.

얼굴들의 시선이 일제히 미호에게 향했다.

검을 잡고 있는 미호의 손에 힘이 들어갔다. 미호는 천천히 검을 들어 올려 검의 날에 욕실 거울에 비친 상을 비추어 보았다. 번뜩이는 검날에 갇혀 그것의 모습이 욕실의 전경과 함께 뚜렷이 나타났다.

핏기 없는 창백한 피부에 퀭하고 초점 없는 눈동자를 가진 긴 머리의 남자가 미호를 바라보고 있었다. 미호도 긴 머리의 남자를 마주 바라보았다. 시선이 마주치자 창백한 얼굴에 떠오른 원망과 분노와 적의가 미호에게 고스란히 전해져 왔다.

미호의 마음을 사로잡고 있는 유일한 감정은 분노였다. 남자의 시선을 마주하고 미호는 감정을 되쏘아 주었다.

미호는 화살을 든 손을 뒤로 뻗어 천천히 남자가 서 있는 방향으로 찔렀다. 남자의 창백한 얼굴에 공포의 감정이 떠올랐다.

어느 순간 바람 앞에 촛불이 꺼지듯 남자의 모습이, 뚜렷한 존재감이, 역겨운 물비린내가 사라졌다. 세연의 방 안은 매캐한 담배 냄새만 가득했다.

세연은 검둥이를 끌어안고 한결 편해진 얼굴로 잠이 들었다.

보일러를 계속 돌리고 있었는데도 좀처럼 방 안의 냉기는 가시지 않았다. 미호는 추위에 떨며 세연을 지켜보았다. 그러다 깜박 잠이 들었던 모양이었다. 수면의 늪에 빠져 있던 미호를 갑작스럽게 끌어올린 것은 조풍에게서 걸려 온 전화 소리였다. 놀란 미호는 순식간에 잠에서 깨어났다.

시계를 보니 새벽 2시였다.

'뭐야, 이 아저씨 아까 내가 새벽 2시에 걸었다고 유치하게 딱 맞춰서 복수하는 거야?'

"예…… 조풍 씨."

"아직 살아 있어요? 친구한테 간 거 아니었나?"

조풍의 목소리에는 특유의 느물거림이 되살아나 있었다.

"아…… 맞다. 조풍 씨. 걱정돼서 한국 오시는 거면 안 와도 될 것 같아요. 저 혼자서 해결한 거 같아서……."

조풍에 대한 미안함이 큰 한편 마음속 한구석에서는 통쾌한 기분도 들었다.

"……흠. 그렇다면 다행이긴 한데. 좀 자세히 이야기해 봐요."

잠들어 있는 세연의 눈치를 보며 미호는 조용히 현관문을 열고 복도로 나섰다.

"무슨 깨진 거울이나 흐릿하게 빛 비치는 데에서만 보이는 그…… 괴이였어요. 별달리 하는 것도 없이 계속 쳐다만 보고 쫓아다녔다고……. 아무튼, 제가 칼날에 모습 온전하게 비추어서 활로 찌르니 사라졌어요."

저절로 으스대는 말투가 나오는 걸 막을 수가 없었다.

"비린내 같은 건?"

"아…… 무슨 물비린내 같은 것도 좀 나고."

"……친구가 여자?"

"그건 왜요? 여자 맞긴 한데."

"둘이 낙동강도 갔다 했고……."

"왜요? 뭔데요?"

"하백이 미호 씨 친구를 마음에 들어 하나 보네……."

"하백이면 무슨 강의 신 아니에요?"

"그딴 것도 수천, 수만 명의 사람들이 신이라 믿고, 의지를 하고, 기도를 바쳤으니 신이라면 신이라 할 수도 있겠지."

"그런데 화살로 찌르니깐 분명히 사라졌는데."

"잠깐 자리를 피한 거겠지. 애당초 살아 있다고 할 수도 없는 거니 죽일 수도 없거든."

"불사신이라고요? ……조풍 씨처럼?"

"아, 뭐 일단은 내 형제 비슷한 거니……."

"형제?"

"형제 비슷한 거라고요. 말하고 싶지도 않고 듣고 싶지도 않을 이야기……."

"자세히 좀 이야기해 봐요! 지금 사람이 몇 주를 시달려서 몰골이 말이 아닌 판국에……."

"이름은 실석이라고도 하고, 포뢰라고 부르는 사람들도 있고. 내 아버지가 그것의 어머니니 뭐 형제라고 해도 상관없지 않을까?"

'이장님이 아버지고 또 어머니라고? 이게 도대체 무슨 소리야?'

"그러니깐 내가 듣고 싶지 않을 거라 했잖아요."

잠시 어안이 벙벙해져 말문이 막힌 미호를 비웃기라도 하듯 조풍은 말을 이어갔다.

"그놈은 집착도 심하고 시기도 심해서 절대 그렇게 간단히는 물러나지 않을 거야. 여태껏 미호 씨가 상대해 봤던 괴이처럼 간단히 물리칠 수도 없고."

"아니, 그런데 무슨 강의 신이라는 게 음침한 스토커처럼 거울 귀퉁이 같은 데서만 나타난 데요?"

"더럽게 밝히는 주제에 또 지독한 부끄럼쟁이거든."

전화기 너머로 조풍의 낄낄거리는 웃음소리가 들려오자 머리끝까지 화가 치밀어 올랐다.

"좀 진지하게 이야기해요! 제 친구 며칠간 밥도 못 먹고 애가 죽기 직전이라고요."

"친구 집이…… 서울?"

"네, 그런데요?"

"거기라면 영향력이 그리 크지도 않겠지만, 실체를 드러내지도 않을 테니 물리칠 수도 없을 거야. 흠…… 일단 친구 데리고 이계리 집으로 가요."

"아니, 거기서 그 정신 나간 스토커 신을 달고 왔는데 다시 이계리로 가라고요?"

"미호 씨와 개가 집을 지키고 있는 한 세상에 거기보다 안전한 장소는 없을 거야. 그러니깐 당장에라도 친구 데리고 집으로 가. 한 시간 있으면 비행기 타니깐 나도 오늘 밤에는 거기 도착할 수 있을 거예요."

기분 탓인지 닫힌 현관문 안쪽에서 흘러나오는 냉기가 더 차가워진 것 같았다. 어디선가 물비린내도 다시 풍겨오는 듯했다.

"아…… 그리고 친구랑 미호 씨 같이 있는 모습 봤으니 하백은 질투가 나서 죽으려고 할 거거든? 절대 친구 혼자 내버려 두지 마요."

허둥지둥 인사치레를 하고 전화를 끊으려 하는데 조풍의 마지막 말이 귀에 와 박혔다. 불길한 예감에 사로잡혀 미호는 허겁지겁 현관문의 비밀번호를 입력하고 안으로 들어갔다.

어둠 속에서 잠든 세연을 둘러싼 흐릿한 형상들을 보자 현관에 묶이기라도 한 듯 발을 꼼짝할 수 없었다.

그것은 모든 곳에 있었다. 달빛을 받은 창문 귀퉁이에, 책상 위에 올려놓은 재떨이에, 벽시계의 흐릿한 플라스틱 커버에, 그것의 창백한 얼굴과 퀭한 눈동자가 떠올라 세연을 포위하고 있었다.

현관문이 닫히자 얼굴들의 시선이 천천히 미호에게로 향했다.

'활도 검도 다 침대 옆에 놔 뒀는데…….'

얼굴들의 눈에서 미호를 향한 적의가 불타오르고 있었다.

미호는 천천히 침대 쪽으로 한걸음 내디뎠다. 등 뒤에서는 한기가 발목부터 종아리를 타고 올라왔다.

'현관문에 달빛이 반사되고 있을 거야.'

차가운 기운이 등 언저리를 훑는 감각에 미호는 몸서리를 쳤다.

'한번에 뛰어가서 검 들고 아까처럼…….'

미호는 좀처럼 힘이 들어가지 않는 다리를 조금 구부리고 이빨을 꽉 깨물었다. 자신을 덮쳐오는 시선들을 마주 보며 두어 걸음쯤 움직였을 때 커다란 눈동자가 미호를 집어삼켰다.

그것의 모습은 미호의 뒷산에서 흉조를 처리하던 조풍의 모습을 연상케 했다. 생기 없는 눈동자 속에 빠져 미호는 가라앉았다. 목과 코로 비릿한 물이 사정없이 밀려 들어왔다.

처음에는 빛이 사라졌다. 곧 소리도 들려오지 않았다. 더 이상 추위도 느껴지지 않았다. 자신을 짓눌러 오는 적막한 어둠 속에서 미호는 손을 허우적거렸다. 소리가 부재한 공간을 찢고 낯익은 외침이 들렸다.

익숙한 무언가가 미호의 손에 잡혔다. 어둠 속에서 미호는 활 손잡이를 잡고 화살을 걸고 시위를 잡아당겼다. 검둥이가 짖는 소리가 점점 커다랗게 들려왔다. 눈을 감은 채로 소리가 들려오는 방향을 향해 미호는 활을 쏘아 보냈다.

은은한 달빛이 미호의 눈을 부드럽게 어루만지고 있었다. 허공을 가르고 세연의 방 콘크리트 벽에 박힌 화살이 부르르 떨리고 있었다. 허파 가득히 밀려오는 공기를 들이마시자 미호의 손을 핥고 있는 검둥이의 혀 감촉도 느껴졌다.

"아아, 거 새벽에…… 뉘 집 개인지 되에게 시끄럽네."

어딘지 귀에 익은 목소리가 복도에서 들려왔다. 세연은 어느 새인가 깨어나 어리둥절한 표정으로 미호를 바라보고 있었다.

"세연아, 너 당장 옷 대충 챙겨 입고 검둥이 끈 잡고 나 따라와."

또다시 시작되었다는 깨달음에 세연의 눈에 눈물이 흘러내렸다.

"어서! 그리고 저기 너 이불도 들고 와. 가다 좀만 수상하면 바로 눈 감고."

체념한 듯 세연은 미호의 말을 순순히 따랐다. 미호는 검을 등 뒤로 매고 활과 화살을 손에 들고 현관문을 나섰다.

복도에는 아무도 없었다.

"엘리베이터 탈 거야."

"언니, 엘리베이터 거울!"

"내가 타자마자 이불로 가릴 테니까 바로 따라 타."

세연은 고개를 끄덕였다. 복도 어디에선가 은은한 비린내가 몰려왔다. 한참 위층에서 누군가 타고 내려오는지 엘리베이터는 좀처럼 내려오지 않았다. 조바심에 몇 번이나 내림 버튼을 누르는 미호 옆에서 세연은 눈을 감고 검둥이를 붙들고 있었다.

복도를 메운 비린내는 점점 심해져 갔다. 인내심이 한계에 다다랐을 때 엘리베이터의 문이 열렸고 갑자기 눈부신 빛이 쏟아져 나와 미호는 잠시 눈이 멀었다.

"아아, 코스프레 하는 전사 언니이, 여기서 또 보네?"

랜턴의 불빛을 미호의 눈에 들이대며 돼지코의 취객이 말했다.

"……어이구, 이불까지 들고 오셨네? 그걸로 거울 가리시게?"

"당신 누구야?"

"아. 또 무섭게 그러지 맙시다앙, 제가 모시는 분이 언니 신세 진 적도 있다 하고, 오늘 언니 때문에 우리 볼일도 자알 끝나서 도와주려 하는 사람한테."

미호는 밉살스럽게 랜턴을 빙글빙글 돌려대는 돼지코의 취객을 무시하고 세연에게 이불을 건네받았다.

"아아, 그 언니, 보기보다 되게 멍청하네? 왜 가릴 생각만 해? 언니 친구 쫓아다니는 건 부끄럼쟁이라서 자기 몸 드러나는 걸 죽기보다 더 싫어한다니깐? 거울에 빛을 비추면 뭐가 보여?"

말을 마친 취객이 랜턴을 미호에게 던졌다.

"우리 용감하고 무시무시한 바닷바람 작가한테도 안부 전해 주시고오, 운전 조오심히 해서 가세요."

얼떨결에 랜턴을 받아든 미호에게 손을 흔들며 취객은 복도 끝 어둠 속으로 사라져갔다.

엘리베이터는 차라리 걸어가는 게 낫겠다 싶을 정도의 속도로 천천히 지하 4층까지 내려갔다. 미호는 랜턴을 세연에게 넘기고 이불로 엘리베이터의 거울을 덮고 있었다. 지하 4층에 도착하자 미호는 세연을 먼저 밖으로 내보내고 이불을 내던진 후 닫힘 버튼을 누르고 엘리베이터 밖으로 몸을 빼냈다.

조명이 고장 난 듯 불빛 하나 없이 어두침침한 주차장의 모습이 좋은 징조처럼 여겨졌다. 세연이 들고 있는 랜턴의 불빛만이 주차장의 어둠을 가르고 있었다.

"언니, 어디로 갈 건데?"

"우리 집 가자. 거기라면 안전해."

"그때…… 언니 사는 동네 다녀와서 지금……."

"아니. 우리 집에 있으면 내 허락 없이는 아무것도 못 들어와."

자신도 확신하지 못하는 말이었지만 다른 목적지를 떠올릴 수가 없었다.

"차 사이드미러랑 룸미러에도 계속 나타날 거야."

세연의 말에 미호는 건성으로 고개를 끄덕였다. 물비린내와 냉기가 끈덕지게 미호와 세연을 뒤쫓아 오고 있는 게 느껴져 어서 빨리 이곳을 떠나고 싶은 생각뿐이었다.

"일단 차에 타서 뒷자리에 검둥이 데리고 앉아. 좀만 수상쩍은 거 보이면 랜턴 켜서 비추고."

어둠에 잠긴 주차장은 몇 시간 전보다 훨씬 더 넓게 느껴져 가도 가도 좀처럼 차를 세워 둔 곳이 나오지를 않았다. 금방이라도 냉기와 비린내에 사로잡힐 것 같은 생각이 들었다. 미호는 세연의 머뭇거리는 발걸음이 영 못마땅했다.

"세연아, 좀 서둘러!"

거칠게 손을 끌어당기자 세연은 힘없이 이끌려 왔다. 세연의 앙상하게 마른 손과 푸석한 피부가 느껴지자 미호의 마음 한편에 죄책감이 들었다. 차를 세워둔 구석 자리의 어둠은 랜턴의 불빛으로도 좀처럼 밝혀지지 않았다.

"그거 여기 앞쪽에 좀 비춰!"

미호는 검의 손잡이로 사이드미러를 내리쳐 깨뜨린 후 깨진 조각들을 주차장 바닥에 내버렸다.

"언니 운전 어떻게 하려고……."

"어차피 새벽이라 차도 없어. 여기 이제 룸미러도 비춰 봐."

룸미러는 금만 갈 뿐 좀처럼 유리 조각을 뗄 수가 없었다.

한참을 룸미러와 씨름하다 미호는 검을 검집에서 뽑아 들고 끝을 조수석 쪽 유리에 기대고 아예 작두질을 하듯 날로 룸미러를 내리쳤다. 두터운 플라스틱을 가위로 종이 자르듯 가르는 검날의 예리함에 소름이 돋았다.

떨어져 나간 룸미러 뭉치를 바닥에 내버리고 차에 올라타 시동을 걸고 주차장 밖으로 빠져나오니 조금씩 긴장이 풀리기 시작했다. 하늘에서는 싸락눈이 내리고 있었다. 시간은 새벽 3시 30분이었다.

"지금 시각이면 차도 막히지 않을 테니깐 7시 전에는 우리 집에 도착할 수 있을 거야."

대답이 없어 뒤를 돌아보니 세연은 검둥이를 끌어안고 랜턴을 손에 쥔 채로 잠이 들어 있었다.

'깨워야 하나?'

지금은 딱히 쫓기고 있다는 느낌도 들지 않았다. 긴장감이 풀리고 히터에 데워진 차 안의 공기가 몸을 감싸자 조금씩 졸음이 밀려오기 시작했다.

'사이드미러랑 룸미러도 다 없앴는데 잠들면 더 위험하지…….'

아득해지는 정신을 가까스로 추스르다 보니 의식도 못 하는 사이에 시내를 빠져나와 텅 빈 고속도로가 눈앞에 펼쳐져 있었다. 도로의 어둠을 밝히는 전조등의 불빛과 점점이 내려와 앞 유리에 쌓이는 눈 뭉치들이 최면을 거는 듯했다. 갑작스럽게 터져 나오는 요란한 클랙슨 소리에 정신을 차려 보니 1차선에서 달리고 있던 차가 어느새 3차선을 내달리고 있었다.

'정신 차려야 해……. 이러다가 사고로…….'

창문을 조금 열어 찬 공기를 흘려보내자 한결 졸음이 가셨다. 실내로 빨려 들어온 눈발이 바로 녹아 미호의 뺨을 적셔 주었다.

언제부터인지 불쾌한 냄새가 차 안에 감돌기 시작했다. 내비게이션 화면의 모서리에 무언가가 일렁거리며 스쳐 지나가는 것 같았다. 의도적으로 시선을 두지 않으려 해도 한번 의식을 하기 시작하니 좀처럼 눈을 뗄 수가 없었다. 사람의 형상 같기도 하고 아무것도 아닌 것 같기도 했다. 간간이 옆 차선의 차가 추월해 지나갈 때마다 불빛이 반사된 뒷좌석 유리창에 무언가가 어른거리는 것 같았다. 시야가 가로막힌 채로 운전하는 것만도 벅찬데 실내 구석구석까지 자꾸만 눈길이 가니 신경이 머리끝까지 곤두섰다.

'그래, 적어도 신경 쓰여서 더는 졸리지 않네.'

미호는 이를 꽉 깨물고 유리창 앞만 바라보며 차의 속도를 더 높였다. 다행히 창녕 톨게이트까지 오는 길에는 아무 일도 없었다. 익숙한 길과 오른쪽에 시원하게 펼쳐진 낙동강을 보니 마음이 한결 놓였다. 내리던 눈은 어느새 비로 바뀌어 있었다.

'이제 20분만 가면 집이야. 여기서부터는 차도 다니지 않으니 사고 날 일도 없을 거고…….

집에 들어가면 씻지도 않고 일단 잠부터 자야지……. 쟤는 좀 씻어야 할 텐데……. 신경이 곤두서서 잠이나 잘려나? 그것보다 우선 먹을 거부터 먹여야 할 거 같은데……. 집에 먹을 게 뭐가 있지?'

굽이쳐 흐르는 낙동강에 자꾸만 시선이 갔다.

'낙동강…… 하백이면 강의 신이지……. 이 지독한 냄새도…….'

"아아, 거참. 그걸 빨리도 알아차리네요."

이제는 친숙하기까지 한 돼지코 취객의 목소리였다.

"우와아, 언니가 날 좀 좋게 봤나 봐요?"

'어떻게 생겼더라? 평범하게 양복 입고…… 코가 꼭 돼지코 같고?'

"꿀꿀, 돼지라니……. 이 언니 글 쓴다더니 관찰력이 좋긴 하네? 의외로 본질을 잘 꿰뚫어 보잖아?"

'돼지에 호랑이에 하백이면 뭐 용이야? 음악대라도 만드려나……?'

"아니, 브레멘 음악대랑은 구성부터가 다르지. 이거 일반 상식이 형편없는 언니잖아? 뭣보다 우리가 어울려서 뭘 한다는 발상 자체가 글러 먹었는데?"

'우리라고?'

조풍과 돼지코의 취객은 묘하게 닮은 구석이 있었다.

'세연이 뒤쫓고 있는 스토커 놈도 조풍 형제라고 했잖아? 조풍은 사람들의 경외를 필요로 한다고 할머니가 그랬고……. 그럼 이 망할 스토커는…….'

"한때는 말이지…… 사람들이 포뢰에게 기도를 바쳤거든. 예에옛날 사람들은 강에서 떨어져서 살 수가 없었다고. 그러니 기도할 것이 얼마나 많았겠어. 이거 해 주세요오, 저거 해 주세요오, 그런데 기껏 사람들의 필요 때문에 불려왔는데 이제는 잊히고 관심도 못 받으니 얼마나 외롭고 서글프겠어?"

돼지코 취객의 낄낄거리는 웃음이 묘하게 조풍을 연상케 했다.

"어이구우, 영광입니다요. 그 대애단하신 바닷바람 작가님이랑 비교를 다 해 주시고. 아아, 그런데 포뢰는 옛날부터 원래 그랬어. 결국엔 사람들의 염원이 우리의 형(形)을 결정짓는 거거든? 뇌가 조막만 한 멍청한 원숭이 놈들이 강을 두려워하고 바라던 수준이 애당초 그 모양 아니었겠어?"

'그럼 돼지코 취객의 정체는 뭐지?'

미호는 지금의 대화가 머릿속에서 스스로 만들어낸 대화라는 걸 알고 있었다. 어쩌면 진실에 근접해 있을지는 몰라도 결국엔 미호의 상상력이 만들어낸 이야기고 꿈이었다.

"아아니죠오, 내 능력이 사람들의 꿈에 나타나고 하는 걸 수도 있지 않겠어요? 아닌가? 나도 언니가 그냥 상상해낸 존재인 건가?"

결국에 꿈에서 깨어나면 잊힐 이야기고 대화였다. 하지만 돼지코의 취객이 무언가 중요한 이야기를 또 한 것도 같았는데 영 기억이 나지 않았다.

'모시는 분이라고 했어……. 그게 누구지? 나한테 그런 이야기를 왜 한 거지?'

"염원을 이루어주는 존재들이 말이야, 어느 순간 자신들만의 염원이 생겨 버린 거야. 기도를 들어주던 이들은 누구한테 기도를 해야 하지? 그런데 이렇게 넋 놓고 계속 자도 되겠어요? 이 염병할 이계리는 언니의 집만은 아닐 건데?"

비명을 지르며 미호는 잠에서 깨어났다. 반사적으로 핸들을 움켜쥐고 브레이크 페달을 끝까지 눌러 밟자 발끝에 전해지는 불쾌한 진동과 함께 차가 멈추었다. 아직도 두근거리는 가슴을 부여잡고 뒤를 돌아보았다.

세연이 모습이 무언가 부자연스러웠다. 실내등을 켜니 언제 깼는지 세연은 눈을 빤히 뜨고 미호를 응시하고 있었다. 그 눈동자 속에 창백한 얼굴과 퀭한 눈동자가 비치고 있었다. 세연의 눈동자 속 긴 머리 남자의 얼굴은 승리의 미소를 띠고 있었다.

"언니, 나 이제 그만할래. 포기하고 편하게 잘 거야."

"……."

미호가 입을 열기도 전에 세연은 뒷좌석 문을 열고 밖으로 뛰쳐나갔다. 화들짝 놀라 운전석 문을 박차고 밖으로 나오니 빗방울에 실린 지독한 냉기가 미호를 덮쳐왔다.

"세연아!"

미호의 부름은 아랑곳하지 않고 세연은 낙동강 방향으로 걸어갔다. 낙동강에서 치솟아 오른 물기둥이 뱀의 형상으로 변해 세연을 덮쳐 물속으로 끌고 들어갔다. 물속으로 끌려들어 가는 세연의 모습이 미호의 눈에 들어와 박혔다.

쏟아지는 빗줄기에 몸이 젖는 것도 의식하지 못하고 미호는 한참을 굳어 있었다. 무엇을 해야 할지 좀처럼 머리에 떠오르지 않았다. 여전히 잠에 취해 꿈을 꾸고 있는 것만 같은 기분이었다.

갑작스레 손에 와 닿는 검둥이의 콧김이 미호에게 현실감을 불어 넣어 주었다. 미호와 눈이 마주치자 검둥이는 크게 한번 짖고선 자동차의 전조등이 비치는 방향으로 걸어갔다.

"따라오라고?"

전조등의 불빛이 밝히는 범위의 끝에서 검둥이는 미호를 바라보며 서 있었다. 열린 뒷좌석 문을 닫고 차에 올라타 시동을 거니 검둥이가 천천히 도로를 달려가기 시작했다.

해가 뜬 지 한참이 지났지만, 비구름에 가려진 도로와 검둥이의 모습이 잘 눈에 들어오지 않았다. 상향등을 켜자 시야가 한결 나아졌다.

검둥이의 선도에 슬슬 익숙해지자 미호는 자동차의 속도를 조금 더 올려보았다. 검둥이도 기다렸다는 듯이 속도를 더 높여서 뛰기 시작했다. 계기판의 속도는 시속 80킬로미터를 가리키고 있었지만, 검둥이가 뛰는 모양새는 여유로워 보이기까지 했다.

오히려 어둡고 구불구불하고 미끄러운 산길에서 검둥이의 속도를 쫓아가는 게 점점 더 벅차게 느껴졌다. 미호가 뒤처질 때마다 검둥이는 속도를 줄이고 미호가 다시 따라잡기를 기다려 주었다. 익숙한 몇 개의 언덕길을 지나쳐가자 더 이상 검둥이의 안내가 필요 없어졌다. 미호는 어디로 가야 할지 정확히 알고 있었다.

조풍의 집이 있는 강가와 연결된 임도로 들어서 300미터쯤 나아가자 검둥이가 멈추어 섰다. 창문을 열고 내다보니 꼬리를 말고 어찌할 줄을 모르는 표정이었다.

"왜 그래? 앞에 뭐 있어?"

미호의 말을 듣고도 검둥이는 발걸음을 뗄 기색이 보이지 않았다.

'여기서라면 집 정도는 찾아가겠지?'

더 이상 시간을 지체하고 있을 여유가 없었다. 미호는 검둥이를 돌아보지 않고 차를 몰아 강가로 나아갔다. 조풍의 집이 불길한 그림자를 드리우는 강가에는 아무것도 없었다.

'어떡하지? 검둥이가 왜 여기로 데리고 온 거지?'

"누나."

처음부터 미호의 곁에 서 있었던 듯 자연스럽게 존재를 드러낸 소년의 모습이 미호의 말문을 틀어막았다.

'얘가 여기 왜 있어?'

"도와주러 왔어요. 친구 잡혀 갔죠?"

물어보고, 따지고 싶은 게 가득이었지만 지금 미호에게 가장 중요한 건 세연이었다. 미호는 고개를 끄덕였다.

"누나 활이랑 화살 들고 왔죠? 그거 가지고 나오세요."

청아하고 담담한 소년의 목소리에는 거역하기 힘든 기이한 힘이 있었다. 미호가 뒷좌석에서 활과 화살을 들고 나오자 소년이 손짓으로 수면 위의 하늘을 가리켰다.

"저기에요."

여전히 비구름이 잔뜩 낀 하늘에는 아무런 특이한 게 보이지 않았다.

"너 뭘 하려고……."

미호가 말을 채 끝맺기도 전에 하늘과 수면 사이에 경계가 생겨났다. 흐릿한 상공 한가운데에 호수 수면이 비쳤다. 현실의 흐리고 비 오는 날씨에 영향을 받지 않는 듯 구름 한 점 없이 쨍한 하늘이 상공에 비친 호수 수면에 다시 비쳤다.

'꼭 거울 같잖아?'

"저기 쏴서 깨트려요! 누나 친구 되찾아 오려면 그 수밖에 없어요."

알 수 없는 불길함에 사로잡혀 소년의 말을 따르기가 썩 내키지 않았다. 소년은 말없이 차분하게 미호를 바라보고만 서 있었다.

'일단은 뭐라도 해 보자. 기껏해야 허공에다가 화살 한 발 날리는 거잖아.'

조준을 할 필요도 없었다. 시위를 당기고 하늘에 비친 호수 수면을 바라보고 활을 쏘자 화살은 포물선이 아닌 직선을 그리며 날아갔다. 미호의 눈에는 화살이 날아가는 게 아니라 꼭 아래로 떨어져 내리는 것처럼 보였다. 화살은 상공에 비친 호수 수면을 가르고 사라졌다.

수만 개의 손톱으로 거대한 칠판 벽을 긁어 대는듯한 불쾌한 소음이 강가를 가득 메웠다. 이어서 거대한 거울이 산산이 깨어져 나가는 불쾌한 감각이 피부로 전해져 왔다.

하늘에 비친 호수 수면이 끓어오르고 셀 수도 없이 많은 사람의 뼈가 물위로 떠올랐다. 하늘 호수의 수면에 떠 오른 뼈들은 곧 현실의 호수로 떨어져 내리기 시작했다.

현실의 호수에서는 거대한 물방울에 둘러싸인 세연이 떠올라 하늘의 호수로 떨어졌다. 하늘에서 떨어져 내리던 뼈들과 세연이 마주치는 경계의 틈새에서 팔다리가 달린 거대한 뱀의 모습이 얼핏 얼핏 보였다. 거대한 뱀은 경계의 틈새로 손을 내뻗어 떠오르는 세연을 움켜쥐었다.

"너! 세연이 내려놔!"

미호는 시위를 당겨 오늘 하루에만 몇 번이나 마주쳤던 뱀의 눈을 겨냥하며 소리쳤다. 뱀은 분노에 찬 시선으로 미호를 바라보았다. 어쩌면 미호가 아니라 소년을 바라보는 것일지도 몰랐다.

'사람이 말을 하면 반응을 보이든가. 뭘 잘했다고 저런 눈으로!'

미호는 무언의 눈싸움을 계속하고 싶은 마음이 없었다. 활을 들어 틈새로 보이는 뱀의 눈을 겨냥해 화살을 쏘아 보냈다. 하지만 뱀이 날아오는 화살을 응시하자 날아가던 화살은 재처럼 흩뿌려지며 허공으로 사라졌다.

"여기선 누나 쓰는 화살 소용없을 거예요."

소년이 미호에게 손을 내밀었다.

"화살 저한테 줘 보세요."

어리둥절해 하는 미호를 바라보며 소년이 말했다.

뱀은 세연을 잡은 손을 허공의 틈새 안으로 거두어들이고 있었다. 초조한 와중에도 미호는 소년에게 화살 한 대를 건네주었다. 소년은 화살촉은 손으로 감싸 쥐고 힘을 주어 화살을 잡아당겼다. 날에 베인 소년의 손바닥에서 흘러나오는 피가 닿자 화살촉은 새카맣게 타들어 갔다. 변색되어 광택을 잃은 화살촉에서 기묘한 악취가 풍겨 왔다.

"서둘러요. 누나 친구 데리고 또 도망가기 전에."

기이한 광경에 압도당해 몸이 굳은 미호에게 화살을 건네며 소년이 말했다. 어느새 허공의 틈새는 닫히고 있었다. 몸을 돌린 뱀의 얼굴이 보이지 않았다.

"포뢰! 이 변태 같은 스토커 새끼야!"

뱀은 미호의 외침을 무시하며 점점 사라졌다.

"강의 신이란 게 기껏 한다는 짓이 여자들 스토킹해서 잡아 죽이고! 그마저도 부끄러워서 모습도 제대로 드러내지 못하고!"

어쩌면 몸을 돌려 미호를 바라보는 것도 같았다.

"……네 형제는 여전히 사랑받고 사람들이랑 어울려서 잘살고 있는데 너는 이제 아무도 찾지도, 기도를 바치지도 않지? 꼬락서니를 보아하니 이유를 잘 알겠네!"

원망에 찬 뱀의 눈이 하늘에 갈라진 틈새를 가득 메웠다. 미호는 고개를 쳐들어 뱀의 시선을 마주했다.

천천히 뱀의 입이 열리기 시작했다.

"누나! 지금이에요! 어서 쏴요!"

미호에게 소년의 독촉은 필요 없었다. 활을 떠난 화살이 뱀의 눈을 향해 날아갔다.

뱀의 시선이 원망에서 분노로, 곧 당황으로 바뀌었다. 악취와 불쾌한 기운의 궤적을 길게 남기고 화살은 뱀의 눈동자에 빨려 들어가듯 날아가 꽂혔고 하늘의 틈새가 작게 응축되는 듯하더니 사방으로 터져나갔다. 들려오는 소리는 오직 뱀의 끔찍한 비명뿐이었다. 허공의 틈새가 사라지자 끝도 없이 이어질 것 같던 뱀의 처참한 비명도 점점 사그라들었다.

하늘에서 뼈의 비가 쏟아져 내리기 시작했다. 세연은 하늘의 호수로 떠오르듯 추락했다.

"세연아!"

어느 순간 하늘 호수의 수면 위에 소년의 모습이 나타났다. 떨어지는 세연을 받아든 소년이 하늘 호수의 강가에 세연을 내려놓았다. 곧 하늘 호수의 수면이 일그러지고, 경계가 흔들리는 듯하더니 좀 전까지의 비구름 가득 낀 흐린 하늘이 돌아왔다.

좀 전까지 소년이 서 있던 곳에는 헛구역질하며 물을 토해내는 세연이 있었다. 소년의 모습은 어디에도 보이지 않았다.

조풍에게 다시 전화가 걸려온 건 밤 10시였다.

"네, 조풍 씨."

"어디에요? 전화 받는 거 보니깐 아직 살아는 있나 봐?"

"뭐…… 혼자서 다 잘 해결했네요."

밤부터 쉴 새 없이 시달리고 축 늘어진 세연과 몸이 굳은 검둥이를 힘겹게 차에 태우고 집으로 끌고 와야 했던 걸 떠올리니 한숨이 절로 나왔다.

"포뢰가 그렇게 쉽게 물러날 성격이 아닐 텐데?"

"뭐라도 눈에 화살 박히면 순순히 물러나야지 어쩌겠어요?"

"미호 씨가? 포뢰를? 화살로? 물리쳤다고? 포뢰를 찾는 것부터가 쉽지 않았을 텐데?"

"조력자가 있었다고 할게요……."

"자세히 좀 이야기해 봐요."

"너무 피곤해서 자세히 말하기도 힘들어요……. 뭐, 나도 조풍 씨한테 비밀 하나쯤 가지고 있는 것도 나쁘지 않을 것 같고."

"……강가에 내 집 주변이었죠?"

"네. 하늘에 커다란 거울 같은 게 떠오르기에 화살로 깨부쉈죠. 조풍 씨 형제란 것도 잽싸게 나타나던데요?"

"자알 하셨습니다. 수호자도 처치하고, 문도 깨부수고…… 아주 잘하 셨네요."

빈정거리는 조풍의 말투가 귀에 거슬렸다.

"조풍 씨 정신 나간 형제나 잘 챙겨요! 그럼 뭐 손 놓고 세연이 죽을 때까지 내버려 두란 소린가……."

"……."

조풍의 침묵이 길게 이어지자 답답함이 밀려왔다.

"아무튼 계속 신경 써 주시고 도와주시려 한 건 고마워요."

"……그래요. 나도 내일 이계리 다시 돌아갈 테니 나중에 이야기합 시다."

"네."

"미호 씨, 그 조력자란 사람 조심하고 피하는 게 좋을 거야."

굳이 조풍이 충고하지 않더라도 미호도 그쯤은 알고 있었다. 소년과 흰옷을 입은 노부인과 돼지코 남자의 존재가 미호의 마음 한구석에 어 두운 그림자를 드리우며 자리잡고 있었다.

'글쓰기도 벅찬데, 별 해괴한 것까지 다 신경 쓰이게…….'

"언니……."

미호를 찾는 세연의 목소리에 상념은 깨어졌다.

"어, 일어났어?"

"언니, 지금 몇 시야? 나 너무 배고파서 죽을 것 같다 이제……."

한결 밝아진 세연의 모습에 마음이 풀렸다.

"낮에 해 둔 죽 남았어. 일단 그거 먹고 속 좀 괜찮아지면 나중에 읍내 가서 고기 사 먹자."

"나…… 여기 계속 있어도 돼?"

"어? 어…… 있고 싶은 만큼 있어."

"고마워. 나 구하러 와 주고. 여기 머무르게 해 줘서……."

괜히 코끝이 찡해져서 말이 잘 나오지 않았다.

"그런데 언니 어떻게 알고 온 거야? 나 핸드폰도 액정에 금가서 무서워서 치워 버린 지 며칠 되었는데?"

"……네가 잠결에 무의식중으로 문자했나 보지."

"그런가? 하긴 요 며칠은 거의 제정신이 아니긴 했지."

미호의 마음속에 그림자를 드리우는 존재가 또 하나 늘어났다.

미호는 고개를 내저었다. 결국에 이들은 조풍이나 귀녀 할머니가 감당할 어둠이고 괴이고 그림자일 것이리라. 미호는 주방으로 가 다 식은 냄비의 죽을 다시 끓이기 시작했다.

막간극

"그런데 조풍 씨는 무슨 일 하세요?"

갑작스러운 세연의 질문에 당황한 기색 없이 조풍은 지갑에서 명함을 꺼내 건네주었다.

"글도 쓰고 작은 출판사도 운영하고 있습니다."

"어……?『간수의 감옥』쓰신 폐한 작가님이셨어요?"

'아니, 도대체 이 인간은 필명이 몇 개야?'

세연의 질문에 어울리지도 않는 상쾌한 미소로 답하는 조풍의 모습이 너무나 생경하게 느껴졌다.

"언니 몰라? 몇 년 전에 문학상도 몇 개 타고 하셨잖아."

"미호 씨는 장르문학 글만 쓰셔서 순문학에는 별로 관심이 없나 보더라고요."

"……그러게요. 전『백호전생』같이 가볍게 보고 치울 수 있는 장르소설만 좋더라고요?"

아직 저녁 때가 되지 않은 시간이라 텅 빈 고깃집 안에 미호의 목소리가 크게 울렸다. 딴에는 조용히, 나긋하게 받아 주려 했건만 절로 커지는 목소리를 어찌할 수가 없었다.

"언니, 잘됐네! 작가님한테 언니 지금 쓰는 글 봐 달라 하면 되겠네!"

"야, 나 쓰는 글 남한테 안 보여 주……."

"미호 씨가 쓰는 글이라면 저도 흥미가 가는데요? 이전에 우리 출판사에 투고한 글도 기획 의도에 부합하지 않아 계약을 맺지는 않았지만 무척 인. 상. 깊. 게 잘 보았습니다."

미호는 조풍의 얼굴에 떠오른 기묘한 미소가 거슬려 죽을 것만 같았다.

"언니가 요새 유행을 못 좇아가서 그렇지 글은 진짜 잘 쓰거든요. 그런데 요번 거는 요새 트렌드에도 잘 맞아요. 죽으면 다시 부활하는 장신의 여검사 이야긴데 사역마로 검은색 호랑이도 데리고 다니고……."

"세연아, 그만해라……."

"무슨 고기집이 불 내오는 데만도 한 세월이야? 나가서 어떻게 된 건지 보고 담배 한 대만 태우고 올게."

미호의 어색한 분위기를 느낀 듯 세연은 잽싸게 자리를 피했다.

"그거 표절인데?"

"뭐가요?"

"지금 미호 씨 쓴다는 이야기."

"무슨 전생물이 조풍 씨가 특허 낸 장르예요?"

"내 글 봤고 최소한 작가로서의 자존심이 있다면 그런 말 못 할 텐데요? 『백호전생』 32권 3장 봐 봐요."

"절대로 볼 일 없습니다."

"포뢰도 그렇고 미호 씨가 만났다는 남자 정체가 궁금하지 않아요? 『백호전생』만 봤어도 바로 알 수 있었을 텐데."

"낯 뜨겁지 않아요? 자기 글 그렇게 뻔뻔하게 남한테 홍보하면?"

"누구 글이랑 다르게 몇 년째 스테디셀러인 글인걸? 남한테 보여서 부끄러운 수준은 아닐 거 같은데?"

미호는 확 달아오른 감정을 식히기 위해 몇 번이고 심호흡을 해야 했다.

"아무튼 절대 안 읽을 거니깐 그냥 이야기해 줘요."

"이름은 도철이고…… 아니, 면접 볼 것도 아닌데 이력서 수준의 정보를 원하는 건 아니겠죠. 위험한 놈이고 되도록 얽히지 않는 게 좋지만 미호 씨한테 무슨 해를 가하진 않을 테니 당분간은 신경 안 써도 될 거예요. 며칠 전에도 말했듯이 미호 씨 집에 있으면 세상에서 미호 씨한테 위해를 가할 만한 건 아무것도 없을 테고……."

"아니, 나야 그렇다 해도 내 가족, 지인들이 있는 세상에 그런 위험한 괴이들이 돌아다니는데 내가 신경을 어떻게 안 써요?"

조풍의 입꼬리가 한쪽으로 올라갔다.

"세상에 도철 말고도 얼마나 흉악한 것들이 많은데 신경 쓰여서 어디 잠이나 주무시겠나?"

"……그 도철이란 사람이 자기가 모시는 사람이 있다고 했어요. 뭔가 이상해……."

"때마침 낙동강에 나타났다는 조력자란 사람이 관계있겠지. 아무튼 미호 씨는 깊게 관여하려 하지 않는 게 좋을 거야."

굳이 조풍이 말하지 않더라도 미호 역시 이들의 일에 간섭하고 싶은 마음은 전혀 없었다.

종업원이 화로에 불을 내오자 둘의 대화는 끊어졌다.

세연도 없는 자리에 말없이 조풍과 둘만 앉아 있자니 여간 어색한 게 아니었다.

"귀녀 할머니 이야기로는 조풍 씨나 형제들이나…… 괴이는 사람들의 염원이 불러오는 거라고 그랬어요. 그런데 세상 누가 어둑이나 포뢰 같은 괴물들을 염원하죠?"

"……옛날이야기지만 강가에 살다 보면 말이에요. 사람들이 강에 빠져 죽는 일이 생기기도 한단 말이지? 그런데 사람들은 그런 죽음을 잘못 받아들이더라고. 자신들의 부주의로 아이가 강에 빠져 죽었다거나 물놀이하던 연인이 갑작스러운 급류에 휘말려 허망하게 익사했다는 이야기보다는 강의 신이 그들을 데리고 갔다는 쪽의 해석이 더 마음에 들지 않았겠어요? 받아들이기 힘든 현상보다는 왜곡되었지만, 마음에 드는 이야기가 사실이길 바라는 염원이지."

조풍의 얼굴에 자조적인 미소가 감돌았다.

"도철도 마찬가지예요. 전란이 길어지고 기근이 닥치니 부모가 아이를, 자식이 부모를 잡아먹었거든? 그런데 대부분의 사람은 어떻게 그런 일이 일어나는지 이해를 못 한단 말이지. 어떻게 사람이 그렇게 흉악한 짓을 할 수 있지? 아아, 그건 사람의 짓이 아니라 흉악한 마수의 짓이구나! 모든 존재에는 이름이 필요하니 그 마수의 이름은 도철이라고 하자!"

"그럼 조풍 씨는요? 조풍 씨는 어떤 염원에 끌려 온 건데요?"

"나요? 흠…… 미호 씨 같이 젊고 재능 있는 작가들이 바란 거지. 이상적인 멘토이자……."

"아. 되도 않는 소리 하지 말아요."

단호하게 말을 잘랐지만 수작 부리듯 건네는 조풍의 말이 그리 불쾌하지는 않았다.

"그리고 세상에 어떤 멘토가 멘티한테 고기를 얻어먹고 그래요?"

"사실 고기 좋아하지도 않고 이렇게 시끄럽고 지저분한 식당은 가지도 않아요. 미호 씨가 대접하겠다고 해서 따라온 거지."

"보기보다 되게 까탈스러우신가 봐요?"

조풍이 대답 없이 어깨를 으쓱했다.

"뭐, 이번에는 이래저래 신세 졌으니깐 사는 거예요. 사실 차 망가져서 읍내 나오기 어렵기도 해서 겸사겸사 얻어 탈 생각도 있었지만……. 그런데 미국에서 저 도와주려고 바로 온 거죠?"

"……겸사겸사요. 일도 있었고."

"그리 급한 일은 아니었나 봐요? 오자마자 이렇게 바로 이계리로 달려오시고?"

조풍의 얼굴에 예의 빈정거리는 미소가 돌아왔다.

"누가 이계리 관문 중 하나를 깨부수고 수호자도 처치해 버렸거든."

"아니 그건! 에혀…… 말을 말죠. 그리고 당신 형제인지 수호자인지는 모르겠지만 그딴 거 처치했다고 죄책감 느끼거나 하지는 않아요."

"미호 씨가 미안할 일은 아니지."

너무나도 차분하고 담담한 조풍의 말을 끝으로 또다시 둘의 대화가 끊어졌다.

세연은 막 불판이 달아오르고 고기를 굽기 시작할 때가 되자 담배 냄새를 몰고 들어왔다. 조풍에 대한 세연의 호구조사는 끝도 없이 이어졌다. 거듭되는 질문에 지칠 법도 한데 싹싹하게 잘 받아 주는 조풍의 모습이 신기하게 여겨질 정도였다.

"그런데 친구는 좀 어때요? 겪었던 일 뭐라고 안 해요?"

세연이 또다시 담배를 물고 나가자 조풍이 기다렸다는 듯이 질문을 던졌다.

"그냥 서로 이야기 안 해요. 사람들이 그런 경험 하면 으레 그러잖아요? 저만 해도 처음엔……."

"미호 씨 친구도 자신만의 이야기를 만들어 겪었던 일을 해석하고, 믿고, 의지하겠지."

"……."

* * *

미호와 세연을 집에 데려다주고 떠나가는 조풍의 뒷모습을 세연은 한참 바라보았다. 조풍을 바라보는 세연의 눈빛에 담겨 있는 알 수 없는 감정이 미호의 시선을 사로잡았다.

"저 사람 언니한테 관심 많나 봐?"

"왜?"

"아니. 아무리 이쪽에서 밥 사기로 했다고 해도, 차 태워서 데려 가주고 다시 모셔다 주고……."

"관심이야 많겠지. 좀 다른 쪽 의미로."

"언니는 어떤데?"

"나? 내 취향 아니야."

"왜? 되게 무섭긴 해도 저만하면 미남 아닌가? 끌고 다니는 차 보니깐 부자 같기도 하고."

"난 별로 관심 없네요."

"그럼 다행이네. 언니, 조심해. 언니가 어떻게 생각할지 몰라서 말 안 했는데. 나 저 사람 싫어. 무섭고…… 뭔가 불길해. 보고 있으면 계속 내가 겪은 일 생각나."

세연의 말에 미호는 하늘에서 떨어지던 뼈의 비를 떠올렸다. 포뢰는 조풍의 형제라고 했다. 도철이란 남자도 말은 안 했지만 어떻게든 조풍과 연관된 게 분명해 보였다. 왜 조풍은 포뢰가 지키는 문 앞에 집을 지은 것인지? 포뢰와 도철이 사람들의 삐뚤어진 염원에 이끌려온 존재라면 조풍은 어떤 염원과 기도를 들어 준다는 것인지?

미호는 알 수 없었다.

어쩌면 세연이 조풍의 본질을 정확히 본 것일 수도 있을 것이다. 하지만 세연과 달리 미호는 조풍이 무섭거나 불길하다고는 생각하지 않았다.

하지만 문득 조풍이 흉조를 처리하던 모습이 떠오르자 온몸에 소름이 돋아났다. 미호는 애써 그때의 불쾌했던 기억을 머릿속에서 지웠다.

어쩌면 미호 역시 그때의 일에 대한 자신만의 해석을, 이야기를 만들어 냈을 것이다.

6. 여우와 상자

쌓인 눈밭에 반사되는 햇빛이 눈을 찔러댔다. 온통 눈으로 뒤덮인 산의 찬란함이 미호의 시선을 뒤흔들어 놓았다. 집중력이 흐트러지니 과녁보다는 머릿속의 상념들이 더 뚜렷해졌다.

'딱 200번만 더 쏘고 들어가자.'

언젠가부터 집에서 하는 것 없이 TV만 보고 빈둥거리는 세연이 눈에 거슬려 좀처럼 글이 잘 써지지 않았다. 밤만 되면 습관처럼 벌어지는 술판에 몸이 망가져 활 솜씨가 무뎌지는 것도 신경 쓰였다. 미호는 글이 안 써지는 것과 활이 안 맞는 것 중 어느 쪽이 더 화가 나는 일인지 가늠할 수가 없었다.

'둘이서 술 먹고 야식 먹고 하니 은근 생활비도 많이 들어가고 말이지. 쟤 당분간 갈 생각 없으면 생활비 좀 보태라고 해 볼까?'

머릿속에 먹고 사는 걱정을 담고 활을 쏘니 화살은 과녁 여기저기로 흩어지기 시작했다. 가지고 온 연습용 화살 12발 전부를 쏘아도 화살은 과녁 한가운데 모일 기미가 보이지 않았다.

'오늘은 그냥 가자. 밤에 술도 먹지 말고 일찍 자고 내일부터 맘 잡고 글도 쓰고…….'

미호는 혹시라도 거미를 마주칠까 염려되어 가져 온 은화살을 손에서 굴려 보았다. 마지막으로 한 발만 더 쏘아 볼까 고민하다 남아 있는 은화살이 몇 발 없다는 게 떠올랐다. 왜인지 조풍이 처음에 선물해 주었을 때처럼 9발을 맞추어 두지 않으면 곤란할 것 같다는 생각이 자꾸 들었다.

'컨디션도 안 좋은데 괜히 잃어버리기라도 하면 곤란하지…… 그런데 이거 좀 더 구해놔야 하는 거 아닌가?'

두툼한 장갑 때문에 과녁에서 화살을 뽑는 게 쉽지가 않았다. 한참 화살과 씨름하고 있는데 집 방향에서 검둥이가 요란하게 짖는 소리가 들려왔다. 호기심과 경계심이 뒤섞인 채로 산 아래를 내려다보니 대문 앞에 못 보던 스쿠터와 남자가 서 있는 게 보였다. 대문 앞에서는 이를 드러내며 위협하는 검둥이를 가로막고 세연이 남자와 이야기를 나누고 있었다. 남자는 가슴팍만 한 상자를 옆구리에 끼고 있었다. 눈 덮인 산을 뛰듯이 내려와 숨을 헐떡이는 미호를 보며 그가 반갑게 아는 체를 했다.

"아아, 미호 누님! 오랜만이네요!"

단정한 양복 차림에 패딩 점퍼를 입은 남자는 미호와 비슷한 키에 깡마른 체형이었는데 머리카락은 탈색이라도 했는지 가늘고 투명했고 여자처럼 갸름한 턱 선에 커다랗고 옆으로 길게 찢어진 눈을 가지고 있었다.

미호는 남자가 누구인지 떠오르지 않았다. 무엇보다 능글맞게 대뜸 미호를 누님이라고 부르는 모양새가 얼마 전에 만난 돼지코의 남자를 연상케 했다.

"누구세요? 무슨 일로 오셨는데요? 아니, 것보다 제 이름 어떻게 아세요?"

"에이, 미호 누님 저번에 마을 잔치 때 제가 옆자리에서 술도 따라 드리고 했는데 기억 안 나세요?"

그러고 보니 언뜻 기억이 나는 것도 같았다.

"아……, 그런데 어쩐 일로 오셨어요?"

"말 편하게 놓으세요, 누님. 저번에는 편하게 말 트자 하셔 놓고서……."

잘 쳐 주어도 또래로 보이고 어쩌면 미호의 선조뻘일지도 모르는 존재에게 누님 소리를 듣고 싶은 마음은 없었다.

"언니, 왜 사람을 뻘쭘하게 밖에 세워 두고 그래. 들어오시라고 해."

"어유우, 아니에요! 암만 얼굴 봤다 해도 잘 알지도 못하는 사람을 막 집에 들이고 하면 안 되죠."

넉살 좋게 웃으며 남자는 미호에게 상자를 내밀었다.

"이거 옆집 귀녀 할머니한테 배달 온 물건인데요. 할머니 집 비우신 거 같아서요. 누님이 대신 좀 받아 주세요."

아무런 무늬도 색상도 칠해져 있지 않은 나무 상자는 박스 테이프로 투박하게 봉인되어 있었다. 보낸 사람 이름도 쓰여 있지 않은 상자의 윗면에는 네임펜으로 '김귀녀 씨만 열어 보세요.'라고 쓰여 있었다.

"이거 뭐…… 아니, 누가 보낸 건데요?"

"보내신 분이 자기 신상은 비밀로 해 달라 해서요. 뭐 들어 있는지는 저도 몰라요."

'수상하잖아? 이런 걸 덥석 받아도 되는 건가? 아닌 것보다 왜 택배 기사나 우체부가 아니라?'

마호는 자신의 집에 들르는 택배기사나 우체부와는 다들 안면이 있었다.

"저…… 그쪽은 뭐하는 분인데요? 왜 이런 걸 배달하시는데요?"

"아, 그때 술자리에서 누님한테 제가 뭐 하고 있는지 말씀을 안 드렸구나!"

남자는 상자를 바닥에 내려놓고 안주머니에서 명함을 꺼내 미호에게 내밀었다. 명함에는 '시킬 일이 있을 때 불러 주세요. 은호'라는 문구와 전화번호가 적혀 있었다.

"무슨 심부름 대행 같은 거 하시는 거예요?"

"네네. 제가 몇십 년만 더 쌓으면 되거든요. 누님도 뭐 시키실 일 있으면 저 불러 주세요!"

남자는 뭐가 그리 신나는지 얼굴에서 미소가 가시지 않았다.

"저 이것 좀 드세요."

언제 챙겨 왔는지 세연이 뜨거운 차를 남자에게 건네주었다.

"어우, 뭘 이런 걸. 감사합니다, 누님!"

미호는 이 수상한 화물을 받아야 하나 말아야 하나 신경이 곤두선 터라 세연의 행동 하나하나가 거슬렸다.

"저, 제가 이런 거 대신 맡기는 좀 뭐한데……."

미호의 말과 동시에 남자의 얼굴에서 미소가 사라졌다.

"이거 되게 큰 건이라…… 몇 년치는 한꺼번에 쌓을 수 있는 건데……."

미호는 울상이 되어 중얼거리는 남자의 모습에 왜인지 미안함이 들었다.

"어이, 김 서방 딸 미호! 어? 은호도 와 있네?"

때마침 등장한 김 서방의 모습에 남자가 얼굴을 펴고 꾸벅 인사했다.

'그런데 이 사람은 왜 김 서방이 아니고 이름으로 불러?'

가뜩이나 머리 아픈 상황에 예상 못한 불청객까지 난입하니 썩 유쾌한 기분이 아니었다. 은호라 불린 남자와 김 서방은 서로 뭐가 그리 반가운지 인사를 주고받느라 정신이 없었다. 대문 뒤편에서 호기심 어린 시선으로 바라보는 세연도, 끊임없이 남자에게 이를 드러내며 낮게 으르렁대는 검둥이도 신경에 거슬렸다. 인상을 찌푸리는 미호의 모습이 신경 쓰이는지 남자와 김 서방은 어느 새 입을 다물고 조용히 미호의 눈치만 보고 있었다.

"아저씨는 왜요?"

"어? 아니, 친구랑 읍내 나갈 일 있으면 나 강아지 미용 용품 좀 사다 달라 하려고."

"개도 미용 용품이⋯⋯? 아, 아니다. 저 차 지금 좀 쓰기 곤란한 상황이라서요."

"어? 누님, 그러고 보니 차 사이드미러가 다 깨졌네요? 어떤 나쁜 놈이 저런 짓을 했대요?"

대문 안을 기웃거리며 차의 상태를 보던 남자가 물었다. 미호는 장황하게 설명할 마음이 없었다. 어서 빨리 이 상황을 정리하고 집에 들어가 쉬고 싶은 생각뿐이었다.

"⋯⋯그냥 사고가 좀 있었어요. 아무튼 김 서방 아저씨. 저 차 고쳐야 하는데 저거 수입차라 좀 시간 걸리고 하니깐 조풍 씨나 마을 다른 분들한테 부탁하세요."

"어! 누님, 그러실 필요 없어요! 저 차 부품 인터넷으로 바로 일본에서 주문하고 배송대행 하면 며칠 안 걸려서 받을 수 있거든요! 그럼 제가 바로 고쳐 드릴 수 있는데?"

"네? 아…… 저 해외구매 그런 거 잘 몰라서요."

"뭐하시면 제가 대신 구입해 드릴까요? 제가 사서 바로 고쳐 드릴 테니 나중에 부품값이랑 배송료만 주세요!"

"아…… 저 말씀은 고맙지만 어떻게……."

"아니, 그렇게 해, 은호가 손재주가 얼마나 좋다고. 세상에 못 고치는 게 없다니까?"

미호는 눈치 없이 끼어드는 김 서방에게 눈을 흘겼다. 세연은 이 광경이 재미난 구경거리라도 되는 양 간이 의자까지 펴놓고 앉아서 검둥이를 쓰다듬으며 바라보고 있었다.

"아…… 네, 그럼 그래 주시겠어요? 이거…… 상자는 그럼 우리 집 창고에 일단 놔 둘게요."

"네네! 제가 차 모델이랑 연식 확인 하는 김에 상자도 들어다 놔 드릴게요!"

남자는 눈을 빛내며 상자를 들고 미호를 바라보았다. 묘하게 검둥이를 연상케 하는 눈빛이었다.

"네, 감사합니다."

남자는 창고 안을 꼼꼼히 둘러보더니 구석 자리에 상자를 내려놓았다. 그 후에 핸드폰을 꺼내 들고 차 사진을 몇 장이나 찍고, 무언가를 기록했다.

"이거 연식 그렇게 오래된 거 아니라서요, 부품 금방 구할 수 있어요. 제가 오자마자 바로 연락드리고 고쳐 드릴게요. 미호 누님 연락처 좀 가르쳐 주세요!"

미호는 홀린 듯이 남자에게 핸드폰 번호를 가르쳐 주었다.

"은호. 그럼 가는 길에 나 마을회관까지 좀 태워 줘."

"네! 아저씨 타세요. 아, 맞다, 강아지 미용 용품도 필요하다 하셨죠? 그럼 누님들 다음에 뵐게요."

다정하게 스쿠터에 같이 올라타고 떠나가는 둘의 모습을 보며 세연은 킬킬거리는 웃음을 터트렸다.

그날 밤, 낮의 굳은 다짐은 까맣게 잊고 미호는 또다시 새벽 2시까지 세연과 술로 달렸다. 갑자기 취기가 오른다며 방에 가서 쓰러진 세연과 달리 미호는 좀처럼 잠이 오지가 않았다. 글이라도 쓸까 싶어 컴퓨터 앞에 앉았지만, 마음은 창고에 있는 상자에 가 있었다. 묘하게 사람의 마음을 잡아끄는 상자였다.

'덥석 받기 전에 할머니한테 전화라도 드릴 걸 그랬나?'

병원에서 마지막 이후로 귀녀 할머니에게 연락을 한 적이 없는 게 떠올라 조금은 미안한 마음이 들었다.

'그래, 내일 전화 드리고 상자 이야기도 하자. 그런데 상자에 든 게 뭐지?'

저 정도 크기의 상자에 넣어 배달할 만한 물건이 좀처럼 떠오르지 않았다. 무엇보다 택배를 놔두고 왜 은호라는 남자를 시켜 배달한단 말인가? 쓸데없는 의문에 사로잡혀 정작 글은 한 줄도 쓰지 못한 채 미호는 컴퓨터 앞에서 의자에 기대어 새벽까지 잠이 들었다.

찌뿌둥한 상태로 잠이 깨자 신경 한구석을 자극하는 알 수 없는 감각이 미호를 창고로 이끌었다. 창고 구석에 놓여 있는 상자의 옆에는 손 글씨로 쓰인 문구까지 똑같은 상자가 하나 더 놓여 있었다.

"그냥 내다 버려. 뭘 그리 고민해, 언니?"

"야, 내 물건도 아닌데 어떻게 그래."

아침부터 한 대 피우고 온 건지 창고 안에는 세연의 담배 냄새가 가득했다.

"어제 분명히 상자 한 개 맞았지?"

"글쎄? 나 상자 안 보고 딴 거 보고 있어서 잘 모르겠는데?."

미호는 키득거리는 세연을 무시했다.

'분명 어제 은호라는 사람이 내려놓을 때는 한 개였어. 상자 문양이나 손 글씨 위치나 모양까지 똑같아 보이잖아? 이건 그냥 완전히 같은 상자가 두 개로 늘어난 거 같단 말이지?'

"왜? 무슨 폭탄 같은 거라도 들어 있을까 봐?"

세연은 이제야 미호의 표정이 심각한 걸 눈치 챈 듯했다.

"폭탄이면 차라리 낫지. 이거 너무 수상하지 않아?"

"그럼 그냥 할머니 집에 던져 놓든가. 원래 할머니 물건이잖아?"

세연은 허리를 숙여 바닥에서 상자를 들어 올리려 하였지만, 상자는 바닥에 뿌리를 내리기라도 한듯 꼼짝을 하지 않았다.

"와, 언니 이거 한번 들어 봐! 내가 힘이 없는 거야? 어떻게 이 정도 크기의 상자가 이렇게 무거울 수가 있어?"

미호는 발끝으로 상자를 밀어 보았다. 상자는 꿈쩍도 하지 않았다. 좀 더 체중을 싣고 온몸의 힘을 기울여 밀어 보았다. 꼭 상자의 밑면이 바닥에 들러붙기라도 한 듯했다.

"어제 그 남자 이거 한 손으로 가볍게 들지 않았어?"

"누구? 그 은호 씨? 그러게, 깡말라서 힘도 별로 없어 보이던데."

이건 힘이 있고 없고의 문제가 아니었다. 마치 상자가 적극적인 의지를 가지고 미호와 세연에게 저항하는 느낌마저 들 정도였다. 세연은 몇 번 더 상자와 씨름하더니 흥미를 잃은 눈치였다. 잠시 마당에서 검둥이와 몇 번 놀아 주더니 말없이 2층으로 사라졌다.

"그거 조풍 형이 보낸 거 같은데?"

보일러 뒤편에서 갑작스럽게 튀어나온 작은 물체에 미호는 놀라기보다는 반가운 마음이 들었다.

"야! 너 진짜 간만이다. 한겨울인데 누구 집에서 지내고 있는 거야?"

"뭐 여기저기 잠깐씩 머물고 있어."

고양이는 호기심 가득한 시선으로 상자를 슬쩍슬쩍 눌러 보았다.

"그런데 조풍 씨가 보낸 거라니? 그게 무슨 말이야?"

"옛날에 조풍 형이 이야기해 줬거든. 저수지 집에 사는 거랑 전쟁할 때 상자에 자객을 숨겨서 선물인 것처럼 보냈다고."

"에이, 그건 사람들이 하는 옛날이야기…… 잠깐 누구랑 누구랑 뭐를 했다고?"

"조풍 형이 옛날에 자기가 직접 했던 일이라고 했다니깐?"

"아니, 네가 말한 게…… 조풍 씨랑 김 서방 아저씨랑 싸웠다고?"

"싸운 거랑 전쟁이랑은 다르지!"

"하……."

갑작스럽게 알게 된 사실에 온통 마음이 이끌리는 와중에도 한편으로는 신빙성이 없는 이야기란 생각이 들었다.

'결국엔 고양이잖아. 말하는 거 들어보면 은근 멍청하고, 보는 관점도 사람들이랑은 영 다르고.'

"그런데 이거 조풍 씨가 보낸 건 아닐 거야. 일단 글씨체가 완전히 다르고……."

『백호전생』 표지에 조풍이 남긴 사인은 과시적일 정도로 화려한 멋이 있었다. 반면 상자에 쓰인 글씨는 이제 갓 글 쓰는 법을 배운 초등학생이 썼다 해도 수긍이 갈 정도로 형편없는 악필이었다.

"바보야. 글이야 다른 사람 시켜서 썼을 수도 있지!"

고양이의 지적은 날카로운 데가 있었다. 하지만 35권이나 되는 책 표지에 일일이 자필 사인을 하고 놀랄 정도로 겉보기에 신경을 많이 쓰는 조풍이 이렇게 무성의한 상자를 귀녀 할머니에게 보냈을 것 같지는 않았다.

"그리고 귀녀 할머니가 조풍 씨 적도 아니잖아? 자객을 왜 보내⋯⋯."

고양이는 어느새 흥미를 잃은 듯 따듯한 보일러 뒤편으로 기어 들어갔다.

미호는 한동안 말없이 상자를 지켜보다 전화기를 꺼내 들고 귀녀 할머니에게 전화를 걸었다. 귀녀 할머니는 좀처럼 전화를 받지 않았다.

"미호! 나 바쁘니 급한 거 아니면⋯⋯."

힘들게 연결된 통화였지만 귀녀 할머니는 병원을 들르지 않은 것에 대한 이런저런 사과를 늘어놓으려 하는 미호의 인사치레를 단번에 끊었다.

"⋯⋯할머니 이상한 상자가 할머니한테 배달이 왔는데요⋯⋯."

"그냥 아무 데나 던져 놔! 나 바빠서 나중에 이야기⋯⋯."

귀녀 할머니의 말이 채 끝나기도 전에 전화는 끊어졌다.

"언니 밑에서 누구랑 그렇게 이야기를 했대?"

"아, 옆집 할머니랑 통화 좀 하느라고."

"그 상자? 뭐라셔?"

"그냥 내버려 두라고 하시는데?"

통화 내내 배경 소리에 사람들의 비명 같은 게 들려온 건 미호의 기분 탓이었을 것이다.

"에휴. 그냥 신경 끄세요. 뭐 별일 있는 것도 아니고. 어제 상자 두 개 가져온 거 언니가 잘못 봤나 보지!"

"그런가?"

"어, 그 기분 나쁜 아저씨가 언니 집에 있으면 안전하다고 했다며? 평소엔 겁 하나도 없는 사람이 이상한 데 집착하고 그러네."

미호가 생각해도 상자에 대한 자신의 집착이 좀 유별나다 싶은 건 있었다.

'아니, 그래도 그 무게가 말이 돼?'

고양이가 말한 자객 설도 은근히 신경이 쓰였다.

'그러니깐 할머니 싫어하는 사람이 보낸 거겠지? 이상한 거 넣어서.'

문제는 애당초 할머니가 있었다면 그런 시도 자체가 무의미한 짓이라는 거였다.

'할머니였다면 받은 자리에서 상자를 뜯어 봤을 테고…… 그런데 그 조그마한 상자에 들어갈 만한 자객이 뭐가 있지?'

상자의 허술한 봉인 상태를 생각해 보면 안에 무언가 들어 있다면 스스로 상자를 열고 나오지 못할 일도 없어 보였다.

'집 안에 그런 걸 두는 것 자체가 너무 찝찝하잖아? 어디 치우려고 해도 움직이지도 않고…….'

글을 쓰겠다는 최초의 목적을 잃고 컴퓨터 앞에서 망상의 늪에 빠져 있던 미호를 건져 올린 건 세연이었다.

"언니! 저 윗집 아저씨 오셨는데?"

김 서방 아저씨는 어깨에 커다란 상자를 짊어지고 있었다.

'또 상자냐? 진짜 미치겠네.'

"아저씨, 오늘은 또 왜요…… 저 아직 차 못 써요."

"아니, 어제 은호가 마을회관 에어컨 고쳐 주고 고구마 받은 거 나눠 줘서…… 미호도 좀 먹으라고 가져왔지."

다행히 상자는 평범한 종이 상자였고 들어 있는 건 씨알이 굵은 고구마였다.

"이거 무거운데 어디다 내려다 줄까?"

성의 없이 사례하는 미호를 무시하고 김 서방은 성큼성큼 집 안으로 들어왔다. 순간 미호는 떠오르는 게 있었다.

"아저씨, 그거 저기 창고에 좀 내려주시고요, 일루 좀 와 보세요."

"어? 왜? 뭐 시킬 일 있어?"

"이 상자 이거 좀 한번 들어 보실래요?"

"어? 어제 그 상자? 나 그거 손대기 싫은데?"

"왜요?"

"그거 조풍이 수작이잖아!"

'고양이 말이 진짜였어?'

"이 상자가 조풍 씨가 보낸 거라고요?"

"그건 나도 모르지. 그런데 예전에 조풍이한테 당한 게 있어서 난 손 안 댈 거야."

"그 예전이 얼마나 예전인데요?"

"어? 좀 됐어……."

"아니, 귀녀 할머니를 조풍 씨가 뭐 때문에……."

"그러니깐 조풍이가 보낸 것인지는 모르겠는데 아무튼 난 싫어."

답답함에 미호는 속이 터질 것만 같았다.

"아저씨. 그럼 저거 위험한 거라는 거잖아요?"

"어? 그건 모르지……."

"제가 저거 받아 놓고 신경 쓰여서……."

"아니, 그러니깐…… 조풍이 나한테 보낸 거랑 같은 건지는 모르겠는데…… 수작이 비슷하다고. 안 받을 수도 없고, 그렇다고 뜯어볼 수도 없고, 내다 버리기도 신경 쓰이는 물건 보내는 방식이……."

"……."

한동안 말없이 골머리를 앓는 미호를 바라보다 김 서방은 슬금슬금 대문을 넘어 저수지 방면으로 떠나갔다.

* * *

"언니 진짜 지금 좀 상태 이상한 거 알아?"

"너는 저런 게 집에 있는데 신경도 안 쓰이냐?"

"그냥 엄청 무거운 상자 두 개잖아? 그렇게 신경 쓰이면 가서 뜯어 보자! 저거 그냥 테이프로 둘둘 싸 놓은 거니깐 칼로 끊고 열어 보면 되지!"

"그러다 터지거나? 아니 안에서 뭐가 나오거나?"

"아 놔, 이 언니 진짜……. 아, 난 몰라! 잘 테니깐! 내일도 그렇게 신경 쓰이면 그냥 보일러실에서 불 질러서 태워 버리든가!"

미호는 세연의 마지막 제안이 무척이나 마음에 들었다. 술기운이 올라오자 기껏 상자 따위에 신경을 쓰는 자신이 조금은 우습게 느껴졌다.

'그런데 어쩌면 귀녀 할머니 없는 거 알고 보낸 걸 수도 있어. 그러니

깐 처음부터 나를 노린 거지.'

썩 그럴 듯한 이론이라는 생각이 들자 은호라는 남자에 대한 의혹도 커져갔다.

'아, 진짜 모르겠다. 내일까지 지켜보다 더 수상해지면 조풍이랑 은 호란 놈이랑 둘 다 불러서⋯⋯.'

미호는 술의 힘을 빌려 한결 대범해진 마음으로 잠자리에 들었다. 미호는 잠이 들기 직전까지도 상자에서 이상한 소리가 들려오는 게 아닐까 기대하고 동시에 염려했다. 하지만 그날은 세연이 오고 밤마다 술판을 벌인 이래로 처음으로 깊게 잠을 잘 수가 있었다. 날이 밝자 미호는 바로 외투를 챙겨 입고 보일러실로 내려갔다.

'어쩌면 3개, 아니 4개로 늘어나 있을 거야! 아니면 상자 뜯겨 있고 작은 발자국 같은 게 막 찍혀 있다거나.'

두 개의 상자는 어제 놓여 있던 위치에 그 모양 그대로 놓여 있었다. 달라진 건 상자 윗면에 쓰인 글씨였다.

'김귀녀 씨만 열어 보세요.'란 문구 옆에 똑같은 필체로 새로운 문구가 쓰여 있었다. '궁금하면 아무나 열어 봐도 돼요.'

"봤지! 어제 이런 글 분명히 없었지! 내가 뭐랬어?"

"어⋯⋯ 이상하긴 하네."

"그게 다야? 하룻밤 사이에 없던 문구가 저절로 생겼는데 그냥 이상하긴 하네?"

"아, 진짜! 그럼 지금 당장 열어 보든가? 상자에도 궁금하면 열어 보라고 쓰여 있잖아?"

"아니! 절대! 안 열어 볼 거야!"

뻔한 수작이지 않은가? 열어 보라는 문구 자체가 잘못된 길로 유혹하기 위해 쓴 문구일 터였다.

'애당초 귀녀 할머니만 열어 보라고 쓰여 있었던 것도 내가 호기심에 뜯어 보길 바라서 그랬던 걸 거야!'

미호와 세연의 목소리가 커지자 검둥이가 다가와 호기심 어린 눈초리로 둘을 바라보았다.

"아 진짜! 내다 버리지도 못하고. 열어 보지도 않을 거면 당장 태워 버리든가!"

미호는 대답하지 않고 세연을 뚫어지게 바라보았다. 미호의 노골적인 시선을 느낀 세연의 몸이 움츠러들었다.

"뭐야, 갑자기 왜 그래, 언니?"

"너 어젯밤에 몇 시에 잠들었더라?"

"어? 몰라……. 언니보다 내가 먼저 잤잖아?"

"응, 그랬지? 그리고 내가 잠들었을 때 여기 내려와서 저거 썼니?"

"아! 뭐래, 진짜! 내가 저걸 왜 써? 그리고 내 글씨체도 아니고…….."

"흠, 그렇지? 너는 그럴 만한 동기가 없지. 네가 나한테 감히 장난을 칠 만큼 용감한 것도 아니고."

미호를 바라보는 세연의 눈엔 두려움의 빛이 어렸다. 검둥이도 불안한지 낑낑거리며 미호를 바라보았다.

"뭐야, 언니. 진짜 무서워. 그만해."

"아니, 생각을 해 보자는 거지. 밤사이에 누가 저걸 썼어! 내가 쓴 건 아니니깐 네가 가장 유력한 용의자란 말이지? 글씨체가 다르다고는 해도 저런 삐뚤빼뚤한 글씨야 누구든 쉽게 흉내 낼 수 있는 글씨체 아니야? 그냥 못 쓰는 글씨체 흉내 내면 되는 거잖아?"

"아니, 그런데……."

미호는 세연의 말을 끊었다.

"너 말고 어젯밤에 누가 또 우리 집에 몰래 들어올 수 있었을까? 그리고 왜 이런 짓을 했을까? 나 화나서 폭발하는 거 보려고?"

"언니, 어제 도대체 몇 병이나 더 마시고, 몇 시에 잔 거야? 아직도 술 냄새가 안 가셔. 지금 언니 상태 진짜 이상해."

"세연아. 난 지금 전에 없이 예리한 상태야. 사실 누가 이런 짓 했는지도 어느 정도 알아냈어. 내가 모르겠는 건 이 상자 안에 뭐가 들었느냐는 것 하고 왜 이런 짓을 하냐는 거지."

지독한 숙취와 함께 두통과 갈증이 밀려왔다.

"……사실 안에 뭐가 들었는지는 내 알 바도 아니야. 어차피 내 물건도 아니니깐. 그런데 처음 상자 받고 다음부터 일어난 일은 분명 날 겨냥한 거란 말이지. 도대체 왜 그랬을까? 김 서방 아저씨가 나한테 왜 그랬을까?"

은호는 마치 기다리고 있었다는 듯 바로 미호의 전화를 받았다.

"아! 미호 누님. 안 그래도 제가 지금 막 전화 하려고 했어요! 다행히 아는 정비소에 부품이 있어서 제가 바로 받아 놨거든요. 시간 괜찮을 때 언제라도 말씀해 주심 바로 가서 고쳐 드릴게요!"

전화기 너머 들려오는 은호의 발랄한 목소리가 신경에 거슬렸다.

"그래요? 잘됐네요. 그럼 지금 당장 와서 좀 고쳐 주실래요?"

"어? 지금요? 그러면, 아, 그럼 한 오후 1시쯤 도착할 거 같은데 괜찮으세요?"

"네. 그리고 그거 말고 은호 씨한테 또 부탁드리고 싶은 거 있는데……."

"어우. 누님 같은 거물 부탁을 제가 어떻게 거절하겠어요! 저야 좋죠. 뭐 시키려고 그러시는데요?"

"그건 오면 말씀 드릴게요. 그리고 오실 때 김 서방 아저씨 댁에 들러서 아저씨도 꼭 데리고 같이 와 주세요."

호들갑스러운 은호의 뒷말을 건성으로 넘겨들으며 미호는 전화를 끊었다.

'자, 이제 배우들은 다 준비 되었고······.'

미호는 1층 창고에 있는 간이 의자를 모두 펼쳐 놓고 구석에 놓인 상자를 바라보았다.

'저 염병할 상자랑도 이제 안녕이야······.'

기이한 표정으로 집 안을 서성거리는 미호를 피해 세연은 방 안에 틀어박혔다. 12시 50분이 되자 농로 끝에 은호의 스쿠터가 들어서는 게 보였다. 미호는 외투를 챙겨 입으며 세연의 방에 소리쳤다.

"세연아, 내려가자!"

"어? 언니, 왜?"

"손님 맞으러 가야지."

미호의 단호함에 이끌려 세연은 창고로 따라왔다.

"넌 저기 앉아 있어."

검둥이는 무언가 불안한지 계속 미호에게 치댔다. 미호는 건성으로 검둥이를 몇 번 쓰다듬어 주었다. 1시가 조금 넘어가자 은호와 김 서방이 미호의 집 대문 앞에 도착했다.

"어, 은호 씨, 들어와요! 문 열려 있어요."

은호와 김 서방이 안으로 들어오자 검둥이가 은호에게 이를 드러내며 경계를 취했다.

"괜찮아, 괜찮아. 아저씨! 얘 잡고 세연이 옆 의자에 좀 앉아 계세요!"

"어? 어…… 그럴까? 무슨 일인데?"

미호는 말없이 웃음으로 대답했다.

김 서방의 말대로 은호의 손재주는 뛰어나 보였다. 창고 안의 기묘한 분위기가 신경 쓰이는지 연신 미호와 다른 사람들의 눈치를 보면서도 은호는 순식간에 자동차의 사이드미러와 룸미러를 고쳐 달았다.

"누님, 이제 다 끝났어요. 또 시키실 일이라는 게?"

"뭐가 그리 급해요? 은호 씨도 저기 잠깐 앉아 계세요. 2층 가서 음료수 좀 가져올게요."

"제가 좀 바쁜데……."

미호는 은호의 말을 무시하고 천천히 2층으로 올라가 음료수를 쟁반에 담아 내려왔다. 사람들에게 음료수 컵을 나누어 주자 창고 안의 모두가 미호의 눈치를 보며 건성으로 음료수를 입에 가져갔다.

"은호 씨한테 부탁하기 이전에 이거 돈 먼저 입금해 드려야……."

"아! 누님, 그거 나중에 주셔도 돼요. 제가 계좌 번호랑 돈이랑 문자로 보내 드릴 테니깐……."

말을 하며 엉덩이를 들썩거리는 은호와 눈을 마주치며 미호는 웃음을 지었다.

"저한테 뭐 나쁜 짓 하셨어요? 왜 그렇게 빨리 도망을 못 가서 안달이시지?"

"아뇨…… 바빠서요……."

"제가 부탁할 일 있다 했죠? 오후에 저랑 같이 뭐 좀 하셔야 될 거 같은데?"

"아…… 네……."

검둥이를 무릎에 앉힌 김 서방이 미호의 눈치를 보며 입을 열었다.

"미호…… 나도 바쁜 일 있어서. 별일 없으면 가 볼게……?"

"왜요? 요새 새벽마다 우리 집에 몰래 들어오시느라고 잠이 부족하신가 봐요?"

"어? 내가 뭐…… 뭔 소리 하는지 모…… 모르겠네?"

은호의 시선이 미호와 김 서방 사이를 분주하게 오갔다.

"상자가 애초부터 두 개 있었던 거죠? 은호 씨가 두 개 중에 하나 먼저 배달하고 그날 밤에 아저씨가 몰래 하나 더 가져다 두고."

"……."

"어젯밤에는 저 잠들 때까지 기다렸다가 들어와서 그 문구 적어 놓고 갔고…… 왜 그러셨어요?"

김 서방은 미호를 바라보지 못하고 고개를 숙인 채 묵언만이 미호의 질문에 대한 유일한 대답이라도 되는 양 검둥이의 털을 쓰다듬는 데에만 열중하고 있었다.

"저…… 미호 누님…….."

"잠시만요. 김 서방 아저씨랑 말 끝나면 공범인 은호 씨한테도 물어볼 거 많으니 좀 기다려요."

은호는 놀란 눈으로 마른침을 삼키고 김 서방을 바라보았다.

"아저씨!"

"어…… 어?"

"우리 집에 제 허락 없이 들어 올 수 있는 사람이 저 말고는 아저씨뿐인 거 맞죠? 저 처음 이사 온 날도 아저씨가 마당 안에 불쑥 들어왔잖아요?"

"어…….."

"사실 너무 간단해서 제가 오히려 간과하고 있었던 일이에요. 상자가 자가 증식을 한다거나 저절로 글씨가 새겨졌다기보다는 누가 저도 모르는 사이에 몰래 똑같은 상자를 하나 더 가져다 두고 글씨를 썼다는 게 더 이치에 맞겠죠."

미호가 김 서방에게 다가가자 김 서방의 품에 안긴 검둥이가 습관적으로 꼬리를 흔들었다.

"문제는 검둥이가 있는 마당을 지나쳐 창고 안으로 들어갈 수 있는 게 누구냐는 거죠. 검둥이가 경계를 할 필요가 없고 절대적으로 신뢰하는 누군가!"

"그…… 그게……."

"미호 누님! 김 서방 아저씨는 제가 부탁해서 그런 거예요! 누님한테 무슨 나쁜 일 하려고 그런 거 아니……."

"의도가 중요한 건 아니죠. 결과가 중요한 거니…… 뭐 대충 짐작은 하고 있었어요. 은호 씨도 최초의 상자를 보낸 사람의 부탁을 받고 그런 짓을 한 거겠죠? 그짓게 처음 상자 가져다줄 때까지는 단순한 배달의 부탁이었을 가능성이 클 테고……."

은호가 미호를 바라보며 말없이 고개를 끄덕였다.

"그게 누구죠? 그 사람은 나한테 왜 이런 짓을 한 거죠?"

세연과 김 서방의 시선이 은호의 입에 집중 되었다.

"누님…… 저 그게 말하면 안 돼……."

"아! 말할 필요 없어요. 그것도 대충 짐작하고 있으니깐. 은호 씨 심부름해서 뭘 쌓고 있다고 했죠?"

"네……."

"상자를 배달한 시점에서 부탁은 완수한 건가요? 애당초 귀녀 할머니가 아니라 나한테, 우리 집에 상자를 배달한 시점에서?"

"네……."

"뒤에 일은 그 의뢰자가 추가로 부탁한 건일 테고?"

은호가 고개를 끄덕였다.

"좋아요. 이제 두 번 다시 우리 집 근처에도 얼씬거린 생각은 하지 말도록 하고. 아저씨는 정말 실망이네요. 아저씨도 들어올 수 있든 없든 절대 제 허락 없이 여기 들어오지 마세요. 검둥이 너도 이 사람들 대문 넘어오면 물어 버려!"

검둥이가 어리둥절한 표정으로 미호를 바라보았다.

"누님, 그게…… 진짜 죄송합니다! 그…… 의뢰한 분이 아무런 해가 되는 건 아니라고 해서요."

"상자 안에 든 게 뭔데요? 은호 씨도 모르죠?"

은호는 순순히 수긍했다.

"그런데 은호 씨가 위험한지 아닌지 어떻게 알고."

"그…… 의뢰자분이 어찌 되었건 절대 거짓말은 안 하는 분이라서."

"그게 누구냐고 물어봐도 대답도 안 해 줄 건데 내가 그걸 어떻게 믿어요?"

은호와 김 서방은 시선이 땅바닥에 고정된 듯 고개를 들지 못하고 있었다.

"흠…… 은호 씨가 제 부탁 하나 들어주면 이번 일은 없었던 걸로 해 줄 수도 있긴 한데."

"누님, 뭐든지 시켜 주세요! 제가 비용도 다 알아서 감당할게요!"

미호의 입에 야비한 미소가 걸렸다.

"저 상자 두 개 은호 씨 의뢰인한테 배달 좀 다시 해 줘야겠네요."

미호의 말을 듣고도 은호는 한참을 머뭇거렸다.

"왜요? 상자 반송 하는 것도 아니고 한번 받은 거 다른 데로 보내는 건데요."

"그래도 저거 귀녀 할머니 거……."

미호가 눈썹을 치켜세우고 매섭게 노려보자 은호는 한숨을 쉬고 상자로 걸어갔다. 미호의 예상대로 은호는 상자를 손쉽게 들어 올렸다. 은호는 양팔에 상자 한 개씩을 가볍게 끼고 타고 온 스쿠터로 가져가 그물망을 펼쳐들고 상자를 뒷좌석에 칭칭 동여맸다.

"내가 은호 씨 뒤따라 갈 거니까 천천히 가요."

은호는 눈을 동그랗게 뜨고 미호를 한참 동안 바라보았다. 마치 미호가 외국어로 말이라도 건듯 도무지 이해를 못 하겠다는 표정이었다.

대문까지 뒤따라 나온 김 서방이 미호의 눈치를 보다 알아들을 수 없는 말을 작게 내뱉으며 저수지 방면으로 걸어갔다.

"세연이 너는 여기서 검둥이랑 집 지키고 있어. 볼일 좀 보고 올게."

평소였다면 담배나 술 심부름을 시켰을 세연이지만 미호의 기세에 눌려 말없이 고개만 끄덕였다.

미호는 미리 조수석에 던져 놓은 활과 화살을 다시 한 번 잘 정돈하고 안전띠를 맸다. 은호는 여전히 스쿠터에 올라탄 채 고개를 등 뒤로 돌려 미호의 눈치를 보며 어찌할 줄을 몰라 했다. 클랙슨을 두어 번 울리고 손짓을 하자 은호는 한숨을 크게 내쉬고 스쿠터를 출발시켰다.

농로는 군데군데 눈이 쌓여 미끄러웠지만 은호는 신기할 정도로 자연스럽게 스쿠터를 몰고 갔다. 곧 지방도에 접어들어 몇 개의 교차로를 지나쳤고 미호는 은호가 가는 방향을 짐작할 수 있었다. 읍내에 들어선 스쿠터는 이미 익숙한 치과 건물 맞은편 낡은 상가 앞 길가에 멈추어 섰다.

미호는 스쿠터 뒤에 바짝 붙여 차를 세웠다. 은호는 차마 스쿠터에서 엉덩이를 떼지 못하고 미호의 눈치를 거듭 살피다 한숨을 내쉬고 상자를 풀어 들고 상가 안으로 들어갔다.

'설마 이대로 스쿠터 내버려 두고 내빼거나 하지는 않겠지?'

10여 분쯤 기다리자 다행히 은호는 빈손으로 상가를 나왔다. 무언가 일이 잘 풀린 듯 평소의 발랄한 표정이 은호의 얼굴에 돌아와 있었다. 은호는 차 안에 있는 미호를 바라보며 손가락을 두 개 펴 보였다.

'2층이라.'

미호는 손짓으로 은호를 불렀다.

"어, 누님 왜요? 2층 올라가시면 바로인데……."

"아니, 은호 씨한테 하나 더 부탁할 게 있어서요."

은호는 미호의 부탁을 듣고 열성적으로 고개를 끄덕였다. 스쿠터에 올라탄 은호는 미호에게 몇 번이나 손을 흔들고 복잡한 시장 방면으로 떠나갔다.

미호는 화살 한 대를 시위에 걸고 두 대의 화살을 더 챙겨 상가 건물로 들어섰다. 지금 만나려는 사람에게 활과 화살이 통할 것 같지는 않았지만, 뭐라도 손에 들고 있어야 안심이 될 것 같았다.

아직 해가 지려면 한참 남은 시간이었는데도 상가 안은 채광이 잘 안 되어 어두침침했고 계단은 흙과 물투성이였다. 미호에게는 다행스럽게도 2층까지 가는 짧은 여정 동안 사람들과 마주치는 불상사는 없었다. 계단을 올라서자 나온 오른쪽 통로는 문이 잠겨 있었다. 왼쪽 통로로 들어가자 눈앞의 유리벽에 거두절미하고 '땅. 거짓 없는 거래'라고 쓰인 공인중개사 사무실이 보였다.

미호는 사무실의 유리문을 열고 거침없이 안으로 들어갔다.

"어어이구, 어서 오세요오, 이거 기대도 못 했던 분이 오셨네?"

내뱉은 말과 달리 미호가 도철을 만나게 될 걸 기대했듯이 도철 역시 미호를 기다리고 있었던 게 분명해 보였다. 커다란 탁자를 가운데에 두고 마주 놓인 소파 한쪽에 앉은 도철은 돼지코를 실룩거리며 탁자 위에 있는 커다란 피자를 우물거리고 있었다.

"식사는 하셨고? 내가 점심을 못 먹어서 말이죠오. 아, 일단 거기 좀 앉아요?"

미호는 대답 없이 사무실 안을 둘러보았다. 커다란 이계리의 지도가 걸려 있는 벽면 옆 책상 위에 두 개의 상자가 놓여 있는 게 보였다.

"그 차암, 사람 무안하게시리. 식사했냐니깐? 좀 들어요. 라지 사이즈 시켜서 어차피 남아돌아요. 촌구석에 처박혀서 이런 음식 못 먹은 지도 좀 되지 않았나?"

미호는 도철의 맞은편 소파 옆으로 걸어가 섰다.

"그 상자들. 뭐 넣어서 보낸 거예요? 아니, 왜 보낸 거예요?"

"엥? 귀녀한테 보낸 걸 언니가 도대체 왜 신경 쓰지?"

미호는 활을 들어 올리고 군더더기 하나 없는 동작으로 도철의 이마 한가운데를 바라보며 시위를 당겨 화살을 쏘아 보냈다.

"이런! 젠장……."

눈에 보이지도 않는 속도로 날아가던 화살은 여전히 피자 조각을 움켜쥔 도철의 오른손에 붙들려 도철의 미간 앞에 멈추어 섰다.

"진짜! 놀라서 죽을 뻔 했잖아!"

화살을 잡고 나서야 과장되게 소파 위로 펄쩍 뛰어오른 도철이 웃음을 터트렸다.

"아니, 이 언니! 내가 보통 사람이었으면 어쩌려고 그랬어?"

미호는 대꾸 없이 화살 한 대를 다시 시위에 걸었다.

"수작 부리지 말고 바른대로 말해. 당신이 그 정도로 죽지 않는 거 서로 잘 알고 있잖아."

도철은 남은 피자 조각을 입안에 욱여넣고 검지손가락을 치켜세워 입을 가리켰다. 양 볼을 바쁘게 우물거리는 와중에 도철은 화살을 손안에서 빙글빙글 돌리기 시작했다. 요란하게 목젖을 움직이며 피자를 집어삼키더니 길게 탄성을 내지르고 탁자 위에 놓인 콜라를 천천히 종이컵에 따랐다.

"피자는 다 좋은데 말이죠, 목이 멘단 말이지. 정말 안 먹을 거예요? 이 집이 촌 동네 피자가게이긴 해도 어지간한 서울 유명 피자집보다……."

미호는 도철을 쏘아보며 말없이 시위를 당겼다.

"에헤이, 쓸데없는 짓을. 자기 입으로도 나한테 소용없다 해 놓고. 왜 그리 성질이 급해, 언니는? 일단 좀 앉으라니까? 어차피 언니도 나를 못 해치고 나도 언니 못 해치는 거 알면서. 포뢰 봤잖아? 언니가 그 난리 쳐도 언니한테 손끝 하나 안 대지 않았어?"

"그 스토커 뱀 자식은 나 죽이려고 했어."

대답을 해 놓고 나니 순간 후회가 밀려왔다. 미호의 뜻과는 달리 점점 대화가 도철의 뜻대로 이끌려가고 있었다.

도철은 보란 듯이 고개를 한껏 뒤로 젖히고 돼지코를 씰룩거리며 꿀꺽꿀꺽 소리가 요란하게 나도록 콜라를 목구멍으로 들이부었다. 만족스러운 듯 긴 트림을 내뱉더니 또다시 손에서 화살을 빙글빙글 돌리기 시작했다.

"그건 아니지이, 포뢰가 마음만 먹었다면 언니는 서울 친구 집에서

버어얼써 죽었을걸? 나도 마음만 먹음 지금이라도 언니 죽이는 건 일

도 아닌데?"

웃음기가 어린 도철의 응시를 받자 시위를 당기고 있는 팔의 힘이

저절로 풀어졌다. 다리 끝에서부터 올라오는 떨림을 억제하기 위해 미

호는 이를 악물었다.

"아아, 그참 너무 긴장하지 맙시다? 그렇게 이 꽉 깨물면 하관 더 넓

어져요. 안 그래도 구 원장이 언니 무슨 미인 대회에 병원 이름 넣고 보

낸다고 벼르고 있다며? 긴장 풀고 좀 앉아요."

도철의 손에서 화살이 더 빨리 돌아갔다. 미호가 계속 서서 도철을

노려보고 있자 도철이 자리에서 벌떡 일어섰다. 도철의 손에서 빠르게

회전하던 화살이 순간 멈추었다.

"그러니깐 이런 거예요. 나는 언니를 죽일 수 있는 능력이 있는데 죽

일 수는 없어. 언니는 나를 죽일 능력이 없어서 죽일 수가 없어. 서로가

서로를 신뢰하기 어얼마나 좋은 조건이에요? 밖에 못 봤어? 거짓 없는

거래! 지금 상황에 딱 맞는 문구 아니에요?"

화살 끝으로 미호를 가리키며 도철이 또다시 웃음을 터트렸다.

"그러니깐 그 쓸모없는 활이랑 화살 내려놓고 편하게 앉아서 뭐든지

물어봐요. 간만에 얼굴 본 건데 서로 편하게 대화나 하자니깐? 봤잖아?

밖에 간판 봤잖아! 난 장사꾼이라 고객한테는 절대 거짓말 안 한다니

깐요?"

점점 도철의 흐름에 말려 들어가는 걸 느끼면서도 미호는 활을 내려

놓고 소파에 주저앉았다. 도철의 말대로 대화만 하는 거라면 딱히 손해

볼 것도 없지 않은가?

"그 상자에 뭐 들었어? 그거 왜 보낸 거고. 뒤에 했던 이상한 짓거리

들은 도대체……."

"아! 하나씩 합시다. 하나씩! 그런데 정말로 피자 한 조각 안 먹어 볼
래요?"

미호가 대답 없이 바라만 보자 도철이 질렸다는 듯이 고개를 가로저
었다.

"언니 집 뒷산에 별을 띄웠죠. 우리들의 와앙이 나셨도다아."

손에 묻은 피자 기름을 휴지로 닦아내며 도철이 키득거렸다.

"그럼 그 뒤에 한 짓은."

"아, 그거? 혹시나 상자 금방이라도 되돌려 보낼까 봐 조금이라도 더
오래 내버려 두려고 그런 거지이, 옛날에 그 대애단하신 바닷바람 작가
님이 써 먹었던 수법이기도 하고 말이지. 사람들 갈팡질팡하게 하는 데
에는 호기심만 한 게 어디겠어?"

미호는 머릿속이 복잡했다. 도철의 말에 담긴 의미가 좀처럼 이해가
되지 않았다.

"하나 대답했으니, 나도 하나 물어봅시다. 언니는 왜 이계리에 계속
머물러 있는데?"

"……내가 떠나야 하는 이유가 있어?"

도철이 어깨를 으쓱하더니 탐욕스런 시선으로 남은 피자 조각을 내
려다본다.

"글쎄. 여기서 못 볼 꼴도 보고 이래저래 많이 시달렸잖아? 감당하
기 쉽지 않았을 텐데? 어둑이나 홍조는 그렇다 쳐도 거미에, 하백까
지……."

"당신이 그런 걸 어떻게 알지?"

"이계리 인구가 몇일 거 같은데? 시골이잖아! 옆집 사람들이 어젯밤

저녁으로 뭘 먹었는지 정도가 살면서 가장 흥미로운 일인 동네에서 언니 같은 젊은 미인이 설치고 다니는데 말이 안 나오겠어? 당장 읍내만 돌아다녀도 수군댄다니깐? 저것 봐! 이계리에 저렇게 젊은 사람이 다 들어와 사네? 아니 그것보다 이계리에도 사람이 사네?"

미호는 대답을 망설였다. 도철에게 대답하기 싫어서가 아니었다. 미호 스스로도 정확한 답을 모르는 질문이어서였다.

"뭐, 할 말 없으면 여기까지 합시다. 사람이 주는 게 있으면 받는 것도 있어야지 원."

"글 쓰러 온 거야. 조용한 데서 집중해서 글 써서……."

말을 끝까지 잇지 못하는 미호를 바라보는 도철의 표정이 미묘하게 일그러졌다.

"아니, 이런 시골에 처박혀서 글 쓰면 안 써지던 글이 잘 써진데요? 그리고 글 쓰는 것보다 활 쏘면서 괴이들이랑 쌈박질하는 데 시간 다 뺏기겠구만!"

"당신은 목적이 뭐지? 세연이 집에는 왜 와 있었던 거야?"

"아, 한 번에 하나씩 좀 물어보라니까? 언니 친구 집에는 언니 도와주러 간 거라고 이야기하지 않았나? 그리고 내 목적? 아니 그런 추상적인 질문에 누가 어떻게 대답하겠어요? 그냥 하루하루 즐겁게 사는 게 제 삶의 목적입니다! 대답 됐어요?"

말을 마친 도철이 킬킬거리며 웃더니 새로 피자 한 조각을 집어 들어 입안에 구겨 넣고 우물거렸다. 이대로 가다간 끝이 없을 것 같아 보였다. 도철에게 어떤 질문을 해도 명쾌한 대답이 돌아오지 않을 건 뻔한 일이었다.

"제대로 대답도 안 하고 뜬구름 잡는 소리만 할 거면……."

"뜬구름 잡는 소리는 바닷바람 작가님 특기지! 나는 계속 거짓 없이 성실하게 대답하고 있다니깐?"

'거짓은 없어도 들려 주고 싶은 것만 들려 주는 거겠지.'

미호의 속마음을 읽기라도 한듯 도철의 눈이 빛났다.

"답답해하는 거 같으니 조금 더 이야기해 줄까요? 기도를 들어주던 이들의 기도를 들어주는 이가 태어나면 기도를 들어주던 이들이 어떻게 할 거 같아? 별을 쫓아 선물을 들고 몰려오지 않겠어? 그걸 언니 혼자 감당할 수 있을라나? 글 쓰는 거야 어디든 가능한데 굳이 그런 상황에서까지 이계리에 머물러 있어야겠어요?"

"조풍 씨나 귀녀 할머니가……."

"아! 거참!"

도철이 갑작스럽게 탁자를 내리치자 미호는 반사적으로 활을 움켜쥐었다. 도철이 다시 얼굴을 펴고 웃는 낯으로 미안하다는 듯 손을 쳐들어 올렸다.

"이봐요, 언니! 도대체 왜 바닷바람 작가나 귀녀가 언니 편이라고 생각해? 그 둘이 언니한테 뭘 해줬다고? 조풍이 포뢰 보호하고 있던 거 못 봤어? 거기서 둘이 무슨 짓 했는지 못 봤냐고? 그리고 귀녀는…… 귀녀 그건 생긴 거부터 말하는 거까지 그냥 딱 악당이잖아! 악당! 걔가 어렸을 때부터 사방팔방에 활개 치면서 얼마나 패악질을 했는데!"

스스로의 말이 재미난 듯 도철이 한참을 웃었다.

"그래, 그래도 수호자라고 지켜주려고 할 수도 있겠지. 아니면 언니 아빠처럼 쓸모없는 겁쟁이라고 밝혀지면…… 흠."

"우리 아버지 이야기, 당신이 뭘 알고 있다고!"

"그을쎄요오, 자세히는 몰라도 내가 그 둘을 안 게 한 해 두 해가 아니거든? 특히나 조풍은 말 그대로 호랑이 담배 피던 시절부터 알고 있었고 말이지."

또다시 웃음이 터진 도철은 이번에는 말을 제대로 하지 못할 정도로 허리를 부여잡고 한참을 큭큭거렸다.

"아아, 호랑이 담배 피우던…… 조풍이 그때는 골초였던 거 언니는 알고 있나? 흠흠, 아무튼. 그 둘한테 최악의 수호자란 말이지, 능력이 없어서 일찍 죽거나 하는 수호자가 아니라 겁쟁이라 자기 할 일 안 하고 도망쳐서 지켜야할 걸 내버려 두는 수호자란 말이지. 어얼마나 눈엣가시였겠어. 특히나 의무니 약속이니 하는 걸 중요시 하는 구닥다리 양반들이 말이지."

언제가 꿈속에서 보았던 장면이, 아버지가 공포에 떨던 기억이 떠올랐다. '그 여자를 믿지 마!'

"……지금이라도 집이랑 땅 팔고 서울 가요. 아니면 요새 동해안 쪽에 한참 뜨는 도시들 많은데 그런 데에다 오피스텔 싸게 알아봐 줄까? 내가 그래도 명색이 공인중개사라서 언니 토지랑 임야 시세보다 한참 비싸게 쳐 줄 수 있단 말이지?"

언제가 조풍으로부터도 비슷한 제안을 들었던 것 같았다.

"그리고 예술가 지원금 신청했었지? 그것도 왜 바닷바람 작가 같은 양반한테 부탁하고 그래요? 그 양반 겪어 보면 딱 모르겠어? 지도 순 그지 같은 황당무계한 글만 쓰면서 언니 글 보며 그랬을 거 아냐. 날 도와준 거 고마운데 이런 수준 낮은 글 쓰는 작가를 추천하는 건 내 작가적 양심이 허용하지 않네!"

미호는 자신도 의식 못하는 사이에 마음속에서 결심을 굳혔다. 긴장해서 도철을 바라보던 미호의 시선이 조금은 풀어졌다. 한결 편해진 얼굴로 미호는 활과 화살을 움켜쥐고 소파에서 일어났다.

"조풍 씨 글에 대한 견해는 전적으로 동감인데 난 이계리에서 글 써서 작가 될 거고 계속 이계리에 머물러 있을 거네요!"

말을 마친 미호는 탁자 위에서 피자 한 조각을 집어 들었다.

"피자는 잘 먹을게요."

피자를 우물거리며 사무실을 나가는 미호의 뒤통수에 도철의 느물거리는 말이 들려왔다.

"네네, 멀리 안 갑니다아, 담에 이계리에서 또 봐요."

어두침침한 상가를 빠져나오자 어느덧 노을이 지고 있었다. 읍내의 풍경이 아까와는 많이 달라 보였다.

손에 움켜쥔 활과 화살 때문인지 드문드문 읍내를 오가는 사람들이 미호를 한참이나 바라보며 지나갔다. 시외버스 정류장에 막 도착한 버스에서 검은색 일색의 단정한 옷을 입고 손에는 경전을 든 서양인들 여럿이 내렸다. 근처 공장에서 일하는 듯한 동남아 계열의 체격이 건장한 노동자들이 무리 지어가며 미호를 가리키고 자기들끼리 알아들을 수 없는 말로 이야기를 나눴다. 시장 초입에서는 날카로운 인상의 노인들이 미호를 지그시 바라보고 있었다.

미호도 알지 못하는 사이에 도철의 상자가 미호의 마음속에 배달되었다. 그 속에 어떤 자객이 도사리고 있는지는 알 수 없는 일이었다.

미호는 고개를 절레절레 흔들고 차에 올라탔다.

* * *

"야! 그런데 진짜 고구마 꼭 마당에서 불 피워서 구워 먹어야겠어?

그냥 부엌에서 쪄먹자니깐?"

"아, 있어 봐, 언니. 이거 은박지로 이렇게 싸서 숯불에 대충 던져 놨다가 꺼내 먹으면 진짜 맛있다니깐?"

'불이 붙어야 뭘 하든 하지.'

미호는 속에서부터 올라오는 짜증을 눌러 참았다. 앞으로 4일만 있으면 떠나는 세연과 마지막 순간까지 싸우고 싶은 마음은 없었다.

"그런데 이 부장 그 또라이가 웬일로 너를 다 붙잡고 그랬대?"

"뭐, 우리 팀 에이스인 언니도 빠졌는데 나까지 없어지니 아쉬웠나 보지. 나야 덕분에 병가로 푹 쉰 셈이고. 언니는 눈엣가시 같았던 나 없어져서 속 시원하고 좋은 거지."

"……."

"그런데 언니 나가고 이 부장이 은근 되게 아쉬워했다? 강 대리가 성격이 모나고 사람들이랑 충돌이 많아서 그렇지 일은 잘했지! 막 이러면서."

"별……."

날이 추워 그런지 토치까지 동원해 보아도 좀처럼 불이 붙지 않았다.

'내버려 두면 지도 알아서 지치겠지…….'

미호는 하릴없이 검둥이와 마당 여기저기를 쏘다니며 세연의 분투를 감상했다.

김 서방은 언제나처럼 멋쩍은 표정으로 대문 앞에서 주춤거리며 등장했다.

"……아저씨 오늘은 또 왜요?"

"어…… 그게…… 이거 꿀…… 그 양봉하는 김 서방이 흉조 잡아줘서 고…… 고맙다고 미호 가져다주라고 해서…….."

"그게 몇 개월 전 일인데 지금 사례를 한다고요? 그것보다 이거 꿀단지에 협동 마트라고 스티커도 붙어 있고 가격표도 붙어 있는데요?"

"어? 어…… 모닥불 피우게? 고구마 먹으려고? 내가 도와줄까?"

미호의 대답을 기다리지 않고 김 서방이 냅다 대문을 넘어서자 검둥이가 반갑게 반겼다.

"……네, 네, 들어오세요."

불을 피우는 재주는 김 서방도 세연보다 그다지 나을 게 없었다. 김 서방은 몇 번을 토치와 씨름하다 세연과 말다툼을 벌인 후 본래의 목적은 잊은 듯 검둥이를 쓰다듬느라 여념이 없었다.

'진즉에 그냥 쪄 먹자니깐……'

"미호 누님! 안녕하셨어요! 저번에 부탁한 물건 가져왔어요!"

"들어오세요!"

말은 활기차지만 은호의 얼굴은 저번과는 다르게 퀭하고 눈은 잠이 부족한 듯 붉게 충혈되어 있었다. 꼼꼼하게 포장한 기다란 상자를 들고 온 은호는 김 서방과 세연을 보며 반갑게 아는 척을 했다.

"불 피우시려나 봐요? 제가 좀 봐 드릴까요?"

이 와중에도 오지랖 하나만은 대단하다고 생각하며 미호는 상자의 한편을 대충 뜯어보았다. 상자 안을 빽빽이 매운 은화살의 빛이 미호의 눈을 사로잡았다.

"이거 나무가 다 젖어서 그런 거예요. 잠깐만요…… 아, 맞다, 누님!"

은호가 외투 주머니를 뒤적거리더니 손바닥만 한 크기의 칼을 꺼내 들었다.

"이거, 그때 그 상자 보낸 분이 누님한테 장난쳐서 미안하다고 선물로 보낸 건데요, 피자 자를 때 쓰시라고 전해 달라면서."

"그 양반이 보낸 건 선물이건 뭐건 받기 싫은데요?"

"아, 그런데 이거 진짜 좋은 칼이거든요, 누님! 제가 물건 감정도 좀 하거든요. 안 받으신다고 해도 뭐 저야 상관은 없는데. 아무튼, 잠깐 쓰고 그냥 마당에 두고 갈 테니 버리든가 하세요."

미호가 고개를 끄덕이자 은호는 칼로 두꺼운 나무토막을 자르기 시작했다. 은호의 말대로 칼의 예리함이 보통이 아닌 듯했다. 은호는 잘게 자른 나무토막을 바닥에 놓고 토치로 불을 붙였다.

"됐죠? 이제 큰 것들 올림 될 거예요."

"은호 씨도 고구마 드시고 가세요, 별일 없으면."

세연은 냅다 말해 놓고 나서야 미호의 눈치를 살폈다.

"……내가 위에 가서 음료수 가져올게. 굽고들 있어요."

"언니! 난 맥주!"

미호는 화살과 은호가 내려둔 칼을 집어 들고 2층으로 올라갔다. 피자를 자르거나 택배 상자를 여는 데에는 과분할 정도로 잘 드는 칼이었다.

'누가 준 게 무슨 상관이람? 내가 잘 쓰면 되지.'

미호는 음료수와 맥주 캔을 여러 개 들고 내려가다 계단참에서 1층의 모습을 한참 바라보았다. 눈이 얇게 쌓인 마당에 모닥불이 타오르고 있었다. 세연은 은호와 무슨 이야기를 하는지 얼굴에 웃음꽃이 가득했다. 성질 급한 김 서방 아저씨가 벌써 고구마 하나를 꺼내 들고 은박지를 벗겨 후후 불더니 잘게 찢어 검둥이에게 조금씩 나눠 주고 있었다. 바쁘게 고구마를 받아먹는 검둥이의 꼬리가 의기양양하게 솟구쳐 흔들리며 차가운 공기를 휘저어 놓았다.

미호는 1월의 차가운 공기가 피부에 와 닿는 느낌을, 마당에 피워둔

모닥불의 온기를, 피곤함에 찌든 은호의 씁쓸한 표정을, 세연의 화사한
웃음을, 검둥이에게 고구마를 나눠 주는 김 서방 아저씨의 열중하는 모
습을 머릿속 깊숙한 곳에 담아 두었다.

막간극

"옛날에는 저수지 집에서 개 많이 키우는 것 같은 게 이계리 말고도 여기저기서 많이 살았다나 봐. 사람들도 그런 것들이랑 어울리는 게 자연스러웠고. 그런데 여기저기에 문이 널려 있으니 별의별 괴이들이 다 태어나고, 불려 와서 사람들을 죽이고, 사람들한테 죽임을 당하고…… 아주 난리도 아니었대."

미호는 햇볕도 잘 들지 않는 보일러실 구석에서 개를 벗 삼아 쓸쓸히 쭈그려 앉아 글을 쓰고 있었다.

'이것만 해도 충분히 처량한 광경인데 고양이한테 역사 강의까지 들어야 하다니…….'

그래도 고양이의 이야기는 나름 흥미로운 구석이 있었다.

"사람들이 괴이들한테 시달리고 시달리다가 이장님한테 빌었대. 그런데 조풍 형 말로는 이장님은 그저 존재만 하지 뚜렷한 형체도 없고 무언가를 하지도, 하지 않지도 않는다고 하더라고. 그래서 조풍 형이 불려 온 거래. 사람들 염원을 들어 주려고…….”

“잠깐만…… 사람들이 정확히 뭘 빌었기에 조풍 씨가 온 건데?”

“그건 나도 모르지. 뭐 괴이들을 다 처치해 주세요. 그런 거 아닐까?
아무튼, 조풍 형이 괴이들을 다 불러 모아서 이야기를 해 줬대.”

“이야기? 『백호전생』 같은?”

왜 아니겠는가? 명색이 인기 작가인데.

“자세한 건 몰라. 아무튼 괴이들은 말이야, 다들 제멋대로란 말이지?
어떤 것들은 조풍 형 이야기를 마음에 들어 하고 어떤 것들은 조풍 형
이야기를 싫어했다고 하더라고. 그런데 지들이 조풍 형 이야기를 안 좋
아하면 어쩌겠어? 형이 말을 듣는 것들은 설득하고 말이 안 통하는 놈
은 잡아먹어서 다시 문 건너로 돌려보냈대.”

순간 고양이의 말에 조풍이 흥조의 숨통을 끊던 장면이 떠올라 욕지
기가 날 것 같았다.

“그렇게 형이 여기저기를 돌아다니면서 문을 없애고, 괴이들을 돌려
보내고, 괴이들을 진정시킬 수 있는 이야기를 사람들이랑 괴이들에게
들려주고 다녔대. 그런데 저수지 집에서 개 키우는 것 같은 것들은 사
람들이랑 원래 되게 친했다 하더라? 그래서 조풍 형의 행동이 마음에
안 든다고, 계속 이곳에 머물면서 예전처럼 사람들한테 도움을 주기도
하고, 사람들을 해치기도 하면서 같이 어울려 지내겠다고 했대.”

고양이는 숨이 찼는지 보일러실 바닥을 등으로 문대며 나른하게 몸
을 쭉 폈다.

“그래서 어떻게 됐는데? 네가 말한 전쟁이 그래서 난 거야?”

“아니. 그것들이 조풍 형이랑 어떻게 전쟁을 해.”

“김 서방 아저씨랑 조풍 씨랑 전쟁을 했다며.”

"기도를 했대. 이계의 왕을 보내 달라고, 기도를 들어주는 자들의 기도를 들어주는 자를 보내 달라고."

미호는 도철의 말을 떠올렸다. 왕이 나셨다던, 기도를 들어주는 자들의 기도를 들어주는 이가 왔다던.

"그래서 사방의 괴이들이 다 거짓된 주인에게 몰려 왔대. 자기들의 진정한 주인이 왔다고."

"잠깐! 거짓된 주인이 그…… 이계의 왕이라고?"

"몰라. 나도 듣기만 한 이야기야."

미호는 고개를 끄덕였다. 어차피 실제의 역사가 아닌 고양이가 누군가에게 전해들은 허구의 이야기일 것이었다.

"그래서 어떻게 됐는데?"

"응? 나도 잘 기억이 안 나는데…… 아무튼 조풍 형이 그때 괴이들을 엄청 많이 잡아먹었대. 어찌나 많이 잡아먹었는지 지금까지도 뭘 먹지 않아도 배가 고프지 않다고 하더라고."

미호는 고양이의 말에 식당에서 고기를 깨작거리던 조풍의 모습을 떠올렸다.

'아…… 아무리 이야기라지만 진짜 싫다.'

"조풍 형이 이계의 왕한테 그랬대. 니들이 아무리 많이 태어나고, 아무리 많이 불려 와도 내가 니들을 다 잡아먹을 거라고."

"야, 잡아먹고 어쩌고 하는 이야기는 그냥 건너뛰자. 그래서 결론이 어떻게 났는데?"

"그래서 이계의 왕이랑 조풍 형이랑 문을 닫고 수호자들을 세우기로 했대. 사람들한테서 괴이들을 보호하고 괴이들한테서 사람들을 보호하려고."

"전쟁 이야기는? 김 서방이랑 조풍 씨랑 전쟁을 했다며?"

"그런 이야기 하지 말라며?"

"……그래. 그럼 김 서방 아저씨는 옛날에 조풍 씨랑 싸웠다가 이제는 그냥 친하게 지내는 건가?"

고양이는 흥미를 잃었는지 대답 없이 털을 핥는 데만 열중했다.

'이걸 조풍 씨한테 물어볼까? 에이…… 괜히 고양이 말 듣고 이상한 소리 믿는다고 비웃음만 사는 거 아니야?'

조풍의 빈정거리는 표정을 떠올리자 왕성한 호기심이 한풀 꺾이는 게 느껴졌다.

'조풍 씨 말고도 물어볼 사람은 또 있지.'

대낮의 햇살에 녹아내린 눈으로 뒤덮인 저수지로 올라가는 임도는 온통 진흙투성이에 질척거리며 발을 잡아당겼다. 김 서방의 집까지 절반도 더 남은 거리에서 미호는 차를 끌고 오지 않은 것을 후회했다. 외투로 얇은 바람막이 하나만을 입었는데도 김 서방의 집 대문에 도착하자 숨이 가쁘고 땀이 차오르기 시작했다.

'내가 두 번 다시 여기를 걸어오나 봐라.'

속으로 구시렁거리면서 미호는 반쯤 열린 대문을 두드렸다.

"아저씨! 계세요?"

집 안에서는 개 짖는 소리만 요란하게 들리고 인기척이 들려오지 않았다. 미호는 호기심에 사로잡혀 마당으로 조심스럽게 발을 내디뎠다. 몇 걸음을 옮기지도 않았는데 목줄 없이 마당을 활보하는 검둥이의 형제들이 내는 낮고 위협적인 으르렁거림이 미호를 반겼다. 미호는 얌전히 손을 들어 올리고 그 자리에 멈추어 섰다.

"야야, 너희들 나 봤잖아. 내가 병원에도 태워 주고 했는데."

미호의 시선이 닿지 않는 마당 안쪽에서 육중한 발걸음 소리가 들려왔다. 작은 송아지만 한 검정 개가 모습을 드러내자 미호는 다리에 힘이 풀리는 것 같았다.

'세상에, 검둥이도 저만큼이나 커진다는 거야?'

이 와중에도 앞으로의 사료값 따위를 걱정하는 스스로에게 웃음이 터져 나왔다. 바람 새는 소리 같은 미호의 웃음이 거슬렸는지 송아지만 한 검정 개의 콧김이 거세졌다. 마당을 가득 메운 검둥이의 형제들의 콧김 소리도 덩달아 드높아졌다.

'이대로 등 돌려 나갈까?'

생각해 보니 어디선가 맹견한테 등을 보이면 안 된다는 이야기를 들은 것도 같았다.

'눈을 마주 봐야 하나? 아니 눈을 내리깔고 뒷걸음질로 나가면 되려나? 대문까지 몇 미터 돼 보이지도 않는데 그냥 뛰어나가면 괜찮지 않으려나?'

검둥이의 형제들은 그렇다 쳐도 저 거대 버전 검둥이가 미호를 추격하지 않으리라는 확신이 들지 않았다.

'그래도 검둥이는 집 대문 밖으론 잘 나가지 않으려고 하잖아? 쟤들도 마찬가지지 않을까?'

거대 검둥이의 무심한 눈초리와 미호의 시선이 허공에서 맞닿았다.

"아…… 진짜. 나 그냥 나갈게. 니들 나 알잖아? 예전에 한번 봤잖아? 내 말귀도 어느 정도 알아듣지? 그냥 조용히 나갈게, 쫓아오지 마?"

미호는 조심스럽게 오른발을 한걸음 뒤로 옮겼다. 발밑에서 마당의 자갈이 갈리는 소리가 천둥소리처럼 느껴졌다. 거대 검둥이에게도 그 소리가 거슬렸던 모양이었다. 허벅지만 한 뒷다리의 근육을 팽팽하게 긴장시키고 몸을 낮추는 개를 보며 미호는 마른침을 삼켰다.

'활이나 은호 씨가 준 칼 가져올걸…….'

미호는 천천히 고개를 돌려 대문까지의 거리를 가늠했다. 눈대중으로 사거리를 재는데 익숙해진 미호의 계산으로는 지금 위치에서 두 걸음만 더 옮기면 대문에 도착할 수 있었다. 순간 낙동강에서 세연을 쫓아갈 때 검둥이가 내던 속도가 머릿속에 떠올랐다.

'그때 거의 시속 80이었잖아? 그러고도 여유 있어 보였는데…… 저건 한참 더 크니 훨씬 더 빠른 거 아냐?'

거대 검둥이는 이제 당장이라도 미호에게 뛰어들 기세였다. 개의 콧구멍에서 뿜어 나오는 콧김이 차가운 공기에 긴 흔적을 남기는 게 눈에 또렷이 보였다.

'도대체 그 아저씨는 우리 집 그냥 막 들어오는데 왜 나는……. 그냥 뛰자. 뛰어서 대문 넘자마자 문 당기면 지가 아무리 대단한 개라도 날 어떻게 하겠어? 김 서방 아저씨 올 때까지만 문 잡고 있으면 되지…….'

미호는 왼발을 조심스럽게 들어 올렸다. 그에 맞춰 개의 오른쪽 앞발도 허공으로 떠올랐다.

그 자세 그대로 굳은 채로 둘은 한참 서로의 눈치를 살폈다.

"어? 미호…… 여기서 뭐 해?"

인기척 하나 없이 대문을 넘어선 김 서방의 말소리가 신호라도 되는 양 미호는 뒤를 돌아 전속력으로 대문 밖으로 뛰어나갔다. 등 뒤에서 마당의 자갈을 으깰 기세로 밀어내는 둔중한 발자국 소리가 요란하게 들려왔다. 미호는 김 서방을 밀치고 대문 밖으로 나가 문을 닫았다.

"아저씨! 개 잡아요! 개!"

미호는 대문의 손잡이를 힘껏 잡아당기며 소리쳤다.

"어? 왜? 얘들 미호 반갑다고 그러는데?"

'반갑다고? 두 번 반가우면 사람 잡아먹겠네, 아주?'

"아니, 애들이 나 공격하려고 이 드러내고 으르렁거리고 아주 난리도 아니었다니깐요? 개 붙들었어요?"

"어? 아니. 괜찮아, 얘들 미호 공격 안 해."

조금은 미심쩍어 하며, 조금은 호기심에 미호는 대문을 살짝 밀어 열었다. 그 사이를 급작스럽게 들이밀고 튀어나오는 거대 검둥이의 주둥이에 미호는 뒤로 나가 떨어졌다. 자포자기하며 눈을 감은 미호의 미간에 개의 뜨겁고 축축한 콧김이 와 닿았다. 눈을 뜬 미호의 시선엔 호기심 어린 거대 검둥이의 눈동자가 가득 찼다. 몇 번의 심호흡에도 요란하게 요동치는 심장은 좀처럼 가라앉지를 않았다. 축축한 혓바닥이 미호의 볼을 핥자 허탈감에 웃음이 터져 나왔다.

"그런데 우리 집에는 왜 왔어?"

조금은 감정을 담아 거대 검둥이의 머리를 우악스럽게 두들기는 미호에게 김 서방이 물었다.

"아, 뭐 물어볼 거 있어서 왔는데, 그냥 담에 물어 볼게요. 지금 너무 놀라서……."

"어? 어…… 그래. 꿀물이라도 타 줄까?"

"아뇨, 담에요."

"어…….."

좀처럼 미호에게서 시선을 떼지 못하는 거대 검둥이를 뒤로하고 미호는 임도를 걸어 내려갔다.

미호의 눈썰미가 평소처럼 예리한 상태였다면 예전의 조풍이 저수지에 빠진 개를 안고 올라가던 산길에 김 서방의 발자국이 남아 있는 걸 놓치지 않았을 것이다. 절반쯤 녹은 눈과 진흙을 깊게 파고 올라간 김 서방의 발자국은 예전에 거미를 만난 장소와 그리 떨어지지 않은 산속까지 이어져 있었다. 거기에 셀 수 없이 많은 크고 작은 묘비들이 있다는 걸, 그중의 하나가 검둥이의 형제의 것이라는 걸 미호는 알 수 없었다.

7. 사냥꾼과 사냥감

단련된 힐데의 눈에는 달빛을 반사하는 호숫가의 숲은 대낮처럼 훤하게 보였다. 빽빽한 노간주나무 숲 사이로 희생자의 피로 번들거리는 털을 두 손으로 고르고 있는 녀석의 모습이 드러났다. 로뎀은 앞발로 녀석의 목뼈를 부러뜨리고 숨통에 송곳니를 꽂아 넣을 기대감을 감추지 못하고 있었다. 청각보다는 팔뚝의 털에 먼저 느껴지는 규칙적인 저음의 그르렁거리는 소리에 맞추어 힐데의 심장도 빠르게 뛰기 시작했다.

로뎀처럼 사냥의 흥분 때문만은 아니었다. 힐데에게 이건 사냥이 아니라 응징이자, 복수고, 처단이어야 한다. 보름달의 광기가 그것의 이성을 날려 버린 것이 힐데는 못내 아쉬웠다. 힐데는 그것을 모욕하고, 겁주고, 애원하게 만들고 싶었다.

"시작하자! 물가로 몰고 와!" 힐데의 말이 끝나기도 전에 로뎀은 몸을 낮추고 호수를 건너가기 시작했다. 로뎀의 발이 수면에 닿자 미세한 파문이 일었다. 호수는 거울처럼 수면 위를 걷는 로뎀의 모습을 반사했다. 로뎀의 거대한 몸이 소리 하나 내지 않고 우아하게 물 위를 걸어가는 장면에는 초현실적인 아름다움이 있었다.

　미호는 미소를 띠며 활을 집어 들었다. 녀석은 아직 호수를 건너오는 조풍의 존재를……

미호는 노트 위에 만년필로 두 줄을 그으며 욕설을 내뱉었다.

'한참 잘 쓰다 말고 이게 뭐람.'

아직도 최소 600매는 더 써야 여신전생은 완성될 것 같았다. 지금과 같은 속도라면 계획대로 여름이 오기 전에 투고하는 건 무리일 것 같았다.

　몇 주간 밤마다 이어진 세연과의 술잔치와 은호에게 부탁한 은화살 값 덕분에 예상외의 지출이 생긴 미호의 통장 잔액이 그때까지 버틸 수 있을지도 미심쩍었다.

'쏨쏨이 더 줄일 게 있나? 저거 차도 아직 제값 받을 수 있을 때 그냥 팔아 버릴까?'

　문제는 대중교통도 마땅치 않은 이계리에서 차가 없으면 생필품을 사는 것조차도 쉽지가 않다는 거다.

'그 은호 씨…… 어차피 심부름비도 안 받으니 먹을 거랑 생필품도 사다 달라고 시켜볼까?'

　아무리 은호가 열렬히 미호의 부탁을 원하고 있더라도 차마 그런 일을 시키기는 무리라는 생각이 들었다.

　미호는 고개를 들어 보일러실 한편에서 심드렁하게 드러누워 있는 검둥이를 바라보았다.

'쟤 사료 값도……, 어휴.'

검둥이는 마음속으로만 내쉰 미호의 한숨을 듣기라도 한 듯 벌떡 일어나 미호에게 다가와 얼굴을 들이밀었다.

"너 나랑 같이 뒷산에 가서 사냥이라도 할래? 멧돼지 같은 거는 그냥 잡아도 되지 않나? 그런 거 잡음 며칠은 먹겠지? 아니면 어둑이나……."

말도 안 통하는 검둥이에게 뒤틀린 유머를 내뱉어 봤지만, 한동안 잊고 지내던 거미의 존재가 떠올라 기분만 더 착잡해졌다.

'그리고 사냥하려면 수렵 허가 같은 것도 받아야 한다고 했는데.'

사냥을 한다 치더라도 괴이가 아닌 생명체에게 활을 쏠 수 있을 거라는 생각이 도저히 들지 않았다.

한참 머리를 쓰다듬는 미호의 손길을 밀어내고 귀를 쫑긋 세우는 검둥이의 모습에 미호는 마당으로 나가 대문 밖을 바라보았다. 불청객이 이 외진 곳에 찾아오는 건 눈이 아닌 귀로 먼저 알 수 있었다. 농로의 끝에 들어서는 차는 조풍이나 귀녀 할머니가 모는 엔진 소리 요란한 차도, 은호가 모는 경박스러운 소리의 스쿠터도 아닌 지극히 평범한 세단이었다.

'누구지? 처음 보는 차인데…… 김 서방 아저씨 찾아온 건가?'

미호의 예상과는 달리 차는 정확히 귀녀 할머니 집 옆 공터에 멈추어 섰다.

"미호 씨, 안녕하세요."

절반쯤 대문 밖으로 몸을 내민 미호에게 읍내 치과의 구 원장이 차문을 열고 뻘쭘하게 인사를 건넸다.

"어쩐 일이세요? 할머니 요새 계속 집 비우시는데……."

"어, 제가 사실 할머니한테 이야기 듣고 온 거거든요. 미호 씨가 저

도와주실 수 있을 거라고…….”

“또 그 멍청한 이름의 무슨 대회 나가라고 온 거면 그냥 가세요.”

“아뇨. 아뇨. 그런 거 아니고요…….”

구 원장은 쭈뼛거리며 미호의 집 앞까지 걸어오더니 대문 앞에서 뒤를 돌아 차를 몰고 들어온 길을 두리번거렸다.

“뭔데요?”

“아…… 저 좀…… 미호 씨 집에서 재워 주면 안 될까요?”

‘뭐야? 아니, 이거 지금 나한테 뜬금없이 고백하는 거야? 이딴 식으로 갑자기?’

어처구니없는 구 원장의 말에 미호는 대답할 기분도 들지 않았다.

“안녕히 가세요.”

“미호 씨 잠깐만요! 미호 씨 생각하는 그런 게 아니라요!”

눈앞에서 닫히는 대문 사이에 팔을 집어넣으며 구 원장이 외쳤다.

“……팔 치우세요. 문 닫습니다.”

“미호 씨. 이대로 저 돌려보내시면 저 죽어요!”

‘지가 날 얼마나 봤다고 이런 식으로 질척거리고 이래? 이거 완전 또라이 아냐!’

미호의 감정을 읽기라도 한 듯 어느새 곁에 다가온 검둥이가 구 원장에게 이빨을 드러내고 으르렁거리고 있었다.

“검둥이한테 물려도 저 몰라요. 자꾸 이상한 말 하지 말고 이 손 치우고 그냥 가세요!”

“아니, 그런 게 아니라…… 말 그대로 제가 생명의 위협을 받고 있다고요! 귀녀 할머니 말로는 미호 씨 집이 안전할 거라고 했다고요!”

예상 못한 구 원장의 말에 미호가 손에 힘을 풀자 대문이 다시 활짝 열렸다. 구 원장은 선 자리에 멈추어서 미호를 바라보며 왼뺨의 흉터를 가리켰다.

"저 이 꼴로 만든 놈들이 지금 읍내에 돌아다니고 있어요……. 치과에서 점심 먹으러 나가다 보고 바로 귀녀 할머니한테 전화했는데 할머니가 처리할 일 많다고 일단 미호 씨 집에 숨어 있으라고, 여기라면 안전할 거라 했단 말이에요!"

"아니 암만 그렇다 해도. 저기…… 조풍 씨한테 부탁하면 안 돼요?"

"조풍…… 그 사람 찾아가느니 차라리 그놈들 앞에 가서 저 죽여 주십쇼 하겠습니다……."

조풍을 언급하는 구 원장의 목소리에서 지금까지와는 비교가 안 될 정도로 깊은 공포의 감정이 느껴졌다.

"아니, 왜요? 그럼 김 서방 아저씨나…… 그 집 개 많잖아요?"

"미호 씨 집 아니면 안 돼요……. 제발 저 좀……."

구 원장은 말하는 내내 등 뒤를 흘긋 거렸다. 구 원장의 조바심이 전염된 듯 미호 역시 덩달아 초조해졌다.

"아…… 그래도 어떻게 저 혼자 사는 집에……."

"저 집 안에만 있게 해 주세요! 저기 차고에 텐트 치고 자도 상관없어요! 혹시나 해서 제가 텐트까지 가져 왔거든요? 식사도 김 간호사가 가져다 줄 거예요! 방해 안 되게 텐트에서 혼자 먹을게요! 가끔 화장실만 쓰게 해 주세요! 진짜 쥐 죽은 듯이 있을게요! 신경 하나도 안 쓰셔도 되게요!"

'내 집에서 텐트 치고 노숙을 하겠다는 이야기인데 신경이 안 쓰이겠냐.'

말없이 고민하는 미호를 보며 구 원장의 긴장한 표정이 조금 풀어졌다.

"제가 그냥 빈손으로 부탁하는 것도 아니고요. 하루씩 쳐서 숙박비 드릴게요! 아! 그리고 미호 씨 교정……."

"그 이야기 꺼내지 말라고 했죠?!"

"아니…… 그…… 아무튼! 치과 치료 앞으로 받으실 일 있으면 다 그냥 해 드릴게요! 가…… 강아지 진료도 앞으로 다 그냥 해 드릴게요!"

"……."

"미호 씨도 이 동네 괴이들 겪어 봐서 아시잖아요! 제발 저 좀 구해 주세요! 네?"

점점 경제적인 압박을 느끼고 있는 미호로서는 확실히 구미가 당기는 제안이긴 했다.

'그래도 어떻게 숙박비를 받아. 얼마 받아야 할지도 애매하고. 딴 거 보다 화장실 쓰겠다는 게 너무 신경 쓰이는데.'

구 원장의 간절한 시선이 칼날처럼 미호의 눈동자에 들어와 박혔다. 미호는 깊은 한숨을 내쉬었다.

"숙박비는 됐고요. 식사는 말씀대로 알아서 챙겨 드세요. 저도 불규칙적으로 밥 먹는지라. 그리고 저 글 써야 하니깐 되도록 조용히 해 주시고요."

"네! 물론이죠!"

구 원장이 열성적으로 고개를 끄덕였다.

"그리고 제가 좀 예민해서…… 2층 문 잠가 둘 테니까 화장실 쓰시려면 노크 먼저 하시고요."

"당연히 그러셔야죠!"

"……네. 그럼 텐트 챙겨서 들어오세요. 보일러실 바닥 치우고 있을게요."

"아뇨! 미호 씨 그냥 신경 쓰지 마시고 하던 일 하세요! 제가 알아서 치우고 하겠습니다. 빗자루 위치만 알려 주세요!"

미호는 고개를 끄덕이고 2층으로 올라갔다. 뜻하지 않게 불청객과 같은 공간에 기거할 처지가 된 검둥이가 미호를 원망스럽다는 듯이 올려다봤다.

구 원장이 처음으로 2층 문을 두드린 건 오후 4시 10분이었다. 거실 소파에 너부러져 건성으로 티브이 채널을 순회하던 미호가 문을 열어 주자 구 원장은 어색한 미소를 띠며 집으로 들어왔다.

"볼일만 깔끔하게 금방 보고 가겠습니다."

"아…… 네……."

쭈뼛거리며 화장실에 들어간 구 원장은 마치 자신이 만들어 내는 민망한 소음을 감추려는 듯 몇 번이나 헛기침을 해 댔다.

'진짜 되게 신경 쓰이네.'

구 원장은 올 때와 마찬가지로 어색한 미소를 얼굴에 걸고 고개를 숙여 보이며 집을 나갔다. 정확히 한 시간 뒤, 미호가 툰드라 늑대의 사냥 습성에 관한 다큐멘터리에 몰두하고 있을 때 또다시 구 원장의 노크 소리가 들려왔다.

"다큐멘터리 좋아하시나 봐요?"

"네? 아, 네……."

구 원장은 한동안 티브이에 시선을 고정하고 있다가 미호가 의아한 눈으로 바라보자 쭈뼛거리며 화장실로 들어갔다.

6시 30분에 한참 식사를 준비하던 도중 세 번째로 노크 소리가 들려오자 미호는 짜증이 밀려왔다.

'그냥 문 열어 둘까?'

구 원장은 화장실로 가던 도중 미호의 식탁을 유심히 바라봤다.

"와, 혼자서도 잘 차려 드시네요?"

"아, 네……."

'뭐야? 밥 알아서 먹는다며? 뭐 식사 같이하자고 그래야 하나?'

무언가 아쉬운 듯 식탁을 한참이나 바라보다 구 원장은 화장실로 들어갔다. 이번엔 다른 용무를 가지고 찾아온 것인지 구 원장은 좀처럼 화장실에서 나올 기미가 보이지 않았다.

'진짜 신경 쓰여서 미치겠네.'

식사를 하는 내내 화장실에 신경이 쏠리니 좀처럼 입맛이 돌지를 않았다.

"제가 화장실 원래 이렇게 자주 가지는 않는데…… 좀 긴장해서 그런 가 봐요."

"아, 네……."

억지로 입에 음식을 집어넣는 미호에게 구 원장은 변명을 늘어놓고 1층으로 내려갔다. 설거지를 하고 검둥이의 사료를 주기 위해 1층으로 내려가는 미호의 눈에 멀리서 들어서는 자동차의 불빛이 보였다.

'이번엔 또 누구냐.'

미호의 대문 앞에 차를 세운 건 치과의 접수대를 지키고 있던 간호사였다.

"이거 원장님 전해 주세요."

미호가 문을 열자 간호사는 여느 때처럼 적개심이 가득한 시선으로 미호를 바라보며 커다란 봉투를 내밀었다.

"저기, 원장님 여기 얼마나 계신다고 혹시 이야기 들으셨어요?"

"저야 모르죠."

간호사는 미호의 말을 기다리지 않고 뒤돌아 차를 타고 떠나갔다.

'뭐야? 왜 저래, 진짜.'

커다란 생수병과 도시락과 술이 든 봉투를 들고 보일러실로 들어가니 구 원장은 텐트 안에서 이어폰을 끼고 드러누워 있었다.

"이거 간호사분이 전해 주래요."

미호를 보고 이어폰을 뺀 원장이 웃으며 봉투를 건네받았다.

"다음에 간호사분 오면 직접 좀 받아 주시겠어요?"

"어유, 그래야죠. 제가 정신이 팔려서 깜빡했네요."

자신의 집 안에서 구 원장의 텐트를 불만스럽게 바라보고 있던 검둥이가 꼬리를 흔들며 미호를 반겼다. 미호는 검둥이의 사료와 물그릇을 가득 채워 주었다.

"저…… 화장실 가시려면 지금 같이 올라가요."

한동안 검둥이가 밥을 먹는 걸 지켜보고 2층으로 올라가려다 말고 미호가 구 원장에게 말했다.

"아, 아뇨. 하하, 제가 긴장해서 그렇지, 원래 화장실 그렇게 자주 안 갑니다."

"아…… 예, 주무세요."

"벌써 주무시게요? 일찍 주무시나 봐요?"

"아, 네……."

딱히 한 것도 없는데 지치고 힘든 하루였다.

'내일 할머니한테 한번 물어봐야겠다. 저 사람 언제까지 저렇게 봐줘야 하냐고…….'

노크 소리가 다시 들려온 건 미호가 막 잠이 들 무렵이었다.

"미호 씨, 주무세요?"

딴에는 조용히 한다고 최대한 억눌린 목소리로 이야기 하는 게 더 신경을 거슬렸다. 미호는 문을 열어 줘야 하나 고민하다 무시하고 잠을 청했다. 구 원장은 문가를 조금 더 서성이는 것 같더니 터덜거리는 발소리를 내며 1층으로 내려갔다.

'밤 동안은 참겠지. 방광에 무슨 문제 있나? 뭐 그리 화장실을 자주 가. 내일 아침 밝자마자 할머니한테 전화해 봐야겠어.'

미호는 밤새 화장실을 들락거리는 구 원장이 나오는 꿈에 시달렸다. 2층 현관문 앞을 서성거리는 구 원장의 인기척에 미호는 평소보다 더 일찍 잠이 깨었다. 시계를 보니 오전 7시 20분이었다.

'설마 여태까지 화장실 가려고 깨어 있었던 건 아니겠지.'

조금은 미안한 마음이 들어 가볍게 세면을 하고 외투와 모자만을 눌러쓰고 문을 열어 주니 몸을 비튼 채로 겸연쩍은 미소를 띤 구 원장이 미호를 맞았다.

"저 검둥이 밥 주고 통화 좀 하고 올 테니까 편하게 화장실 쓰세요."

구 원장은 감사의 말을 내뱉으며 화장실로 뛰어 들어갔다. 보일러실로 들어가니 미호를 반기는 검둥이의 표정도 평소와 달리 생기가 없고 지친 듯해 보였다.

'너도 신경 쓰여서 잘 못 잤나 보네.'

미호는 대문을 열고 귀녀 할머니 집 쪽으로 걸어가 전화를 걸었다.

"할머니 저 미호데요."

"아! 미호 마침 연락 잘했네. 안 그래도 내가 하려던 참이었어."

"아, 네. 할머니 근데 그 치과 원장님 할머니가 제 집에 숨어 있으라고 했다면서요? 그분 며칠이나 여기에 있어야 하는 건데요?"

"그러니깐 내 이야기 좀 들어보게. 자네 돈 좀 벌 생각 없나?"

갑작스러운 제안이지만 돈이라는 단어가 귀에 와 박혔다.

"그게 구 원장 이야기랑 무슨 상관인데요? 저 숙박비 준다는 거 안받는다……."

"자네가 이 일 거들어 주면 구 원장도 다시 안전해진다네. 자네한테야 나쁠 거 없는 이야기지?"

"위험한 거 아닌가요?"

미호는 얼마 전에 산속에서 거미를 쫓던 때를 떠올렸다. 그때야 신세진 걸 갚는다는 생각에 따라나섰지만 두 번 다시 그런 경험은 하고 싶지 않았다.

"아니, 단신으로 하백도 때려잡은 사람이 뭘 겁내는가?"

전화기 너머로 귀녀 할머니의 요란한 웃음소리가 들려왔다.

'위험한 일 맞구나.'

"이번엔 그냥 내가 하는 일 보조만 해 주면 된다네. 일단 오늘하고 내일까지 생각하고 있는데 기간은 더 길어질 수도 있고. 아무튼, 이거 빨리 마무리 지으면 구 원장도 자네 집 빨리 떠날 테니 그리 나쁜 제안은 아니지?"

미호는 보수를 물어볼까 말까 한참을 고민하다 말했다.

"저, 일당은 얼마나……."

"내가 받는 게 일당 600이니 자네는 그 반절에서 조금 안 되게 200 정도 나누어 받으면 공정하지 않겠나? 그리고 일 끝나면 조풍 선생이 사례금 따로 줄 테니 그건 반씩 나누자고."

"네, 할게요!"

"그럼 9시까지 준비해서 마을 회관으로 오라고."

"준비할 건 뭐 있나요? 활이랑 화살만 들고 가면 될까요?"

"아니, 요번엔 내 쪽에서 다 준비해 놨으니깐 몸만 오면 돼."

할머니는 미호의 대답을 듣지 않고 일방적으로 통화를 끊었다.

시계를 보니 8시 10분 전이었다.

'서둘러야겠다. 차 끌고 마을회관까지 5분이면 간다 쳐도 씻고, 옷 입고, 가볍게 밥 먹고 하려면 빠듯하겠네.'

2층으로 올라가니 화장실은 여전히 구 원장에게 점유 당한 채였다. 샤워라도 하는지 요란한 물소리에 콧노래 소리가 섞여 들려왔다.

'아주 신 나셨네. 일단 그럼 밥부터……'

찬밥과 먹다 남은 찬으로 정신없이 밥을 챙겨 먹으니 8시 15분이었다. 구 원장은 여전히 화장실에서 나올 기미가 보이지 않았다.

"저, 오래 걸리시나요? 제가 좀 급하게 나가 봐야 해서요!"

무얼 하고 있었는지 모르겠지만 미호의 노크 소리에 화장실 안이 부산스러워졌다.

"네네, 금방 나갑니다. 잠시만요."

구 원장이 화장실을 나온 건 8시 25분이었다. 무어라 변명의 말을 늘어놓는 구 원장을 무시하며 미호는 화장실로 달려 들어갔다.

'머리 감는 건 포기해야겠다.'

모든 용무를 20분 안에 처리하고 화장실을 나서는 미호의 눈에 소파에 앉아 텔레비전을 보느라 정신이 없는 구 원장이 보였다.

"안 내려가세요?"

"아, 네네, 가야죠. 잠깐 뉴스 좀 본다는 게 그만."

"……"

구 원장이 현관문을 나가는 걸 보고서야 미호는 방으로 달려가 옷을 갈아입고 기초화장만을 간단하게 했다.

'화살이랑 활은 필요 없다 했으니…….'

얼마 전에 도철이 '선물'해 준 칼이 눈에 띄었다. 기묘할 정도로 미호의 손에 착 달라붙는 감촉도 그렇고 가끔 산에서 잔가지 따위를 쳐낼 때에도 깜짝 놀랄 만큼 잘 들어 무척이나 마음에 드는 칼이었다. 미호는 칼을 챙겨 들고 머리를 뒤로 묶어 모자를 쓰고 겨울용 등산복에 등산화를 신고 현관을 나섰다.

"저기 집 좀 비울 테니깐 화장실 쓰시려면 그냥 쓰세요. 2층 문 열어뒀거든요."

"아, 네, 알겠습니다."

검둥이의 배웅을 받으며 차를 빼다가 문득 떠오르는 생각이 있어 미호는 집 안으로 소리쳤다.

"저 티브이 보시려면 그냥 거실에서 보셔도 돼요! 딴 방에는 들어가지 말고 거실이랑 화장실만 쓰세요."

구 원장은 감사의 인사를 내뱉고 2층으로 뛰어 올라갔다.

마을회관 앞 공터에는 창마다 커튼이 처진 학원버스가 세워져 있었다. 미호는 마을회관 입구에서 잠시 할머니에게 전화를 걸까 고민하다 웅성거리는 소리가 들리는 별실 쪽으로 걸어 들어갔다. 복도 쪽의 문을 열어둔 별실에는 이미 많은 사람들이 모여 있었고 창문에는 두꺼운 암막 커튼이 처져 있었다.

별실로 들어서자 다양한 인종의 남자들이 미호를 쳐다보았다. 하나같이 진하게 선크림을 바른 이들 중 몇은 낯이 익고 몇은 처음 보는 얼굴이었다.

미호는 웃음을 지으며 아는 체를 하는 귀녀 할머니에게 마주 인사를 했다.

"할머니 몸은 좀 괜찮으세요? 저 병실 한번 찾아 간다는 게……."

"몸이 괜찮으니 일을 하고 자넬 불렀겠지? 다들 바쁜 사람들끼리 쓸데없는 인사치레는 하지 말자고."

예의를 차리는 미호에게 귀녀 할머니는 심술궂은 표정을 지으며 빈정거리듯 말했다. 미호에겐 이미 익숙한 반응이었다.

"그러고 보니 할머니가 맡기신 검 들고 온다는 거 깜빡했거든요. 이따 가면서 가져……."

"아! 그거. 그냥 자네가 쓰도록 하게. 장식품으로 쓰든가."

귀녀 할머니는 등 뒤에 걸린 기다란 막대를 툭툭 치며 대답했다.

"그래도…… 귀한 거 아니었나요?"

"중국 인터넷 쇼핑몰에서 산 싸구려 칼, 날만 세운 거야. 필요 없으면 그냥 내다 버려."

말을 마친 귀녀 할머니는 미호에게 옆에 와서 서라는 손짓을 보냈다. 미호가 다가오자 할머니는 별실 안을 한번 둘러보고 책상을 두어 번 내리쳐 사람들의 이목을 집중시켰다.

"미호도 왔고, 모기 놈들도 대충 다 모인 거 같으니 시작하지."

사람들 사이에서 불만 섞인 웅성거림이 터져 나왔다.

"뭐? 내가 니들 모아놓고 무슨 훈화라도 늘어놓길 기대한 거야? 읍내에 돌아다니는 낮도깨비 놈들 니들이 불렀지? 그런 흉악한 놈들을 감히 여기로 끌어들여 놓고……."

"할머니! 우리가 그분들을 왜 불러와요? 대부분 그분들 피해서 여기까지 흘러들어 온 건데……."

피곤한 표정의 키 큰 남자가 말을 끊자 귀녀 할머니의 표정이 험악하게 변했다.

"그분들 같은 소리 하고 있네. 니들은 요새 같은 시절에도 아직도 왕이 어쩌네, 귀족이 어쩌네 하는 구닥다리들이잖아? 또 여기서 니들의 잘난 낮도깨비 왕 모시고 왕국 한번 세워보겠다고 부른 거 아냐?"

할머니의 말이 끝나자 별실 안의 사람들이 서로를 바라보며 알아들을 수 없는 언어로 대화를 나누기 시작했다.

"그만! 알아들을 수 있는 말로 하라고?"

"할머니. 저희 대부분 밤에 공장이나 농장에서 일하고 낮에는 자고 하는 거 잘 아시잖아요? 이 시간에 깨어 있는 것도 힘든데……. 아니, 그리고 몇 년을 여기서 가끔 소 피나 빨고 돈 들어오면 수혈 팩이나 사 먹는 생활했는데 이제 와서 뭘 해 보겠다고 해요……. 뭣보다 이야기꾼이 지키고 있는 데서 누가 그런 생각을 한다고……."

귀녀 할머니는 남자의 말을 곱씹는 듯 한참을 생각에 빠져 있었다.

"하긴 니들이 감히 조풍 선생이 눈을 시퍼렇게 뜨고 있는데 그러지는 않았겠지. 그런데 말이지……."

할머니는 책상 위에 놓인 명단을 집어 들었다.

"니들이 직접 작성한 연락망대로라면 여기 분명 니놈들이 11명이 있어야 한단 말이지? 그런데 왜 9명밖에 없어? 보자…… 바시르? 얘 분명 러시아 애였지? 그런데 지금 니들 중에 러시아 사람처럼 보이는 놈은 한 놈도 없단 말이지?"

남자들이 다시 한 번 서로를 돌아보았다.

"바시르는…… 2년 전에 할머니가 목 잘라서 죽였잖아요……. 기억 안 나세요?"

피부가 까무잡잡한 동남아 계열의 남자가 반항적인 눈초리로 귀녀 할머니를 쏘아보며 말했다. 귀녀 할머니는 과장되게 손으로 이마를 짚으며 웃음을 터트렸다.

"아아, 그 과대망상에 빠져서 대구까지 도망가 어린애 2명 피 빨고 그 가족들까지 다 찢어발긴 미친놈이 바시르였나? 자네랑 친한 사이였나 보지? 이거 미안하게 됐네, 그러게 연락망 변경 좀 자주자주 하지 그랬어."

말을 마친 할머니는 낄낄거리는 웃음소리를 내며 책상 위의 볼펜을 집어 들고 명단 위에 두 줄을 그었다.

"자. 그럼 여기 없는 나머지 한 놈은 누구야? 내가 자네들 이름이랑 얼굴 잘 모른다고 시간 끌려 하지 말고."

"저…… 우리 중에 가장 오래된 분요. 이름은 잘 몰라요. 다들 그냥 제논이라고 불렀어요."

"흠, 그래, 여기 있네. 그놈이 그리스 출신이라 했던가? 그래서 지금 어디 갔어? 낮도깨비 여기에 불러놓고 관광 가이드라도 하고 있나?"

처음에 귀녀 할머니의 말을 끊었던 키 큰 남자가 한숨을 쉬었다.

"말했잖아요, 우리끼리도 바빠서 서로 교류 잘 안 해요. 구 원장이 읍내에서 그분들 처음 본 게 어저께 낮이라면서요? 저희다 그때 자고 있었어요. 그리고 밤새 일하다 이제 자려고 가는 마당에 갑자기 끌려왔는데 누가 없어졌는지 우리가 어떻게 알겠어요?"

"진짜 몰라?"

할머니가 남자들과 차례로 눈을 마주치자 모두가 눈을 돌렸다.

"그래, 그럼 가 보게들. 내가 이제 쉬어야 하는 양반들 데려다 놓고 괜한 짓을 했구만? 어서들 가서 푸욱 쉬라고들."

별실에 모인 남자들은 잠시 머뭇거리다 제각각 불만을 터트리며 떠나갔다.

"할머니. 저 도철이라는 사람 만났었는데 그 사람 말로는 저희 집 뒷산에 무슨 짓을 했다고…… 그래서 그 낮도깨비인지 하는 게 온 게 아닐까요?"

"은호한테 대충 이야기는 들어서 알고 있었네."

"그런데 저분들은 왜?"

귀녀 할머니는 어깨를 으쓱하며 별실 한편에 던져둔 커다란 배낭을 집어 들었다.

"그럴 깜냥도 없는 놈들이라도 말이지, 뒤에 의지할 게 생기면 분수를 모르고 날뛰게 되거든. 이참에 한번 경고를 해 둘 필요는 있다네."

"그럼 이제 그…… 낮도깨비들인지를 쫓는 건가요?"

할머니는 미호를 보며 또다시 장난스럽게 눈알을 굴렸다.

"나 혼자면 몰라도 자네를 데리고 그런 흉악한 놈들 상대할 수는 없지. 도철이 놈이나 낮도깨비들은 조풍 선생한테 처리하라고 하면 돼."

"그럼 오늘 뭐 하는 건가요?"

"구 원장 말에 의하면 여섯 놈이나 읍내에 들어왔다는데 이놈들이 하루 만에 감쪽같이 사라졌단 말이지? 이런 시골에서는 금칠한 송아지처럼 요란한 게 눈에 띌 수밖에 없는 놈들인데도 말이야. 마침 이쪽에서 한 놈 숨어 버린 것도 수상하니 일단 그쪽을 쫓아 보자고."

미호에게 배낭을 건네며 할머니는 마을회관 밖으로 나섰다. 할머니는 예상보다 훨씬 무거운 배낭의 무게에 휘청거리는 미호를 보며 재촉하듯 손짓을 했다.

"자네는 오늘 짐꾼이나 해 주다가 필요하면 활만 몇 번 쏴 주면 돼. 해 떠 있을 동안 해치워야 하니 서두르자고. 차는 가져 왔지?"

귀녀 할머니는 미호에게 찾아갈 장소의 주소를 불러 주었다. 마을 회관에서 차로 10분이면 도착하는 외진 마을이었다. 할머니는 미호가 운전을 하는 내내 누군가에게 전화를 걸다가 이내 포기하고 창밖을 내다보며 짜증 섞인 불만을 내뱉었다.

"신호는 가는데 전화를 안 받네. 아무리 자고 있을 시간이라고 해도 말이지."

지방도에서 갈림길로 빠져 농로로 들어서니 양쪽에 휑한 논이 보였다. 버려진 논인지 겨울이라 놀고 있는 논인지 미호는 알 수 없었다.

"길 따라 산 쪽으로 끝까지 올라가세. 가 보면 거기 집 한 채밖에 없을 거야."

산속으로 이어져 있는 농로의 양쪽에는 드문드문 버려진 집들이 보였다. 미호의 집 앞 농로처럼 길이 끝나는 곳에는 다 쓰러져 가는 집 한채가 서 있었다. 외벽에는 군데군데 금이 가 있고 대문이 있어야 할 자리는 훤하게 뚫려 있었다. 녹슬어 마당에 떨어진 현관문의 손잡이와 밖으로 나 있는 창문 하나 없는 음침한 집의 외양이 미호의 눈을 사로잡았다.

"여기도 버려진 집인가 본데요?"

"버려진 게 아니라 이놈들은 원체 이 모양으로 해 놓고 살아."

미호의 말에 대답하며 할머니가 웃음을 터트렸다.

"자넨 위험할 수도 있으니 밖에서 기다리게. 내가 안을 살펴보고 올테니까."

미호가 고개를 끄덕이자 할머니는 등 뒤에 매어 둔 검을 꺼내 들고 집 안 마당으로 한발 들어섰다.

"어이, 자네 여기 있나!

할머니는 마당에서 몇 번 고함을 지르더니 고개를 흔들고 빈 구멍으로 손을 집어넣어 현관문을 잡아당겼다. 처음에는 좀처럼 움직일 생각이 없어 보이던 현관문은 귀에 거슬리는 마찰음과 함께 천천히 돌아갔다. 마당에서 보이는 집 안은 대낮인데도 안이 전혀 보이지 않을 정도로 어두웠다. 할머니는 미호에게 고개를 한 번 끄덕여 보이고는 집 안으로 들어갔다. 곧 집 안의 어둠이 할머니의 흐릿한 형체를 완전히 집어삼켰다.

배낭을 맨 채 마당에 선 미호는 마른침을 삼키며 외투의 주머니 속을 더듬었다. 두꺼운 겨울 장갑 위로도 칼날을 감싸고 있는 칼집의 가죽 질감이 느껴졌다. 미호는 칼 손잡이를 힘주어 잡았다.

집 안의 어둠은 빛뿐 아니라 소리까지 집어삼킨 듯했다. 비단 집 안뿐만 아니라 집 뒤의 산에서도 새소리 하나 들려오지 않았다.

아침 햇살이 미호의 그림자를 마당에 드리웠다. 미호의 발끝에서 길게 이어진 검은 사람의 형상이 미호에겐 이방인처럼 낯설게 느껴졌다. 한참이 지난 것 같은데도 할머니는 나올 생각을 하지 않았다.

'몇 분이나 지났지? 5분? 10분?'

등에 멘 배낭의 무게가 점점 감당하기 힘들어졌다. 미호는 배낭을 풀어 벽 한편에 기대어 두었다. 여전히 집 안에선 어떤 소리도 들려오지 않았다.

'이 정도면 무슨 일이라도 난 거 아니야? 내가 들어가 보는 게 낫지 않나?'

머릿속에 온갖 불길한 장면이 떠올랐다. 어쩌면 할머니가 피를 흘리고 바닥에 누워 미호의 도움을 청하고 있을지도 모를 일이었다. 미호는 고개를 내저었다. 귀녀 할머니에게 일어날 일 중에서 가장 어울리는 듯하면서도 절대 일어나지 않을 것 같은 일이었다.

'그래도 연세가 있으신데⋯⋯.'

이번엔 바닥에 누워 심장마비로 죽어가는 귀녀 할머니가 떠올랐다. 미호의 아버지처럼 핸드폰을 들고 도움을 청할 기운도 없어서 누군가 자신을 발견해 주기만을 기다리는⋯⋯.

아버지의 죽음이 머릿속에 떠오르자 자연스레 도철의 말도 뒤따라 왔다. '자기 할 일 안 하고 도망쳐서⋯⋯.'

미호가 아는 아버지라면 가능한 이야기였다. 그렇게 어머니도 미호 도 버리고 이계리로 도망가듯 떠난 사람이 이계리에서도 도망치지 않 았으리란 법도 없지 않은가?

몇 달 전 귀녀 할머니가 아버지는 괴이들에게 당했을지도 모른다는 암시를 했던 게 떠올랐다. 그렇다면 그때 조풍이나 귀녀 할머니는 무얼 하고 있었단 말인가?

'도망가서? 약속을 지키지 않은 사람이라 도와주지 않고 그냥 내버 려 둔 거야?'

미호는 다시 한 번 고개를 내저었다.

모든 건 다 도철의 말이었다. 도철은 어떻게든 해석할 수 있는 말을 던지고 상대의 혼란을 즐기는 부류였다.

'아니, 그런데 도대체 왜 소식이 없지?'

시계를 보니 처음으로 몇 분이 지났는지 확인해 보았을 때에서 또다 시 10분이 지나 있었다.

지루함과 호기심이 인력처럼 미호를 집 안으로 끌어당겼다.

미호는 주머니에서 가죽 칼집을 꺼내 들고 칼을 뽑아 손에 쥐었다. 부서지듯 열린 현관문 안쪽 어둠을 응시하며 조금씩 걸음을 옮겨가는 데 어둠 끝에서 무언가 거대한 형상이 움직이는 게 눈에 띄었다. 보이지 않는 손이 심장을 움켜쥐기라도 한 듯 미호는 그 자리에 멈추어 서서 어둠 속을 노려보았다.

거대한 형상이 빠른 속도로 빛을 향해, 미호를 향해 다가오고 있었다. 칼을 쥐어 든 미호의 오른손에 힘이 들어갔다.

"왜? 그걸로 나 찌르기라도 하게?"

입을 삐죽이며 빈정거리는 귀녀 할머니의 걸걸한 목소리가 들리자 긴장이 풀리며 억제할 수 없는 한숨이 터져 나왔다.

"없어. 아무것도. 오늘 아침에 자러 들어온 것 같지도 않고, 집 비운 지도 꽤 된 것 같은데 말이지. 전화를 받지는 않지만, 여전히 신호는 가는 게 어딘가 전기가 들어오는 곳으로 도망친 것 같네."

할머니는 미호의 모습을 보더니 표정을 풀며 말했다.

"잠깐 쉬고 있게. 전화해야 할 곳이 좀 있네."

긴장하며 기다리는 것 말고는 딱히 한 일도 없었던 미호였지만 할머니의 말을 따라 벽에 기대 놓은 배낭을 방석 삼아 주저앉았다.

할머니는 전화기를 들고 누군가에게 전화를 걸었다. 언제나처럼 인사치레도 없이 단도직입적으로 '제논'이 일하러 마지막으로 나온 게 언제인지만 물어보고 필요한 정보를 얻었는지 바로 전화를 끊었다.

"몇 주가 넘었다는데? 낮도깨비들이 이계리에 들어오기 한참 전에 이미 숨어 버렸다는 이야긴데. 암만 봐도 도철이놈이랑 상관없이 이놈 소행인 것 같네."

귀녀 할머니는 코웃음을 치고 다시 전화기를 집어 들었다.

"어! 김 상무. 인사치레는 되었고, 예전에 나한테 도움 받은 거 아직 기억하지? 요번엔 내가 자네한테 부탁 좀 해야 할 것 같아서. 그래. 전화번호 하나 보내줄 테니 마지막 위치 좀 나한테 좌표로 찍어서 알려

주게."

말을 마친 할머니는 전화를 끊고 미호를 보며 익살스러운 웃음을 보냈다.

"좀 걸릴걸세. 나도 숨 좀 돌려야겠군. 조명도 없는 지저분한 집 뒤지고 다녔더니 여간 피곤한 게 아니야."

할머니는 검을 담벼락에 기대어 놓고 미호의 옆 맨바닥에 털썩 주저앉았다. 미호는 순간 깔고 앉은 배낭을 할머니한테 드려야 하나 고민을 잠깐 해 보았지만, 할머니 성격에 거절할 게 뻔해 보였다. 말없이 아침 해를 맞으며 할머니와 나란히 담벼락에 기대앉아 있으니 생각의 타래가 자연스레 이어졌다.

'그래. 아무런 상관도 없어 보이는 사람도 잘 도와주시는 분인데. 옆집 사람을 안 도와주셨을 리가 없어. 괜히 그 거지 같은 놈 말에 휘둘리지 말자.'

핸드폰의 단조로운 메시지 수신음에 미호의 상념이 깨어졌다. 할머니는 핸드폰을 들고 지도를 띄우고 한참을 들여다보더니 고개를 끄덕이고 미호를 바라보았다.

"아무래도 자네와 또 한 번 등산 좀 해야겠네."

미호는 고개를 끄덕이고 일어서서 배낭을 메었다. 아무리 생각해 봐도 기껏해야 오늘 하루 동안 쓸 물건들이 들어 있을 텐데 이해가 가지 않을 정도의 무게였다.

할머니는 미호에게 손짓하며 대문을 나섰다.

산길은 집 뒤편으로 길게 이어졌다. 어설프게 녹아내린 눈과 흙바닥이 진창처럼 미호의 발을 붙들었고 사람들이 지나다니지 않는 길이라 발 디딜 곳도 마땅치 않았다. 등 뒤로 아까의 집이 또렷이 보일 정도의 높이밖에 올라오지 않았는데도 이미 숨이 턱까지 차오르고 배낭끈이 어깨와 등을 파고들어 몸과 하나가 된 듯한 기분이었다.

"미호! 좀 서두르세. 5시 좀 넘으면 해 떨어지기 시작할 테니 시간이 넉넉한 게 아니야!"

미호는 말없이 고개를 끄덕이고 이를 꽉 깨물었다.

'그래. 일당 200만 원짜리 일인데 어련하겠어. 내가 글을 수백 시간을 써도 200만 원을 번다는 보장이 없는데.'

속으로 마음을 다잡는다고 무거운 짐이 가벼워지는 건 아니었다. 한동안 귀녀 할머니의 등만을 바라보고 걷던 미호의 시선은 어느 새인가 발치로 떨어져 있었다. 미호는 밋밋한 검은색의 등산화가 반쯤 녹아 반짝이는 눈 위를 짓밟고 나면 지면이 진흙으로 변하는 광경을 하염없이 바라보며 걸었다.

'그러고 보니 그냥 검은색으로 사길 잘했지. 그 마마보이 놈 말 듣고 요란한 색 등산화 샀으면 지금 얼마나 더러워 보였겠어?'

전 남자친구는 늘 미호에게 어울리지도 않는 화려한 색상의 옷이나 장신구 따위를 권하곤 했었다. 미호가 이제는 기억도 잘 나지 않는 전 남자친구의 얼굴을 추억 속에서 찾기 시작할 무렵 귀녀 할머니가 멈추어 섰다.

"이쯤일 거 같네! 잠시 숨 좀 돌리고 찾아보자고."

이제까지의 비탈이 아닌 평평한 공터였다. 인위적으로 만들어진 것처럼 보이지는 않았다.

이미 살 속으로 파고든 게 아닐까 의심마저 드는 배낭의 끈을 풀어 바닥에 내려놓으니 저절로 환희의 탄성이 터져 나왔다.

"힘들었지? 배낭에서 물 좀 꺼내 마시자고."

할머니는 미소를 띠며 배낭을 뒤져 미호에게 물을 던져 주었다. 미호는 사양하지 않고 물병의 반을 순식간에 비웠다. 물병에 남은 물을 마저 마시고 난 후 할머니는 전화기를 꺼내 들고 다이얼을 눌렀다. 미호의 거친 숨소리 말고는 어떤 소리도 들려오지 않는 공터 어딘가에서 친숙하고 미세한 진동이 느껴졌다.

"저 위."

할머니가 검집으로 가리킨 나무줄기에는 불빛을 내며 떨고 있는 전화기와 조그마한 보조 배터리들이 잔뜩 들어 있는 커다란 방수 팩이 매달려 있었다.

"이 와중에도 핸드폰은 붙들고 있어야 했던 모양이네."

귀녀 할머니가 어처구니없다는 듯이 웃음을 터트리고 난 후 쭈그려 앉아 지면을 더듬어 조사하기 시작했다. 할머니는 한참을 땅을 훑고 난 후 발로 지면을 몇 번 쓸어 평평하게 하더니 하늘 위를 바라보았다.

"해가 딱 좋게 떠 있군. 자네 배낭 들고 이리로 오게."

할머니는 배낭 안에서 손도끼와 팔뚝만 한 검은색 팩에 쌓인 물건과 반으로 접히는 삽과 미호에게도 익숙한 활을 꺼내더니 미호를 바라보았다.

"자네 텐트는 칠 줄 아나?"

"아뇨, 한 번도 해 본 적 없는데요."

고개를 끄덕이고 난 후 할머니는 검은색 팩을 한쪽으로 던져 두었다.

"그럼 이거 활 좀 정리하고 있게."

활은 미호가 썼던 때랑 달리 몸통의 한쪽에 낚싯대의 릴 같은 물건이 달려 있었고, 릴에는 낚싯줄보다는 훨씬 투박하고 두툼해 보이는 줄이 감겨 있었다.

미호는 활에 시위를 걸었다. 익숙해져서인지 그새 힘이 붙어서인지 흉조를 사냥할 때보다 한결 수월하게 시위를 걸 수 있었다.

할머니는 배낭에서 화살을 꺼내 들었다. 화살촉은 3갈래로 갈라져 있었는데 화살촉의 끝에 기계장치 같은 것이 달려 있었다. 할머니가 화살촉의 끝을 손으로 오므리자 3갈래로 갈라진 화살촉이 단단하게 뭉쳤다가 손을 떼자 경쾌한 소리와 함께 다시 갈라져 나왔다.

"내가 화살 달고 있을 테니간 저쪽에다 텐트 칠 도구들만 좀 늘어놓아 주게."

미호가 시키는 대로 검은색 팩에서 텐트 도구를 끄집어낼 동안 할머니는 화살을 활에 달린 줄에 매달았다. 몇 번 팽팽하게 당겨 보더니 만족스러운 듯 고개를 끄덕였다.

"자. 이제 내가 텐트 칠 테니 자네는 땅을 파라고. 내가 다져놓은 땅 있지? 아직 해는 충분하지만 좀 서두르자고."

억제할 새도 없이 한숨이 터져 나왔고 할머니의 낄낄거리는 웃음이 들려 왔다. 반으로 접히는 삽은 제대로 펴니 거의 미호의 허리춤까지 올라왔다. 한층 날이 풀려서인지 땅은 보기와는 달리 부드러웠다.

"저 그런데 얼마나 깊게 파야 하나요?"

두어 번 삽질을 해 흙을 파내던 미호가 물었다.

"파다 보면 알게 돼! 금방 보일 거야."

할머니의 말대로 그리 깊게 팔 필요는 없었다. 딱딱한 물건에 삽 끝이 맞닿는 느낌이 나자 미호는 그 주변을 넓게 파내었다. 발로 대충 흙을 치우고 나니 삽 끝을 튕겨내는 물체의 정체가 드러났다.

한눈에 보기에도 대충 만든 티가 역력한 투박한 관이었다.

"자넨 활 들고 준비하게."

홀린 듯이 관을 바라보던 미호는 뒤에서 할머니가 말을 걸자 심장이 배꼽까지 떨어지는 느낌을 맛보았다.

'뭘 준비하란 거지?'

어리둥절한 표정의 미호에게 할머니가 손가락을 들어 텐트를 친 곳을 가리켰다. 텐트라기보다는 한 사람이 간신히 들어가 서 있을 정도 크기의 차양막에 더 가까워 보였다. 미호는 여전히 얼떨떨한 기분으로 활을 들어 시위를 걸고 텐트를 바라보며 섰다.

할머니는 삽을 들고 관이 드러난 땅 주변을 조금 더 넓게 팠다. 몇 번의 삽질 뒤에 완전한 형체를 드러낸 관을 잠시 바라보더니 삽을 내려놓고 손도끼를 집어 들었다. 할머니는 여전히 관이 놓인 웅덩이에서 시선을 못 떼는 미호를 바라보며 다시 한 번 텐트를 가리켰다. 텐트를 바라보는 미호의 시야 밖에서 연이은 도끼질 소리가 들려왔다.

"재주도 용하지. 언제 이런 은신처를 만들어 두었대?"

할머니의 말소리에 뒤이어 둔탁한 발길질과 나무가 쪼개지는 소리가 나더니 곧 다시 정적이 찾아왔다.

잠깐의 정적 뒤에 웅덩이 쪽에서 고기가 타들어 가는 소리가 들려오자 미호는 호기심을 이기지 못하고 다시 고개를 돌렸다.

곧 사람의 것 같지도, 짐승의 것 같지도 않은 새된 비명이 공터와 주변 숲을 뒤흔들어 놓았고, 검은 사람 모양의 형체가 무수한 나무 조각들과 함께 웅덩이 밖으로 뛰쳐나왔다. 햇볕이 와 닿는 검은 형체의 모든 부위에서 기름이 튀는 듯한 요란한 소리와 함께 검은색 연기가 피어오르고 있었다. 공터에 올라선 검은 형체는 얼굴을 감싸 쥐고 주변을 두리번거리더니 눈에 잘 보이지도 않는 속도로 할머니가 쳐 둔 텐트 안으로 빨려 들어가듯이 사라졌다.

"이제 쏘라고. 어차피 공간도 비좁으니 대충 겨냥해도 맞을 거야."

할머니가 미호를 보며 말했다.

"네? 암만 그래도 사람을……."

"활 맞아도 쉽게 안 죽는 놈이니 그냥 쏴."

할머니의 목소리에 담긴 단호함이 미호를 내몰았다. 미호는 입을 꽉 다물고 활을 들어 올려 텐트 안의 검은 형체를 향해 활을 쏘았다.

화살이 허공을 가르자 활에 감긴 줄이 풀려나가는 잔 진동이 느껴졌고 이어서 쇠붙이가 살가죽을 뚫고 들어가는 소리와 기계 장치가 펼쳐지는 소리가 뒤따라 들려왔다. 화살 끝에 걸린 둔중한 물체가 몸부림치는 감촉이 줄을 타고 미호의 팔로 전해졌다. 그 불쾌한 감촉에 미호는 금방이라도 활을 내팽개치고 싶었다.

보고 있던 할머니가 혀를 한번 차고 미호에게 다가와 활을 건네어받았다. 할머니는 오른손으로 활 손잡이를 잡고 여유롭게 활 몸통에 달린 릴을 감기 시작했다. 바닥에 늘어진 줄이 당겨져 허공에 떠올라 팽팽해지자 텐트 안에서 고통스러운 비명이 들려왔다.

"어이, 이야기 좀 하자고."

"그만! 도대체 왜 이러시오!"

"알면서 물어? 너 이름이 뭐라고 했더라? 아무튼 낮도깨비들 여기에 불러놓고 이렇게 숨어 버리면 내가 못 찾을 줄 알았어?"

"그들을 부른 건 내가 아니오! 나는 가장 오래된 이를 피해 여기에 숨은 지 벌써 몇 주나 되었단 말이오!"

텐트 안의 목소리에는 원망과 공포가 담겨 있었다. 그 공포가 귀녀 할머니에 대한 것만은 아닐 것이다.

"가장 오래된 이는 또 뭐야? 니들끼리 낮 뜨겁게 서로 추켜세우는 말

쓰지 말고 알아들을 수 있게 말해!"

"몇 주 전에 우리 존재 중에서 가장 오래되고 강대한 분이 이곳 이계 리에 들어왔소! 당신이 말하는 존재들도 오래된 이들이긴 하지만 그분에게 대면 태양 빛에 반딧불을 비교하는 모양새밖에는 안 될 것이오!"

"몇 주 전에 여기 숨었다는 놈이 낮도깨비들 온 건 어찌 알고 있대?"

할머니가 릴을 감아 느슨해진 줄을 다시 팽팽하게 당기며 물었다.

"밤의 동물들이…… 괴이들이…… 속삭이고 있소……. 우리 중 지고의 존재가 이곳에 왔다고…… 괴이들의 신이…… 이해할 수 없는 소망을 들어주는 이가 그분을…… 오래된 존재들을…… 이야기에서 태어난 이들을 이곳으로 부르고 있다고……."

"아주 대단한 시인이 나셨네!"

빈정거리는 말투와 달리 할머니의 표정은 심각하기 짝이 없다.

"네가 말한 가장 오래된 늙다리가 그리 대단한 놈이라면 어디서 뭘하고 있길래 소리 소문 없이 사라져서 눈에 띄지도 않는데? 그 낮도깨비 놈들은 또 어디에 숨었고?"

"그분은…… 이미 당신들이 지키려 하는 곳에 들어갔소……. 그분의 초대를 받아 그들도 곧 그곳으로 들어갈 것이오."

"……그게 어딜 말하는 건데? 자꾸 뜬구름 잡는 소리 그만하고 똑바로 말해!"

텐트 안에서 손가락 하나가 튀어나왔다. 햇빛 아래 노출된 손가락은 검은 연기를 뿜으며 미호를 똑바로 가리켰다.

둘은 텐트를 그대로 내버려 둔 채로 활과 배낭만을 챙겨 서둘러 산에서 내려왔다. 발걸음을 따라 오지 못하는 미호가 답답한지 중간에 할머니는 미호에게 배낭을 건네받았다. 맨몸으로도 할머니를 쫓아가는 건 쉬운 일은 아니었다. 이미 한 번 비슷한 경험을 해 보았기에 미호는 말없이 할머니를 따라 내달리기만 했다.

한번 쉬지도 않고 차를 세워 둔 곳에 도착하니 어느새 오후 4시가 지나 있었다. 심장이 너무 빨리 뛰어 배를 뚫고 나올 것만 같았지만 미호는 꾹 참고 차에 올라탔다. 비좁은 공간에서 차를 다시 산 아래 방향으로 돌리는 데에도 몇 분이 소요되었다.

"자네가 하백이랑 얽혔을 때 개랑 같이 집 비운 적 있지? 그때였을 거야."

여전히 숨을 헐떡이며 빠르게 차를 몰아가는 미호에게 할머니가 말을 건네었다. 늘 여유롭던 할머니의 목소리에 담긴 불안감이 미호를 초조하게 만들었다. 그 초조함이 미호를 서두르게 했다. 집에 혼자 있을 검둥이가 계속 신경이 쓰였다.

"그렇게 너무 서두르지 말게. 아직 해가 지려면 한 시간 정도 여유 있으니……."

할머니의 말에 건성으로 대답하며 빠른 속도로 임도를 따라 내려오다 비좁은 농로로 방향을 트는데 덜컥거리는 느낌과 함께 차가 왼쪽으로 기울어졌다. 급한 마음에 가속 페달을 깊게 밟아 보아도 엔진 회전수만 높아지고 차가 나아가지를 않았다. 사이드미러로 보니 왼쪽 바퀴가 농로 옆으로 떨어져 헛돌고 있었다.

"자네 차 사륜구동 아닌가?"

"모르겠어요, 액셀 아무리 밟아도 헛돌기만 해서……."

"후륜 구동인데 바퀴가 둘 다 허공에 떠서 그렇구먼. 잠깐만 그대로 있게."

말을 마친 할머니가 차 문을 열고 밖으로 나갔다. 할머니는 차바퀴가 빠진 농로 옆으로 내려갔다.

"내가 신호하면 그때 액셀 밟게!"

발로 농로 옆의 바닥을 몇 번 디뎌 보더니 고개를 끄덕이며 할머니가 소리쳤다. 귀녀 할머니는 왼쪽 뒷바퀴 옆의 차 바닥에 두 손을 대고 밀어 올렸다. 별달리 힘을 들이는 기색도 없는데 왼쪽으로 기울어졌던 차의 뒷부분이 다시 지면에 맞닿았다.

'맙소사, 이 차 못해도 1.5톤은 될 텐데.'

"이제 액셀 살살 밟아!"

미호가 발목에 힘을 주자 차가 조금씩 나아가더니 다시 네 바퀴가 도로 위에 올라섰다.

귀녀 할머니는 손을 몇 번 털고선 다시 조수석으로 올라탔다.

"이제 서두르지 말고 제발 천천히 가자고?"

미호는 고개를 끄덕이며 나중에라도 인터넷에서 자동차의 무게를 확인해 봐야겠다고 생각했다.

시간은 어느덧 4시 30분이 지나 있었다. 내비게이션에 찍히는 도착 예정 시간은 4시 50분이었다. 미호는 어느새 할머니의 충고를 무시하고 규정 속도를 아득히 넘기는 속도로 지방도로를 내달리고 있었다. 할머니는 그런 미호를 바라보다 한숨을 내쉬고 등산복 안에서 핸드폰을 꺼내 어딘가로 전화를 걸었다.

"어! 조풍 선생. 지금 딴 일 다 제쳐두고 이계리로 좀 와 주어야겠소. 그래요…… 미호 집. 자세한 건 만나서……. 네, 그럽시다."

내비게이션의 도착 시각은 4시 45분으로 줄어 있었다.

"애당초 구 원장이 목표가 아니었을 수도 있겠네……."

창밖을 바라보며 귀녀 할머니가 혼잣말을 하듯 중얼거렸다.

미호의 귀에는 할머니의 말이 좀처럼 들어오지 않았다. '언니가 감당할 수 있겠어?' 언제인가 들었던 도철의 빈정거림이 계속 미호의 머릿속에 맴돌았다. 보이지 않는 손이 미호의 명치를 움켜쥐고 있는 기분이 들었다.

미호는 빠르게 스쳐 지나가는 도로에만 시선을 집중하며 가속 페달을 더욱더 깊숙이 밟았다. 익숙한 도로가 나오고 저 멀리 미호의 집이 눈에 들어왔다. 시계를 보니 4시 40분이었다.

미호는 아까의 실수를 반복하지 않기 위해 이미 익숙한 농로이지만 평소보다 더 천천히 차를 몰았다. 집 앞에 대충 차를 세워 두고 시동을 끄고 차에서 내려 집에 들어가려 하는데 귀녀 할머니가 미호의 앞을 막아섰다.

"내가 먼저 들어가 보겠네."

미호가 천천히 고개를 끄덕이자 할머니는 검을 뽑아 들고 집 안으로 들어섰다.

'평소 같았으면 이미 검둥이가 나왔을 거야.'

미호는 참지 못하고 주머니에서 칼을 뽑아 들고 할머니의 뒤를 따라 마당으로 들어갔다. 뒤따라오는 미호를 보고 한숨을 내쉬는 할머니를 무시하고 뛰듯이 보일러실 안으로 앞질러 들어가니 있어야 할 사람도 개도 보이지 않았다.

"저기 바닥."

미호를 뒤따라온 할머니가 보일러실의 바닥을 가리켰다. 사람의 것인지 개의 것인지 또는 정체 모를 무엇의 것인지 알 수 없는 핏자국이 보일러실의 바닥에서부터 뒷산 방향으로 열려 있는 뒷문 쪽으로 길게 이어져 있었다.

"자네 집…… 이제 안전하지 않으니 일단 조풍 선생의 집으로 피신해 있게."

'내 집이야. 내 개고…… 내 손님이었어.'

"미호! 내 말 듣고 있나? 지금 위험하니 당장 차 타고 조풍 선생 집으로 가!"

미호와 할머니의 시선이 마주쳤다. 거세게 내뱉는 말투와 달리 할머니의 표정은 온화했다.

"할머니는요? 아까 여섯 명이나 이미 들어와 있다고 했잖아요?"

"구 원장을 이대로 내버려 둘 수는 없지 않은가? 나도 조풍 선생 오기 전까지 뒤만 쫓다 몸 뺄걸세. 곧 해도 떨어지니 서둘러 움직이는 게 좋아. 오늘 잘해 주었네."

"……그럴 거면 같이 가요. 바로 활 가져올게요!"

"아니! 자네는 따라와 봐야 나한테 짐만 되네. 쓸데없는 고집 부리지 말고 아직 해 떠 있을 때 조풍 선생 집으로 가!"

한참을 고민하다 미호가 말없이 고개를 끄덕이자 귀녀 할머니는 검을 뽑아 들고 핏자국을 뒤쫓아 산 위로 사라졌다.

'애시당초 내가 관여할 일도 아니었어. 따라가 봐야 뭘 할 수 있는 것도 아니고.'

애써 마음을 돌려보려 해도 무력감에 몸이 떨려왔다. 사라진 검둥이가 험한 꼴을 당하는 장면이 머릿속에 계속 떠올라 쉽게 발걸음이 떨어지지 않았다.

'검둥이가 그리 쉽게 당하진 않을 거야. 분명히 할머니가 데리고 내려오실 거야.'

"혼자만 도망가는 건가요? 듣던 거랑은 완전히 다른데? 좀 실망스럽네요."

사제복과 비슷한 검은 옷을 입은 남자가 처음부터 그곳에 존재하였던 듯 미호의 차 운전석 옆에 서 있었다. 좀처럼 인종도 나이도 분간하기 힘든 기묘한 인상의 소유자였지만 언제인가 한번 마주친 것 같은 기분이 들었다.

대답할 말이 떠오르지 않아 선 채로 굳어 있는 미호에게 남자가 한 걸음 다가왔다. 처음으로 타오르는 불속에 손을 집어넣어 본 아이의 반응처럼 본능이 남자를 피해 도망가도록 미호를 내몰았다. 하지만 남자의 동작은 미호의 의지보다 빨랐다. 채 몸을 반도 틀기 전에 남자의 커다란 오른손이 미호의 목을 움켜잡고 조르기 시작했다.

"이야기꾼이나 도철이 겁쟁이에 나약해 빠진 이딴 여자를 왜 그리 높이 평가할까요? 이해를 할 수가 없네."

숨이 막혀 정신이 아득해지는 와중에도 남자가 바라보는 경멸의 시선이 미호의 마음속에 불을 댕겼다.

"내 집에…… 멋대로 들어온 불청객 놈 주제에…… 누굴…… 평가질 이야……."

주머니에서 칼을 꺼내 들고 간신히 몇 마디를 내뱉어 보았지만 남자는 코웃음을 쳤다.

"인간이 만든 쇠붙이 따위가 우리한테 통할 거라 생각하다니."

말을 마친 남자가 왼손으로 주머니 안을 뒤지더니 검은색 물건을 꺼내 들었다.

"주인도 나약하고, 개도 나약하고. 이래서 무얼 지킨다는 건가요?"

몇 시간 전까지만 해도 보일러실 바닥을 디디고 다녔을 검둥이의 잘린 발이 미호의 눈앞에 있었다.

'그게 검둥이 피였구나.'

머릿속에 불꽃이 터지는 듯한 느낌이 들며 시야가 사라지기 시작하자 미호는 칼을 남자의 목이 있는 방향으로 찔러 넣었다. 남자의 피부를 뚫고 들어가 목뼈까지 부드럽게 가르는 칼날의 섬뜩한 감촉이 미호의 팔을 타고 올라왔다. 기도를 가로막고 있던 압력이 풀리고 시야가 돌아오자 미호는 급하게 공기를 들이마셨다.

남자는 목에 칼을 꽂은 채로 입을 벌리고 경악의 눈빛으로 미호를 바라보고 있었다. 시선을 칼 쪽으로 내린 남자는 떨리는 손으로 목에 꽂힌 칼을 뽑으려 하다 순식간에 몸이 굳은 채로 넘어졌다.

땅에 쓰러진 남자의 시신에서 검은 연기가 피어오르기 시작했다. 미호는 조심스럽게 남자의 시체 쪽으로 걸어갔다. 어느새 땅에 남은 건 사람의 형상을 띈 검은 잿더미와 남자가 입고 있던 옷과 미호의 칼뿐이었다.

자신도 설명할 수 없는 알 수 없는 격정에 사로잡혀 미호는 검둥이의 잘린 발과 칼을 집어 들고 2층으로 뛰어 올라갔다.

'아직 시간 많이 지나지 않았으니 할머니를 따라잡을 수 있을 거야. 핏자국이 이어진 거 보면 검둥이도 분명히 살아 있다는 이야기야!'

미호는 전통을 매고 활과 화살을 챙겨 나왔다. 겨울의 해가 산 너머로 떨어지며 피처럼 붉은 노을을 산등성에 드리우고 있었다.

미호는 보일러실 뒤편의 핏자국을 따라 산으로 내달리기 시작했다. 몇 걸음 옮기지도 않았는데 핏자국은 사라져서 보이지 않았다.

'흔적이 없어졌어. 여기서 어디로 가셨지?'

해답은 눈이 아닌 귀로 찾을 수 있었다. 둔중한 금속이 허공에서 맞부딪히는 소리가 들려, 미호는 발걸음을 옮겼다.

울창한 소나무 숲 사이에서 귀녀 할머니와 역시나 검은 옷을 입은 남자가 칼을 들고 대치하고 있었다. 둘은 미호의 존재를 눈치 못 챈 듯 춤을 추는 한 쌍의 연인처럼 서로에게만 시선을 고정하고 있었다. 남자의 키와 체구는 귀녀 할머니보다 작았지만, 경사로의 높은 지대에 서서 귀녀 할머니를 내려다보고 있는 모양새였다.

어느덧 해가 넘어가 숲속에 어둠이 밀려오고 있었다. 점점 어둠에 삼켜져 가는 둘의 형상을 바라보며 미호는 숨을 죽이고 천천히 화살을 뽑아 들었다.

'이 정도 거리면 충분히 맞출 수 있어!'

미호는 시위를 당기며 남자의 머리를 바라보았다. 한번 숨을 고르고 시위를 놓자 가느다란 현의 진동이 공기를 가르는 소리가 났고, 소리에 반응한 듯 화살이 목표에 도달하기도 전에 남자가 몸을 낮추어 화살을 피했다.

귀녀 할머니의 검은 미호의 화살보다 빨랐다. 몸을 낮춘 남자의 목에 검의 끝이 들어가 박히더니 춤을 추듯 몸을 돌리는 할머니를 따라 회전했고 남자의 목이 바닥으로 떨어졌다.

"자넨…… 진짜……."

할머니가 너털웃음을 지으며 미호를 바라보다 돌연 인상을 굳히더니 사나운 표정으로 검을 치켜들고 미호에게 달려오기 시작했다.

"뒤를 봐!"

뒤를 돌아볼 틈도 없이 미호의 목에 날카로운 물건이 들어와 박혔다. 통증보다는 죽음의 예감이 먼저 엄습해 왔다. 뒤따라온 건 향기였다. 상황에 어울리지 않는 청량한 향기에 고통과 공포가 사라져 갔다.

문지기를 더럽혔으니 늙다리는 그냥 내버려 둬!

머릿속에서 누군가의 음성이 메아리처럼 울렸다. 황홀경에 사로잡혀 뒤로 넘어가는 몸을 주체할 수가 없었다. 소나무 숲 사이에 펼쳐진 밤하늘이 시야에 가득 찼다. 울창한 소나무 가지들이 엄청난 속도로 눈앞을 스쳐 지나갔다.

'꼭 영화 빠르게 돌려 보는 것 같잖아. 죽을 때 되면 슬로우 모션으로 보인다고 하더니.'

울퉁불퉁한 땅이 등을 강타하는 통증에 입에서 비명이 터져 나왔다. 입을 열자 세상이 빙글빙글 돌아가기 시작했다. 목에서 피가, 생명이 천천히 흘러내리는 게 느껴졌다.

최근에 미호의 신경을 날카롭게 만들었던 익숙한 목소리가 귀에 들려왔다.

"이럴 것까지는 없잖아요! 저 하나 끌어들였으면 됐지, 미호 씬 왜!"

"당신은 우리 일족에게 유용하지만 문지기 따위가 무슨 소용이 있겠어? 거기다 저 여자는 우리 일족을 두 명이나 죽였어!"

말투와는 달리 앳된 여자아이의 목소리도 들려왔다. 땅을 짚고 상체를 세워 둘러보니 검은 옷을 입은 남자들 사이에 구 원장의 얼굴이 보였다.

'저 양반 원래 저렇게 송곳니가 길었나?'

여자아이의 목소리가 들려왔던 방향으로 고개를 돌려 보니 하얀 옷을 입은 소녀의 모습이 보였다.

'이런 진흙투성이 산에서 옷이 저게 뭐람. 할머니가 있었다면 뭐라고 또 빈정거리셨을 텐데.'

할머니가 할 법할 농담을 떠올리자 웃음이 나왔다.

"미호 씨도 그럼 유용하다는 이야기잖아요? 저대로 피 흘리게 내버려 두면 죽어요! 어서 나처럼 만들라고요!"

'어이구, 원장님. 내가 화장실도 제대로 못 쓰게 했는데, 자상하기도 하여라.'

미호는 계속 웃음이 터져 나왔다. 웃음을 터트리니 목 왼쪽에서 흐르던 것이 꿀럭거리며 터져 나왔고 그나마 힘겹게 땅을 짚고 있는 팔에 힘이 빠져 또다시 쓰러졌다.

'내 소설…… 아직 더 써야 하는데. 이번에는 쪽팔린 거 무릅쓰고 조풍 씨한테 직접 부탁해 볼 생각이었는데.'

구 원장과 목소리들이 다투고 있었다. 그 목소리들을 뚫고 낮게 그르렁대는 소리가 피부로 느껴졌다. 귀가 아닌 다른 감각기관으로 느껴지는 소리에 반응해 팔뚝에 있는 잔털들이 한 올 한 올 일어섰다.

'호랑이도 제 말 하면 온다더니.'

검은 옷을 입은 남자들이 잔뜩 긴장한 채로 주변을 두리번거렸다. 구 원장의 바로 옆에 서 있던 남자가 무언가에 잡아 채인 듯 어둠 속으로 이끌려 사라졌다. 터져 나온 짧은 비명이 채 끝맺어지기도 전에 요란하게 뼈와 살을 으스러트리며 씹는 소리가 들려왔고 곧 정적이 찾아왔다.

남은 세 명의 남자와 하얀 옷의 소녀가 구 원장에게서 떨어져 서로를 등지고 섰다.

"이야기꾼은 감정을 먹는 존재야! 겁먹지 말고 서로 뭉쳐! 우린 넷이고 이야기꾼은 늙다리 없이 혼자야!"

말과는 달리 소녀의 목소리에는 감출 수 없는 공포의 기운이 역력했다. 넷을 내버려 두고 구 원장이 미호에게 다가와 목 부위에 손을 갖다댔다.

"미호 씨! 정신 차려요!"

미호가 구 원장을 바라보며 무언가 말을 하려 할 때 언젠가 한 번 들었던 포효가 또다시 숲을 뒤흔들어 놓았다.

숲속의 모든 산 것과 죽은 것들이 숨을 죽이고 멈추어 섰다. 심장이 걷잡을 수 없이 빠르게 뛰기 시작했다. 혈관 속에 피와 함께 흘러다니는 무언가가 미호의 공포를 자극했다. 힘찬 맥동과는 상반되게 죽어간다는 느낌이 점점 뚜렷해졌다. 구 원장의 노력에도 미호의 목에서는 꾸준하게 피가 흘러내리고 있었다.

"원장님 이제 야간 진료밖에 못 하겠네요?"

"네? 아……."

"괜찮아요. 저도 밤에 움직이는 게 편하니까. 검둥이는 어디?"

"저들 중 한 명이랑 뒤엉켜서 뒤처졌어요. 피를 흘리고는 있었지만, 그때까지는 멀쩡해 보였으니깐 살아 있을 거예요."

그 뒤 이야기의 결말은 미호도 잘 알고 있었다.

'개와 주인이 다 같이 죽어가는 거지. 뭘 지키는지 모르겠지만, 지키는 이들은 누가 지켜 주는 거지?'

두 번째로 포효가 터져 나오자 뭉쳐 있던 무리 중 한 명의 남자가 소리가 들려온 어둠 속으로 뛰쳐나갔다. 수많은 화살을 쏘아 보고 비행을 지켜 본 미호의 눈에도 담기 힘들 정도로 빠른 속도였다. 남자가 사라진 방향에선 어떤 소리도 들려오지 않았다. 돌아온 건 공포의 시선을 그대로 담고 있는 눈을 부릅뜬 남자의 잘린 머리였다.

'이야기꾼은 이야기 속의 존재들을 끝낼 수도 있지.'

잘린 머리의 눈을 바라보며 미호는 생각했다.

'저 공포를 먹었겠지? 사람들을 겁주고 사냥하기 위해 만들어진 존재들도 겁을 먹고 사냥을 당하나?'

모두의 시선이 잘린 머리가 날아온 어둠 속을 향했다. 그 방향에서 밤 숲의 찬 기운을 실은 바람이 불어왔다.

미호는 바람이 불어오는 쪽의 반대 방향을 바라보았다. 검은 형체의 거대한 몸이 소리 하나 내지 않고 낙엽과 진흙이 녹아내린 눈에 뒤덮여 있는 바닥 위로 미끄러지듯이 움직이는 장면에는 눈을 떼기 힘든 우아함이 있었다.

미호와 구 원장을 무심히 지나쳐간 그 검은 형체는 당연한 자기 몫의 소유물을 취하든 앞다리를 휘둘러 남은 두 명의 남자들의 목을 내리쳤다.

홀로 남은 소녀가 몸을 돌려 검은 형체를 대면했다. 이제는 완전히 어둠에 잠겨 버린 숲속에서 소녀 혼자 허공을 바라보는 것 같은 모양새였다.

검은 형체가 머리를 소녀의 왼쪽 귓가로 가져갔다. 소녀는 굳은 표정으로 고개를 끄덕였다.

'무슨 이야기를 하는 거지? 협박하는 건가?'

조풍이 소녀에게 한 말은 이제 중요하지 않았다. 미호의 목을 틀어막고 있는 구 원장의 손가락 사이로 억지로 비집고 열며 핏줄기가 튀어나가자 미호는 일으켰던 상체를 다시 흙바닥에 뉘었다. 온몸을 땅에 대고 있으니 검은 형체가 움직이는 미약한 진동이 뚜렷하게 느껴졌다.

'가까이 오고 있네. 다음 차례는 나인가.'

미호를 걱정스럽게 내려다보는 구 원장의 기다란 송곳니가 보였다. 검은 형체의 존재가 점점 다가올수록 구 원장의 눈빛에 새로운 감정이 깃들었다. 이제 구 원장은 감출 수 없는 공포의 시선으로 검은 형체를 바라보고 있었다.

'구 원장님도 조풍에게 홍조처럼 잡아먹히겠지……. 그다음엔 나도…….'

미호는 다시 한 번 억지로 상체를 일으켰다.

"그만! 읍내에서 치과 하는 원장님이잖아요! 검둥이 예방 접종 해 주고…….'

얼마 남아 있지도 않은 기운을 그러모아 소리쳐 봤지만, 말을 끝맺기도 힘이 들었다.

검은 형체는 미호의 목에서 흘러내리는 피와 그 피로 범벅이 된 구 원장의 손과 기다란 송곳니를 바라보았다. 타오르는 듯한 눈동자에 압도되어 구 원장과 미호는 모두 몸이 굳어 버렸다.

'그때 낙동강에서 내리던 뼈의 비처럼 이번엔 사람 머리들이 떨어지겠네.'

검은 형체는 또다시 포효를 하려는 듯 입을 크게 벌렸다. 미호는 그 안을 차마 바라보지 못했다.

'분명히 그 여자애 잘린 머리가 있겠지. 다음엔 구 원장 머리. 다음엔 내 머리가 저 안으로 들어갈 거야. 자긴 고기 좋아하지도 않는다며?'

미호는 남은 힘을 짜내어 다시 한 번 주머니 속의 칼을 움켜쥐었다. 거대한 짐승이 미호와 구 원장 사이로 뛰어 들어왔다. 짐승에게 밀린 구 원장이 나가떨어지자 미호의 목에서 피가 솟구쳐 올랐다.

미호는 검은 형체의 눈을 바라보았다. 그 어떤 존재도 감당하기 힘든 분노의 시선을 직시하며 미호는 칼을 뽑아 검은 형체의 옆구리에 찔러 넣었다.

'도철이 상자에 넣어두었던 것…….'

섬뜩한 깨달음과 함께 기묘한 웃음이 터져 나왔다. 칼은 조풍의 몸속으로 빨려들듯이 사라졌다. 포뢰가 지르던 것 같은 고통의 비명은 들려오지 않았다.

"그대로 누워 있어요."

미호는 생각보다 더 조풍의 목소리가 근사하다고 생각했다.

"구 원장 죽였나요?"

"저 옆에 멀쩡히 살아 있네……."

미호는 조풍이 어깨를 으쓱해 주길 기대했지만 조풍은 말없이 미호를 내려다보며 대답했다.

평소의 자신만만한 표정이 아닌 침통하고 지친 표정이었다.

'하긴 옆구리에 칼이 꽂혔으니 어쩌겠어.'

좀 전의 자신의 행동이 떠올라 순간 놀란 미호가 몸을 일으키려 하자 조풍이 양팔로 미호의 어깨를 눌렀다. 조풍의 얼굴이 미호의 얼굴로 바싹 다가왔다. 미호는 눈을 감았다. 조풍의 날카로운 이빨이 미호의 목을 파고 들어왔다.

'곧 턱에 힘을 줄 거고, 그럼 내 기도가 막히면서 숨을 쉬기 힘들어질 거고, 그다음에 목뼈가 으스러지면서 완전히 죽게 되겠지. 이 망할 작가 놈은 파란 수염처럼 그 음침한 집에 자기가 자른 목들 전시하고 다닐 거고.'

미호의 기대와는 달리 미호의 핏속에 흐르는 무언가가 조풍의 입에 빨려 나갔다.

'이거 자국 제대로 남겠는데?'

점점 의식이 가물가물해지는 와중에 조풍이 칼을 들고 자기 팔뚝의 살점을 도려내는 게 보였다. 미호가 그의 옆구리에 장식해 준 칼은 아니었다.

"뭐 하는 거예요?"

조풍은 말없이 도려낸 살점을 미호의 입안으로 밀어 넣었다. 견딜 수 없는 욕지기가 치밀어 올랐지만 미호의 입과 턱을 붙든 조풍의 힘이 너무 셌다.

"씹지 말고 그냥 삼켜요."

반항을 해 보려 해도 남아 있는 기운이 없었다. 불쾌한 이물감이 기도를 지나 뱃속으로 사라졌다.

"도대체 뭘 먹이는 거야?"

조풍이 팔뚝에서 흘러내리는 피를 미호의 입가로 가져다 대자 미호는 정신을 잃었다.

* * *

미호가 '그래, 또다시 당신이겠지…….'라고 생각하자 도철이 돼지코를 벌렁거리며 웃음을 지었다.

"난 언니 머리가 만들어 낸 꿈속의 해설역이라니까? 그래도 어지 안히 내가 마음에 들었나 봐? 뻑 하면 나야?"

"내…… 개…… 검둥이 어디 있어……."

이번엔 귀녀 할머니가 대답했다.

"파수견은 쉽게 당하지 않는다네. 분명 어딘가 살아 있을걸세!"

귀녀 할머니의 대답이 아니었다. 미호의 마음속 염원이 만들어낸 망상이었다.

귀녀 할머니가 산속에 혼자 뒤처져 있었던 게 떠올랐다.

"아아, 내가 말했잖아? 귀녀는 태생부터 하는 짓까지 그냥 악당이라니깐? 귀녀가 쉽게 당할 거 같아? 언제나 당하는 건 언니의 어리숙하고 순해 빠진 겁쟁이 아버지 같은 사람들뿐이라니깐? 내가 선의로 다른데 땅 사라고 그렇게 말했는데도 하필이면 거기에 땅을 사?"

도철의 낄낄거리는 웃음소리에 미호 역시 웃음이 터져 나왔다.

'우리 아버지가 이상한 고집이 좀 많으시지. 한번 꽂히면…….'

문득 아버지를 떠올리면 과거형이 더 적합하겠다는 생각이 들어 눈물이 쏟아질 거 같았다.

'아빠는 누굴 그렇게 두려워했던 걸까? 귀녀 할머니? 그 여자라고 할 만한 건…….'

한 명 더 떠오르는 사람이 있긴 했다.

'그러고 보니 난 그 할머니 이름도 모르는구나. 그 아이 이름도, 거미 이름도…… 거미는 잘살고 있을까?'

미호의 산이었다. 그 안에 있는 건 모두 미호의 보호 안에 있었다.

'그 불청객들 빼곤…… 남의 집에 들어와서…….'

순간 보일러실에 내팽개쳐 둔 집필 노트가 떠올랐다.

미호는 비명을 지르며 자리에서 몸을 일으켰다. 한 면을 가득 메운 커다란 전면 유리로 낙동강이 내려다보이는 방이었다. 부드러운 이불의 감촉과 내리쬐는 햇볕이 좀처럼 진정 되지 않는 미호의 심장박동을 조금씩 가라앉게 만들어 주었다.

미호는 반사적으로 손을 들어 올려 왼쪽 목에 대어 보았다. 어떤 자국도 흉터도 느껴지지 않았다. 몸을 일으켜 주변을 둘러보니 침대 옆 테이블에 검둥이의 잘린 발과 활과 화살과 전통과 미호의 핸드폰과 옷 가지들이 놓여 있었다. 옷은 어느새 환자복처럼 보이는 것으로 갈아입은 상태였다.

자연스럽게 핸드폰으로 손이 갔다.

─ 구 원장은 일단 무사. 자네 집 이제 너무 위험해 조풍 선생의 집으로 내가 옮겨 놨네. 조풍 선생이랑은 다 이야기되었으니 당분간 그 안에서 머물도록 해. 부엌 냉장고에 먹을 것도 가득 있고 할 테니. 옷가지들은 그냥 읍내가서 사든가 인터넷으로 시키라고. 그리고 차 쓸 일 있으면 조풍 선생이 자기 차 쓰라고 했으니 거리낌 없이 쓰고.

발신인을 확인해 보지 않아도 귀녀 할머니의 것임이 너무나 뚜렷해 보이는 문자 메시지였다. 그 외에는 세연과 어머니에게서 걸려 온 부재중 전화 몇 통이 전부였다.

미호는 주소록을 뒤져 조풍에게 전화를 걸었다. 전화기의 전원이 꺼져 있다는 기계음의 응대만이 들려왔다.

─ 조풍 씨 괜찮아요? 몸 걱정되니 문자 보는 대로 연락 좀 주세요.

문자를 보내고 나니 조풍의 옆구리에 칼을 꽂아 넣던 기억이 되살아났다.

'괜찮겠지? 멀쩡해 보이기는 했는데.'

얼마 전 낙동강에서 소년의 피가 묻은 화살이 포뢰의 눈에 빨려 들어가던 장면이 떠올랐다.

창밖을 내다보니 그리 멀지도 않은 곳이었다. 미호는 벌써 이 집이 마음에 안 들었다.

'잠깐 집에 갔다 오자. 한 시간도 안 걸릴 텐데. 집필 노트랑 옷들만

챙겨서 다시 오면 괜찮겠지.'

"당분간은 이 집 떠나지 않는 게 좋을 텐데?"

문밖에서 차가운 목소리가 들려오자 등줄기에 소름이 돋았다. 목소리의 주인공이 내뿜는 척척한 물비린내와 냉기 때문일지도 몰랐다. 제 멋대로 길게 자란 머리카락을 가진 소녀인지 소년인지 분간이 안 가는 아이가 문가에 서 있었다.

미호를 바라보는 아이의 원망 섞인 눈이 낯익었다. 대답할 말이 없어 고개만 끄덕이자 소년은 말을 이어갔다.

"니가 나랑 조풍이랑 다 처치해서 강에는 더 이상 수호자가 없어. 남은 건 산을 지키는 너와 한 명뿐이니 몸조심하는 게 좋을 거야."

하백이었고 뱀이었던 아이의 차가운 말투에는 미호를 향한 적의가 노골적으로 묻어나왔다.

"……집에 가서 옷가지와 중요한 물건만 챙겨 올 거야."

"마음대로 해. 니가 죽든 말든 난 별 상관없으니깐."

아이가 뒤돌아서 방을 떠나갔다. 허리 아래까지 내려오는 긴 머리가 아이의 등 뒤에서 흔들렸다. 아이의 뒷모습을 보며 미호는 한숨을 내쉬고 침대에 드러누웠다.

유난스럽게도 천정이 높은 방이었다.

'내 집이고, 내 개고, 내 글이야!'

미호는 결의를 다지며 몸을 일으켜 세웠다.

막간극

"어…… 엄마. 아니 몸이 좀 많이 아팠어. 아니…… 친구 있어. 어, 여기 와서 알게 된 사람. 아니, 옆집 사는 할머니……. 자꾸 꼬치꼬치 묻지 좀 마. 아니, 올 필요 없어요. 이제 다 나았어. 언제부터 내가 연락 그렇게 꼬박꼬박 했다고. 어, 구정 때도 안 갈라고요. 아니, 뭐, 가 봐야 뻔한 소리만 할 거잖아. 쓰는 글 좀만 더 쓰면 마무리 돼. 늦어도 3월까지는 한번 올라갈게요. 어……. 이제 진짜 괜찮아. 어, 끊어요."

통화를 하는 내내 닫힌 방문을 꿰뚫고 미호를 지켜보는 시선이 느껴졌다. 미호는 방문을 열고 거실로 나섰다. 흡사 도서관을 방불케 할 만큼 빽빽이 책들이 꽂힌 책장이 벽면을 둘러싸고 있는 거실에는 누구의 모습도 보이지 않았다.

거실 바닥 대리석의 냉기가 몸을 타고 올라왔다. 보면 볼수록 기괴한 집이었다. 낙동강 방면으로 트인 전면유리로 눈부신 햇살이 쏟아지고 있었지만 기묘할 정도의 냉기와 사람의 마음을 짓누르는 분위기는 좀처럼 사라지지 않았다.

"밖에 나가려고?"

미끄러지듯 기척 없이 발소리 하나 내지 않고 다가와 말을 거는 아이의 목소리에 소름이 돋았다.

"어쩔까 생각 중이야. 아까 내가 통화 하는 거 엿듣고 있었어?"

아이는 대답 없이 미호를 바라보고만 있었다. 제멋대로 길게 자란 앞머리에 가려진 두 눈에는 여전히 원망의 빛이 가득했다.

"사람 통화하는 거 듣고 그러는 거 아니야."

미호는 뒤돌아서 방으로 들어가려다 다시 아이를 돌아보았다.

"너 이 집에 계속 있는 거야?"

"여기가 내 집이야. 네가 나 죽이기 전부터 여긴 내 집이었어."

"그건! 네가 저지른 짓은 생각도 안 하고 나 원망하는 거야? 내 친구 잡아가서 죽이려고 했었고! 도대체 여태까지 몇 명이나 죽인 거야?"

아이의 입꼬리가 올라간다. 꾸며낸 듯 명백한 비웃음이 아이의 얼굴에 감돌았다.

"그러는 너는? 너는 몇이나 죽였는데, 여태까지?"

"뭐? 난…… 내가 죽인 건 다…….."

"괴이였다고? 괴이들도 좋아하는 게 있고, 원하는 게 있고, 삶이 있어. 그리고 딱히 너 원망하는 거 아냐. 나갈 거면 나도 데리고 가. 가는 김에 아버지한테 데려다줘."

미호는 아이가 싫었다. 뱀과 같은 아이의 시선이 싫었고, 아이가 저지른 짓이 계속 머릿속에 떠오르는 게 끔찍했다.

"그냥 나 혼자 갈 거야. 너도 혼자서 다닐 수 있잖아?"

"조풍이 너 혼자 내버려 두지 말라고 했어."

"뭐? 조풍 씨는 도대체 지금 어디에 있는데?"

"몰라. 네가 나한테 그런 것처럼 거짓된 주인의 칼로 찔러 버렸잖아? 죽지 않았으면 어디 숨어 있겠지. 조풍이 그렇게 약해진 걸 알면 도철이나 몸의 주인을 잃은 무당이 가만히 두려 하지 않을걸?"

말을 마친 아이가 재미난 농담이라도 한듯 웃음을 터트렸다.

미호는 더 이상 아이와 말을 섞기가 싫었다.

"잠깐 집에 들러서 물건만 가져올 거야. 이장님 집에 가려면 거기서부터 너 혼자 알아서 가든가 해."

말을 마친 미호는 집을 나서 차고로 걸어갔다. 아이는 말없이 미호를 뒤따라 왔다. 뱀과 같은 아이의 시선이 미호의 뒤통수에서 떠나지 않았다. 차고에는 언젠가 타 보았던 조풍의 거대한 픽업트럭이 주차되어 있었다.

"차 키 어디 있는지 알아?"

"차 안에 꽂혀 있을 거야."

아이는 자기 허리보다 높은 차의 옆면을 힘겹게 기어올라 문을 열고 조수석에 주저앉았다. 그런 아이의 모습을 한참 바라보다 미호는 한숨을 내쉬고 운전석에 올라타 시동을 걸었다. 미호에게는 다행히도 둘의 말 없는 동행은 오래가지 않았다. 미호가 자기 집 앞에 세워 두었던 차는 귀녀 할머니 집 옆 공터로 옮겨져 있었다.

'할머니가 옮겨 두신 건가?'

미호가 시동을 끄고 차에서 내리자 아이도 말없이 따라 내렸다. 집 앞의 불타 없어진 남자의 잔해와 옷가지는 바람에 날려가기라도 한 듯 더 이상 보이지 않았다.

훤히 열려 있는 대문 안으로 미호가 한걸음 내디뎠다. 평소였다면 한

294

참 전부터 미호를 반기는 요란한 발걸음과 짖는 소리가 들려왔을 테지만 지금은 을씨년스러운 적막함만이 미호를 반겼다.

"안에 이형의 괴이가 있어! 들어가지 마!"

미호는 아이의 말을 무시하고 보일러실로 걸어 들어갔다.

'내 노트 무사해야 할 텐데.'

보일러실 전등의 스위치를 올려보았지만 불이 들어오지 않았다. 몇 번을 스위치를 올리고 내리다 포기하고 미호는 안으로 한 발 더 내디뎠다. 대낮인데도 보일러실 안은 광원을 다 빨아 먹히기라도 한듯 어둡기만 했다.

"내 말 안 들려?! 위험하니깐 그냥 나오라고!"

'제일 질척거리고 위험했던 게, 이제 와서 친한 척 하면서 시끄럽게.'

훤한 바깥의 빛에 노출되어 있던 미호의 눈은 좀처럼 보일러실의 어둠에 적응하지 못했다. 보일러실 한편에 있는 검둥이의 집의 형상이 어렴풋하게 보였다.

'항상 글 쓰던 데 옆에 두고 갔었는데.'

미호가 글을 쓰던 간이 의자는 그대로 놓여 있었지만, 그 위에 두고 갔던 노트는 보이지 않았다.

'내가 그걸 왜 집 안에 안 두고. 아니, 그런데 도대체 그 노트를 누가 왜 가져 간 거야?'

후회와 자책감에 가슴 한편이 답답해졌다. 미호의 등 뒤편 보일러실 한구석에서 무언가 벽을 스치며 내는 소리가 들려 왔다. 긴장하며 뒤를 돌아서는 미호의 발치로 낯익은 형상이 뛰어 들어와 몸을 비벼 댔다.

"아…… 너 웬일이야. 깜짝 놀랐잖아."

고양이는 말없이 미호의 다리를 툭툭 건드리더니 집 뒤편으로 앞장서 걸어갔다.

"야! 너 괜찮아?"

집 밖에서 고함치는 아이의 목소리를 무시하며 미호는 고양이를 따라갔다.

"조풍 형이 너 물건 없어질까 봐 여기에 두었다고 했어."

집 뒤편의 버려진 철체 캐비닛 앞에 멈추어서며 고양이가 말했다. 캐비닛 안에는 방수 비닐 팩에 쌓인 미호의 집필 노트가 들어 있었다. 안도감에 가슴을 쓸어내리며 미호는 비닐 팩을 열고 집필 노트를 꺼내 들었다. 노트 사이에 꽂힌 노란색 메모지에 한껏 멋을 부린 낯익은 조풍의 글씨체가 눈에 띄었다.

잘 읽어 보니 표절은 아니고 장르적 유사성이라 할 만함. 가능성 있어 보이니 완성되는 대로 투고 바람. —조풍

'뭐야, 누구 멋대로 남이 쓰고 있는 글을 읽고 평가질이야.'

"조풍 씨 지금 어디 있는지 알아? 왜 연락도 안 받는데?"

불쾌감 속에서 피어오르는 작은 만족감을 애써 억누르며 미호는 고양이에게 물어보았다. 고양이는 대답 없이 온몸의 털을 곤두세우더니 뒷산 방향으로 내달려 도망쳤다.

그때 2층에서 무언가 둔중한 몸을 끌고 계단을 내려오는 소리가 들려왔다.

"야! 빨리 나와!"

아이의 재촉이 아니더라도 오랜 시간 미호를 지켜온 본능이 대문 밖으로 미호를 내달리게 했다.

"강미호!"

너무나 귀에 익은 목소리다.

"대답하지 말고 그냥 빨리 나와!"

그토록 혐오하던 아이였지만 이 순간 미호가 의지해야 할 유일한 대상임은 분명해 보였다. 아이의 말대로 대답하지 않고 대문 밖으로 나오니 조금은 마음이 놓였다. 미호는 호기심에 고개를 들고 발걸음 소리가 들리는 계단참을 바라보려 했다. 하지만 아이답지 않은 억센 힘의 손이 미호의 복부와 등을 누르며 허리를 펴지 못하게 했다.

"고개 들어서 보지도 말고, 대답도 절대 하지 마!"

"미호야!"

"저건 니가 아는 사람이 아니야! 속지 마!"

아버지의 목소리에 담겨 있는 물기가, 그 절절함이 자석처럼 미호를 끌어당겼다. 어느새 미호의 눈에도 눈물이 고이기 시작했다.

"미호야…… 제발……. 한 번만 얼굴이라도…….."

힘을 주어 허리를 누르고 있는 소년의 손을 뿌리치고 미호는 고개를 들었다. 뒤틀리고 기다란 팔다리를 가진 검은 형체가 계단참에서 미호를 바라보고 있었다. 눈도 귀도 없는 둥근 얼굴에는 얼굴의 반을 가로 찢어 놓은 커다란 입만이 달려 있었다. 검은 형체의 벌어진 입을 촘촘히 메우고 있는 이빨 사이로 기다란 혓바닥이 튀어나왔다. 혓바닥에 박힌 무수히 많은 눈이 미호를 응시했다.

검은 형체가, 미호의 집이, 미호의 뒷산이, 논과 밭이, 이계리가 미호를 바라보고 있었다.

넌 우릴 봤고, 우린 널 봤어! 파수견도 없는 나약한 수호자야! 우리의 기도를 들어주는 이가 왔으니 이번에야말로 너의 이야기를 끝내고

널 잡아먹을 거야! 이제 이계리에 남은 수호자는 하나밖에 없으니 어디로 도망치든, 어디에 숨든, 누구에게 보호를 받든 우린 널 끝까지 쫓아 갈 거야!

감당하기 힘든 적의와 공포를 걷어내며 피부를 찌를 듯한 냉기가 보호하듯 미호의 전신을 감싸 안았다. 거대한 뱀의 이빨 사이로 새어 나오는 새된 소리의 위협에 모든 시선이 사라졌다. 계단참에 서 있던 검은 형체의 존재도 더는 느껴지지 않았다.

"돌아가자……."

자신의 형상을 버리고 힘겹게 헐떡이는 아이를 보며 미호는 고개를 끄덕이고 차에 올라탔다.

* * *

"언니! 왜 계속 전화 안 받았어."

"어, 세연아. 그냥 몸이 좀 많이 아팠어."

"뭐? 또 그 동네 이상한 거에 휘말린 거 아냐? 언니 진짜 거기 계속 있어도 되겠어?"

"그런 거 아냐. 그냥 좀 아팠어. 감기 같은 거……."

"언니, 나 언니가 거기 계속 있는 게 너무 걱정돼. 그냥 서울 다시 오면 안 돼? 사실 이 부장이 언니한테 연락 좀 해 보라고 그랬거든. 지금이라도 그냥 다시 회사 나오면 안 되겠냐고. 언니 글 쓰는 것도 알고 있다고. 그거 편의 봐줄 용의도 있다고 했어."

"……그래, 생각해 볼게. 근데 나 지금 이야기 끝맺을 거 있어서…… 일단 그건 끝맺고, 그때 가서 생각해 보자."

8. 소년과 개

"빵집 팥빙수가 맛있는지 알아보려면 말이지, 일단 팥빵을 하나 사 먹어 보면 된단 말이죠."

소년은 도철의 입안으로 세 개째의 팥빵이 사라지는 걸 홀린 듯 지 켜보고 있었다.

"아아, 이 집이 이래서 좋단 말이지. 팥을 주인장이 직접 쑤어 오거 든. 점심 전에 한 번, 저녁 전에 한 번! 설탕도 딱 적당하게 풀어서 은은 한 단맛이 뒤늦게 퍼지는 것도 좋고, 팥 껍질도 은근히 씹힐 정도로 잘 걸러내어서 입에 들척지근하게 들러붙는 것도 없고 말이죠."

과장스러울 정도로 크게 입을 벌려 말하는 도철의 이빨에 팥의 잔해 가 시커멓게 들러붙어 있는 게 눈에 들어왔다. 도철은 빵집의 한 면 벽 을 모두 차지하고 있는 붙박이 의자의 가운데에 앉아 옆에 있는 소년 에게 과하게 몸을 밀착하고 있었다.

그리 넓지 않은 빵집 안을 가득 메우고 있는 괴이들이 경멸의 시선으로 도철을 바라보았다.

"그딴 소리나 하려고 우리들과 기도를 들어주는 분을 이런 곳에 모 았나?"

세로로 길게 찢어진 붉은 눈을 가진 거구의 노인이 도철을 보며 고 함을 질렀다.

노인의 분노를 개의치 않는 듯 도철은 검지손가락을 들어 올려 보이 고 탁자 위에 놓인 팥죽을 한 움큼 떠먹었다.

"으음, 그게, 당신들 대부분은 팥이라면 질색을 해서 이 맛있는 걸 못 먹겠군요! 이런 아쉬울 데가!"

아직도 김이 모락모락 올라오는 뜨거운 팥죽을 도철은 쉴 새 없이 잘도 퍼먹었다. 다른 존재들의 시선 따위는 안중에도 없는 듯 먹는 데 에만 몰두하던 도철이 고개를 들고 소년을 바라보았다.

"아! 빵이라도 좀 드세요! 한참 먹을 때잖아요? 많이 먹어야 힘도 더 세지고 하지. 속을 든든히 해 두지 않으면 자기 분수도 모르고 남의 힘 을 탐하는 놈한테 험한 꼴을 본단 말이죠?"

그 자리가 자신의 위치를 증명해 주기라도 하는 양 소년의 옆에 바 싹 붙어 앉은 노부인을 노골적으로 바라보며 도철이 웃음을 터트렸다. 노부인의 얼굴에 가면처럼 둘러쳐진 미소는 좀처럼 사라지지 않았다.

"단순히 당신의 식도락 이야기나 늘어놓으려고 진정한 주인을 내세 워서 이 많은 이야기 속 존재를 모은 건 아니시겠지요?"

도철은 노부인의 말은 들은 척도 안 하고 소년에게 단팥빵을 하나 내밀었다.

"먹어 보라니깐? 저엉말 아쉬운 게 말이지요. 지금이 겨울이라 팥빙 수를 먹을 수 없다는 건데…… 메뉴를 한번 봐 보세요! 빵집에 파는 빵은 오직 팥빵뿐이고 메뉴는 팥죽과 팥빙수뿐! 이게 어얼마나 이치에 맞는 구성인지!"

도철이 고개를 쭉 내뻗어 소년의 옆자리 끝에 앉은 흰옷의 소녀를 바라봤다. 선홍빛의 헛바닥으로 아쉬운 듯 입주변의 피를 몇 번이나 핥아서인지 소녀의 입가는 이제 깨끗해졌지만 턱 주변과 옷깃에는 검게 변색된 핏자국이 여전히 묻어 있었다.

"그런데! 이런 훌륭한 음식을 만드는 사람이 세상에 뭐하나 내놓지 못하는 하찮은 이야기 속 헛도깨비 놈의 허기 때우기 용으로 생을 마감해야 한다니! 차암 세상이 불합리하단 말이지?"

계산대에 기대어 쓰러져 있는 중년 남자의 시신을 안쓰럽게 바라보며 도철이 말했다. 아직도 남자의 목에서 흐른 피가 선연했다.

흰옷의 소녀가 험악한 표정으로 도철을 노려보았다.

"대장장이의 후손이 여기에 있다고 우리를 불러 모은 건 너였어! 그때문에 내 아이들이 몇이나 죽었는지 알기나 해?"

"아아, 그랬지요. 그리고 사고방식 자체가 태어난 시절 그대로 고루해 빠진 당신은 구 원장을 하찮은 존재로 바꿔놨고 말이지……."

소녀의 흉흉한 눈빛을 마주 보며 도철은 코웃음을 쳤다.

"어차피 당신들 위세 빌려 내 먹잇감들 모으려고 한 목적은 달성했으니 내가 잡아먹어 소화 못 시킬 양반들은 이제 알아서들 나가라고? 뭘 뻔히 아는 처지에 내 눈치를 보고 그러시나?"

도철의 말에 온갖 알 수 없는 언어와 몸짓과 의사의 교류로 떠들썩하던 빵집 안에 정적이 찾아왔다.

"그럼 도철 형님. 딱히 시키실 일 더 없을 거 같은데 저는 먼저 가 볼게요!"

기다리고 있었다는 듯 가장 먼저 자리에서 일어난 건 머리카락 색이 연하고 그린 듯 날렵한 턱 선을 가진 남자였다.

소년은 남자의 허리 아래로 길게 뻗은 부드러운 꼬리를 홀린 듯 바라보았다. 시선을 눈치 챈 듯 남자는 꼬리를 기분 좋게 흔들어 보이고 소년에게 미소를 보냈다.

"왜? 이제 재미난 일 벌어질 텐데 은호 너도 같이 즐기고 배 좀 채우고 가라고."

"에이, 제가 여태 쌓아 놓은 공덕이 얼마고 기다린 시간이 얼만데 거기에 피비린내 묻힐 수는 없죠오, 그리고 누가 보면 제가 도철 형님 편 드는 줄 안다고요!"

"이야아, 직접 칼 휘두른 거 아니면 공덕 깎아 먹을 건 없나 보네? 은호 너가 차아암 세상 편하게 산다아. 나중에 바닷바람 작가 만나게 되면 자기 옆구리에 박힌 칼 어떻게 전달된 건지 내가 꼭 말해 줄게."

"조풍이랑 내가 서로 한두 번 죽이고 죽여 본 사이도 아니고오, 뭐 그러시든가요."

남자가 소년과 도철에게 인사를 하고 빵집을 나가자 뒤이어 흰옷을 입은 소녀가 몸을 일으켰다.

"아무리 이야기꾼이 상처를 입었다 하더라도, 너희들 모두의 힘을 다 합친다 하더라도 이야기꾼을 상대하지는 못할 거야."

소녀가 소년을 유심히 바라보았다.

"기도를 들어주는 이의 기도를 들어주는 이도 아직 너무 어리군."

"언제까지나 아이는 아니겠쥐이, 애들은 금세 쑥쑥 큰단 말이죠? 그리고 그냥 칼도 아니라 당신들의 신의 피로 더럽혀진 칼에 찔린 거라고! 제멋대로 날뛰면서 포뢰까지 처치한 수호자가 조풍을 찌르는 걸 직접 봤잖아?"

소녀는 도철을 향해 코웃음을 치고 빵집을 떠나갔다.

"혹시라도 가다 그 애…… 귀녀 만나지 않게 조심하라고! 바닷바람은 당신 봐줬을지 모르지만 귀녀는 그런 거 없을걸? 남아 있는 일족도 이제 얼마 없는데 몸 사려야지!"

도철이 소녀가 사라진 방향으로 소리치자 그게 신호라도 되는 양 온갖 이형의 존재들이 소녀를 뒤따라 떠나갔다.

개중에는 소년의 늪 전체를 합친 것보다 더 거대한 동시에 소년의 눈에 보이지 않을 정도로 작은 존재와 셀 수도 없이 많은 팔로 자신의 몸뚱이를 소중히 받치고 있는 존재와 감히 소년의 인지 범위로 인식하기엔 너무나 모호한 존재와 수없이 많은 악의를 집어삼켜 스스로가 악의의 화신이 되어 버린 존재와 짐승들의 왕과 짐승 같은 인간들의 왕과 짐승 같은 인간들의 왕을 섬기는 이들과 과거에는 존재하였으나 현재에는 존재가 희미해졌고 미래에는 더 이상 존재하지 않을 이들이 있었다.

모든 강대한 존재들이 떠나간 빵집에 남은 것은 도철과 소년과 노부인과 이름 없는 괴이들뿐이었다.

어느새 시야에 닿는 모든 공간을 가득 메울 듯 거대해진 도철의 존재감에 남아 있는 괴이들이 당황하기 시작했다.

"도철! 너는 도대체 무슨 생각인 거냐! 우리 중 가장 오래된 이들도 이야기꾼을 상대할 수 없다는데……."

붉은 눈의 노인이 소리를 지르자 돼지의 머리를 가진 거대한 늑대가 소년의 귀가 얼얼해지도록 커다란 웃음을 터트렸다.

"그래서 말이죠! 먹는 게 중요하다는 거예요오, 너희들같이 이름도 없는 이야기 속 존재들은 애당초 이야기꾼의 상대가 안 되잖아? 모든 이야기가 태어난 이야기꾼의 입속으로 다시 돌아가느니 차라리 내 배 속에서 나를 강하게 하는 게 더 쓸모 있지 않겠어? 어차피 바닷바람 작가를 상대할 수 있는 건 나뿐인 거 다들 알잖아? 그러니깐 어서 서로들 죽여! 혼돈을 만들어! 나를 먹여 줘! 날 조풍이랑 맞상대 할 수 있을 만큼 강하게 해 줘!"

"너도 결국엔 조풍의 혈족이라 우리를 배신하겠단 거냐!"

얼이 빠진 표정으로 도철을 바라보던 붉은 눈의 노인이 분통을 터트렸다.

눈이 있어야 할 자리에 입이 달려 있고, 입이 있어야 할 자리에 눈이 달려 있고 팔다리가 제멋대로 뒤섞여 있는 괴이가 저만의 방식으로 바닥을 기어 도철의 거대한 몸이 지키고 있는 입구로 내달렸다. 도철의 거대한 늑대 앞발이 괴이의 몸을 세로로 내리쳤다. 그 와중에도 도철의 돼지 머리는 여전히 웃음을 잃지 않고 있었다.

달달한 팥의 향이 가득하던 빵집 안을 피비린내가 뒤덮어갔다.

소년은 이 뒤에 펼쳐질 일을 더 이상 보고 싶은 마음이 들지 않았다. 남아 있는 괴이들을 버려두고 자리에서 일어나 출입문 쪽으로 걸어가자 노부인도 뒤따라왔다.

도철의 거대한 돼지 머리가 유쾌한 표정으로 소년에게 인사를 건넸다.

"저 인간 무당은 뭐지? 서로 죽이는 거라면 가장 약한 거 먼저 죽이는 게 맞지 않는가!"

붉은 눈 노인이 거구를 움직여 그 몸집에서 가능하리라 믿어지기 힘든 속도로 노부인에게 달려 들어갔다.

노부인이 혀를 깨물고 흘러나온 피를 입안에 한 움큼 머금더니 몸을 돌려 달려오는 노인을 바라보았다. 노인의 커다란 손이 목에 다다르기 직전에 노부인의 입에서 뿜어져 나온 한 움큼의 피구름이 노인의 몸을 굳게 만들었다.

세로로 길게 찢어진 노인의 붉은 눈에 공포의 감정이 차올랐다. 자신의 눈앞에서 몸이 굳어 꼼짝도 못 하는 노인을 바라보며 노부인은 머리 뒤에서 비녀를 뽑아내었다. 단정하게 묶여 있던 노부인의 하얀 머리가 허공에 흘러내렸다.

노부인은 여전히 몸을 움직이지 못하는 노인의 오른쪽 귀로 비녀를 들어 올리더니 서두르지 않고 천천히 귀 안으로 찔러 넣었다. 고통과 경악의 표정으로 자신을 바라보는 노인의 시선을 잠시 마주 바라보다 노부인은 눈을 돌려 도철을 바라보았다.

"진정한 주인을 보필해야 할 제가 이런 일까지 해야겠습니까? 도철 당신이 직접 처리할 수도 있었을 텐데요?"

"아니, 난, 그냥 당신이 이참에 죽어 버리면 그거 참 재미있겠다아 하고 생각했지."

기다란 비녀가 노인의 머리를 뚫고 왼쪽 귀로 빠져나오자 노인의 거대한 몸이 바닥으로 허물어져 내리는 듯하더니 점점 작게 오므라들었다. 어느덧 바닥에는 노부인의 비녀만이 남아 있었다. 노부인은 잠시 고민하는 듯 머뭇거리다 바닥에서 비녀를 집어 들어 옷자락으로 한번 닦아 내고 소년의 등에 손을 올렸다.

"이만 가시지요."

소년이 고개를 끄덕이고 빵집을 떠나자 남아 있던 괴이들이 어찌할 줄 몰라 하며 서로를 바라보았다.

"뭐 하세요들? 서로 싸우라고! 아니면 내 손에 죽든가!"

도철의 웃음이 빵집을 가득 메웠다.

* * *

"도철이 볼일을 마치면 저 대신 진실된 주인님을 보필할 겁니다."

노부인은 소년을 남겨두고 먼저 떠나갔다.

소년은 빵집 밖에 세워둔 도철의 흰색 승용차 옆을 하릴없이 서성거렸다. 도철이 차문을 열어 두었지만 차 안을 가득 메운 짐승의 냄새가 역겨워 안에 들어가 있기는 싫었다.

도철의 볼일은 그리 오래 걸리지는 않았다. 손에 몇 봉지의 단팥빵을 들고 홀로 빵집을 나선 도철이 소년을 보고 미소를 지었다.

"아까 빵 안 먹어 봤죠. 먹어 봐요오, 진짜 맛있다니깐?"

상황과 어울리지 않게 천연덕스러운 도철의 말에 소년은 웃음이 터져 나왔다.

"아저씨는 그래서 충분히 먹었어요?"

거대한 도철의 손이 소년의 머리를 기분 좋게 헝클어트렸다.

"아직 한참 부족하지, 그래도 사람이 자기 원하는 거 다 이루면서 살기는 힘든 법이거든? 적당히 만족할 줄도 알아야죠."

소년은 포장을 뜯고 단팥빵을 한 움큼 베어 물었다.

"혹시라도 말이죠오, 바닷바람 작가한테 잡아먹히지 않고 오오래 살아남아서 어른이 되면 팥빙수는 꼭 먹어 보라고요."

단팥빵이 입맛에 맞지 않는지 얼굴을 찡그리는 소년을 바라보며 도철이 말했다.

* * *

목구멍을 태워 버릴 듯한 극심한 갈증에 검둥이는 잠에서 깨어났다. 늙고 오래된 것과의 싸움에서 잘려나간 앞발의 상처가 주는 고통과는 비교가 안 될 정도의 갈증이었다. 검둥이는 왼쪽 앞발을 들어 올려 상처를 핥았다. 더 이상 피는 흘러나오고 있지 않았다. 아쉬움에 입맛을 다시며 주둥이를 바닥에 밀어 넣고 한 움큼의 눈과 흙을 같이 집어삼켰다. 입안을 긁어 대는 텁텁한 흙을 연거푸 내뱉어야 했지만 몇 번을 반복하니 갈증은 어느 정도 해소되었다.

다음으로 찾아오는 건 허기였다. 마지막으로 먹을 걸 먹은 건 아침 해가 막 떠오르고 조금 지났을 무렵이었다. 그 뒤로 몇 번의 아침 해를 보았는지 기억도 나지 않았다.

미호가 집을 비우고 나갈 때 과할 정도로 사료를 듬뿍 주고 가긴 했지만, 그걸로 충분하지는 않았다. 한참 몸이 크고 있는 검둥이에게는 신선한 피와 씹을 수 있는 살덩어리를 가진 살아 있는 것이 필요했다. 밤이 찾아오고 미호가 잠이 들면 검둥이는 몰래 뒷산에서 형제들과 만나 혼자 떨어져 돌아다니는 괴이를 사냥하곤 했다.

이제 검둥이에게는 미호도 형제들도 없었다. 다행인 건 평소와 달리 뒷산에 사냥할 만한 괴이가 넘칠 정도로 많아졌다는 것이다. 괴이들을 떠올리니 화가 났다. 미호의 것이고, 검둥이가 지켜야 할 영역에 수많은 괴이들이 활개 치고 다니는 게 마음에 들지 않았다.

어느 정도는 미호의 탓도 있다고 검둥이는 생각했다. 거미를 풀어 준 것도, 집에 자꾸 요사한 고양이를 들이는 것도, 그 냄새만 맡아도 저절로 꼬리가 말려 들어갈 정도로 무서운 검은 형체와 자주 어울리는 것도 마음에 들지 않았다.

하지만 지금 검둥이는 그 어느 때보다 미호가 보고 싶었다. 늘 사료를 줄 때마다 그 양을 고민하며 머뭇거리는 미호의 손길이 그리웠고, 검둥이가 좋아하는 따뜻한 보일러실 귀퉁이에서 미호가 기다란 몸을 웅크리고 앉아 무언가를 종이에 끼적일 때 나는 사각사각 소리가 그리웠다.

돌아가야 할 곳이, 지켜야 할 영역이 사라졌다는 걸 검둥이는 본능적으로 이미 알고 있었다. 돌아갈 영역은 없어졌지만 찾아가야 할 미호는 아직 살아 있을 터였다. 늙고 오래된 것을 겁주어 쫓아내고 나서부터 맹목적으로 미호의 흔적을 찾아 산을 헤매고 다녔지만 무서운 검은 형체의 냄새가 너무나도 강하게 남아 있는 장소에서 미호의 냄새는 흔적도 없이 사라져 버렸다.

일단 뭐라도 잡아먹고 기운을 차려야 한다고 검둥이는 생각했다. 미호를 찾아 가는 건 그다음의 일이었다. 코와 귀의 신경을 곤두세우며 집중하니 주변 괴이들의 존재가 느껴졌다. 작은 괴이들은 부자연스러운 동작으로 절뚝이는 검둥이가 쫓아가기엔 너무 재빨랐다. 형제들이 있었다면 한쪽으로 몰아넣어 손쉽게 사냥할 수 있었을 테지만 검둥이는 지금 혼자였다. 그렇다면 남은 건 커다란 몸을 가지고 있어서 느리고 검둥이를 보고도 도망가지 않을 정도로 강대한 괴이들뿐일 것이다.

그중 가장 커다란 건 언제인가부터 검둥이를 지켜보며 뒤쫓아 다니고 있는 거미였다. 형제들 없이 혼자서 사냥하기는 힘든 대상일 거라는 생각이 들었다. 무엇보다 거미는 미호가 이곳에 불러들인 존재였다.

네 다리에 힘을 주어 몸을 일으키는데 왼쪽 앞으로 몸이 쏠렸다. 한참이나 짧아진 왼쪽 앞다리의 상태를 이번에도 깜빡했다. 그쪽에 체중을 실으면 안 된다는 걸 알고 있었지만, 오랫동안 익숙해진 습관이 늘 의지를 앞서갔다.

짜증이 밀려와 절로 끙 하는 소리를 내뱉게 됐다. 쓸모도 없이 무게 만 차지하는 걸 물어 뜯어 버릴까 하는 생각이 들었다. 제 것이긴 해도 피와 살점을 뱃속에 채워 넣을 수는 있을 것 같았다. 검둥이는 한참을 뭉툭해진 왼 앞다리를 바라보다 상황이 정말 안 좋아졌을 때를 위해 일단은 남겨 두자고 생각했다.

"파수견이 주인도 없이 떠돌아다니네?"

"응응. 이제 병신 돼서 막 넘어지고 그런다."

"응. 형제들도 주인도 없이 혼자서 떠돌아다닌다."

"이제 우리가 겁 안 내도 되지?"

"응. 이번엔 우리가 사냥해서 겁주고 잡아먹자!"

낯익은 냄새와 소리가 들려왔다. 셋 어쩌면 넷. 곧 신선한 피와 고기 를 씹을 수 있을 거란 기대감이 밀려오자 뱃속에서 요란한 소리가 들 려왔다. 흥분으로 달아오르는 몸을 검둥이는 애써 억눌렀다. 기껏 찾아 온 사냥감인데 놓칠 수는 없었다. 사냥감들이 검둥이를 얕잡아 보고 우 습게 봐서 스스로 다가오도록 만들어야 했다.

검둥이는 다시 몸을 일으켜 세우고 겁을 먹은 듯 꼬리를 아래로 말 고 낑! 하는 소리를 한번 내었다. 절뚝이며 산 아래로 쫓기듯 걸어 내 려가니 사냥감들이 요란한 웃음소리를 내며 검둥이를 뒤쫓아 왔다. 곧 벌어질 일에 대한 기대와 흥분으로 저절로 흔들리는 꼬리를 애써 멈추 어 세워야 했다. 사냥감과의 거리가 충분히 가까워지자 검둥이는 요란 스럽게 다친 다리 쪽으로 몸을 기울이며 넘어졌다.

"너무 형편없네!"

"응응. 이제 가서 잡아먹자! 이번엔 우리가 뜯어먹자!"

검둥이는 달려오는 잔망스러운 발소리를 한참을 듣고 있다 지척에 온 순간 몸을 일으키며 크게 왕 하는 소리를 뱉었다. 갑작스럽게 터져 나온 검둥이의 짖음에 놀라 몸이 굳은 놈은 손쉬운 사냥감이었다. 애써 발을 움직일 필요도 없이 고개만 돌려 놈의 목을 물고 목뼈를 으스러 뜨리자 신선한 피의 향기가 검둥이의 코로 밀려 들어왔다.

혼비백산하여 도망치는 나머지 놈들에게 뭉툭해진 왼쪽 앞다리를 휘둘러 보았지만 허탕이었다. 몸이 멀쩡했더라면 한 놈은 더 잡을 수 있었을 거란 실망이 밀려 왔다. 검둥이는 애써 실망감을 떨치며 턱에 힘을 주었다.

사냥감의 마지막 공포가, 생명이, 이야기가 검둥이의 이에 짓뜯겨 나가며 목구멍으로 흘러들어왔다. 평소보다 더 천천히 씹어 삼켰지만 배가 완전히 차지는 않았다. 아쉬움에 입맛을 다시며 다시 한 번 흙과 함께 눈을 퍼먹는 귀찮은 행위를 몇 번이나 반복해서 갈증을 채웠다.

적당한 공복감이 검둥이의 감각을 다시 맑고 예민하게 만들어 주었다. 미호의 흔적은 여전히 찾을 수 없었지만, 검둥이가 좋아하던 보일러실의 온기가 뚜렷하게 느껴졌다. 더 이상 미호와 검둥이의 영역은 아니지만, 그곳에는 미호의 흔적이 남아 있을 것만 같았다. 운이 좋으면 옆집의 시끄럽고 사나운 할머니가 검둥이를 발견하고 미호에게 데려가 줄 수도 있을 터였다. 지금의 답답하고 절뚝거리는 발걸음으로도 다음 아침 해가 떠오를 무렵이면 그곳에 도착할 수 있었다.

신경 쓰이는 건 강대한 괴이들의 존재였다. 어쩌면 적당히 피해갈 수도 있을 테고 어쩌면 싸움을 해야만 할 터였다.

싸움을 생각하자 다시 몸에 생기가 돌았다. 커다란 괴이를 뜯어 먹을 수 있을 거란 기대감이 검둥이의 발걸음에 힘을 불어넣었다. 이제는 체중을 싣는데도 제법 요령이 붙어서인지 내리막길에서 세 개의 다리만을 놀려서 걷는데도 점점 발걸음이 빨라졌다.

한참을 움직이자 다시 허기가 밀려 왔다. 아무래도 작은 괴이 한 마리만으로는 부족했던 모양이었다.

오른쪽의 소나무가 무성한 숲속에서 이제껏 느껴보지 못한 커다란 괴이의 존재감이 느껴졌다. 검둥이는 달리던 발을 급하게 멈추어 세우고 숨을 고른 후 몸을 바짝 낮추었다. 언제인가 한번 맡아 보았던 것만 같은 냄새였다.

검둥이는 뭉툭한 왼 앞다리를 몸 쪽으로 바짝 붙이고 천천히 소리 없이 숲속의 괴이에게 다가갔다. 네 개의 다리로 땅을 꼿꼿이 받치고 서 있는 소의 커다란 눈망울을 보자 불쾌한 기억이 되살아났다.

"얘는 먹을 수 없을 거야."

목소리와 함께 검둥이의 머리 위에서 세계가 무너져 내려오고 사라져 갔다. 처음으로 사라진 건 냄새였다. 그다음엔 소리가, 시각이, 촉각이 차례대로 없어졌다. 감당할 수 있는 인지의 범위를 너무나 아득하게 넘어서는 압도적인 존재가 내뿜는 모든 냄새와 소리와 빛이 감각을 죽이고 검둥이의 마음속에 존재하리라 여겨본 적 없는 경외와 공포의 감각을 되살렸다. 그저 바닥에 납작 엎드려 감히 공포의 표현조차 못 하는 검둥이를 바라보며 소년이 천천히 걸어왔다.

"배고프면 이거라도 먹을래? 돼지 아저씨가 맛있다고, 먹어 보라고 줬는데 난 이제 뭘 먹어도 맛이 느껴지지 않거든."

소년은 부스럭거리며 봉지를 뜯어내고 단팥빵을 꺼내어 검둥이에게 내밀었다. 달달한 단팥의 향이 검둥이의 콧속으로 밀려들자 근원적인 공포에 억눌려 있던 모든 감정이 되살아났다.

검둥이는 온몸의 힘을 모아 이제껏 내 본 적 없는 커다란 위협을 내뱉었다. 온 산에 검둥이가 짖는 소리가 울려 퍼졌다.

소년은 온전한 오른쪽 앞발에 체중을 싣고 엉덩이를 치켜세우고 위협적으로 짖어대는 검둥이에게서 한걸음 뒷걸음질을 쳤다.

"너 해치려고 그러는 거 아냐."

청아한 소년의 목소리를 듣고도 격앙된 검둥이의 감정은 좀처럼 가라앉지를 않았다.

순간 둘을 바라보던 소가 지축을 요란하게 흔들며 검둥이에게 달려들었다.

"그만해!"

검둥이와 소 사이에 끼어든 소년이 팔을 치켜들고 분노를 터트리자 세상의 모든 괴이가, 이야기가 공포에 질려 멈추어 섰다. 이제껏 한 번도 느껴보지 못한 순수하고 잔인한 분노 앞에서 검둥이는 남아 있는 다리를 물어뜯고 자신을 해치고 싶은 욕망을 간신히 참아 견뎠다.

"누나 찾아가려고 하는 거 아냐? 누나 집 쪽은 위험해. 돼지 아저씨도 함부로 못 하는 애들이 지키고 있거든."

언제 그랬냐는 듯 소년의 목소리는 다시 평소의 침착함을 되찾았다.

검둥이는 소년을 한참 노려보다 소와 눈을 마주쳤다. 두 마리의 짐승 사이에 팽팽한 긴장감이 감돌았다.

"개들 많은 집으로 가. 거기 아저씨랑 무서운 할머니도 같이 있으니 누나한테 너 데려다줄 거야."

소년에 대한 검둥이의 감정과는 별개로 그 말은 일리가 있어 보였다. 형제들의 집이 미호의 집보다는 거리도 가까웠다. 어쩌면 형제들이 들을 수 있는 거리에서 그들을 불러내 도움을 받을 수도 있을 것이었다.

"그쪽엔 할머니가 무서워서 지키는 애들도 없어. 거기 가면 누나 만날 수 있을 거야."

말을 마친 소년은 뒷걸음질로 천천히 검둥이에게서 멀어졌다.

"그리고 빵 먹어 봐. 돼지 아저씨가 맛있다고 했으니깐 맛있을 거야."

조금씩 세상에서 소년의 존재감이 옅어져 갔다. 그 뒤를 따라 소도 떠나갔다.

뒤틀리고 요동치던 감각이 조금씩 안정을 되찾아가자 온몸에서 식은땀이 떨어지고 있는 게 느껴졌다. 개들만이 할 수 있는 방식으로 안도의 한숨을 내뱉고 나니 다시 허기가 밀려왔다.

검둥이는 땅에 떨어진 단팥빵을 조금 베어 물었다. 코를 자극하는 피의 향도 턱 근육에 저항하는 질긴 살의 감촉도 없었지만 주린 배는 조금 나아졌다. 남아 있는 단팥빵을 모두 입에 욱여넣고 검둥이는 형제들의 냄새가 흘러오는 방향으로 발걸음을 옮겼다.

* * *

구름 속에 달이 숨어 밤하늘은 어두컴컴했다. 흉조의 검은 날개가 하늘을 뒤덮자 이계리를 뒤덮은 어둠이 한층 짙어졌다.

미호는 픽업트럭의 짐칸에서 화살을 집어 들려 하였다.

'없어? 분명히 많이 챙겨 왔는데.'

다시 보니 손에 들고 있다고 생각했던 활도 없었다.

달이 구름을 벗어나자 흉조의 얼굴이 뚜렷이 드러났다. 아버지의 얼굴이었다. 아버지의 입이 천천히 열렸다.

"미호야…… 너는 절대로 이야기를 끝맺지 못…….""

"듣지 마!"

운전석에 앉은 조풍이 소리쳤다.

아니, 조풍의 목소리가 아니었다.

'또 너냐…… 그리고 또 이 꿈이냐!'

벌써 며칠째 거듭되는 꿈이었다.

"꿈이라는 게 그런 거잖아요? 만나길 원하는 사람은 저얼대 나오지 않고, 가고 싶은 곳엔 저얼대 도착 못 하고, 이루고 싶은 건 저얼대 이루어지지 않는 게 꿈이잖아?"

도철이 유쾌하게 미호에게 소리쳤다.

'지긋지긋해. 꿈속에서까지 매번 뜬구름 잡는 소리 듣는 거…….'

"원래 광인의 헛소리에, 알 수 없는 이야기에 진실이 있는 법이지요. 그런 것도 모르면서 작가를 하겠다면 곤란하지 않겠어요?"

짐칸에 앉은 이장님이 미호에게 말을 건넸다. 아버지의 모습이었다.

'당신의 그 사이좋은 아들들 때문에 검둥이도 없어지고, 내가 얼마나 고생을 하고 있는데.'

"그것도 다 좋은 이야기 아닌가? 고생이라 생각하면 되나? 작가가 이야기와 친숙해져야지."

빈정거리는 조풍의 얼굴이 수척했다. 미호가 칼을 꽂아 넣은 옆구리에서 쉴 새 없이 생명이 흘러나오고 있었다. 조풍은 그만의 방식으로 죽어가고 있었다.

"괜찮아요? 도대체 어디에서 뭘 하면서 숨어 있는 거예요?"

"사이좋은 내 형제의 눈을 피하고 있지. 힘을 되찾아야 해."

"그리고 난 봤죠! 우리 바닷바람 작가님이 죽어가고 있는걸! 내 선물

지인짜 잘 듣지 않아요?"

운전석에 앉은 도철이 차를 세우며 웃음을 터트렸다.

하늘에서 흥조가 미호를 향해 내려오고 있었다. 날카로운 발톱 하나 하나가 귀녀 할머니의 커다란 검만 했다.

'어차피 꿈 그냥 빨리 깨자……'

미호는 흥조를 향해 팔을 벌리고 섰다. 기쁨에 빛나고 있는 흥조의 눈에 미호의 모습이 반사되어 보였다.

"위험하게 뭐 하는 거야! 깨어나요!"

조풍이 미호를 향해 외쳤다.

"그냥 꿈이잖아? 뭐 어때서요?"

흥조의 발톱이 미호의 머리카락을 스치기 직전에 조풍이 미호를 안고 차에서 뛰어 내렸다. 데일 듯 뜨거운 조풍의 체온이, 죽어가는 이에 게서 풍겨오는 독특한 향이 실제처럼 생생하게 느껴졌다.

"그만 일어나! 누나! 일어나요!"

비명을 지르며 미호는 잠에서 깨어났다.

늪지의 음습한 습기가 등을 파고들어 왔다. 어리둥절한 채로 바닥에 손을 짚자 진흙 바닥에 굴러다니던 날카로운 나뭇가지가 굳은살이 박인 미호의 오른손을 길게 찢어 놓았다. 베인 부분에서 따끔한 고통과 따듯한 피의 온기가 느껴졌다.

'이건 꿈이 아니야. 여기가 어디지? 언제 이런 곳으로 온 거지?'

해도 달도 별도 없는 하늘이었다. 언제인가 꿈속에서 한번 본 적이 있는 듯한 풍경이었다.

'생명체가 없는 세계에 나 혼자 있는 거야.'

손끝과 발끝에서부터 소름이 몸을 타고 기어 올라왔다. 우포늪의 추위가 얇은 수면복을 뚫고 미호를 공격해 왔다. 미호는 비틀거리며 몸을 일으키고 두 손으로 몸을 감싸 안았다. 손바닥에서 흘러내리는 피가 감싸 안은 왼팔을 타고 흘러내렸다. 맨발에 와 닿는 늪지의 질척한 흙의 촉감이 불쾌했다. 추위와 공포에 사로잡혀 미호의 눈에 눈물이 고였다.

미호의 집과 산이 있는 방향에서 거대한 무언가가 움직이고 있었다. 산보다 더 커다란 무언가의 검은 눈동자는 커다란 동굴 같았다. 미호를 찾고 있는 눈동자에서 미호를 향한 무한한 적의가 느껴졌다.

"누나! 일로 와요! 어서요!"

늪가의 판잣집에서 소년이 미호에게 손짓을 하고 있었다. 미호는 홀린 듯 판잣집으로 달려갔다.

"여긴 괜찮을 거예요."

"여기가 어디야? 내가 어떻게 여기로…… 분명 조풍 씨 집 침대에서 자고 있었는데."

소년이 촛불 위에서 손가락을 튀기자 불이 피어올랐다. 불이 붙은 촛불을 들고 소년은 판잣집 안의 모든 촛불을 차례대로 밝혔다. 일렁이는 불빛이 벽에 드리워진 미호와 소년의 검은 그림자를 춤추게 했다.

"여기 어디인지 아시잖아요? 누나가 지키고 있던 문이 열린 거예요. 여기에선 누나가 괴이이고 이야기예요."

소년의 담담한 목소리를 듣고 있으니 마음이 차분하게 가라앉았다.

"너 그때 여기 없었잖아. 너희 엄마…… 거미가 너 찾고 있었어."

"전 어디에든 있고 어디에도 없대요."

미호는 판잣집 안을 둘러보았다. 판잣집의 입구와 마주 보는 벽면에 투박한 제단과 같은 조그마한 탁자가 놓여 있었고 낯익은 여자의 초상화가 걸려 있었다.

"이거 귀녀 할머니 아니야? 그때 보았던 건 저런 모습 아니었는데."

"두 세상은 거울상이지만 조금씩 뒤틀려 있어요."

미호는 고개를 끄덕이며 초상화를 자세하게 들여다보았다. 자세히 보니 지금의 귀녀 할머니와는 다른 모습이었다. 초상화 속 귀녀 할머니의 얼굴은 더 젊었고 흉터도 없었다.

'젊었을 적에도, 얼굴에 상처 입기 전에도 험악하게 생기셨었구나.'

미호는 괜히 웃음이 나왔다. 소년이 미호의 손을 잡아당기며 주의를 끌었다.

"누나 여기 오래 못 있어요. 지금 온 세계가 다 누나를 찾고 있어요."

"네가 이 세계의 주인 아니야? 귀녀 할머니가 말한 거짓된 주인……."

소년은 고개를 가로저었다.

"전 어느 세상에도 속해 있지 않아요. 기도의 기도 속에서 태어나서 아무것도…… 심지어 이름조차 주어진 적도, 가져 본 적도 없거든요……."

미호는 소년의 말에 서글픈 기분이 들었다.

"……너도 조풍 씨 같은 그런 존재일 거야."

"어떤 이야기들은 왕이 돌아오기를 바라고, 어떤 이야기들은 인정 없이도 존재하기를 원하고, 어떤 이야기들은 힘을 원하고…… 너무 많은 염원과 기도 때문에 혼란스러워요."

소년이 손바닥으로 피가 나오는 미호의 오른손을 훑어 내렸다.

"누나 개가 누나 찾고 있어요. 돌아가면 개 많이 키우는 아저씨 집으로 가세요. 그리로 가라고 내가 말했어요. 거기에 무서운 할머니도 같이 있어요. 서둘러야 할 거예요. 너무 말라서 뼈가 다 드러나 보일 정도

더라고요."

미호는 고개를 끄덕였다.

"그리고 나를 구해 줘요. 누나만 날 구할 수 있어요."

소년의 말투가 점점 빨라지며 평소의 온화함이 사라져갔다.

"그리고 개가 주인에게 돌아가고 마지막 수호자가 사라지면 빼앗겼다 생각하는 이가 가져 본 적 없는 이의 힘을 빼앗고 거울이 깨어진 후 두 세계의 경계가 사라질 거야."

소년의 눈동자 색이 시커멓게 변해 갔다. 소년의 갈색 얼굴 위에 두 개의 커다란 공허의 구멍이 나타났다.

소년이, 노부인이, 세계가, 공허가, 모든 기도와 염원들이 미호를 바라보았다.

"이야기가 현실이 되고 현실이 이야기가 될 거야. 모든 생명이 사라지고 거짓된 이야기와 진실한 감정만이 가득 찬……."

끝도 없이 펼쳐진 인지 범위 안의 모든 것이 미호를 바라보고 있었다. 미호는 압도되고 사로잡혀 꼼짝 할 수 없었다. 삶도 죽음도 없이 오직 감정뿐이었다. 분노, 그 대상을 알 수 없는 순수한 분노가 미호를 사로잡았다. 차가운 냉기가 칼처럼 미호의 몸을 찌르고 틀어박혔다.

"일어나!"

미호는 비명을 지르며 잠에서 깨어났다. 어두컴컴한 문가에 선 아이의 시선은 따듯한 이불 속 온기를 뚫을 듯이 차갑기만 했다.

"넌 날 죽였는데 난 널 두 번이나 구해 줬어."

아직 침대에 누워서 가쁘게 숨을 내쉬는 미호를 향해 기분 나쁜 미소를 지으며 포뢰는 자랑스럽게 말했다.

"그래, 그럼 서로 비긴 셈 치자."

미호는 오른손에서 흘러내리는 피를 내려다보며 이를 깨물었다. 창
밖은 아직 어두웠지만, 시계를 보니 곧 동이 터 오를 시간이었다.

"옷 챙겨 입어. 갈 데 있어."

"지금 시간에 어딜 갈 건데?"

"어차피 너 내가 어디 가든 따라올 생각이잖아? 그냥 가자."

미호는 탁자 위에 놓인 검둥이의 앞발을 유심히 바라보다 차 키를
집어 들었다.

"그거 항상 챙겨 다녀. 귀한 거야."

포뢰가 탁자 위의 잘린 앞발을 가리키며 말했다.

* * *

검둥이는 등을 굽히고 입을 크게 벌렸다. 서너 번 배를 꿀럭이고 나
니 하얀색 거품이 입 밖으로 토해져 나왔다.

벌써 몇 번째의 구토인지 모르겠다. 아까 먹었던 음식들은 벌써 소화
가 되었는지 나오는 건 위액과 담즙이 뒤섞인 하얀 거품뿐이었다.

한번 구토를 할 때마다 자신의 몸을 움직이는 혈관 속에 불꽃이 사
그라지는 게 느껴졌다. 지금은 걷는 것은커녕 한쪽 다리로 상체를 지탱
하는 것도 힘겹게 느껴졌다. 어쩌면 잡아먹은 작고 시끄러운 것의 몸에
독이 들어 있었을지도 몰랐다. 어쩌면 눈과 함께 집어삼킨 흙 때문일
터였다. 이곳의 토양도 예전과는 달리 더럽혀지고 오염되었다.

한 번도 추위를 느껴 본 적이 없던 검둥이의 몸에 오한이 밀려왔다.
얼마 전까지만 해도 또렷하던 형제들의 냄새가 이제는 그저 희미하기
만 했다.

더는 움직일 기운이 나질 않았다. 조금 더 사방이 막힌 장소였다면 좋았을 거라고 검둥이는 생각했다.

바닥에 길게 몸을 누이니 또다시 미호가 떠올랐다. 언제나 눈을 뜨면 검둥이의 사료와 물부터 챙기고 난 후 활을 들고 뒷산으로 올라가던 미호의 뒷모습이 눈에 휜했다.

검둥이가 좀 더 어렸을 때 미호는 곧잘 검둥이를 함께 데리고 뒷산으로 올라갔다. 미호가 요란하고 북슬북슬한 털이 달린 화살을 하늘에 쏘면 화살은 멀리 가지 못하고 이내 떨어져 내렸다. 화살이 땅에 떨어지기 전까지의 짧은 기다림의 순간이 검둥이는 가장 좋았다. 그럴 때면 자신도 모르게 꼬리가 씩씩하게 좌우로 흔들리곤 했었다. 땅에 화살촉이 닿아 내는 둔탁한 소리가 들리면 검둥이는 낼 수 있는 가장 빠른 속도로 뛰어갔다. 화살을 물고 돌아오면 미호는 커다란 웃음을 터트리며 검둥이를 끌어안아 주었다.

검둥이는 그때의 웃음소리가 다시 듣고 싶었다. 언제인가부터 미호는 검둥이를 집밖에 데리고 나가려 하지 않았다. 해가 한참 높이 뜰 무렵이면 미호는 따뜻한 보일러실에 웅크려 앉아 무언가를 적으며 건성으로 촉이 달리지 않은 화살대를 던졌고 검둥이도 별다른 열의 없이 물어다 주곤 했다.

검둥이는 보일러실의 온기와 권태로운 놀이도 그리웠다. 다시 미호를 볼 수만 있다면, 다시 형제들을 볼 수만 있다면……. 형제들이 있는 곳까지의 거리가 얼마나 될지 알 수 없었다.

마지막 남은 힘을 짜내 검둥이는 몸을 일으켜 세웠다. 목을 뒤로 젖히고 검둥이는 형제들의 냄새가 풍겨왔던 방향으로 길고 긴 울음을 내뱉었다. 쓰러지듯 다시 한 번 땅에 몸을 누이고 검둥이는 눈을 감았다.

형제들이 화답하는 소리가 들려오는 듯했지만 그건 검둥이의 머릿속에서 들려오는 소리인 것 같았다.

* * *

동틀 무렵에 보는 미호의 집은 버려진 지 며칠이 지나서였는지 을씨년스러워 보이기만 했다. 자꾸만 집 쪽으로 시선이 향하는 걸 억누르며 미호는 저수지로 차를 몰고 올라갔다. 조풍의 거대한 픽업트럭을 김 서방 아저씨의 대문 앞에 바짝 대고 미호는 경적을 울렸다. 미호가 기대했던 개들의 화답이 들려오지 않았다.

어리둥절한 채로 미호는 차 문을 열고 내렸다. 포뢰는 무언가 불만스러운지 차 안에서 뚱하게 창에 기대어 앉아만 있었다.

"아저씨! 할머니! 저예요! 좀 나와 보세요!"

미호는 대문을 밀고 집 안으로 들어섰다. 개들이 달려들 걸 대비해서 한껏 몸을 움츠렸지만 마당에는 단 한 마리의 모습도 보이지 않았다.

집 안에서 불이 켜지더니 현관문이 열렸다. 아직도 잠이 덜 깬 표정으로 귀녀 할머니가 미호를 맞아 주었다.

"어쩐 일인가? 것보다 지금 몇 시야? 김 서방은 그렇게 위험하다 했는데 또 새벽부터 개들 데리고 어딜 간 거야?"

잠을 방해받아서인지 귀녀 할머니의 말투마다 짜증이 묻어 나왔다.

"죄송해요, 할머니. 검둥이 혹시 여기로 돌아오지 않았나 해서."

귀녀 할머니의 표정이 한결 풀렸다.

"일단 집 안으로 들어오게. 차 안에 있는 건 포뢰 그놈이지?"

미호가 고개를 끄덕이면서 집 안으로 들어가려 할 때 집 뒤편 산속 멀리서부터 개들이 짖는 소리가 들려왔다. 엄청난 속도로 다가오는 개들의 소리를 들으며 미호는 대문 쪽으로 몸을 돌렸다. 숨을 헐떡이며 맨발로 대문 앞에 모습을 드러낸 김 서방 아저씨는 요란한 색상의 꽃무늬가 빼곡히 그려진 잠옷을 입고 있었다. 그 팔 안에 검고 야윈 형체가 안겨 있었다.

"할머니…… 미…… 미호 일단 죽부터…… 냉장고에 닭 가슴살 얼려둔 거 있으니…… 그것도 녹이고…… 아니, 일단 얼음이랑 물부터 가져와요……."

울음기 섞인 김 서방 아저씨의 말에 미호의 마음 한구석을 차지하고 있던 무언가가 녹아 사라졌다. 의식도 못 하는 사이에 미호의 눈앞이 흐려졌다. 흐려진 시야 사이로 숨을 내쉴 때마다 갈비뼈가 드러나 보이는 검둥이의 꼬리가 바쁘게 움직이는 게 보였다. 그런 미호를 바라보는 김 서방 아저씨의 입매가 떨리며 눈에서는 굵은 눈물이 떨어졌다.

"어이구…… 아주 개 아빠 엄마들이 나셨네."

말과는 달리 귀녀 할머니의 목소리에서 감출 수 없는 따듯한 웃음기가 묻어 나왔다.

막간극

"미호, 검둥이 털 드라이로 말릴 동안 좀 잡고 있어 봐."

김 서방 아저씨를 방문한 시기가 영 안 좋았다. 맡겨 둔 검둥이의 안부만 확인하려 잠깐 들른 거였는데 몇 십 분째 김 서방 아저씨에게 붙들려 검둥이의 목욕 수발을 들고 있었다.

"그런데 얘 발 상처도 있고 한데 벌써 목욕시켜도 되는 거예요?"

"어? 어…… 구 원장이 벌써 거의 다 나았대……."

"구 원장님요? 병원 문 다시 여셨어요?"

"어. 병원 창문 다 시커멓게 막아 놓고 장사 하고 있더라고."

구 원장에 대한 이야기를 하니 미호의 머릿속에 흰옷을 입은 소녀의 모습이 떠올랐다.

'조풍 씨가 그때 뭐라고 한 거지? 아니, 그것도 그렇고…… 조풍 씨는 도대체 지금 어디에 있는 거야?'

미호가 두툼한 수건으로 감싼 검둥이의 몸을 꼭 부둥켜안고 있는 사이에 김 서방 아저씨가 드라이로 차근차근 검둥이 귀 안의 물기를 말렸다.

"그럼 구 원장님 병원에 얘 잘린 발 들고 가면 다시 붙여 주시려나?"

"그…… 그런 이야기를 왜 해?"

김 서방은 미호의 말을 듣고 질겁하며 몸서리를 친다.

"혹시 알아요? 다시 붙일 수 있을지도. 그리고 포뢰가 이거 계속 지니고 다니라고 하던데."

"그건 귀한 거니깐 부적 삼아 가지고 다니라는 거지!"

"왜 귀한 건데요?"

"어? 나도 잘 몰라. 포뢰한테 물어보든지……."

생각해 보니 김 서방이라고 딱히 답을 알 것 같지는 않았다.

"그런데 귀녀 할머니는 어디 가셨어요?"

"어? 미호랑 포뢰랑 온다 하니깐 잠깐 볼일만 보고 금방 돌아오겠다 하던데?"

'조풍 씨한테 간 걸까?'

꿈에서 본 조풍의 죽어 가는 모습이 떠올라 마음속이 답답해 왔다. 그런 미호의 마음을 읽기라도 한 것인지, 단순히 몸의 자유를 빼앗긴 게 거슬리는 것인지 검둥이는 연신 뜨거운 콧김을 내뱉었다.

'그런데 내가 얘 붙들고 있는 게 의미가 있나? 작정하고 몸 빼려 하면 그 힘을 내가 감당할 수도 없을 텐데?'

"미호. 다음에 올 때는 개 샴푸 좀 사다가 줘. 내가 파는 곳 알려 줄 테니깐……."

"얘들도 그런 거 신경 써야 해요? 난 그냥 내가 쓰는 샴푸로 목욕 시켜 줬는데."

"아니! 시골 개들이라고…… 개 샴푸도 안 쓰고! 어? 도시 개들이랑 똑같아, 얘들도!"

"아니, 그런 게 아니라……. 얘들이 딱히 개라고 하기도 뭐하고 해서 그랬죠……."

변명을 늘어놓고 나니 괜히 부아가 치밀어 올랐다.

"그런데 아저씨는 왜 그렇게 무슨 말만 하면 도시 타령하시며 화내 신대요?"

"어? ……아니! 도시 살았다고…… 시골이라고 무시하고 하니깐! 그 래서 그렇지……."

"도시 사는 게 무슨 벼슬인가. 무시한 적도 없고 무시할 일도 없으니 깐 꼭 도시 한번 안 가 본 사람처럼 예민하게 좀 굴지 마세요!"

"어? ……어."

괜히 시무룩해지는 김 서방의 표정을 보니 집히는 데가 있었다.

"아저씨. 살면서 도시 가 본 적 한 번도 없으세요? 이계리 떠나 본 적 없죠?"

"어? ……어, 나야 이계리에서만 있어 봤지."

"아니, 조풍 씨가 친구라면서, 대구나 창원 같은 데 데리고 가서 뭐 맛있는 것도 안 사주고 그래요?"

"내가 왜 조풍이 친구야……."

말은 드세게 내뱉었지만 김 서방 아저씨의 시무룩한 반응에 괜히 마 음이 짠했다.

"돈도 많으신 분이 차도 없이 왜 그렇게 재미없게 사신데요."

미호는 김 서방의 집 안을 둘러보며 말했다. 호사스러운 집의 외관으 로 어느 정도는 짐작은 했지만, 밖에서 보는 것보다 훨씬 더 휘황찬란하게 꾸며진 실내였다. 고급스럽고 깔끔하게 정돈되었지만 사람이 사는 온기를 느끼기 힘들고 기괴할 정도로 단정한 조풍의 집과 달리 김서방의 집은 온갖 화려한 장식들과 각양각색의 가전제품들로 가득 차 있었다.

"어…… 난 그런 거 없이도 잘 살아……."

"그럼, 제 집 정리 좀 되는 대로 조풍 씨랑 귀녀 할머니랑 아저씨랑 해서 마산 가서 회나 먹고 와요. 제가 검둥이 돌봐주신 것도 있고 하니깐 한턱 쏠게요."

"어? 회? 그런 건 한 번도 안 먹어 봤는데?"

"그래서 갈 거예요, 말 거예요?"

"어? 나야 좋지."

"그래요, 그럼."

미호가 웃으며 팔의 힘을 풀자 검둥이가 요란하게 털의 물기를 털어냈다. 그 뒤로도 한참 동안 미호는 검둥이의 수발을 들어야 했다. 귀녀 할머니의 차가 들어오는 소리가 들리자 미호는 김 서방과 검둥이에게 작별 인사를 건네며 자리에서 일어났다.

"미호 가나?"

"네, 할머니. 검둥이 거의 괜찮아진 거 같으니 다음에 올 때 데리고 가려고요."

"그러게."

"그런데 할머니, 조풍 씨한테 다녀오신 거 아니에요? 조풍 씨는 어디서 뭐 하고 있대요?"

"……자네가 모르는 편이 이래저래 나을 테니 알려고 하지 말게."

"……몸은 좀 괜찮대요?"

"조풍 선생 건강 걱정하는 것처럼 세상에서 쓸 데 없는 걱정도 없을 걸세."

코웃음을 치는 귀녀 할머니였지만 무언가 석연치 않은 표정이었다. 귀녀 할머니에게 인사를 건네며 차에 올라타니 뚱한 표정으로 조수석에 앉아 있던 포뢰가 미호를 맞았다.

"넌 왜 같이 안 들어가려고 하는 건데?"

"내가 김 서방 집에를 왜 들어가! 그리고 김 서방도 나 집에 들이려고 하지 않을걸?"

왜인지 설득력 있는 대답이었다. 미호는 말없이 고개를 끄덕이고 조풍의 집으로 차를 몰아갔다.

* * *

집 밖에 나갈 때마다 포뢰를 달고 다니자니 여간 신경 쓰이는 게 아니었다. 미호는 포뢰와의 불편한 동행을 감수하느니 외출을 삼가는 쪽을 선택했다. 자발적인 감금 생활 덕분에 글쓰기에 열중할 수 있는 것만은 좋았다.

"이야기 쓰는 거야? 『백호전생』 같은?"

이제는 익숙해진 거실 대리석의 차가운 감촉을 즐기며 글쓰기에 열중하고 있는 미호에게 포뢰가 불쑥 말을 걸었다.

"그런 이야기는 아니고."

적당한 설명을 한참 고민하다 미호는 한숨을 내쉬었다.

"뭐, 비슷한 거야."

미호는 여전히 포뢰를 향한 혐오의 감정을 감추기 힘들었다. 평소였다면 미호의 무시에 똑같은 무시로 응대했을 포뢰의 얼굴엔 아이 특유의 호기심 어린 표정이 깃들어 있었다.

"무슨 이야긴데?"

지금 시점엔 포뢰가 아닌 세상 그 누구에게라도 여신전생에 관한 이야기를 하기는 싫었다.

"너도『백호전생』읽어 봤어?"

"어! 거기에 내 이야기도 나와!"

포뢰는 화제를 돌리려는 미호의 의도대로 순순히 이끌려 왔다.

"그래? 그게 진짜로 있었던 이야기란 거지."

"그건 아니고. 조풍이 자기 좋을 때로 많이 꾸며냈지."

"검둥이 잘린 발 항상 가지고 다니라는 것도 책 보면 이유 알 수 있는 거야?"

"아니. 그건…… 아무튼, 항상 몸에 지니고 다녀."

포뢰가 알 수 없는 미소를 띠며 말했다. 마치 미호가 질문을 할 수밖에 없을 거라는 듯한 태도였다. 호기심은 들었지만 미호는 포뢰의 장단에 맞추어 주고 싶은 생각이 없었다.

"그럼 김 서방 아저씨나 도철 이야기나 귀녀 할머니 이야기도 나오겠네?"

"도철이랑 김 서방 이야기는 나오는데. 귀녀는 잘 모르겠는데? 다들 조금씩 다른 이름으로 나와서."

그 뒤로도 포뢰는 한참이나『백호전생』에 대한 이야기를 열성적으로 늘어놓았다. 이제껏 보지 못했던 발랄한 태도로 고개까지 연신 끄덕여 가며 말하는 포뢰의 얼굴을 길게 늘어진 앞머리가 덮었다.

'저 머리 꼴…… 진짜 거슬려 죽겠네.'

"너 그런데 이발 안 해? 이장님이 미장원 같은 데 데려가서 머리 안 잘라 주셔?"

"세상일에도 무관심한 용이 자식들을 신경 쓸 거 같아?"

포뢰는 코웃음을 치며 말했다.

"그럼 혼자라도 가서 머리 좀 자르든가 하지. 그렇게 음침한 꼴로 있으니……."

"그럼 네가 나 차 태워서 데리고 가 줄 거야?"

조금의 고민도 없이 미호는 단호하게 고개를 내저었다.

"나처럼 잊힌 존재를 누가 신경 쓰겠어……."

미호는 포뢰의 얼굴을 한참 바라보다 한숨을 내쉬며 머리를 묶고 있는 끈을 풀었다.

"이리로 와 봐."

얼굴에 가득한 호기심을 감추지 않고 포뢰는 순순히 미호에게 다가왔다. 미호는 포뢰의 앞머리를 쓸어 올려 이마 위로 올린 후 머리끈으로 단단하게 묶어 주었다.

"빚진 거 하나 갚은 거다?"

한참이나 미호의 얼굴을 빤히 바라보다 포뢰는 말없이 고개를 끄덕였다.

9. 돼지와 호랑이

순연한 절망에 사로잡혀 백호는 울고 또 울었다. 이럴 수는 없는 것이다! 이토록 어린아이에게 이럴 수는 없는 것이다! 요요한 소녀의 몸에 뚫린 커다란 구멍에서 흘러나오는 피와 장기가 어우러져 현란하고 섬뜩한 색채를 만들어 내었다.

"아이야, 나는 너를 살릴 수 있단다. 내 살이 너의 상처를 아물게 하고, 내 피가 너를 강하게, 그 어떤 인간들보다도 더 강하게 만들어줄 거란다. 그러나 정녕…… 정녕 그게 너에게 도움이 되는 길인지 나는 확신할 수 없구나. 아아…… 너에게 나의 말을 듣고, 이해하고, 의사를 표할 조금의 힘이라도 남아 있다면, 그리하여 나의 선택의 결과가 불러올 짐의 무게를 조금이라도 나누어 들 수 있다면 내 이리 괴로워할 필요는 없었을 텐데!"

백호에게는 망설일 시간조차 주어지지 않았다! 백호는 결연히 의지를 다지며 입술을 굳게 다물었다. 그린 듯 아름다운 백호의 얼굴에 짙은 그늘이 드리워졌다.

"내 너를 살리리라! 비록 그 결과로 네가 보통의 사람들이 누려 마땅할 행복과 삶을 누리지 못할지라도! 그리하여 평생 동안 나를 원망하고 또 원망할지라도 내 꼭 너를 살리고야 말 것이다!"

백호는 도검불가침의 경지에 이른 자신의 몸에 상처를 낼 수 있는 유이한 기병인 애검 막야를 뽑아 들고 팔뚝의 살을 한 점 베어내었다. 혼절하여 정신을 잃은 아이의 입에 잘린 살점을 밀어 넣고…….

"아! 진짜! 해도 해도 너무하네! 뭐 이따위 걸!"

미호는 한참 읽고 있던 『백호전생』 29권을 소파 한편에 집어 던지며 소리쳤다.

'가뜩이나 내 글도 안 써지는데 눈만 버렸잖아! 도대체 이따위 소설을 사람들이 뭐가 재밌다고 본데? 그리고 뭐…… 그린 듯 아름다운?'

"『백호전생』 재미있지?"

벌써 몇 시간 전부터 거실에서 『백호전생』을 읽고 있는 미호를 기대에 찬 눈초리로 바라만 보고 있던 포뢰가 말했다.

"……재미로 본 게 아니라 그냥 참고하려고 억지로 본 거야."

"거기에 내 이야기도 나와!"

으스대는 포뢰의 말에 포뢰를 연상시키는 소설 속 캐릭터의 만행이 떠올라 저절로 눈살이 찌푸려졌다.

"……그래, 7권에 네가 사람들한테 어떤 짓 했고, 그래서 누구한테 어떻게 당했는지 자세히 나오더라."

"응! 32권 가면 내 이야기 또 나와!"

혐오감에 사로잡혀 경멸의 시선을 보내는 미호는 아랑곳하지 않고 포뢰는 아이처럼 순수한 열정에 사로잡혀 자랑스럽게 말했다. 어찌나 뿌듯해하는지 어깨가 으쓱거리는 게 눈에 확 뜨일 정도였다.

"그런데 소설에서 백호랑 계속 마주 싸우는 사람이 도철이야?"

"도철? 아닐걸? 조풍은 도철한테 잘해 줘."

'왜 아니겠어. 너 같이 미친놈한테도 집도 내주고 하는 사람인데.'

"그런데 도철은 조풍 씨 싫어하는 것 같은데? 질투하는 거 같고."

"조풍은 도철이나 나 같이 기도하는 사람들에게 잊혀서 힘이 약해지지 않았잖아. 그래서 질투하나 보지."

"그럼 소설에 나오는 백호 적수는 누군데?"

"내가 누구라고 말하면 그게 누군지 네가 알아? 그것보다 빨리 32권 봐 봐! 그거 보면 내가 낙동강이랑 한강에서 사람들 잡아먹고 하는 이야기 또 나와!"

천진하게 자랑을 늘어 놓는 포뢰의 모습에 욕지기가 올라올 것 같았다. 미호는 더 이상 포뢰를 상대해 줄 마음이 없었다.

"나 이제부터 글 쓸 거니깐 방해하지 마."

낙동강이 보이는 방 안으로 들어가 문을 닫는 미호의 뒷모습을 보며 포뢰는 입을 삐죽거렸다. 선언하듯 내뱉은 말과는 달리 좀처럼 글이 진척되지 않았다. 무엇보다 마지막으로 읽은 『백호전생』의 글귀가 머릿속에서 떠나지를 않았다.

살이 상처를 아물게 하고, 피가 강하게 하고…….

'그때 분명 목에 구멍 났었잖아. 거기서 피 흘러나오고 있었고.'

손을 들어 목을 만져 보아도 어떤 흔적 하나 없이 매끈하기만 했다.

'그리고 분명히 나한테 자기 피 먹이려고 했어. 할머니 그때 차 맨손

으로 들어 올리셨잖아? 그게 몇 킬로였지?'

인터넷 검색으로 찾아본 바 미호의 차 무게는 공차 중량만 1600킬로그램이었다.

'진짜 할머니가 『백호전생』에 쓰인 대로 어렸을 때 조풍 씨 피를 받아 먹은 거라면……'

원체 건강하고 튼튼한 체질이어서인지 그날 이후로 별다른 신체 변화는 느끼지 못했다.

'그래도 그때 꽤 심하게 다쳤는데 이렇게 금방 멀쩡해진다는 게 말이 안 되잖아?'

미호는 한숨을 내쉬며 노트와 필기구를 책상에 내려놓았다. 지금 사로잡힌 생각을 떨쳐 버리지 않고서는 무엇도 할 수 있을 것 같지가 않았다.

미호는 방문을 조금 열어 거실을 엿보았다. 포뢰의 모습은 보이지 않았다. 미호는 발소리를 내지 않고 조심스럽게 거실을 지나쳐 현관문을 열고 마당으로 나갔다.

겨울이 이계리에 남긴 눈의 흔적을 오후의 따사로운 햇볕이 녹이고 있었다. 차고로 가는 길에 포뢰의 모습은 보이지 않았다.

'아까 삐져서 자기 방에 틀어박혀 있나?'

미호로서는 오히려 다행스러운 일이었다. 지금부터 시도해 보려는 일을 괜히 포뢰에게 들켜서 민망스러운 꼴을 보기는 싫었다. 차고에 서 있는 조풍의 거대한 픽업트럭 주위를 한 바퀴 둘러보니 짐칸 뒤편에 새겨진 공차 중량이 눈에 들어왔다.

'2700킬로가 넘네. 내 차보다 최소 1톤은 더 무겁잖아?'

미호는 픽업트럭의 왼쪽 후면에서 몸을 낮추고 어깨 위로 두 손을 트럭의 하단부에 가져다 대었다. 잠시 심호흡을 한 뒤에 온몸에 힘을 주며 몸을 일으켜 세우려 해 보았지만 차는 꿈쩍도 하지 않았다.

'별 시답잖은 책에 낚여서 진짜.'

괜스러운 민망함에 사로잡혀 허탈한 웃음이 터져 나왔다.

몸을 돌려 방으로 돌아가려 하는데 손바닥과 온몸의 감각이 무언가 부자연스럽게 느껴졌다.

'이 정도로 힘썼다면 손바닥도 아리고, 허리도 뻐근해야 할 텐데.'

기묘한 감정에 사로잡혀 미호는 다시 한 번 픽업트럭의 아래로 몸을 낮추었다. 대문 밖 멀리서 점점 다가오는 스쿠터의 엔진 소리가 커져 왔지만 지금 하려 하는 일에 정신이 팔린 미호의 귀에는 대수롭지 않게 흘러 지나가는 소리처럼만 여겨졌다.

미호는 어깨를 한껏 긴장시키고 발바닥에서부터 힘을 끌어 올리며 몸을 일으켜 세웠다. 얼핏 거대한 픽업트럭의 뒷바퀴가 조금은 지면에서 벗어나 좀 더 완전한 원형을 이루는 듯했다. 격렬하게 힘을 쏟고 있는 와중에도 몸에는 어떤 부담도 가지 않았다. 마치 힘을 제대로 쓰는 법을 몰라 물속에서 허우적대고 있는 기분이 들었다.

'아직 아픈 데도 없고 숨도 안 차니깐 조금 더…….'

미호는 이를 꽉 깨물고 온몸의 힘을 끌어 올렸다.

"누님! 뭐 하세요? 제가 도와 드릴까요?"

기대하지도 않았던 목소리가 외치는 소리에 놀라움보다는 부끄러움이 갑작스럽게 밀려왔다. 은호는 닫힌 대문 앞에 스쿠터를 세우고 미호를 향해 웃으며 말을 걸고 있었다.

'그런데 쟤는 소설의 누구지? 거기 나오는 여우 비슷한 건 예전에 백호와 연인 사이였다가 헤어져서 원수된 캐릭터밖에 없잖아?'

사람 좋은 미소를 지으며 미호에게 고개를 꾸벅이는 은호의 얼굴을 보고 있자니 조풍의 옆구리에 틀어박힌 칼이 생각나 새삼 경계심이 되 살아났다.

"차 어디 고장 났나 봐요? 제가 좀 봐 드릴까요?"

"아니요. 괜찮아요. 여기엔 또 어쩐 일이세요? 조풍 씨는 지금 집에 없어요."

미호는 천연덕스럽게 말을 거는 은호에게 퉁명스러운 어조로 대답 했다.

"에이, 누님한테 볼일 있어서 온 거예요. 조풍 없는 건 진즉에 알고 있었죠."

"그래요? 조풍 씨가 여기 없는 걸 은호 씨가 어떻게 알고 있는데요? 그리고 무슨 볼일요? 아직도 제가 칼 꽂아야 할 사람이 남아 있나요?"

대문을 사이에 두고 쏘아붙이는 미호를 보며 은호는 상처받았다는 듯 몸을 움츠리며 불쌍한 표정을 지어 보였다.

"누님. 그건 제가 그런 게 아니라……. 전 그냥 도철 형님이 누님한테 주는 선물이라고 해서 건네준 거밖에 없어요."

미호는 코웃음을 치며 뒤돌아서 집 안으로 들어가려 했다.

"누님! 저 이야기만 전하면 돼요! 안 그래도 이거 조풍 목숨도 걸린 일인데요!"

"그럼 그냥 말해요."

"일단 문 좀 열어 주시면 안 될까요?"

비굴하게 굽실대며 말하는 은호에게 미호는 한숨을 내쉬고 대문을 열어 주었다.

"그래서 하려는 말이 뭔데요? 아니, 그것보다 이건 또 누구 부탁 들어주는 건데요?"

조심스럽게 집 마당에 발을 들이는 은호를 향해 미호가 쏘아붙였다.

"아, 그게…… 도철 형님요."

어느 정도는 예상하고 있었던 대답이지만 도철이라는 이름에 미호의 미간이 찌푸려졌다.

"도철 형님이 미호 누님한테 전하라길, '이제부터 자기는 조풍 숨어 있는데 공격해서 죽이고 잡아먹을 거니 막을 수 있으면 막아 봐라.'고 했어요!"

언제 미호가 말을 끊고 내쫓을까 걱정이 되었는지 은호는 다급하게 한달음에 걸쳐 말을 내뱉었다. 은호의 말에 꿈같지 않은 꿈속에서 본 죽어 가는 조풍의 모습을 떠올렸다.

'할머니한테 연락해야 해! 가서 조풍 씨 도와줘야…….'

"누님. 그럼 저는 말 전했으니 이만 가 볼게요. 혹시 저한테 시키실 일 없죠?"

은호는 생각에 잠긴 미호의 눈치를 한참이나 살피다가 말했다.

"내가 조풍 씨를 도철한테서 지켜 달라 하면 그거 들어줄 거예요?"

"……어, 그건 좀……. 제가 그 형제들 일에 끼어들기는 곤란해서요. 힘에 벅차기도 하고……."

"그럼 가 봐요."

은호는 매몰차게 내뱉는 미호를 한참이나 바라보다가 냄새를 맡듯 코를 벌렁거렸다.

"누님. 그 주머니 안에 그거, 잠깐 보여 주실래요?"

"뭐요?"

은호의 말에 무의식적으로 주머니 속에 손을 쑤셔넣자 잘린 검둥이의 발이 미호의 손바닥에 들러붙듯 잡혔다. 미호는 씁쓸한 표정으로 검둥이의 발을 은호의 눈앞에 들이밀었다.

"당신 친구 도철 때문에 내 개가 다쳤어요. 시킬 일 없으니 이제 그만 가세요. 할 일 있어요, 저도."

은호는 한참이나 미호와 검둥이의 발을 바라보았다.

"누님. 그거 저한테 줘 보세요. 화 많이 나신 거 같아서 미안하니 제가 선물 하나 드릴게요."

"더 이상 선물은 사양할게요."

"그건 도철 형님이 보낸 선물이었잖아요. 그리고 도철 형님은 제 친구 아니에요. 이번 건 제 선의로 누님한테 드리는 선물이니 받아서 손해 보실 거 없을 거예요."

결연한 표정의 은호를 보며 미호는 홀린 듯 검둥이의 발을 내밀었다. 검둥이의 발을 받아든 은호는 미호에게 등을 보이고 돌아섰다.

"뭐 하려는?"

호기심에 사로잡혀 은호의 등을 말없이 바라보던 미호가 말을 걸자 은호가 잽싸게 검둥이의 발을 입 안에 넣고 꿀떡 삼켰다.

"이게 뭐 하는 짓……."

은호는 놀라서 달려드는 미호를 제지하듯 손을 펴 보이더니 온몸을 격렬하게 떨며 무언가를 토해 내었다. 은호의 입으로 다시 나온 검둥이의 발에 기묘한 구슬 모양이 잠시 비치는 듯하더니 사라졌다. 기운이 다 빠져나간 사람처럼 몸을 부들부들 떨던 은호가 힘겹게 검둥이의 발에 묻은 오물을 닦아내고 미호에게 다시 건네었다.

"언제든 어디서든 항상 지니고 다니세요."

은호가 내뿜는 기묘한 박력에 사로잡혀 미호는 말없이 고개를 끄덕였다. 손바닥 위에 놓인 검둥이의 잘린 발이 힘차게 꿈틀거렸다.

핼쑥해진 얼굴로 은호가 떠나가자 미호는 방으로 달려갔다. 문밖에서 호기심 가득한 시선으로 바라보는 포뢰를 무시한 채 미호는 귀녀할머니에게 전화를 걸었다. 언제나처럼 몇 번 신호가 가지도 않았는데 귀녀 할머니의 까랑까랑한 목소리가 들려왔다.

"할머니. 지금 조풍 씨한테 빨리 가야 해요! 도철이 조풍 씨 공격할거라고 저한테 말 전했어요!"

"그걸 누구한테 들은 게인가?"

"은호 씨가 저한테 전해 줬어요."

"도철이 수작질일걸세."

"아뇨! 조풍 씨 지금 죽어 가고 있죠? 저도, 도철도 조풍 씨 죽어 가는 걸 같이 봤어요."

전화기 너머에서는 한참 동안 침묵이 이어졌다.

"그걸 자네가 어떻게 봤단 말인가?"

"꿈속에서 봤어요. 이상한 말 한다고 생각하실지 모르겠지만 그건그냥 꿈이 아니었어요. 꿈에 도철도, 조풍 씨도 나왔고, 조풍 씨 몸 안좋은 걸 저랑 도철이 같이 봤어요."

"꿈을…… 특히나 자네 꿈을 무시할 수는 없겠지."

다시 한 번 긴 침묵이 이어졌다.

"알았으니 자넨 거기에서 포뢰와 함께 머물러 있게. 내가 조풍 선생찾아가서 피신시키든가 하겠네."

미호는 이런 전개가 될 것이라고 어느 정도 예상했다. 하지만 마음속으로부터 강한 반발심이 솟구쳐 오르는 걸 억제하기는 힘들었다.

"아니요! 저도 같이 갈 거예요. 더 이상 영문도 모르는 채로 할머니

338

나 조풍 씨나 도철 같은 사람들한테 휘둘리기 싫어요. 그리고 도철한테
는 저도 갚아야 할 빚이 있어요!"

"미호. 내 말 듣게. 도철이나 조풍 선생 같은 존재들의 싸움판에서 자
네가 할 수 있는 게 없……."

"포뢰를 죽인 게 누구였죠? 조풍 씨 지금 이 지경으로 만든 건 누구
였고요? 할머니가 저 데리고 가지 않는다 하시면 혼자서라도 조풍 씨
찾아낼 거예요."

미호의 선언을 듣고 귀녀 할머니는 웃음을 터트렸다.

"자네가 이리 나올 걸 나도 어느 정도는 알고 있었네. 도의상 권해
본 거 자네가 순순히 따랐으면 오히려 실망했을걸세."

귀녀 할머니의 예상 못한 반응에 미호는 말문이 막혔다.

"마을 회관 앞에서 만나세. 자네 활도 챙겨오고. 산 타야 하니 옷이랑
신발도 신경 쓰도록 하게나!"

귀녀 할머니는 할 말을 마치고 나선 미호의 대답을 기다리지 않고
전화를 끊었다.

"난 그 싸움에 끼어들지 않을 거야."

서둘러서 활과 화살을 챙기는 미호를 바라보며 포뢰가 말했다. 어차
피 누구의 편을 들지 확신이 없었기에 포뢰를 떼놓을 방법을 궁리하던
미호였다. 하지만 너무 손쉽게 미호가 원하던 방향으로 일이 풀리니 오
히려 의문이 생겨났다.

"너, 나 지키는 거 아니었어? 아니…… 당연히 넌 조풍 씨 편들어서
도철 막아야 하는 거 아니야?"

포뢰는 어깨를 으쓱했다.

"어차피 나는 그 둘 상대 못해. 그리고 괜히 형제들 싸움에 끼어들고

싶지도 않아. 뭣보다 내가 본 미래에는 너랑 귀녀랑 조풍과 도철밖에
안 나왔어."

"뭐? 니가 미래를 본다고?"

도철이 조풍과 포뢰와 같은 부류일 거라고는 어느 정도 짐작 하고
있었지만 포뢰가 미래를 본다는 건 뜻밖의 이야기였다.

'미래를 본다면서 정작 자기가 내 손에 죽을 건 못 봤나 보네?'

"가까운 미래밖에 못 보고 내 미래는 못 보지만…… 그래. 나한테는
앞날의 일이 보여."

미호의 생각을 읽기라도 한 듯 포뢰는 미호에게 대답했다.

"그럼 조풍 씨 어떻게 되는데? 너 나한테 검둥이 잘린 발 들고 다니
라 한 것도 미래에서 뭘 봐서 하는 이야기야?"

"내 대답 알면 넌 알고 싶지 않을 거야. 나도 대답하지 않을 거고. 아
무튼 항상 잘 가지고 다녀. 그렇게 될 거야."

미호는 의기양양한 표정으로 으스대는 포뢰의 장단을 더 이상 맞추
어 주기 싫었다.

"그래. 도와주지 않을 거면 집이나 잘 지키고 있어."

미호는 전통에 활과 화살을 챙겨 넣고 등산용 외투로 옷을 갈아입었
다. 주머니 속에서 검둥이의 잘린 발이 꿈틀거리는지 벗어 둔 외투가
조금씩 움찔거렸다. 포뢰가 권하는 듯한 표정으로 미호를 바라보았다.
검둥이의 잘린 발을 안 챙길 수 없을 거라 확신하는 표정이었다. 미호
는 벗어 둔 외투 주머니에서 잘린 발을 꺼내 들어 등산복 안주머니에
넣었다. 주머니 속의 잘린 발이 힘차게 한번 꿈틀거리더니 미호의 왼쪽
갈비뼈 위를 간지럽혔다.

미호가 조풍의 픽업트럭을 몰고 마을 회관으로 가는 동안 주머니 속

의 잘린 발은 더 이상 꿈틀대지 않았다. 점점 다급해지는 마음에 가속 페달을 밟은 발에 체중이 더해졌다.

'그런데 이런 상황에서 이장님은 도대체 뭘 하고 계신 거야?'

조풍이나 포뢰나 도철을 생각해 보면 이장의 정체도 짐작이 가는 구석은 있었다.

'포뢰의 말처럼 용은 세상일에 무관심한 걸까? 자기 아들이 죽어 가고, 서로 죽이려 하는데도?'

문득 자신이 한번 포뢰를 죽였던 게 떠올랐다.

'그때도 연락 한번 없으셨지.'

어찌 되었건 미호가 신경 써야 할 건 세상일에 관심 없고 미호도 별다른 관심이 없는 이장이 아니라 눈앞에 닥친 일이었다. 머릿속에서는 계속 포뢰의 미묘한 예언과 도철의 말이 맴돌았다. 어쩌면 도철의 말처럼 미호 자신과는 무관한 존재들의 분쟁에 끼어든 것일 수도 있을 거란 생각이 들었다.

'진짜, 왜 난 조풍과 귀녀 할머니를 내 편이라고 생각하고 있는 거지? 따지고 보면 도철이 나한테 직접 나쁜 짓을 한 것도 없잖아? 세연이 말대로, 이 부장 말대로, 지금이라도 그냥 서울로 돌아가는 게 낫지 않을까? 회사 다시 다니면서도 글은 쓸 수 있는 거잖아? 검둥이도 데려가고 활도 가져가면…….'

문득 발이 잘린 채로 갈비뼈를 훤히 드러내고 김 서방의 품에 안겨 미호를 향해 꼬리 치던 검둥이와 검둥이를 안은 채로 울먹이던 김 서방이 떠올랐다. 을씨년스럽게 버려진 미호의 집과 미호를 위해 흰옷을 입은 소녀에게 애원하던 구 원장과 공포에 질린 아버지의 모습이 떠올랐다. 미호에게 도움을 청하던 갈색 피부 소년의 아름다운 목소리와 눈망울이 떠올랐다. 미호는 마음속의 상념들을 떨쳐버리기 위해 고개를 내저었다.

'내가 좋아하는 사람들 일이고, 내 일이야!'

* * *

마을 회관 앞에는 귀녀 할머니의 자동차가 세워져 있었다.

"여전히 아까 말한 대로 마음 변한 거 없나?"

차에서 내려 활과 화살을 챙겨 들고 전통을 둘러메는 미호에게 귀녀 할머니가 다가와 물었다. 미호는 고개를 끄덕였다.

"가세. 아직까진 해가 좀 남았지만, 산길을 올라가야 하니 서둘러야 할걸세."

귀녀 할머니는 앞장서 마을길을 따라 산 쪽 방향으로 걸어갔다. 마을 회관이 있는 마을은 이계리에서는 제법 큰 규모였지만 이장의 집을 지나쳐 산속 깊이 들어갈수록 길가에 방치되고 버려진 빈집들이 눈에 들어왔다.

생각에 사로잡혀 묵묵히 뒤를 따라오는 미호를 바라보던 귀녀 할머니가 말없이 걷는 속도를 높였다.

어느새 조악하게 포장된 마을 내 도로가 끊어졌고 사람이 지나다니지 않아 작은 나무들의 앙상한 가지가 빼곡하게 앞을 가로막는 산길이 펼쳐졌다.

"조금 뒤떨어져서 따라오게."

귀녀 할머니가 등 뒤에서 검을 뽑아 들며 말했다. 미호가 서너 걸음 더 뒤로 처지자 할머니는 양손으로 검을 쥐고 걸어가며 산길을 뒤덮은 나뭇가지를 쳐내기 시작했다. 걸어가는 속도는 조금도 늦추지 않고 보폭에 맞추어 양쪽으로 검을 휘두르는 할머니의 모습이 마치 우아한 칼춤을 추는 듯 보였다.

"자네, 이전보다 체력이 많이 좋아졌어!'

나뭇가지를 상대로 펼쳐내는 칼춤을 홀린 듯 바라보며 뒤를 따르는 미호에게 할머니가 말을 건넸다. 그러고 보니 이토록 가파르고 험한 산길을 빠른 걸음으로 걸어가는데도 숨이 하나도 차오르지 않았다.

"조금 더 빠르게 움직여 보세."

"네."

귀녀 할머니의 발걸음이 점점 빨라지더니 이내 칼을 휘두르며 달려가기 시작했다. 할머니가 지나간 길 뒤로 잘린 나뭇가지들이 허공에 떠올랐다 떨어지며 길게 궤적을 남겼다. 평지에서라도 따라가기 벅찰 속도였지만 미호의 다리는 굳건하게 땅을 박차며 달려가고 있었고 심장은 서두르는 법 없이 여유롭기 짝이 없었다.

"조풍 선생이 자네에게도 힘을 나누어 주었군!"

한참을 앞장서 달려가던 할머니가 속도를 늦추지 않고 미호를 향해 고함을 쳤다. 안 그래도 할머니에게 한번 물어 보리라 마음먹었던 주제였다.

"저번에 우리 집 뒷산에서 조풍 씨가 저한테 무언가 먹였어요."

"무언가는 얼어죽을 무언가! 자기 살 잘라 먹이고 피 마시게 한 거자네도 뻔히 알면서 말을 왜 모호하게 하나!"

달리고, 칼을 휘두르고, 말을 하는 와중에 소리 높여 킬킬 웃기까지 하는 할머니가 신기할 정도였다.

"안 그래도 여쭤 보려고 했는데.『백호전생』보니 조풍 씨가 할머니한테 자기 힘 나눠 주었다고 나오더라고요!"

"자네도 그 한심한 소설 나부랭이 읽나?"

코웃음을 치는 할머니의 태도에 괜스레 얼굴이 후끈 달아올랐다.

"궁금하잖아요! 저번에 할머니가 제 차 들어 올린 것도 놀랐는데. 그런데 소설에서는 조풍 씨가 할머니 살리고 힘 나눠준 거 후회하고 미안해하는 것 같던데요? 보통 사람들의 삶을 빼앗아 갔다고, 할머니가 자길 원망할 거라고……."

미호는 급작스럽게 멈추어서는 귀녀 할머니를 따라 멈추다 달려가는 속도를 주체하지 못해 하마터면 부딪힐 뻔했다. 귀녀 할머니는 몸을 돌려 미호를 바라보고 코웃음을 다시 한 번 쳤다.

"조풍 선생 같은 남정네들은 자기가 나한테 뭐나 되는 줄 알고 그렇게 혼자서 궁상을 떨지. 나같이 세상에 홀로 남겨져서 살아가야 했던 사람이 그런 힘을 받았는데 내가 왜 조풍 선생을 원망하겠나?"

할머니의 기세에 압도당해 미호는 그저 고개를 끄덕였다.

"미호. 힘은 강하면 강할수록 좋은 걸세. 그건 저주도 형벌도 아니야. 적어도 난 조풍 선생이 나를 살리고 힘을 나눠준 거에 고마워하면 고마워했지 원망하지는 않는다네."

귀녀 할머니는 흉악하게 굳어 있던 얼굴을 풀고 온화한 표정으로 미호를 바라보며 말했다.

"어쩌면 진짜로 자네가 산 타는 데 익숙해져서 체력이 좋아졌을 수도 있겠지. 나랑 산 쏘다닌 게 어디 한두 번인가?"

귀녀 할머니의 농담에 웃음이 터져 나왔다.

"잠깐 숨은 돌렸지? 어디 한번 진짜로 어찌 된 일인지 알아보자고. 이제부터 전속력으로 달려 보겠네."

산길은 점점 더 가팔라졌다. 사람이 지나다녔던 흔적이 끊어지고 드문드문 녹아내린 눈이 진흙에 뒤섞여 낙엽과 함께 발길을 붙잡았지만, 귀녀 할머니는 달리는 속도를 조금도 줄이지 않았다.

미호는 귀녀 할머니의 내달리는 속도를 별 무리 없이 뒤쫓아 갔다. 때때로 미끄러운 흙길에 발을 헛디디기도 했지만, 별달리 힘을 들이지 않고 바로 균형을 되찾았다. 벌써 수십 분간 휴식 없이 산길을 달리고 있지만, 여전히 숨은 차오르지 않았다.

'내가 뭔가 변하긴 변했어. 그런데 조풍 씨가 나 살려 주려고 힘 나누어 준 거라면 왜 정작 조풍 씨는 죽어 가고 있지?'

"조금만 더 가면 도착하네!"

귀녀 할머니가 달리는 속도를 멈추지 않은 채로 미호에게 고함을 쳤다. 전 남자친구와 처음이자 마지막으로 등산을 했을 때 미호도 똑같은 소리를 했던 기억이 떠올라 괜히 웃음이 나왔다.

하늘을 가리고 있는 빽빽한 나무 사이로 먹구름이 몰려오는 게 보였다. 공기의 밀도가 높아지고 온몸의 잔털이 한 올 한 올 일어서는 기분이 들었다. 조금은 경사가 완만해졌다 느껴지는 순간 작은 분지가 나타났고 조악하게 세워진 문도 없는 슬레이트 건물이 보였다.

'그 조풍 씨가 이렇게 지저분한 데 있다고?'

귀녀 할머니는 다시 한 번 검집에서 칼을 뽑아 들고 몸을 긴장시킨 채로 동굴처럼 어둠을 품고 있는 건물의 입구에 멈추어 섰다.

"조풍 선생! 나 귀녀요!"

건물 안 어둠 속에서 낮게 으르렁거리는 소리가 들려오는 듯했다. 부자연스러운 적막이 건물과 주변 숲에 내리깔렸다. 멀찌막하게 떨어진 곳에 벼락이 떨어지기라도 한듯 주변이 번쩍였지만 천둥소리는 들려오지 않았다. 낮게 내리깔린 공기보다 더 낮고 소름 돋는 짐승의 숨소리와 발소리가 점점 다가왔다.

"미호도 와 있으니 외형을 유지하는데 신경 쓰시구려."

귀녀 할머니의 말에 화답하듯 건물 안에서 낮은 한숨 소리가 들려왔다. 곧 한 걸음 한 걸음이 힘에 겨운 듯한 발걸음 소리와 함께 어둠 속에서 조풍이 모습을 드러냈다.

"내가 당분간 올 필요 없다고 했잖아. 미호 씨는 또 어쩐 일이에요."

조풍은 미호가 꿈속에서 본 것보다 한층 더 수척해진 모습이었다. 다듬어지지 않은 수염으로 뒤덮인 홀쭉한 뺨과 제멋대로 길게 자라난 머리카락이 미호가 기억하던 조풍이라고는 믿어지지 않을 정도였다. 오직 검은색 일색으로 차려입은 헐렁한 옷만이 미호가 기억하는 조풍의 모습과 일치했다.

'진짜로 죽어 가고 있잖아.'

"도철이 놈이 조풍 선생 공격할 거라고 선언했소. 지금이라도 은신처를 옮깁시다."

"도철이 그런 게 하루 이틀도 아니고. 여기는 귀녀 자네 말고는 찾을 수가 없는 장소인데 뭘 그런 걸 신경 쓰고 그러나."

조풍은 건물 옆에 세워 놓은 간이 의자에 거대한 몸을 구기듯 던져 넣었다.

"조풍 씨 내 꿈속에서 힘 되찾고 있다고 했잖아요? 그런데 왜 점점 더……."

"내가 미호 씨 꿈에 나온다고? 내가 어지간히 보고 싶었나 봐요?"

미호가 기억하던 밉상스러운 빈정거림이 얼핏 조풍의 얼굴에 스쳐 지나갔다. 미호도 어깨를 으쓱하며 눈을 굴리며 조풍에게 화답해 주었다. 그런 둘을 바라보는 귀녀 할머니의 얼굴에 짜증이 번져 나왔다.

"선생. 내가 보기에도 나날이 죽어 가고 있는 것 같소. 예전 같았으면……."

"경외가, 염원이 느껴지지 않아. 내 옆구리에 박힌 게…… 아무래도 내 힘의 원천으로부터 나를 떼어 놓는 것 같다."

'조풍이 사람들한테 경외를 받는 방법이 뭐지?'

조풍은 미호를 바라보며 옆구리를 가리키고 엄지손가락을 치켜들어 보였다. 좀 전까지의 연민이 사라지고 분노가 미호의 마음을 사로잡았다. 분노의 감정이 의문에 대한 대답을 내려주었다.

"조풍 씨는 이야기를 읽고 믿는 사람들…… 독자들한테 힘을 얻는 거 아니었나요? 요새 『백호전생』 인기가 영 예전만 못하나 봐요?"

"출판 시장 전체가 예전보다 좀 얼어붙긴 했죠. 그러고 보니 미호 씨는 변변하게 책 한 권 못 내봤으니 잘 체감은 못 하겠네요?"

조풍은 미호를 바라보면 심술궂은 미소를 지어 보였다.

"두 사람 다 이런 상황에서 적당히 좀 하시구려! 둘이 회포 푸는 건 나중에 해도 되니 선생은 지금 당장 나 따라 다른 곳으로 갑시다!"

귀녀 할머니의 노성에 박자를 맞추기라도 한듯 마른벼락이 떨어지고 뒤따라온 천둥이 공기를 찢어 놓았다. 조풍이 하늘을 뒤덮은 먹구름을 보며 냄새를 맡듯 코를 킁킁거리더니 몸을 일으켰다.

"이미 늦은 거 같네. 분수도 모르는 내 형제놈 수작에 자네나 나나 다 속은 것 같아."

조풍의 얼굴은 분노인지 기쁨인지 분간하기 어려운 표정으로 물들었다.

"어이구우, 우리 바닷바람 작가님 어울리지도 않게 이런 누추한 장소에 숨어 계시고. 어지가안히 제가 무서웠나 봐요?"

요란한 형형 색상의 등산복을 입은 도철이 이마의 땀을 닦으며 숲속에서 모습을 드러내자 하늘에서 굵은 빗방울이 한두 방울씩 떨어지기 시작했다. 귀녀 할머니가 말없이 조풍과 도철의 사이를 가로막고 서더니 칼끝을 도철에게로 향했다.

"우리 귀녀어, 간만에 보네? 이제 완전히 호호 할머니가 다 됐어. 인간들이란……."

도철의 말투에서 묻어 나오는 진솔한 안타까움이 미호를 소름 돋게 했다.

"유치한 양동작전이야. 간만에 내 동생놈 교육 좀 시켜야 하니 귀녀랑 미호 씨는 지금 빨리 김 서방 지키러 가."

"그렇지이, 우리 귀녀가 유치한 양동작전에 걸려서 우리 바닷바람 작가님 은신처도 나한테 알려주고 말이지이. 마지막 남은 수호자도 혼자 내버려 두고."

귀녀 할머니는 낄낄대는 도철을 보며 이를 갈더니 검을 칼집에 꽂아넣었다.

"미호! 빨리 김 서방한테 가야 하네!"

"네? 하지만 조풍 씨 이대로 내버려 두면……."

"그 둘 간에 알아서 할 일이야! 도철도 일단은 수호자이니 둘중 누가 살아남든……. 우리에게 중요한 건 괴이들을 막는걸세!"

어안이 벙벙해져 머뭇거리는 미호를 내버려 두고 귀녀 할머니는 산 아래로 뛰어가기 시작했다.

"뭐해요오, 언니! 얼른 쫓아가야지? 김 서방만이 아니라 언니네 다친 개는 걱정도 안 돼? 나도 이 무시무시한 바닷바람 작가님만 손봐 주면 다시 귀녀나 언니 편일지도 모른다고."

좀 전까지 도철이었던 거대한 늑대의 몸에 얹힌 돼지 머리가 격렬한 웃음을 터트렸다.

"미호 씨! 어서 귀녀 뒤쫓아 가! 지금 제일 중요한 건 김 서방이야!"

미호는 이를 깨물고 귀녀 할머니가 사라진 방향으로 내달리기 시작했다. 귀를 먹먹하게 하는 커다란 천둥소리와 그보다 더 큰 조풍의 포효가 등 뒤에서 들려왔다.

한두 방울씩 떨어지던 빗줄기는 이제는 맞고 있기가 아플 정도로 거세졌다. 내리막길을 따라 한참을 내달려도 귀녀 할머니의 모습이 보이지 않았다. 점점 바람이 세차게 불어와 미호의 몸이 휘청거렸다. 바람을 타고 날카로운 칼처럼 허공에 휘날리는 빗방울에 눈을 뜨고 있기가 힘들었다.

산 위에서 거대한 형체들이 맞부딪히는 듯 둔중한 소리가 비바람을 가르며 들려왔다.

'어디로 가야 해? 할머니 어디로 가신 거지? 일단 마을회관 쪽으로 내려가신 건가?'

지리상으로 김 서방 아저씨의 뒷산은 이 산과 연결이 되어 있을 게 분명했다. 귀녀 할머니가 산길을 내달리던 속도를 보아 마을 회관을 내려가서 자동차를 타는 것보다 산을 타고 김 서방 아저씨의 뒷산으로 향했을 게 분명할 것이다. 혹시나 귀녀 할머니의 발자국이 보일까 하는 생각에 산길의 바닥을 꼼꼼히 살펴보았지만 쏟아 붓는 빗줄기에 길은 엉망이 되어 있었다.

'이런 상황에서는 무리야…… 어떡하지?'

길을 잃고 방황하는 아이처럼 미호는 정처 없이 몸을 돌려 보았다.

꿈틀! 경사로와 교차하는 방향을 바라보았을 때 미호의 왼쪽 갈비뼈를 주머니 속의 물건이 세차게 한 번 긁었다.

'뭐지? 아까…….'

안주머니에 챙겨 놓았던 검둥이의 잘린 발이 떠올랐다. 실험 삼아 김 서방의 집을 떠올리며 다시 한 번 몸을 돌려보자 아까와 같은 방향을 향했을 때 다시 한 번 더 왼쪽 갈비뼈를 긁는 뭉툭한 발의 감촉이 느껴졌다.

미호는 두 번 고민하지 않고 산길의 능선을 따라 내달리기 시작했다. 퍼붓는 빗줄기에 입을 열기도 힘들었지만, 여전히 숨은 고르고 편안하게 쉬어졌다.

문제는 시야였다. 미호는 바람을 타고 눈을 찔러대는 빗줄기에 반쯤 눈을 감고 달려가다 지금의 폭우로 막 생겨난 개울을 발견하지 못하고 발을 깊게 내디뎠다. 발밑이 푹 꺼져 들어가며 불안한 지반이 무너졌고 미호의 몸은 비탈을 따라 한참을 산 아래로 굴러 떨어졌다. 육중한 노송의 뿌리에 강하게 옆구리를 부딪치고 나서야 미호의 몸은 멈추었다.

고통보다는 방향을 잃었다는 절망감이 더 크게 느껴졌다.

'화살은? 전통에서 다 굴러 떨어진 거 아니야?'

다행히도 물을 먹은 가죽전통은 든든하게 화살을 붙들고 있었다. 조심스럽게 손을 들어 올려 옆구리를 만져 보았다.

'이 정도면 괜찮아. 그냥 타박상 같아.'

미호는 오른손에 쥔 활을 지팡이 삼아 몸을 일으켰다. 방향을 찾기 위해 다시 한 번 몸을 돌리기 시작하자 또다시 갈비뼈를 긁는 감촉이 느껴졌다.

불안정한 지반에 조심스럽게 발걸음을 옮겨 나가다 이 정도면 괜찮겠다는 확신이 들자 미호는 다시 달려가는 속도를 높였다.

저 멀리서 거대한 짐승이 내지르는 비명이 들려 왔다. 돼지의 불쾌한 울부짖음 같기도, 호랑이의 포효 같기도 했다. 자꾸만 산 위에 버려두고 온 조풍의 초췌한 모습이 떠올랐다.

'도대체 도철의 목적은 뭐지? 도철도 수호자라니. 그런데 왜…….'

상념에 빠져 맹목적으로 내달리던 미호는 갑작스럽게 눈앞에 모습을 드러낸 흰옷의 노부인을 발견하지 못하고 부딪힐 뻔했다.

수의를 연상케 하는 하얀 옷 위에 투명한 비옷을 입고 있는 노부인은 쏟아지는 빗줄기는 신경도 안 쓰이는 듯 가면 같은 미소를 유지한 채로 미호에게 손을 들어 보였다. 비현실적인 조우에 놀라 발걸음을 멈추어 세운 미호를 바라보는 노부인의 손에는 커다란 방울이 달린 칼이 들려 있었다.

"……."

미호가 막 입을 열어 말을 걸려 할 때 끈끈한 액체가 빗물이 흘러내리는 미호의 얼굴에 와 부딪혔다. 손을 들어 얼굴을 쓸어 보니 걸쭉한 거품이 가시지 않은 침이었다.

"이게 뭐 하는?"

미호의 말을 무시하며 노부인은 입을 오므리고 미호의 얼굴을 향해 다시 한 번 침을 내뱉었다. 미호는 피해야 한다는 의식도 없이 무방비하게 다시 한 번 침 세례를 받았다.

"……이렇게 나는 너를 더럽혔다!"

노부인이 칼을 든 손을 치켜들어 미호를 가리키며 낭랑한 목소리로 외쳤다. 칼에 달린 방울이 허공에 춤을 추며 천둥소리와 어우러져 기괴한 음악을 만들어 냈다. 노부인은 혀를 깨물어 피를 내고 고개를 숙인 후 피가 섞인 침을 땅으로 뱉었다.

"이렇게 나는 너의 권리를 땅으로부터 빼앗았다."

노부인의 입에서 내 쏘아진 말의 사슬이 미호의 다리를 얽어매었다.

"그만!"

알 수 없는 공포에 사로잡혀 미호는 소리쳤다. 활을 쥔 손에 저절로 힘이 들어갔다. 여전히 칼끝으로 미호를 가리키며 노부인은 천천히 다가왔다. 미호는 왼손으로 등 뒤의 전통에서 화살을 꺼내 들고 시위에 걸었다.

"더 다가오면 쏠 거예요!"

미호의 말이 끝나기가 무섭게 노부인의 몸이 쏘아진 화살처럼 미호를 덮쳐왔다. 도저히 노인의 움직임이라 믿기 힘든 속도였다. 찰나의 시간에 화살을 쏠 엄두도 못 내고 미호는 오른손에 든 활을 노부인에게 휘둘렀다. 노부인은 달려오는 속도를 죽이지 않고 몸을 낮추어 미호의 활을 피한 후 미호의 등 뒤로 돌아갔다. 오른쪽 귀의 고막에 와 닿는 길고 뾰족한 금속의 감촉에 온몸이 움츠러들었다.

"움직이지 마."

노부인이 말 한마디 한마디가 고막에 닿은 금속을 자극하여 미호의 머릿속까지 뒤흔들었다. 왼쪽 뒤편에서 우의와 옷을 팔뚝까지 걷어붙인 하얀 팔이 미호의 얼굴 위로 올라왔다.

'노인의 피부가 아니잖아? 손가락에도 주름이 하나도 없어.'

하얗고 탄력적인 피부와 대조적으로 손톱은 죽은 자의 그것처럼 말라 비틀어져 있고 손톱 끝에는 썩은 흙이 잔뜩 끼어 있었다. 노부인은 손바닥을 미호의 눈앞에 들이밀었다. 두 눈의 초점이 맞지 않아 시야가 흐려지는 와중에도 노부인의 손바닥에 깊게 패인 상처에서 시커먼 피가 흘러내리는 게 보였다.

"입을 벌려서 핥아라."

"당신…… 도대체…… 뭐야?"

칠판을 긁는 소리를 몇십 배로 증폭한 듯한 소리와 함께 오른쪽 귀 안쪽에서 찢어지는 듯한 고통이 느껴졌다. 귀 안에서 새어 나오는 뜨듯한 액체가 흘러내리는 빗물에 뒤섞여 미호의 뺨을 타고 내려왔다. 굴욕감과 공포에 사로잡힌 채로 미호는 입을 벌려 혀를 내밀었다. 머뭇거리는 미호의 행동을 기다리지 않고 노부인의 손바닥이 우악스럽게 미호의 혀를 쓸어내렸다. 혀 끝에 와 닿는 살과 피의 맛에 욕지기가 올라왔다.

"이렇게 나는 너의 몸으로부터 몸주인을 빼앗았다."

머릿속에서 덜컥 하는 소리가 들려오는 듯했다. 미호는 자신의 몸이 더 이상 자신의 것이 아닌 것을, 자신의 영혼을 가두어두는 감옥이 되어 버린 걸 깨달았다.

"나를 따라와라."

노부인이 앞장서서 산을 내려가기 시작하자 미호의 몸도 그 뒤를 따랐다. 스스로의 몸 안에 갇힌 채로 미호는 노부인의 등과 그 뒤를 묵묵히 따르는 자신의 몸과 지나가는 풍경을 바라보았다.

오직 자유로운 것은 생각뿐이었다. 언제인가 꿈속에서 느꼈던 아버지의 감정, 공포의 대상이 누구였는지 알 것만 같았다. 무방비하게 노부인의 뒤를 따라가는 미호의 얼굴로 튀어나온 나뭇가지가 다가왔다. 마음은 피해야 한다고 경계의 외침을 외쳤지만, 몸은 기계처럼 걷는다는 행위만을 반복했다. 날카로운 나뭇가지가 미호의 눈 아래의 부드러운 살을 길게 찢어놓았다. 고통도, 얼굴을 타고 흘러내리는 피의 감촉도 느껴지지 않았다.

'날 어디로 데려가는 거지? 나한테 뭘 하려고.'

입을 열어 질문하려 해도 혀와 성대를 움직이는 방법을 잊은 듯 막막함만 밀려왔다. 한동안 자신의 몸이 멈추지 않는 전차처럼 나뭇가지들을 들이받으며 내리막길을 내려가는 모습을 바라보고 있자 산길의 경사는 점점 완만해졌다. 어느새 거짓말처럼 화창하게 갠 하늘에선 저녁의 햇살이 쏟아져 내려왔다.

'이거 아무래도 김 서방 아저씨 집 방면으로 가는 것 같은데?'

저 멀리 익숙한 저수지와 집이 보였다. 넓은 분지가 펼쳐지자 무수히 많은 크고 작은 묘비가 나타났다. 몸의 자유와 함께 감정까지 사라진 것인지 별다른 감흥이 생기지를 않았다.

'……그때 조풍 씨가 개 묻어 준 데가 여기인 건가? 얼핏 봐도 100개는 넘어 보이는데 도대체 여태까지 몇 마리의 개를 키운 거야?'

김 서방 아저씨의 집 방면에서 요란하게 개 짖는 소리와 함께 피 냄새가 바람을 타고 풍겨왔다.

"쓸모없는 괴이들 같으니라고……."

노부인의 발걸음이 빨라지자 미호의 다리도 덩달아 바쁘게 움직이기 시작했다. 저수지 집의 입구에는 학살극이 펼쳐져 있었다. 대문 앞에 널린 수많은 짐승 같기도 하고 사람 같기도 하고 그 무엇 같지도 않은 괴이들의 시체 옆에 서 있는 소년의 모습이 보였다. 대문 안쪽에서는 거대한 검은 개를 중심에 두고 검둥이의 형제들이 대문 밖의 소년에게 이를 드러내고 있었다. 우의를 벗어 땅에 던져 놓으며 노부인은 소년에게 눈인사를 했다. 노부인의 눈인사를 무시하며 미호를 바라보는 소년의 눈에는 어떤 감정도 실려 있지 않았다.

'지금 내 눈이 꼭 저럴까?'

기묘한 깨달음이 미호에게 찾아왔다.

"화살을 잡고 눈앞에 들이대라."

노부인의 말이 끝나기가 무섭게 미호의 몸은 그 명령을 수행했다. 오른쪽 눈의 시야를 가득 메우는 화살촉의 끝이 위태로울 정도로 날카로웠다.

"이계의 왕이시여! 당신들의 진정한 주인이 왔는데 왜 집에 들이려 하지 않는 건가요?"

목청을 높여 대문 안으로 소리치는 노부인의 말에 화답하듯 개 짖는 소리는 더 요란해졌다.

"그렇지 않아도 자네가 언제 오나 기다리고 있었네! 기껏 도철이놈 이랑 붙어먹더니 저런 어린애 종년 짓이나 하고 있나?"

"주제도 모르고 온갖 거에 다 간섭하는 건 여전하시군요. 집에 대한 권리도, 문에 대한 권리도 없는 당신이 나설 일은 아닐 텐데요."

코웃음을 치며 뽑아 든 검을 손에 들고 대문 쪽으로 다가오는 귀녀 할머니의 모습이 보였다. 화살을 눈앞에 바짝 들이대고 굳어 있는 미호를 바라보는 귀녀 할머니의 얼굴에서 좀 전까지의 냉소가 사라졌다.

"……."

"표정을 보아하니 더 이상 허세는 못 부리겠군요. 이계의 왕에게도 내가 무얼 잡고 있는지 보이도록 하세요."

"미호에게 무슨 짓을 한 건가?"

"미호 씨도 이제부터 진정한 주인을 섬기게 했지요. 그보다 어서 우리를 들이도록 하세요."

귀녀 할머니의 얼굴이 싸늘하게 변해 갔다. 이제껏 본 적이 없는 귀녀 할머니의 표정이 표류하는 미호의 마음속에 공포의 감정을 되살렸다.

'귀녀 할머니는 절대 이 사람 말을 들어 주지 않을 거야. 그럼 이 사람도……'

"화살로 손바닥을 찔러라."

미호의 속마음을 읽기라도 한 듯 노부인의 입에서 명령이 떨어졌다. 미호의 오른손이 치켜 들은 왼손바닥에 화살을 찔러 넣었다. 망설임도, 고통에 대한 대비도 없는 단호한 동작이었다.

귀녀 할머니가 크게 한숨을 내쉬며 눈을 감았다 떴다.

"다음에는 눈을 찌르도록 하지요. 하긴 당신같이 자신의 피붙이가 힘을 뺏긴 채 몸을 망치고 죽어 가는 것도 아무렇지 않게 대하는 사람한테는 별다른 감흥이 없을라나요? 하지만 자비로운 왕은 다르게 생각할 거 같군요."

어느새 귀녀 할머니에 뒤에 다가온 김 서방이 미호의 손에서 흘러내리는 피를 보며 몸을 떨기 시작했다.

"화살을 다시 눈에 들이대라."

미호의 눈에 다시 화살촉의 끝이 다가왔다.

"그…… 그만."

미호의 손에서 흘러내리는 피를 외면하며 김 서방이 말했다.

"아…… 안에 들어가 있어."

김 서방의 말에 개들이 의아한 표정을 지으며 고개를 갸우뚱했다.

"안에 가서 검둥이랑 있어. 저 사람들 초대할 거니깐……"

거대한 검은 개가 나지막하게 으르렁대며 김 서방을 바라본다.

"……들어가서 검둥이랑 같이들 있어……"

불만스러운 콧김을 한번 내뿜고 거대한 개가 마당 안쪽으로 들어가자 검둥이의 형제들도 그 뒤를 따랐다.

"다들…… 내 집에 들어와도 좋아……."

"들어가시지요."

노부인이 말하자 소년이 대문을 넘어서 집 안으로 들어갔다. 소년을 바라보는 김 서방의 눈에 공포와 경외의 감정이 묻어 나왔다. 귀녀 할머니는 여전히 노부인에게서 시선을 떼지 않았다.

"나를 따라라라. 저들이 우리에게 위해를 가하면 너는 혀를 깨물어서 죽도록 해라."

노부인은 귀녀 할머니에게 들으라는 듯 큰소리로 미호에게 지시했다. 미호의 몸이 노부인의 뒤를 따라 대문을 넘어서자 귀녀 할머니가 등산복 안주머니에서 작은 수건을 꺼내 들었다.

"잠깐 멈춰 세우도록 하게. 피를 멈추게 하지 않으면 미호도 미호지만 김 서방이 곤란할 테니……."

이전까지와 달리 나지막하게 청해 오는 귀녀 할머니의 말을 듣는 노부인의 얼굴에 승리의 미소가 떠올랐다.

"왕이시여! 어찌하여 당신의 적이었던 이야기꾼의 의지를 받들어 왕국으로 가는 문을 스스로 닫고 있는 건가요?"

"그건…… 조풍과 내가 약속한 거야. 지키고…… 어울려 살기 위해서……."

"궤변이 따로 없군요! 문은 열고 드나들기 위한 것이지 닫아서 왕래를 막기 위한 것이 아닐 텐데요?"

코웃음을 치는 노부인의 시선을 피해 김 서방이 고개를 돌린다.

"이제 상관없겠군요. 여기 이야기들의 이야기, 모두의 진정한 주인,

한때는 당신의 것이었던 모든 것에 대한 정당한 권리자가 왔으니 그분을 위해 문을 열도록 하세요!"

"저런 괴이도 무엇도 아닌 것을 주인으로 모시다니……. 자네의 단점은 셀 수도 없이 많지만 개중 추잡한 성품이 가장 큰 단점이었는데 이제는 멍청함을 최고로 쳐 주어야겠군?"

노부인은 더 이상 미소의 가면을 쓰고 있지 않았다. 흉악하게 일그러진 표정으로 귀녀 할머니를 쏘아보더니 입꼬리를 올리며 미호를 돌아보았다.

"너는 이제부터 저 미물들을 하나씩 쏘아 죽이도록 해라! 한 마리가 죽을 때마다 시체를 집어 들어서 구멍을 내고 그 피를 이계의 왕에게 뿌리도록 해라! 혹여라도 네가 미물들에게 거꾸로 당한다면 너의 피를 이계의 왕에게 뿌리며 죽도록 해라!"

미호의 몸이 전통에서 화살을 뽑아 들고 시위에 걸었다. 셀 수도 없이 단련해서 몸에 배겨진 동작이 다시 한 번 반복되었다. 미호의 몸은 활시위를 길게 당기고 개들이 모여 있는 마당 한편으로 걸어갔다.

얼마 전에 미호를 땅에 쓰러트리고 얼굴을 침 범벅으로 만들었던 거대한 개가 검둥이의 형제들 앞에 나서며 이를 드러내 보였다. 거대한 개의 뒷다리 근육이 팽팽하게 긴장하는 걸 바라보며 미호의 몸은 활을 들어 올렸다.

마당을 가득 메우는 낮은 으르렁거림에 또 다른 소리가 끼어들었다. 마당 한구석에 굳건히 서서 이 상황을 이해하기 위해 애쓰고 있던 검둥이가 성한 세 개의 다리를 힘차게 움직여 거대한 개의 앞을 막아섰다. 오직 개들만이 이해할 수 있는 방식으로 둘은 대치하고 대화를 나누었다.

미호의 몸의 시선은 조준을 위한 목표를 바라보고만 있었다. 미호에게 등을 돌린 채 자신의 혈족을 설득하고 있는 검둥이의 커다란 몸통이 눈을 가득 메웠다. 왼팔은 목표를 향해 곧게 뻗어 나가고 등의 근육이 긴장하며 오른손의 중지를 입술 옆에 단단하게 붙였다.

힘겹게 고개를 들어 미호와 검둥이를 번갈아 바라보는 김 서방의 눈에 물기가 고였다.

"미호! 자네가 거짓된 주인이 뭐냐고 물어봤었지?"

귀녀 할머니가 미호의 사선을 가로 막고 섰다.

"방해하는 훼방꾼은 쏴 버려라."

시위를 잡고 있는 오른손의 세 손가락이 펴지며 팽팽하게 긴장되어 있던 활의 날개가 펼쳐지고 화살이 허공을 가르며 날아갔다. 검이 눈에 담아내기 힘든 속도로 움직이자 날아가던 화살은 두 동강이 나 귀녀 할머니의 몸 양옆으로 떨어져 나갔다.

"지금 자네의 몸을 잡고 있는 것도 거짓된 주인이라 할 수 있겠지. 우리는 언제나 거짓된 것에 더 사로잡히고 매혹당하지 않는가?"

"계속 쏴라."

미호의 몸이 다시 한 번 익숙한 동작을 반복했다. 이번에도 화살은 귀녀 할머니의 검에 가로막혀 두 동강 나 버렸다.

"이야기들이야말로 거짓된 것들이네. 우리가 괴롭고 끔찍한 것에서부터 눈을 돌리고 위안을 얻기 위해서, 이해 못할 것을 알기가 무서워서 지어내고, 마음을 내주고, 믿어 버리는 것들 말일세."

"다음에도 네 화살을 막아내면 혀를 깨물고 죽도록 해라."

귀녀 할머니가 검을 땅바닥에 내팽개쳤다. 왼쪽 옆구리 쪽에 미세한 감각이 느껴졌다. 감각은 감정을 되살려냈다.

'할머니…… 얼굴 바라보면…… 화살 거기로 날아갈 거야. 딴 데…….'

미호는 가까스로 귀녀 할머니의 복부로 눈을 돌렸다. 미호의 몸은 다시 한 번 익숙한 동작을 반복했다. 화살촉이 살을 뚫고 들어가 내장을 헤집어 놓는 둔탁한 소리와 함께 귀녀 할머니의 몸이 뒤로 한걸음 밀려났다.

"나도 한때 거짓된 주인들에게 사로잡혀 있었다네. 인간들이 만든 법, 도덕, 종교가 나를 지켜주고 행복하게 해 줄 거라고 믿어 버렸지. 내…… 지아비가…… 나를 사랑하고 내가 사랑하는 이들이…… 내 인생을 지켜 줄 거라고…… 무엇보다 조풍 선생을 믿고 의지했었다네……."

미호의 몸이 다시 한 번 익숙한 동작을 반복했다. 또 한 발의 화살이 귀녀 할머니를 땅에 꽂히듯 주저앉혔다. 신음 한번 내지 않는 귀녀 할머니의 입가에 길게 핏줄기가 흘러내렸다.

"자네는 누구에게, 무엇에게 몸을 내주었나? 내가 자네의 거짓된 주인인가? 조풍 선생이? 자네의 부모가?"

가슴 한가운데가 무너질 듯이 아려왔다. 눈앞이 흐려져 사물이 흐릿하게 보였다. 귀녀 할머니는 땅을 더듬어 검을 손에 쥐었다.

"미호. 내 검이, 자네의 활이…… 우리 손에 쥐고 우리의 감정에서 나온 의지를 따라 휘두르는 것만이 우리가 의지할 것이네……. 거짓된 것들에, 믿음에 의지하지 말고 몸의 주인을 되찾게!"

왼쪽 옆구리의 진동은 이제 미호의 살갗을 찢을 듯 격렬해졌다.

"이야기꾼을 따라다니며 세 치 혀 놀리는 법만 배웠나 보군요? 너는 참으로 쓸모없구나…… 검을 빼앗아 들고 개들의 목을 쳐라!"

"그만!"

김 서방의 커다란 외침이 온 산에 울려 퍼졌다.

"나는…… 내 것을…… 모든 권리를 포기한다……. 더 이상 이계리에 수호자는 없다!"

김 서방은 미호를 바라보고 귀녀 할머니를 바라본 후 개들에게 걸어갔다.

'김 서방 아저씨…… 목포 가서 회 먹기로 했는데…….'

검둥이의 머리를 한번 토닥여 주고 김 서방은 개들을 불러 모았다. 개들에 둘러싸인 김 서방의 몸이 점점 오그라들어 갔다. 김 서방의 몸을 따라 공간이 움츠러들더니 어느새 김 서방과 개들의 모습은 마당에서 사라지고 없었다.

오직 검둥이만이 어리둥절한 표정으로 빈 공간을 바라보고 있을 뿐이었다.

"마침내!"

노부인이 환희에 찬 소리를 질렀다. 그와 함께 세상의 모든 존재와 비존재의 시선이 소년에게 내리 꽂혔다. 모두가 소년을 바라보고 소년은 모두를 바라보았다. 모든 의지를 지닌 이의 염원과 열망이 소년에게 흘러 들어갔다.

"목소리를 뺏긴 미물아! 모습을 드러내라!"

노부인이 혀를 깨물어 피를 내고 소년 옆의 허공에 내뿜자 피에 물든 소의 머리 형상이 나타났다.

"누나! 내 말 기억하고 있죠!"

소년의 절박한 외침이 미호의 귀에 흘러들어왔다. 옆구리의 감각이 돌아옴과 동시에 활을 쥔 왼손에서 불에 타는 듯한 고통이 느껴졌다.

돌아온 감각과 고통이 미호의 마음속에 순수한 분노의 불을 지폈다.

노부인은 소년의 외침을 무시하고 손에 든 비녀를 소머리 형상의 귀 부분에 찔러 넣었다. 소의 머리가 고통에 찬 몸부림을 치자 소년의 입에서도 새된 비명이 터져 나왔다.

"이렇게 나는 너에게서 소리를 빼앗았다!"

노부인의 비녀가 소의 눈 부위를 찌르고 들어가자 소년은 바닥에 쓰러져 눈을 가리고 울부짖었다.

"이렇게 나는 너에게서 빛을 빼앗았다! 이제 고통에 몸부림치며 한 번도 제소리를 내지 못한 목으로 모든 원망과 고통을 담은 울음을 울어라!"

활을 쥔 왼손에 힘이 들어갔다. 구멍 뚫린 손바닥의 고통을 참기 위해, 감정에 휩싸여 떨려오는 몸을 진정시키기 위해 턱 근육이 긴장하며 어금니가 맞부딪히는 소리가 들려왔다.

노부인은 소의 입이 있는 허공으로 손을 길게 내뻗어 무언가를 잡아 당기는 동작을 취했다. 미호는 몸을 잡고 있는 알 수 없는 힘을 거스르며 전통에서 화살을 꺼내 들었다.

노부인이 칼을 든 오른손을 허공에 치켜들고 칼을 내리치려 했다. 미호는 활을 쥔 왼팔을 노부인의 등을 향해 길게 내뻗고 등을 수축하며 내뻗은 왼팔의 끝과 시선을 일직선으로 정렬했다.

노부인의 칼이 허공을 내리치기 전에 미호의 분노를 담은 화살이 노부인의 등에 틀어박혔다. 노부인이 내지르는 고통의 울부짖음이 미호에게 희열을 안겨 주었다.

"네가! 감히!"

몸을 돌려 미호에게 칼끝을 겨누며 소리치는 노부인의 말을 무시하고 미호는 노부인의 얼굴을 바라보며 다시 한 번 의지를 쏘아 냈다. 날아가던 화살은 노부인 앞 허공에서 보이지 않는 장벽에라도 가로막힌 듯 부딪혀 땅에 떨어져 내렸다.

"소용없다! 이미 진정한 주인의 힘은 내게 흘러들어오고 있어! 내가 빼앗겼던 모든 걸 되찾는 걸 너는 방해할 수 없다!"

노부인의 말이 끝나기 전에 또 다른 화살이 내 쏘아졌다. 눈앞에서 떨어져 내리는 화살을 비웃는 표정으로 바라보는 노부인의 얼굴 피부가 점점 더 탄력 있게 변해 갔다. 푸석한 흰머리 대신 윤기 있는 검은 머리가 노부인의 등 뒤에서 찰랑거렸다. 언젠가 꿈속의 꿈에서 보았던 귀녀 할머니의 젊은 시절 모습과 묘하게 흡사한 모습이었다.

"도대체 이제 와서 무얼 지키려 하는 거냐? 너도 네 하찮은 아비처럼 도망쳐 인간들 스스로 세웠다 착각하는 문명의 빛 속에 숨는 게 어떻겠냐?"

미호를 바라보며 비웃는 젊은 여자의 목소리에는 과장된 조롱기가 가득했다.

"사람들 죽이고, 괴롭히고, 조롱하면서 혼자만 뭐가 그렇게 억울한 건데?"

미호의 입에서 감정을 실은 단어 하나 하나가 화살처럼 내쏘아졌다. 그 감정에 동조하듯 검둥이의 잘린 발이 옆구리를 세차게 긁었고 검은색의 그림자가 눈에 담아내기 힘든 속도로 미호의 왼편을 스쳐 달려 나갔다.

생각을 거치지 않고 미호의 몸이 화살을 장전했다. 달려오는 속도 그대로 뛰어오른 검둥이의 날카로운 이빨이 젊은 여자의 목덜미에 틀어박히는 동시에 미호의 화살은 그녀의 오른쪽 눈을 뚫고 나아갔다. 새된 비명과 함께 젊은 여자가 칼을 흔들어 검둥이를 떨구었다.

"끝나 버린 이야기들아! 나를 데려가라!"

검둥이가 몸을 재차 날려 목을 물고 늘어지기 전에 대문에 널려 있던 괴이들의 시체가 공처럼 뭉쳐 굴러와 젊은 여자의 몸을 감싸고 산 아래로 사라졌다. 미호는 잠시 산 아래로 쫓아갈까 머뭇거리다 바닥에 쓰러져 있는 소년에게 다가갔다.

"괜찮아? 몸은? 다친 데 없어 보이는데……."

"누나…… 나랑 한 약속 기억하죠? 날 구해 줘요. 나한테서 날 구해 줘야 해요."

미호가 입을 열어 대답하려 할 때 소년의 모습은 사라지고 없었다.

떨어지는 해가 세상을 핏빛으로 물들였다. 아직 해가 떠 있는데도 달과 별이 훤하게 빛나고 있었다. 산 위에서 세찬 바람이 불어왔다. 나무와 풀들이 바람이 불어오는 방향의 반대로 쓰러졌다.

귀녀 할머니가 내뱉는 고통에 찬 신음이 뒤틀려가는 세상에 매혹된 미호의 정신을 되돌려 놓았다.

"할머니! 죄송해요…… 저 때문에…… 바로 병원에 모시고 갈게요!"

"미호…… 지금 자네가 해야 할 일이 그게 아닌 건 알지 않는가?"

"네? 할머니 이대로 두면…… 병원에 갈 거예요. 제가 차 가지고 올 테니깐……."

"둘러보게. 자네 이런 걸 본 적이 있는가? 이게 자네와 내가 알던 세상이던가? 이런 상황에서 병원이 무슨 소용이 있겠는가?"

산 아래에서, 하늘에서 미호와 귀녀 할머니를 바라보는 시선들이 느껴졌다.

"모든 문이 열렸으니…… 넘어가도록 하게. 가서 끝을 내도록 해."

"할머니 혼자 내버려 둘 수 없어요."

"아니. 자네는 지금 나한테 어떤 도움도 안 되네. 기다리면 호랑이든 돼지든 올 걸세. 둘 중 누가 오든지 적어도 그때까진 멀쩡할 테니…… 어서 가게."

"제가…… 제가 뭘 할 수 있다고……."

귀녀 할머니는 등산복 안주머니에 손을 찔러 넣고 펜과 노트를 꺼내 미호에게 건네며 미소를 지었다.

"자넨 궁수이기도 하지만 작가이기도 하지 않는가? 이야기를 끝맺는 건 작가의 일 아닌가?"

귀녀 할머니를 한참 동안 바라보다 미호는 고개를 끄덕였다.

펜과 노트를 안주머니에 찔러 넣고 저수지를 향해 걸어가는 미호를 검둥이가 뒤따라갔다.

막간극

미호가 저수지 방향으로 떠나가고 몇 분이나 흘렀는지 도무지 짐작이 가지 않았다. 김 서방의 집을 둘러싼 괴이들의 냄새가 점점 짙어져 갔다.

'나한테 당한 것들이 있으니 되갚기 좋은 기회라 생각할 테지.'

의식하지도 못하는 사이에 입에서 절로 킥킥하는 웃음이 터져 나왔다. 무방비하게 벌어진 입 사이로 피가 흘러나왔다. 칼을 쥔 손에 체중을 싣고 몸을 일으켜 보려 했지만 복부에 꽂힌 화살이 내장을 휘저어 놓은 듯 고통이 너무 극심했다.

'이렇게 꼴사나운 몰골로 죽기는 싫은데……. 하긴 어차피 산 채로 잡아먹힐 것, 모양새가 뭐가 중요하나.'

하체를 전혀 움직일 수 없지만, 칼을 쥔 손에는 아직 힘이 남아 있는 것이 두세 놈 정도는 길동무로 데려갈 수 있을 것 같았다.

해가 완전히 기우나 싶었는데 어느새 하늘엔 해와 별과 달이 나란히 떠 있었다. 더 이상 빛은 어둠을 몰아내지 못하고 어둠은 빛을 두려워하지 않는다.

'살다 살다 이런 광경은 정말 처음 보는군. 그냥 평범한 괴이나 거짓된 주인은 아니었나 보군.'

마지막으로 보는 광경으로 썩 볼 만한 모양새였다. 죽기 전에 괴이들을 베는 손맛만 조금 더 맛본다면 그리 나쁜 마지막도 아닐 것이다.

"그만 간 보고 어서들 들어오라고! 움직이지도 못하는 할망구가 뭐가 그리 무섭다고 쭈뼛대는가!"

공기에서 괴이들의 술렁임이 느껴졌다.

괜스레 유쾌한 기분이 들어 길고 요란한 웃음을 터트렸다.

"뭐가 그리 즐겁냐?"

익숙한 목소리가 산 쪽에서 들려오자 집을 둘러싼 공기가 돌변했다.

대문을 넘어서던 조풍이 피투성이로 마당에 앉아 있는 귀녀 할머니를 바라보며 입을 삐죽거리며 눈웃음을 쳤다.

"요란하게도 당했구나!"

"그러는 선생은 어째 다 죽어 가던 몰골에서 제법 사람다운 모양새를 갖추었소?"

"내 형제놈의 감정을 받아먹었지. 막판엔 무서워서 눈물을 다 찔끔하더라고."

"그 참 눈물겹게 우애가 깊은 형제지간이구려? 도철이놈은 선생 한번 이겨 보겠다고 그 법석을 떨더니만 결국 다 죽어 가는 선생한테 당한 게요?"

귀녀 할머니는 비웃듯 히죽이는 조풍을 마주 보며 웃어 주었다. 귀녀 할머니의 복부에 꽂힌 화살을 이제야 발견한 듯 조풍이 눈을 찌푸렸다.

"미호 씨 짓이야?"

귀녀 할머니는 어깨를 으쓱해 보였다.

"미호의 몸이 한 짓이라 하는 게 정확하겠지. 그래도 활 솜씨가 이제 보통이 아니더구려. 막판에 몇 발은 작정하고 막으려 해도 막지 못할 정도로 깨끗한 사격 솜씨였소."

조풍은 품에서 팔뚝만 한 길이의 칼을 꺼내 들었다.

"일단 화살부터 뽑도록 하자. 정신을 놓는 게 더 편할 수도 있을 거다. 도철이 놈 덕분에 힘을 나누어 주기엔 충분하니……."

"그만하시구려, 선생."

손을 들어 올리며 말을 끊는 귀녀 할머니를 보는 조풍의 얼굴에 의아함이 어렸다.

"지겹도록 충분히 오래 살았소. 더 이상 선생 힘 빌려서 억지로 살아가기는 싫구려."

"그게 무슨 소리냐?"

조풍이 코를 킁킁거리며 마당에 남아 있는 냄새를 맡더니 얼굴을 찌푸렸다.

"무당 때문에 그런 거냐? 네 잘못 아니니 쓸데없이 자책할 필요 없다. 설령 네 잘못이라 해도 살아서 직접 만회해야……."

"그런 거 아니오, 선생……. 그냥 이제 충분하다는 생각이 들어서 그런 거요. 조용히 떠날 수 있게 내버려 두시구려."

충격을 받은 듯 조풍은 한동안 말을 이어가지 못했다.

"내가…… 미안해서……. 너한테 못 해 준 많은 것들이 떠올라서…… 그게…… 회한이 남을 거 같아 그런다."

고개를 숙이고 힘겹게 말을 이어가는 조풍의 얼굴이 잘 보이지 않았다. 귀녀 할머니가 대꾸했다.

"선생. 듣는 사람마다 속으로 웃음 터트리는 바보 같은 이름 지어 준 거 말고 선생이 나한테 또 미안할 게 다 뭐요? 선생 덕분에 아쉬운 것 없이, 두려운 것 없이, 옛적의 황제라도 나를 부러워 할 만큼 원 없이 즐기면서 살 수 있었는데……."

조풍은 길게 한숨을 내쉬며 귀녀 할머니의 옆에 나란히 주저앉았다.

"내가 두려워서 그런다……. 너를 잃고…… 추억 속에서만 네 존재를 떠올리며 살 날들이……."

"선생이 한두 번 겪어 본 일도 아니지 않소? 견뎌 내실 거 알고 있으니 궁상은 그만 떠시구려."

물기 어린 눈으로 입을 삐죽이며 빈정대는 귀녀 할머니의 얼굴을 보는 조풍의 입가에 짓궂은 웃음이 돌아왔다.

"부탁할 건? 가족들이나…… 사랑하는 사람들이나……. 남아 있는 원한이나……."

"내가 누구 제자인데. 그런 걸 남한테 맡기고 갈 거 같소? 내 은원은 내가 알아서 처리했으니 신경 쓰지 마시구려."

귀녀 할머니는 손에 쥔 검을 검집에 꽂아 넣고 조풍에게 내밀었다.

"선생의 검 이제 돌려 드리겠소. 건네줄 사람 찾게 될 테니, 미호 뒤쫓아 가서 예전처럼 직접 이야기를 마무리 지으시구려."

"이게 나의 이야기일지…… 아니면 다른 누구의 이야기일지 모르겠구나."

"이야기에는 주인이 없고 모두가 이야기의 주인이라고 이야기 해 준 게 선생이었잖소."

조풍은 검을 건네받으며 귀녀 할머니의 머리를 쓰다듬었다.

"민망한 짓 그만하고 이제 가시구려. 죽어 나자빠진 모습이 선생이 기억하는 내 마지막 모습이 되면 그건 좀 곤란할 거 같으니."

"……그래……."

귀녀 할머니에게서 시선을 돌리고 조풍은 대문을 향해 걸어갔다.

"선생…… 난 선생이 나 데리고 유랑 다니며 사람들한테 직접 말로 전해 주던 시절 이야기들이 훨씬 좋았소. 선생 목소리도 근사하고…… 솔직히 선생은 글쟁이로는 너무 형편없지 않소!"

웃음을 터트리는 귀녀 할머니를 돌아보지 않고 조풍은 검을 든 손을 한번 흔들어 보이고선 저수지 방면으로 사라졌다.

'이젠 좀 조용히 갈 수 있겠군. 검은 옆에 남겨 두라 할 걸 그랬나?'

더 이상 상체를 세우고 있을 기운도 없어 바닥에 드러누우니 한결 몸이 편해졌다.

'이대로 잠들듯이 갈 수 있으면 좋을 텐데.'

마당에 남아 있는 조풍의 냄새가 한참 동안 괴이들의 접근을 막아 줄 것 같았다. 귀녀 할머니의 기대는 채 10분이 지나지 않아 깨졌다. 길게 발을 끄는 소리와 함께 머릿속에 떠올리기 싫은 익숙한 목소리가 대문에서 들려왔다.

"어이구우, 우리 귀녀……. 대짜로 누워서 나자빠져 계시네?"

절로 긴 한숨이 터져 나왔다.

"넌 또 어떻게……. 조풍 선생이 목숨을 살려 줬으면 조용히 갈 것이지 왜 죽어 가는 사람한테 분탕질이야?"

상체를 세워 목소리의 주인을 바라보고 싶은 생각이 들지 않아 누운 채로 하늘을 향해 내뱉는 귀녀 할머니의 옆에 도철이 털썩 주저앉았다.

"아니, 나는 죽기 전에 우리 귀녀 얼굴이나 한번 보고 가려고 했더니……. 조풍이 그냥 죽어 가게 내버려 뒀네? 왜? 젊은 언니한테 홀딱 빠져서 할망구한테는 신경 쓰기 싫대?"

들기 싫은 목소리로 시시덕거리는 도철에게 저리 가라는 손짓을 해 봤지만 통할 것 같지는 않았다. 다시 한 번 길게 한숨을 내쉬며 억지로 상체를 일으켜 바라보니 왼팔만 간신히 남은 도철의 몸통은 내장이 훤히 드러나 보일 정도로 깊게 파여 있었다.

"이번엔 조풍 선생도 어지간히 화가 나긴 했나 보네. 조풍 선생 한번 이겨 보겠다고 그 난리를 치더니 고작 이 꼴이냐?"

도철은 뻥 뚫린 자신의 몸통을 내려다보더니 장난스럽게 눈알을 굴렸다.

"아니, 그런데 진짜 우리 바닷바람 작가님이 왜 그랬을까? 그 끔찍이 아끼는 귀녀를 왜 이 지경이 되도록 그냥 내버려 뒀대?"

"네가 알 거 없잖아? 그냥 내가 살 만큼 살았다 생각해서 그런 거니 신경 끄고 저기 좀 떨어져서 나자빠져 죽든가 하라고."

호기심이 가득하던 도철의 얼굴에 섬뜩한 미소가 떠올랐다.

"그런 거였어? 그럼 내가 가만히 있을 수가 없겠네에, 죽기 전에 좋은 일 한번 해야지?"

"그만둬라, 도철……."

도철은 격렬하게 몸을 떨며 요란한 웃음소리를 냈다. 흔들리는 도철의 몸에서 보기 싫은 살덩어리들과 피가 튀어나왔다.

"아니, 날 한두 번 본 것도 아니고? 내 성격을 그렇게 모르실까? 우리 귀녀가 살려 달라 했으면 내가 미련 없이 죽였겠지만, 이거 또 죽게 내 버려 달라 하는 걸 어찌 그냥 내버려 두겠어?"

귀녀 할머니가 눈을 감았다 떴다.

"맘대로…… 너 좋을 대로 해. 빨리하고 좀 조용히 나 혼자 있게 내버려 두라고."

"아아, 분부대로 합지요!"

과장스레 대답하는 도철을 보며 귀녀 할머니는 다시 한 번 긴 한숨을 내뱉었다.

10. 작가와 개

세계는 더 이상 힐데가 기억하던 모습이 아니었다. 본래의 상에서 뒤틀리고 왜곡되고 타락한 세계. 악덕이 미덕이 되고, 좋았던 것은 모욕받고, 모든 사랑하는 이들로부터 버림받는 세계에 힐데는 로뎀 없이 홀로 서 있다.

공기 중에 악의의 향기가 떠돌아다닌다. 힐데가 바라볼 수 없는 것들이 힐데를 바라보고 있는 게 느껴진다. 어떡하든 로뎀과 다시 만나야 한다. 그때까지 힐데가 의지할 수 있는 건 왼손에 쥔 활과 허리춤에 찔러 넣은 단검뿐이었다.

저수지는 미호의 예상보다 훨씬 더 깊고 어두웠다. 몸을 베는 듯 예리한 추위에 몸서리치며 황급히 물 위로 떠오른 미호의 눈에 보이는 건 좀 전에 저수지에 뛰어들 때와 확연히 달라진 풍경이었다.

'건너온 거야. 김 서방 아저씨가 포기하고 가서 여기 문도 다 열린 거지.'

이 세계에 검둥이도 없이 홀로 남겨졌다는 불길한 예감에 몸을 떨며 물가로 헤엄쳐 가는 미호의 등 뒤에서 작은 물보라와 함께 검은 형상이 수면 위로 튀어 오르자 미호의 입에서 절로 안도의 한숨이 나왔다.

저수지의 물가는 미호가 기억하고 있던 단단한 흙바닥이 아닌 갈대가 무성한 늪지대였다. 미호는 자꾸만 미끄러지는 몸을 간신히 추스린 후 진흙투성이 바닥에 주저앉아 전통을 풀어 놓고 바람막이를 벗었다. 화살과 함께 오른손에 단단히 거머쥐고 저수지에 뛰어들었지만, 전통에는 8발의 화살밖에는 남아 있지 않았다.

물가로 헤엄쳐 오는 검둥이를 보며 미호는 황급히 바람막이의 안주머니를 뒤져 보았다.

'없어? 할머니가 주신 펜이랑 노트는 하나도 젖지 않고 있는데 검둥이 앞발이…….'

몇 번을 뒤져 보아도 검둥이의 앞발은 보이지 않았다. 이중 잠금으로 방수가 되는 주머니에서 미호의 손바닥 크기만 한 물건이 사라졌다는 게 믿어지지 않았다.

어느새 물가에 올라선 검둥이가 요란하게 몸을 흔들어 물을 털어 냈다. 검둥이는 성한 네 다리 모두로 굳건하게 땅을 디디고 서 있었다.

이곳은 이야기의 세계였다. 이곳에선 검둥이와 미호가 괴이고 거짓된 것이었다.

이야기가 퍼지고 있었다. 주인들의 주인에 대항하는 이가 있다고, 홀로 변해 버린 세계와 맞서 뒤틀린 법칙을 바로잡고, 열린 문을 닫고, 이제서야 해방된 것들을 다시 가두려 하는 이가 있다고. 많은 이들은 이야기는 단지 이야기일 뿐이라고 생각했다. 힐데에게 그 이야기는 곧 사실이 될 이야기다.

방수가 되는 바람막이는 몇 번 털어내자 머금고 있던 대부분의 물기를 토해 냈다. 문제는 흠뻑 젖은 속옷이었다. 마르지 않은 물기가 체온을 계속 빼앗아 가고 있었지만, 옷을 벗어 진흙투성이가 되는 건 더 질색이었다.

'대충 입은 채로 물기 짜내고 걷다 보면 마를 거야. 생각 외로 추위가 견딜 만하니…….'

늪지는 끝도 없이 길게 이어지는 듯했다.

자꾸만 발이 미끄러지는 미호와 달리 네 다리가 모두 성한 검둥이의 걸음은 차분하고 안정적이었다.

"여기가 어딜까? 왜 저수지로 뛰어들었는데 늪지가 나오지? 기억하고 있던 우포늪과도 많이 다르고……."

참을성 있게 말을 듣고 있던 검둥이가 미호의 앞으로 나서더니 작게 한 번 짖고 앞장서서 걸어가기 시작했다.

"그래, 적어도 넌 어디로 가야 할지 아나 보구나."

한걸음 내디딜 때마다 물에 젖은 옷이 휘감듯 미호의 몸을 죄어 왔지만, 검둥이의 빠른 걸음을 뒤쫓아 가는 데에만 정신을 집중했다.

가장 크게 변한 것은 시간이었다. 더 이상 과거는 현재의 이전에 있지 않고 미래는 현재에 뒤따라오지 않는다. 영원과도 같은 찰나의 시간과 찰나와도 같은 영원이 동시에 흐른다.

몇 분, 어쩌면 몇십 분을 말없이 검둥이의 뒤를 따라가자 등산복의 물기는 어느 정도 말라 있었다.

갈대숲이 사라지고 발을 내딛는 기반이 단단해지기 시작하자 미호의 기억 속에 익숙한 장소라 여겨지는 곳이 나왔다. 현실과도 같았던 꿈에서 보았던 것보다 더 초라한 판잣집을 누가 켜 놓았는지 모를 무수히 많은 촛불이 밝히고 있었고 판잣집 옆 늪가에는 돌로 만든 배가 놓여 있었다.

'이전에도 이런 게 있었던가?'

홀린 듯 미호가 배에 다가가자 검둥이는 낮게 으르렁거리는 소리를 내었다.

"왜? 위험한 거야?"

발걸음을 멈추고 질문을 던지는 미호를 보며 검둥이는 불만스러운 콧김을 한번 내뱉고 돌로 만든 배 주변을 맴돌기 시작했다. 잠시 후 부드러운 땅에 코를 틀어박고 땅을 파기 시작하더니 이내 멈추고 미호에게 보란 듯이 의기양양하게 짖어 대기 시작했다. 그리 깊게 파이지도 않은 땅속에 보이는 건 사람의 것인지 괴이의 것인지 알기 힘든 뼈였다.

'적어도 팔이 8개 달리고 눈이 4개 달린 사람은 없겠지······.'

"그래, 건드리지 말자. 저기 판잣집에는 들어가도 되나? 촛불이지만 몸 좀 데우기는 괜찮지 않을까?"

검둥이의 눈치를 보며 조심스럽게 판잣집으로 걸어가는 미호의 뒤를 검둥이는 조용히 따라갔다.

비좁은 판잣집 안은 기묘한 열기와 습기로 가득했다. 귀녀 할머니와 닮은 초상화가 걸려 있던 벽은 이제 텅 비어 있었다. 귀녀 할머니를 떠올리자 마음 한구석에 둔중한 통증이 느껴졌고 곧 온몸으로 통증이 번져 나갔다.

미호는 안주머니에서 할머니가 건네준 펜과 노트를 다시 꺼내 들었다. 펜에 '대구 달서구 노인 산악회'라고 쓰인 문구를 보자 눈가가 시큰거려 왔다.

'할머니…… 괜찮으시겠지? 도철이든 조풍이든 올 거라 했으니. 조풍 씨는…….'

미호는 펜을 들고 노트에 글자를 끼적여 보았다. 습기를 머금은 노트는 조금 눅눅해지긴 했지만, 펜 끝의 구슬은 부드럽게 종이 위를 미끄러지며 흰 여백을 더럽혔다.

로뎀의 아름다운 검은 털과 우아한 발걸음을 떠올리자 마음 한구석이 무너질 듯이 아파왔다. '살아남지 못했을 거야……. 아무리 강대한 로뎀이라도 그런 몸 상태에서 그런 적을 홀로 상대한다면…….' 힐데는 아랫입술을 깨물고 왼손으로 활을 억세게 움켜쥐었다. 쥠통을 둘러싼 가죽이 힐데의 손에 뒤틀리며 섬뜩한 소리를 내었다.

초상화가 걸려 있던 텅 빈 벽 너머에서 기묘한 시선이 느껴졌다. 저번의 꿈에서 보았던 거대한 존재가 떠올라 순간 소름이 돋았다.

바람도 없이 판잣집 안의 촛불이 하나씩 꺼져 가기 시작했다.

검둥이는 짖거나 으르렁거리지 않고 차분하게 판잣집 바닥에 앉아 있었지만 미호의 마음속에 작은 점을 찍은 의혹이 점점 공포의 얼룩으로 크게 번져 나가고 있었다. 미호는 애써 느리지만 단호한 동작으로 펜과 노트를 안주머니에 찔러 넣고 화살을 시위에 걸고 판잣집 밖으로 나갔다.

미호의 집과 뒷산이 있는 방면에서 어둠을 잠식하는 어둠이 커지고 있었다.

미호는 어둠을 바라보지 못한다. 어둠은 미호를 바라보고 있다.

　생명체의 존재가 더 이상 느껴지지 않는 세계에서 힐데를 꾸준히 바라보는 시선이 느껴졌다. 힐데에게는 친숙한 시선이다. "모습을 드러내라! 지난번에는 너를 바라보지 못했지만 이번에는 너의 목소리에 홀리지 않고 똑바로 너를 대면할 테니!" 두려움은 머릿속에 이야기를 만들어 낸다. 두려움에서 태어난 이야기는 두려움 그 자체를 먹고 더욱 비대해져 간다. 비대해진 감정은 이야기를, 두려움을 현실로 만든다.

"여긴 너의 세계가 아니다. 이야기들의 이야기가 강림했으니 너의 이야기는 끝났다. 돌아가라. 지킬 것이 없는 수호자여!"
　급작스러운 깨달음이 미호의 감정을 압도했다. 미호는 고개를 들어 어둠을 바라보았다.
"그때는 끝까지 나 쫓아와서 잡아먹겠다 했지? 이제 와서 식성이 바뀌기라도 했어? 여기에선 내가 이야기고 내가 괴이니 너희들의 감정이, 나에 대한 믿음이 내게 힘을 주는 거지? 나한테 뭘 느끼는데? 내가 너희들의 염원을 깨트리고 이야기를 끝내려 하는 게 두려운 거지? 너희들 모두가 다 내가 무서운 거지?"
　세계의 시선이 집중되고 감정의 방향이 뒤바뀌었다.
　이계리 전체를 뒤덮을 듯 커져 있던 어둠은 하수구에 빨려내려 가는 구정물처럼 사라지고 있었다. 시야 너머에서 미호를 바라보는 팔, 다리가 긴 검은 존재가 느껴졌다. 눈도 귀도 없는 얼굴에 튀어나온 혓바닥에 촘촘히 박혀 있는 무수히 많은 눈동자가 하나씩 미호에게서 시선을 돌리는 게 느껴졌다.

"기다려. 일단 너한테서 내 집부터 되찾을 테니깐!"

미호는 집과 뒷산이 있는 방향으로 크게 한걸음 내디뎠다. 기분이 좋은 듯 꼬리를 치켜든 검둥이가 가벼운 발걸음으로 미호의 뒤를 따랐다.

짐승의 것인지 사람의 것인지 분간하기 힘든 검은 존재의 악취에 얼굴을 찌푸리며 힐데는 화살을 뽑아내었다. '참으로 긴 추적이었어…….' 더 이상 힐데를 막을 수 있는 것은 없다. 하지만 마지막 사냥을 끝마치려면 여전히 로뎀의 힘이 필요했다. 이형의 존재의 끝을 막으려면 이형의 존재의 시작이 필요했다.

한참을 뛰어도 좀처럼 거리가 줄어드는 느낌이 들지 않았다. 뒤를 돌아보니 판잣집은 여전히 처음 출발한 그 위치 그대로에 놓여 있었다.

'이건 또 무슨……. 힘으로 막을 수 없으니 수작을 부리는 거야…….'

아까까지의 격양된 감정이 가라앉자 절로 맥이 풀렸다. 미호는 긴 한숨을 내쉬고 늪가의 소나무에 몸을 기대고 주저앉았다.

"이건 진짜 생각도 못 했는데 어떡하지?"

미호의 말이 신호라도 되는 양 검둥이가 온몸을 긴장하며 털을 곤두세우고 소나무 숲속을 향해 으르렁댔다.

곧 미호에게도 익숙한 감각이 느껴졌다. 귀가 아닌 피부로 느껴지는 낮은 그르렁댐과 고양이과 동물들 특유의 고롱고롱하는 소리에 미호는 웃음을 터트렸다.

"무서워할 거 없어. 언니 친구 온 거 같으니까!"

부드러운 바람이 나무를 스쳐 지나가듯 발소리 하나 없이 소나무 숲 사이를 빠져나오는 호랑이의 모습이 미호의 눈을 사로잡았다. 호랑이의 털은 흰색도 검은색도 아니었다. 주변의 모든 빛과 어둠을 빨아들이고 있는 몸과 달리 호랑이의 눈은 섬뜩한 어둠의 빛만을 내뿜고 있었다. 점점 커져 가는 호랑이의 눈을 정면으로 바라보고 서 있는 미호와 달리 검둥이는 안절부절 못하며 미호의 다리 주변을 맴돌고 있었다. 먹잇감을 노리는 듯 매섭게 치켜뜬 호랑이의 눈과 그 사이에 놓인 커다란 코가 미호의 얼굴과 맞닿을 정도로 가까이 다가왔다. 긴장하여 내뱉는 미호의 숨결에 호랑이의 수염이 작게 떨렸다.

천천히 호랑이의 턱이 아래로 벌어졌다. 후덥지근한 호랑이의 숨결에서 달달한 향기가 묻어 나왔다. 이성은 두려워할 필요가 없다고 말하고 있지만 모든 생명체의 본능 깊숙이 각인된 공포가 미호의 심장을 움켜쥐고 박동을 빠르게 했다. 귀녀 할머니가 사용하던 검을 연상케 할 정도로 날카롭게 휘어진 두 개의 송곳니와 커다란 바늘이 촘촘히 박힌 듯한 호랑이 혀의 돌기가 뚜렷하게 보였고, 그 뒤에 이야기를 집어삼키는 심연이 보였다. 호랑이의 목울대가 팽팽하게 긴장하며 떨리기 시작했고 비좁은 기도를 통과해 나온 공기가 소리를, 말을, 이야기를 뱉어냈다.

오직 힐데만이 이해할 수 있는 방식으로 로뎀은 반가움의 의사를 전했다. 두 팔을 크게 벌려 로뎀의 목을 그러안고 세상을 불태워 버릴 듯한 로뎀의 체온을 느끼자 안도감이 밀려왔다. 감정은 증폭되어 곧 오랜 친구에 대한 신뢰와 애정이 힐데의 마음속에 환하게 타올랐다.

세상이 또 한 번 뒤틀리는 듯했다.
'또 꿈속이군⋯⋯.'

디디고 선 흙바닥의 감촉과 피부에 와닿는 공기가 기묘한 위화감을 조성했다. 이제는 꽤 익숙해진 감각이었다.

"그래. 이게 당신, 아니 당신들 방식이군요. 일단 사람 잠재우고 뜬구름 잡는 소리 건네는 게."

검은 양복을 입은 조풍이 어깨를 으쓱했다.

"그 모습으로는 의사소통할 수 없으니깐······."

"아까 그 호랑이가 조풍 씨 원래 모습 아닌가요? 조풍 씨 원래 세계 와서 모습 되찾은 거 아니었어요?"

"여긴 내 세계가 아니지. 원래 이야기는 현실에 속해 있는 거라고요."

"또 시작이네? 얼마나 옛날부터 사람들 꿈속에서 이런 식으로 말했어요? 나에게 곶감을 내놔라! 내 고기로 국을 끓여서 어머니 병을 치료해라! 뭐 이런 소리 하고 다닌 건가요?"

빈정거리는 미호의 말에 조풍은 말없이 쓴웃음을 지었다. 기대했던 것과는 다른 조풍의 반응에 마음 한구석이 무거워졌다.

"귀녀 할머니는····· 만나서 치료해 줬어요?"

"······."

대꾸 없이 미호의 시선을 회피하는 조풍의 모습에 가슴 한편이 무너져 내릴 듯이 아파왔다.

"너무 늦었던가요? 이미 돌아가신······."

"귀녀는 선택을 한 거예요. 나는 귀녀의 선택을 존중한 거고······."

애써 억눌렀던 죄책감은 원망으로 변해 희생양을 찾았다.

"당신 제자였잖아! 당신은 충분히 살릴 수 있었고!"

"할 수 있다고 모든 일을 해도 되는 건 아니잖아. 귀녀의 생명이고 이야기니 그걸 언제 어떻게 끝낼지 결정할 수 있는 건 귀녀뿐이야."

모든게 궤변 같았다. 원망은 이내 분노로 변했다. 분노의 화살이 겨누어 지는 건 자기 자신이었다.

"······내가 할머니 활로 쏜 거야······. 그래서 돌아가신 거야······. 내 손으로 귀녀 할머니 쏴 죽인······."

스스로 내쏜 말의 화살이 미호의 마음 깊숙이 들어와 박혔다. 미호의 온몸이 주체할 수 없이 떨려왔다. 애써 참던 눈물이 흘러내리자 미호는 힘없이 바닥에 주저앉았다. 검둥이가 낑낑거리며 미호에게 얼굴을 들이밀었다.

"그게 실제로 일어난 일인가? 아니면 미호 씨가 벌어진 일을 바라보고 해석한 이야기인가? 후자라면 미호 씨는 정말 답이 없는 작가로군."

미호는 말없이 조풍의 빈정거림을 듣고만 있었다. 대꾸 없는 미호를 한참 바라보다 조풍은 그 옆에 주저앉았다.

"포뢰는······ 우리 중 가장 순수해서 사람들의 염원과 기도에 언제나 열성적으로 반응했단 말이죠. 감정은 부정적이고 음험할수록 더 순수하고 강렬하니 거기에 도취했을 수도 있고······. 어느 날 강에 사람들이 빠져 죽고 거기에 이상한 이야기가, 기도가 뒤따라오는 걸 곧이곧대로 받아들여 버린 거지. 아, 사람들이 정말로 나한테 소중한 사람을 바치는구나! 사람들이 나에게 원하는 건 이런 일이구나!"

조풍은 잠시 말을 멈추고 미호의 눈치를 보았다.

"오직 미움 받기 위해 태어난 존재를 상상해 본 적 있어요? 태어난 본성에, 사람들의 염원과 기도에 충실했을 뿐인데 돌아오는 보상은 두려움과 증오와 원망의 감정뿐인······. 그게 그 이야기의 목적이고 본질인 거야. 그런데 사람은 다르잖아? 사람들의 삶과 경험은 어떤 식으로든 해석될 수 있어. 귀녀가 죽은 게 미호 씨가 말한 것처럼 그렇게 끔찍

하고 부정적이기만 한 일이었나?"

미호는 한층 진정된 표정으로 조풍을 바라보고 있었다. 조풍이 커다란 손을 미호의 어깨에 올려놓았다.

"그건 미호 씨의 의지가 아니었죠? 미호 씨 몸은 그저 도구로 사용되었을 뿐이야. 사람을 죽이는 건 사람의 악의지 도구가 아니잖아? 강이, 활이, 화살이 빠져 죽거나 활에 맞아 죽은 사람에게 미안해해야 하나? 스스로를 부정적인 이야기의 주인공으로 만들지는 말아요."

미호는 어깨에 올려진 조풍의 손을 힘주어 잡았다. 마주 잡은 조풍의 손은 미호의 손을 태울 듯이 뜨거웠다.

"그거 참 살면서 들어 본 것 중에 가장 알아듣기 힘든 위로네요."

어깨에서 조풍의 손을 떼어내고 미호는 몸을 일으켰다.

"그 귀녀 할머니 닮은 무당은 누구죠? 조풍 씨는 알고 있죠?"

"그건 귀녀의 비밀이지. 귀녀가 말해 주지 않았다면 나도 말해 줄 수는 없을 것 같네요."

"어찌 되었건 내가 활로 쐈으니 죽었든가 불구가 됐든가 했겠죠."

"그쪽한테는 별로 미안한 마음 안 드나 봐요?"

조풍의 얼굴에 빈정거리는 표정이 다시 돌아왔다.

"김 서방 아저씨도, 귀녀 할머니도 그 여자한테 당한 거예요. 어쩌면 그 아이도……."

소년과 소년의 부탁을 떠올리자 마음속에 죄책감은 한쪽으로 물러난다.

"이상한 게…… 여기 괴이들은 절 무서워해요."

"괴이들의 신이 미호 씨를 자신의 이야기로 만든 거예요. 자신을 죽일 수 있는 유일한 이가 미호 씨라고 이야기를 퍼뜨렸을 거야. 자신들의 오랜 염원이 좌절될지도 모른다는 두려움의 감정이 이 세계에서 미호 씨에게 힘을 주는 거지."

'죽이는 게 아니라 구해 달라고 했어.'

미호는 고개를 끄덕였다.

"그런데 늪지를 벗어날 수가 없어요. 아무리 걸어도 계속 같은 자리를 맴돌면서……."

"어디로 가야 할지는 알고 있어요?"

이계리에서 미호의 이야기가 처음 시작된 곳이 떠올랐다. 미호는 고개를 끄덕였다.

"현실에서든 이야기의 세계에서든 길을 잃었다면 꿈속을 탐방하는 게 정답이긴 하지. 원래 꿈은 현실과 이야기를 이어주는 매개잖아?"

"제발, 이제 그런 뜬구름 잡는 소리는 그만하고 그냥…… 거기로 데려가 줘요."

조풍이 다시 한 번 어깨를 으쓱하더니 주변을 천천히 둘러보았다.

"이거…… 이미 도착한 거 같은데요? 그런데 여태까지 눈치 채지 못했지만 아무래도 이건 미호 씨의 꿈속이 아닌 것 같아?"

조풍의 말을 신호 삼아 세계가 다시 한 번 돌변했다. 두 명의 작가와 한 마리의 개는 더 이상 늪가의 소나무 숲에 있지 않았다. 낯익은 산 구릉에 언제인가 가 보았던 장소가 펼쳐졌다.

갈색 손에 쥐어진 조잡한 여신의 흉상을 보며 그녀는 감정을 다스리고 있다.

'난 지옥에 떨어졌다. 도망갈 곳이 없어.'

고된 밭일에 시달린 온몸이 두들겨 맞은 듯 아프다. 무엇보다 고통스러운 건 불타오르는 듯한 손톱 끝의 통증이다. 그녀는 자신의 가족들에게서 버림받았다. 그녀를 이 지옥에 팔아넘겼지만 그들의 삶도 그다지 다를 바는 없을 거란 생각이 그녀의 비탄을 조금은 덜어 준다. 낯선 땅 외진 곳에 놓인 비좁은 마당과 그보다 더 비좁은 방이 앞으로 그녀가 남을 생을 보내야 할 지옥이다. 육체의 고통은 견딜 수 있지만 모욕 받고 스스로의 존재가 지워지는 것은 참기 어렵다.

'나를 무시하고, 내 가족을 무시할 수 있을지는 몰라도 내 힘과 내 믿음을 조롱하는 건 참을 수 없어…….'

오늘 밤 그녀는 스스로를 바쳐 의식을 행할 것이다. 견디기 힘들 정도로 고통스러운 과정일 테지만 그녀의 존재를, 인생을 지운 자들은 그보다 더 고통스럽게 될 것이다.

저 멀리서 경쾌한 방울소리가 들려온다. 반사적으로 미호의 등에 소름이 돋았다.

그녀는 홀린 듯 방울소리가 들리는 방향을 바라본다. 힘들이지 않고 빠른 속도로 산길을 걸어오는 노부인의 모습이 보인다.

미호는 턱에 힘을 주어 어금니를 깨물었다.

그녀는 노부인의 비현실적인 단정한 모습에 경외를 느낀다.

'많은 얼굴을 가진 여신이야…….'

그녀는 왠지 모르게 노부인의 모습에서 손에 쥔 흉상의 얼굴을 본다.

"당신도 나처럼 빼앗겼군요. 스스로의 존재를, 자신의 이야기를, 삶을……."

알아들을 수는 없지만 단정한 노부인의 목소리가 그녀에게 위안을 가져다준다.

"왜 하찮은 이들에게 스스로의 힘을 소비하려 하나요?"

노부인이 그녀의 눈을 바라보며 말한다. 그녀는 노부인의 눈을 마주

본다.

노부인은 분노 어린 미호의 시선을 마주보았다.

"다음번에 내 눈을 바라보는 순간 너는 진즉 죽지 못한 걸 후회하게 될 것이다."

미호에게 증오의 말을 내뱉는 노부인의 얼굴에는 온화함만이 가득했다.

그녀는 노부인에게서 친근감을 느낀다.

"당신의 도움이 있다면 우리는 함께 빼앗긴 것을 되찾아 올 수 있답니다."

유혹하듯 그녀에게 말을 건네면서도 노부인의 시선은 미호에게 고정되어 있었다.

'당신이 여전히 살아 있다면 내 손으로 끝장내줄 거야!'

그녀의 입에서 알 수 없는 언어가 터져 나온다. 그 속에 담긴 간절함이 미호의 마음을 사로잡았다.

"그걸 위해 당신의 것을 바쳐요."

그녀는 노부인의 말을 이해 못해 의아한 표정을 짓는다. 커다란 올빼미가 우아한 몸짓으로 나뭇가지에 내려앉는다. 풀숲에 숨은 작은 야생동물의 눈빛이 어둠 속에 번뜩인다. 저 멀리서 늑대의 기나긴 울음소리가 들려온다. 노부인의 손이 그녀의 아랫배로 내려간다.

"이야기들에게 그들의 신을 선물해 주세요. 당신의 아이를 이야기들의 이야기로 만들어요."

찰나의 깨달음 뒤에 그녀의 눈에서 눈물이 흘러내린다.

슬픔인지, 미안함인지, 환희인지 미호는 알 수가 없었다.

'내 아들…….'

"그래! 당신 아들! 그때 나한테!"

미호는 슬픔과 분노가 뒤섞인 감정에 사로잡혀 소리를 지르며 잠에서 깨어났다. 여전히 현실과 꿈과 환상이 뒤섞여 혼돈스러워하는 미호의 눈에 익숙한 집 뒷산과 텃밭과 나무숲이 보였다. 귓가에 맴도는 섬뜩한 소리에 고개를 돌려보니 온몸이 기괴하게 뒤틀린 거미의 뒤집어진 머리가 미호를 바라보고 있었다. 거미의 얼굴에는 여전히 눈물이 흘러내리고 있었다.

숲 속을 잠식한 어둠 속에서 한때는 소년이었으나 이제는 괴이들의 뒤섞인 염원으로 더럽혀진 존재가 모습을 드러내었다. 미호의 등 뒤에서 호랑이와 개의 포효가 동시에 터져 나왔다.

"어째서 날 직접 찾아왔나요? 기다리면 당신들 모두의 기도를 들어줄 텐데?"

소년의 형상을 띤 괴이의 입이 열리고 온 세상을 언어로 가득 채웠다. 감당할 수 있는 한계를 넘어서는 감각과 인지가 홍수처럼 밀려들어왔다. 검둥이는 고통에 찬 비명을 내지르며 텃밭 위를 나뒹굴었다. 미호는 귀를 틀어막고 산길에 주저앉았다.

"넌. 뭐냐. 이름도. 이야기도. 없는. 괴이야."

빛과 어둠을 동시에 빨아들이는 거대한 호랑이의 몸체가 미호의 옆을 스쳐 지나가며 포효했다. 한 번도 사용해 본 적이 없는 감각기관을 비집어 열고 강제적으로 주입되는 의미의 조합이 온몸을 뒤흔들며 머릿속에서 제멋대로 조립되었다.

"이름도 이야기도 없지만 존재만은 뚜렷한 이를 신이라고 하지 않나요? 아니 생명이 존재한 이래로 모든 이의 기도에 응답해 준 존재는 아무도 없었으니 날 신들의 신이라 불러도 좋아요."

"네가. 하는. 짓은. 세계의. 질서를. 깨고. 혼돈만을. 불러온다. 당장. 그만둬라."

"질서란 건 소수의 염원만을 충족시키기 위해 다수의 희생 위에 이루어지는 거잖아요. 난 모두의 염원을 다 이루어 주려 하는 거예요. 사람들의 인정 없이도 괴이들이 있는 그대로 존재하는 세계……."

"넌. 거짓되고. 공허한. 존재다. 의지도. 없이. 타인의. 일그러진. 상만을. 비춰 주는. 텅빈. 거울이다."

둘의 대화에 세계가 뒤틀리고 무너져 내리고 다시 재조립되어 온전해졌다.

'제발 그만해! 둘 다!'

입을 열어 소리를 질렀다고 생각하지만 미호의 의사는 그 누구의 귀에도 전달되지 않았다. 바닥에 납작 엎드린 거미의 눈과 귀에서 피가 흘러내리는 게 보였다.

'나도 저 꼴일 거야…… 멈춰야 해.'

"시답. 잖은. 궤변은. 어느. 얼치기. 혁명가의. 싸구려. 염원을. 반영. 하는. 것이냐. 넌. 지금. 누구를. 비추는. 거울이냐."

"아저씨는 형편없는 이야기꾼이네요. 불행한 이들의 염원은 외면한 채 거짓된 싸구려 위안을 던져주는 나쁜 이야기꾼요. 그런데 정작 아저씨도 자기 이야기가 뭔지, 자신이 바라는 게 뭔지 잘 모르고 있거나 외면하고 있네요?"

"무슨. 소리냐."

순간적으로 호랑이의 몸이 움츠러드는 것처럼 보였다.

"아저씨가 바라는 건 뭔데요? 아저씨가 쓰는 거짓된 이야기 말고 아저씨의 진짜 이야기는 뭘까요? 늘 감정을 말하지만 그건 다 꾸며낸 거죠? 슬퍼할 수 없어 슬프고, 두려워할 수 없어 두려운 게 아저씨잖아요? 아저씨 소원을 내가 들어줄게요. 진짜 감정과 이야기를 줄게요."

"그게 무슨?"

조풍은 어리둥절한 표정으로 자신의 몸을 한참 동안 내려다보았다. 여전히 믿기지 않는 눈초리로 두 손을 들어 올려 눈가로 가져가더니 가느다랗게 몸을 떨었다. 초월적인 두 존재의 의지가 충돌하며 만들어 내던 지독한 공명은 사라졌다.

"이제 아저씨는 두려움을 느낄 수 있어요. 죽을 수도 있어요. 아저씨가 바라는 진짜 이야기를 가지게 된 거예요!"

조풍의 얼굴에 처음 보는 표정이 떠올랐다. 바라보기 두려울 정도의 격렬한 분노의 표정은 이내 감출 수 없는 기대와 희열의 표정으로 뒤덮였다.

미호 씨 좀 도와줘야겠는데? 이 녀석이 미호 씨의 힘의 근원이 되는 한 이 녀석을 처치할 수 있는 건 미호 씨뿐이야. 내가 어떻게든 붙잡아서 움직임을 멈출 테니 그때……

머리를 파고드는 음성과는 무관하게 조풍은 소년의 형상을 한 존재에게 걸어갔다. 미호는 말없이 등 뒤에서 화살을 꺼내 활시위에 걸었다. 어디에서 나온 것인지 어느새 조풍의 양손에는 길고 짧은 두 자루의 검이 들려 있었다.

"시건방진 짓을 다하는구나! 내가 진짜로 원하는 게 궁금해? 너 같은 놈을 목숨 걸고 쳐 죽여 보는 게 소원이었다!"

조풍의 함성은 이전처럼 두려움을 불러일으키지 않았다. 어쩌면 그 외침 속에 묻어 나오는 뚜렷한 기쁨 때문일 터였다. 조풍의 검이 눈에 보이지 않을 정도의 속도로 소년을 베어 들어갔다. 소년은 가느다란 갈색 손을 들어 올려 맨몸으로 검날을 막아냈다. 조풍의 검과 소년의 팔이 맞부딪힐 때마다 경쾌한 캉 소리가 들려왔다.

"소원을 들어준다고? 그럼 내 손에 죽어라! 그게 내 소원이다!"

조풍의 외침은 이제 기쁨에 겨운 함성처럼 들렸다.

"왜? 전능하다며? 그럼 내 소원 먼저 들어주고 죽어 나자빠진 채로 다른 이들 소원도 들어줘 봐라! 얼치기 신 흉내나 내는 괴이놈아!"

미호의 눈에는 더 이상 둘의 움직임이 보이지 않았다. 소년의 갈색 피부와 조풍의 검은 옷이 어우러져 만들어내는 혼탁한 색채의 조합만이 보였다.

"인간들이 언어를 가졌을 때부터 살아 왔다면서 아저씨는 여전히 어른스럽지 못한 떼를 쓰네요."

"저기 땅바닥에 기어 다니는 니 어미의 소원은 왜 안 들어주지? 그토록 전능하다면서 힘도 다 잃은 나 하나 상대하기 벅차 그건 못하겠나 보지?"

"아! 거미의 소원은 이미 이루어졌고, 이루어질 거예요! 나한테는 시간도 의미가 없으니 과거와 현재와 미래의 모든 존재의 소원을 들어주고 있는 거예요!"

검과 맨살의 충돌이 만들어 내는 소음의 박자가 점점 격렬해졌다.

"네놈의 신 흉내 때문에 벌써 셀 수도 없는 이들의 이야기가 끝이 났다. 뭔놈의 신이 생명을, 문명을, 질서를 스스로 무너트리면서 자랑스러워하나?"

"그게 모두가 바라는 걸 다 들어주는 방법이거든요. 가령……."

이제는 지속적인 소리처럼 들리던 검과 피부의 격돌음이 돌연 멈추었다. 소년은 양손으로 조풍의 손목을 움켜잡고 있었다. 그 힘을 감당

못하는 듯 조풍의 몸이 부들부들 떨렸다.

"아저씨의 검들에도 이야기가 있고 염원이 있는 걸 알고 있어요?"

소년이 가볍게 손을 비틀자 조풍의 오른손이 끊어졌다. 소년은 여전히 기다란 검을 쥐고 있는 조풍의 오른손을 휘둘렀다. 조풍의 왼손에 쥔 짧은 검이 이를 막아섰다. 챙 하는 경쾌한 소리와 함께 두 자루의 검이 산산조각 나 허공으로 흩어졌다.

"이렇게 하나였다 갈라진 둘은 다시 하나가 되는 거죠!"

소년이 잘린 오른손을 조풍에게 던져 주며 말했다.

왼손으로 자신의 오른손을 받아든 조풍은 황홀경에 빠진 듯 커다란 미소를 짓고 있었다. 여전히 미소를 띤 채로 조풍은 뒤돌아 미호를 바라보더니 고개를 한번 끄덕여 보였다. 미호의 응답을 기다리지 않고 조풍은 자신의 잘린 오른손을 소년의 입을 향해 집어던졌다. 소년은 코웃음 치며 날아오는 조풍의 오른손을 공중에서 잡아챘다.

그와 동시에 조풍의 거대한 몸이 소년을 덮쳤다. 순식간에 소년의 등 뒤로 돌아선 조풍의 왼팔이 소년의 목을 강하게 감쌌다.

"지금!"

조풍의 외침이 터져 나오기도 전에 준비되어 있던 미호의 화살이 허공을 가르며 소년에게 날아갔다. 둔탁한 소리와 함께 어느새 몸을 돌려 세운 소년의 등 뒤에서 조풍의 몸이 방패막이가 되어 화살을 가로막았다. 왼팔의 힘이 풀리며 조풍의 몸이 소년의 발치로 흘러내렸다.

소년이 담담한 표정으로 조풍의 왼다리를 짓밟자 살과 뼈과 뜯어지는 소리가 났다.

"아저씨는 너무 귀찮네요."

"왜? 내 소원마저 들어줘야지? 두려움을 느끼게 해 주겠다며? 이 정도로는 자극이 너무 약한데?"

발과 다리가 뜯긴 채로 땅에 쓰러져 요란하게 낄낄대며 웃는 조풍의 모습이 왜인지 귀녀 할머니를 연상케 했다.

"일단 저 검은 개 소원 먼저 들어줘 볼까요?"

소년은 쓰러져 있는 조풍을 걷어차고 검둥이를 바라보았다. 꼬리를 내리고 앞다리에 체중을 싣고 납작 엎드린 검둥이의 온몸에서 식은땀이 흘러내렸다.

"넌 늘 마음껏 사냥하고 산 채로 물어 죽이고 피를 먹고 싶었지? 특히 저 아저씨 제일 물어 죽이고 싶었잖아? 잘 움직이지는 못하지만 여전히 팔팔하니 이제 하고 싶은 대로 해도 돼!"

검둥이의 붉은 눈이 횃불처럼 타올랐다. 기대감에 절반쯤 벌어진 검둥이의 입가에서 침이 길게 늘어져 땅으로 흘러내렸다. 조풍을 바라보며 천천히 한 발 한 발 내딛는 검둥이의 등 근육이 꿈틀거렸다.

"그만해!"

조풍에게 향하는 자신을 가로막고 나서는 미호를 향해 검둥이는 몸을 날렸다. 달려오는 속도를 조금도 늦추지 않고 공중으로 뛰어 오른 육중한 몸뚱이가 미호의 몸을 강타했다. 함께 나뒹굴고 쓰러지는 와중에 목덜미를 노리고 덤벼오는 검둥이의 커다란 입을 미호는 오른팔을 들어 가로막았다.

날카로운 이빨이 살점을 찢고 파고들어 뼈에 와 닿는 고통에 비명이 터져 나왔다. 흥분한 검둥이의 콧김이 날카로운 바람처럼 미호의 눈을 찔렀다. 흘러내린 미호의 피가 목구멍을 타고 들어오자 검둥이는 당혹스러운 표정으로 턱의 힘을 조금 풀었다.

"그만…… 너까지 저딴 거한테 휘둘리지 말라고!"

미호는 주춤주춤 뒤로 물러나는 검둥이의 코끝을 가볍게 때리고 일어서서 소년을 바라보았다.

"조풍 씨 말대로 너의 소원은 뭔데? 그렇게 대단한 능력을 가지고서 기껏 네가 바라는 게 이런 거야?"

살점과 근육이 찢겨 나가 너덜너덜해진 오른팔을 소년의 눈에 들이밀며 미호는 소리쳤다. 미호를 바라보는 소년의 눈에 눈물이 고였다.

"나는…… 그래…… 당신 소원도 들어줘야겠지. 당신이 바라는 건……."

"내 소원이라고? 사람들의 바람이나 염원이라는 게 생각하는 형태 그대로일 거라고 생각해? 그건 그냥…… 그냥 간절하고 절박해서 모두 조금씩 뒤틀리거나 왜곡된 형태일 거야!"

"당신이 바라는 건……."

"모든 소원은 다 같은 거야! 누군가 내 이야기를 들어 달라는 것! 그저 들어 달라는 거 그거뿐이라고!"

"이야기?"

초점 없는 눈으로 미호를 바라보는 소년의 볼을 타고 눈물이 흘러내린다.

"그래. 내 이야기…… 그리고 네 이야기. 네가 하고 싶은 이야기는 대체 뭔데?"

"난…… 이야기도…… 이름도 없어……."

"그럼 내가 너의 이름을 지어주고 이야기를 만들어 줄게! 자기 이야기도 없는 이가 어떻게 딴 사람들의 이야기를 들어줄 수 있겠어!"

양손을 들어 올린 소년이 고개를 끄덕이고 손등으로 눈물을 훔친다.

"누나. 이제 내 소원 들어줄 때 왔어요. 꼭…… 약속 지켜 줘요."

"뭐? 왜? 그게 무슨……."

"자! 이제 당신 소원 이뤄 줄 차례예요!"

소년이 양팔을 들고 거미에게 소리쳤다. 소년의 말을 기다리고 있었던 듯 거미가 소년에게 뛰어올랐다. 4개의 다리로 소년의 팔과 다리를 억누른 거미의 입이 소년의 머리로 향했다. 미호의 손이 반사적으로 화살을 시위에 걸었다. 허공을 가르고 거미의 몸통 깊숙이 틀어박힌 화살에 거미의 몸이 요동쳤다. 고통의 비명을 내지르는 거미의 입에는 소년의 살점이 묻어 있었다. 거미가 단호한 표정으로 다시 소년의 몸에 얼굴을 파묻었다.

'당신 아들이잖아! 기껏…….'

마음속에 분노와 혐오의 불길이 타올랐다. 미호는 즉시 다시 한 발의 화살을 쏘았다. 몸으로 화살을 받아내는 와중에도 거미의 입은 쉴 새가 없었다. 거미의 몸 아래에서 꿈틀거리는 소년의 몸은 어느새 축 늘어져 꼼작도 하지 않았다.

다시 한 발의 화살을 쏘았다. 이전과는 달리 화살촉은 거미의 몸에 반도 들어가 박히지 않았다.

거미가 고개를 들어 미호를 바라보았다. 거미의 뒤집힌 얼굴에 떠오른 미소가 섬뜩했다. 길게 찢어진 거미의 입이 점점 더 커다란 구멍처럼 변해 갔다. 그 눈을 마주 응시하며 미호는 화살을 쏘았다. 정확하게 거미의 미간을 때리고 화살은 땅으로 떨어져 내렸다.

땅에 떨어진 화살촉이 휘어져 있는 게 보였다. 거미의 거대한 입속으로 소년의 몸이 통째로 들어가기 시작했다.

"멈춰! 이 미친!"

미호는 벌어진 입에 돌출된 소년의 몸을 피해 거미의 목으로 화살을 쏘아 보냈다. 거미의 가느다란 목에 부딪힌 화살이 산산이 조각나 땅에 떨어졌다.

이제 전통에는 두 발의 화살밖에 남아 있지 않았다.

미호는 활을 쏘는 걸 포기하고 거미에게 달려갔다. 거미의 입 밖에 매달려 있는 소년의 다리를 잡고 잡아당겨 보지만 어미의 입속으로 빨려 들어가는 소년을 구하기에는 속수무책이었다. 거대한 무력감이 분노와 뒤섞여 미호의 몸을 떨게 만들었다.

"자기도 사람들한테 당하고 빼앗겼다 생각하면서⋯⋯. 왜 자기 아들한테도⋯⋯."

갈가리 찢긴 오른팔의 고통은 아랑곳하지 않고 미호는 거미의 얼굴에 주먹을 날렸다. 거미는 여전히 꼼짝도 하지 않았다. 미호는 전통에서 한 발의 화살을 꺼내 들고 거미의 눈을 향해 찔러 넣었다. 화살촉은 거미의 망막에 가로막혀 조금도 들어가지를 않았다.

거미의 거대한 검은자위가 미호를 바라보았다. 몸서리를 치며 소년의 남은 부위를 다 집어삼킨 거미의 다리가 미호의 몸을 후려쳤다. 뼈가 으스러지는 소리와 함께 미호의 몸이 허공에 떠올랐다.

'마지막 화살!'

한참을 날아가 땅에 처박히는 와중에도 미호는 전통에서 화살을 꺼내 손에 꼭 쥐고 있었다. 온몸이 부서지는 듯한 고통을 참으며 몸을 일으켜 시위에 화살을 거는 미호의 눈에 증오가 쏟아져 내렸다.

더 이상 거미의 형태를 취하지 않은 거대한 여자의 머리 위에는 셀수도 없이 많은 머리가 달려 있었다. 여자의 양어깨와 하복부에는 무수히 많은 팔과 다리가 달려 있었다. 무수히 많은 눈동자의 시선이 미호에게 내려 꽂혔다. 세상이 여자의 감정으로 물들고 파괴되어 갔다. 힘에 도취하여 순수한 증오를 내뿜는 여자의 얼굴들은 앞으로 벌어질 학살에 대한 기대로 미소 짓고 있었다.

그 순수한 감정의 소용돌이에 미호의 마음 깊숙한 곳이 동조했다. 해방감과 환희의 감정에 공감하며 활을 들어 올렸던 미호의 손이 내려갔다. 거대한 회색 날개의 그림자가 땅을 뒤덮는 장면이 미호의 머릿속에 떠올랐다. 땅을 기어 다니는 모든 낮의 생명체에 대한 증오와 경멸의 감정이 미호를 사로잡았다.

'부리와 발톱의 어머니시여! 증오와 경멸의 날개시여!'

부드럽게 미호의 왼쪽 다리를 파고 들어오는 송곳니의 감촉에 미호는 섬뜩 놀라 정신을 차렸다. 검둥이가 피가 배어 나오는 미호의 다리를 핥아 주더니 거대한 여자를 향해 몸을 낮추고 으르렁거렸다.

"그래! 그 난리를 치고 얻고자 했던 힘이 기껏 그거였냐!"

조풍의 기분 좋은 웃음이 미호의 귀를 사로잡았다.

"미호 씨! 저건 누구나 잘 아는 이야기야! 이미 이름도 잘 알려져 있고 진부하기 짝이 없어. 그저 힘에 굶주린 부모들이 자식을 잡아먹는 이야기지. 당신과 내가 끝낼 수 있어!"

"어떻게요! 화살도 안 통하는데!"

조풍이 미호를 바라보며 미소를 지었다.

'저렇게 웃는 모습은 처음 보는 거 같네……'

"당신의 이야기로 내게 힘을 줘! 나를 당신의 이야기의 최초의 독자로 만들어! 당신의 이야기를 향한 내 믿음이 당신에게 힘을 줄 거야! 그리고 나를 당신의 이야기로 만들어! 내게 이야기의 힘을 줘!"

힐데는 마지막으로 로뎀의 눈을 바라보았다. 로뎀은 오직 힐데만이 이해할 수 있는 표정을 지어 보였다. 잠깐이지만 영원 같은 인사를 나눈 뒤에 로뎀은 자신의 마지막 사냥감을 응시했다. 이형의 끝을 끝내기 위한 두 자루의 검, 로뎀의 송곳니가 날카롭게 빛난다. "가자 로뎀! 내 화살이 너의 이빨을 뒤따를 거야!"

거대한 호랑이가 여자를 향해 발걸음을 옮겨 놓기 시작했다. 피와 찢어진 살점으로 너덜거리던 미호의 오른손은 어느새 아물어 있었다. 더 이상 갈비뼈의 통증도 느껴지지 않았다. 미호는 숨을 고르며 거대한 어머니의 얼굴들을 바라보았다.

천천히 걸어가던 호랑이의 몸이 어둠을 가르는 빛줄기처럼 무수히 많은 얼굴들을 향해 뛰어올랐다. 크게 벌어졌던 호랑이의 거대한 턱이 닫히자 몇 개의 머리가 땅바닥에 떨어져 내렸다.

여자의 등에 올라탄 호랑이의 거대한 포효에 미호의 몸이 떨렸다. 세상을 뒤엎던 순수한 증오와 환희는 곧 좌절과 공포로 뒤바뀌었다. 수많은 팔이 등 뒤를 휘젓자 호랑이는 사뿐하게 땅 위로 뛰어내렸다. 무수히 많은 다리 사이를 맴돌며 기회를 살피는 호랑이를 향해 여자의 팔들이 내리꽂혔다. 뒷다리를 꼿꼿하게 딛고 일어선 호랑이의 거대한 앞발이 내리쳐 오는 팔을 하나씩 하나씩 쳐내자 무수히 많은 입에서 다채로운 비명의 합창이 쏟아졌다.

'아직은 아니야.'

미호는 숨을 고르며 비슷비슷한 갈색 얼굴들을 하나씩 둘러보았다. 여자의 몸을 중심으로 반시계방향으로 돌던 호랑이가 다시 한 번 뛰어올라 몇 개의 머리를 물어뜯고 땅으로 내려왔다. 여자의 잘린 머리들이 놓여 있던 목에서 피의 폭포가 쏟아졌다.

이번엔 무수히 많은 다리가 일제히 호랑이를 향해 발길질을 했다. 알고 있었다는 듯 가볍게 뒤로 뛰어 피하는 호랑이를 향해 수많은 입에서 수많은 침의 세례가 쏟아졌다. 침에 닿은 호랑이의 몸에서 연기가 피어올랐다. 눈에도 침이 들어간 듯 호랑이가 앞발로 눈을 비비는 사이에 거대한 손들이 내려와 호랑이의 팔다리를 하나씩 움켜잡았다.

커다란 승리의 웃음소리가 합창이 되어 울려 퍼졌다.

'아직.'

천천히 호랑이를 들어 올린 여자의 무수히 많은 머리가 호랑이의 목을 향해 다가갔다. 여자의 손들에서 뜯겨 나간 호랑이의 팔다리가 떨어졌다. 사지가 잘린 호랑이의 몸이 무수히 많은 입안에서 잘게 찢겨 씹혔다. 잘린 호랑이의 머리가 바닥에 떨어졌다. 여전히 숨을 헐떡이는 호랑이의 눈과 미호의 눈이 마주쳤다.

알 수 없는 감정에 사로잡혀 미호는 화살을 여자의 머리 중 하나에 날려 보냈다. 여자의 머리 하나가 뒤로 젖혀지자 나머지 머리들의 시선이 일제히 미호에게 꽂혔다. 미호를 바라보는 얼굴들의 입가엔 호랑이의 살점과 피과 털이 가득히 묻어 있다. 눈을 돌리지 않고 미호는 그 시선 하나하나를 마주보았다. 얼굴들 사이에서 낯익은 소년의 얼굴이 눈에 띄자 미호는 심장이 쥐어 짜이는 듯한 기분을 느꼈다.

셀 수 없이 많은 거대한 팔들이 미호를 향해 내려왔다. 그 사이로 호랑이의 잘린 머리가 땅을 기고 날아올라 소년의 목을 물어뜯었다. 높고 낮은 비명들의 합창이 세상을 가득 메웠다. 거대한 다리들이 일제히 무릎 꿇고 주저앉았다. 수많은 팔이 소년의 목을 단단히 물고 있는 호랑이의 잘린 머리를 향해 다가갔다.

'지금이야! 지금!'

당장 화살을 내쏘기를 부추기는 온몸의 감각을 배반하듯 미호의 오른손은 텅 빈 전통 위를 방황했다. 소년의 눈이 애원하듯 미호를 바라보았다. 절망감에 사로잡혀 미호는 소년의 시선을 회피했다.

요란한 검둥이의 콧김이 미호의 빈 오른손에 와 닿았다. 격렬하게 꼬리를 흔드는 검둥이의 입에는 흙에 묻어 더러워진 화살이 물려 있었다.

'이거…….'

손에 쥐어진 화살은 좀 전까지의 것들과 달리 가볍고 무게중심도 잘 맞지 않았다.

'내가 처음 여기 와서 쏘았던 화살.'

생각을 거치지 않고 미호의 몸이 화살을 시위에 걸었다. 미호는 소년의 눈을 바라보았다. 소년의 목을 물고 있는 호랑이의 잘린 머리의 턱이 힘없이 벌어지기 시작했다. 미호를 바라보는 소년의 눈에 눈물이 흘러내렸다. 소년의 입이 천천히 벌어졌다. 그 사이로 새어 나온 소리가 언어를 만들었고 의미를 전달했다.

미호는 소년을 마주 보며 고개를 끄덕였다. 소년의 두 눈 사이를 바라보며 겨냥 없이 시위를 당기고 화살을 쏘아 내보냈다.

최초로 쏘아졌고 빗나갔던 화살은 이번에는 제대로 목표를 찾아갔다.

그렇게 소년의 이야기는 끝이 났다.

에필로그

"만약 그때 할머니 말대로 거미를 죽였더라면, 이런 일은 없었겠죠?"

"알 수 없지. 거미가 그때 죽었더라면 세상이 여전히 지금과 같은 모습일 거라고 누가 장담할 수 있겠나?"

"그게 무슨 말씀이세요? 그 여자는 자기 애를 죽이고 그 힘을 뺏으려 했다고요! 조풍 씨도 그 여자 손에 죽었다고요!"

"미호…… 조풍 선생은…… 잊혀지지 않은 이야기는 언제라도 다시 돌아온다네. 그리고 자넨 도철이 나를 살릴 거라고 상상이라도 해 보았나? 도철의 의도가 무엇이었는지 나는 모르네. 그래도 결과적으로 내 목숨을 구했잖은가? 거미가 정말로 단지 아이의 힘을 탐해서 그런 거였나? 어쩌면 그것…… 그 아이를 해방해 주기 위해 그런 것일지도 모르지 않는가? 조풍 선생이 한 말을 떠올려 보게."

조풍은 이름이 있고 알려진 이야기는 끝을 낼 수 있다고 했다.

"할머니는 그런 해석이 더 마음에 드시나 보군요."

"그래, 적어도 자네의 끔찍한 이야기보다는 더 마음에 든다네."

미호는 수화기에서 입을 떼고 한숨을 내쉬었다.

"서울은 지내실 만해요?"

"말도 말게. 도철이 지키던 도시지 않는가? 정신 나간 수호자에 딱 어울리는 정신 나간 도시지. 자넨 이런 난장판에서 도대체 어떻게 살았었나?"

미호의 입에서 킥킥 하는 웃음이 터져 나왔다.

"그래도 등산할 만한 데도 많고 하잖아요. 할머니가 좋아하실 거 같은데요?"

"아…… 그래. 언제 자네 올라오면 같이 산이나 다시 한 번 가세."

아버지의 죽음에 관해 묻고 싶은 갈망을 미호는 애써 눌러 참았다.

"네, 다음번에 들를 때 연락드릴게요."

일어난 일은 아버지의 심장 근육이 약해져 뇌로 보내야 할 피를 제 때 보내지 못했다는 것이다.

미호는 그걸 어떤 이야기로 만들어 내야 할 필요를 지금은 느끼지 못했다.

* * *

"언니! 도대체 뭐하느라고 또 연락도 없고! 걱정했잖아!"

"바빴어. 야, 그것보다 나 쓰던 장편 마무리 지었다!"

"오오, 축하해! 이제 또 열심히 여기저기에 투고해 봐야겠네?"

"응. 그래야지."

"그때 그 기분 나쁜 아저씨네 출판사에도 넣어 봐. 그래도 언니 좋아하는 것 같던데 좀 도움 주지 않을까?"

조풍의 마지막 모습이 떠올라 가슴 한구석이 찔린 듯 아프다.

"아니, 거긴 안 보낼 거야. 것보다 서울에는 별일 없었어?"

"'서울에는'이라니?"

"며칠 전에 뭐 이상한 일 같은 거…….."

"언니 요새 인터넷도 안 보고 살아? 맨날 별의별 일이 다 일어나지!"

이계리에서 일어난 일은 오직 미호에게만 의미가 있을 뿐이었다.

"것보다 언니 서울 진짜 안 와? 이 부장이 말한 건 생각해 봤어?"

"좀 고민되네. 여기 친한 사람들도 다……. 아무튼, 늦어도 다음 주쯤 에는 서울 갈 거야. 요번에도 안 가면 엄마가 나 죽일지도 몰라."

"그럼 와서 연락해. 우리 집에서 밤새 술 먹고 놀자!"

"너도 어지간하다. 아직도 애인 없어?"

"언니나 신경 쓰셔. 이전엔 멀쩡한 사람들 잘 사귀더니 이상한 시골 아저씨들이랑만 어울리지를 않나."

세연의 말에 전 남자친구의 모습을 떠올리려 해 보아도 얼굴도 잘 기억나지 않았다. 괜한 짓을 했다는 생각에 미호는 코웃음을 쳤다.

"나 부를 거면 일단 니 원룸 담배 냄새는 다 좀 빼고 불러라?"

"아아, 그때 이후로 청소 업체 불러서 싹 없앴네요!"

"그래, 잘했어. 그럼 다음 주에 가서 연락할게."

* * *

"자꾸 눈을 찔러."

대문을 사이에 두고 요란하게 짖는 검둥이는 무시하고 포뢰가 자신의 앞머리를 가리킨다.

"너 자꾸 왜 나한테…… 내가 그때 준 머리끈은 어쩌고?"

마지막으로 본 지 얼마 지나지도 않은 것 같은데 포뢰의 몸은 눈에 띄게 자라 있었다. 이제 제법 선이 고운 미소년의 티가 나는 포뢰의 얼굴을 제멋대로 뒤덮은 긴 머리가 미호의 눈에 밟혔다.

"잃어버렸어…… 미안."

한숨을 내쉰 미호는 2층으로 올라가 주방 가위를 들고 내려왔다.

"이거 내가 자르면 보기 흉할 거야. 그리고 김치나 자르는 가윈데."

포뢰는 얌전한 강아지처럼 미호의 손길에 머리를 내맡겼다. 쥐어뜯긴 듯 볼썽사납게 잘린 포뢰의 앞머리를 보며 미호는 죄책감을 느꼈다.

"야, 이거 도저히 안 되겠다. 제발 읍내 미용실을 가!"

"데려가 줘, 그럼."

"말했지? 나 너 엄청 싫어한다. 자꾸…….'

서늘한 포뢰의 눈동자가 흔들림 없이 미호를 응시했다. 그 모습에서 갈색 얼굴 소년의 눈망울이 떠올라 마음 한편이 무거워졌다.

'난 여전히 니가 죽도록 혐오스럽다…….'

마음속에서 타오르는 감정을 억누르며 미호는 한숨을 내쉬었다.

"안 되겠다. 차에 타."

"읍내 가는 거야?"

"아니. 니 아빠인지 엄마인지 하는 양반 만나서 좀 따져야겠다."

순순히 조풍의 차에 올라탄 포뢰와 함께 미호는 마을 회관으로 갔다. 마을 회관 옆 공터에 대충 차를 세우고 이장의 집으로 걸어가는 미호의 뒤를 포뢰는 말없이 따라왔다.

"이장님! 계세요? 들어갑니다!"

대답을 기다리지 않고 열린 대문을 넘어서자 조풍의 모습을 한 이장이 미호를 반겼다. 흠칫 놀라는 미호를 보며 이장은 묵례를 보냈다.

　"미호 씨. 오랜만이네요? 어쩐 일이세요?"

　"이장님 아들…… 포뢰 좀 신경 써 주시죠? 제가 괜히 나서기는 싫지만 이건 아동 방임이라고요."

　"용을 인간의 잣대로 생각하시면 안 되죠."

　"그럼 용의 잣대는 뭔데요? 아빠인지 엄마인지는 모르겠지만 자기 자식들끼리 서로 죽고 죽이고 걸 그냥 구경만 하는 게 그 잘나신 용의 잣대인가요?"

　이장의 모습은 이제 김 서방의 형태를 띠고 있었다. 흐리한 김 서방의 이목구비를 바라보는 미호의 마음속에 분노의 불씨가 번져 갔다.

　"용은 일정한 형이 없고, 실체도 없어 세상 어떤 일에도 관여할 수 없고 하지 않는 법이지요."

　"당신 아들은 세상 구하려고 자기 목숨 내던졌어……. 그리고 세상 일에 관여하지 않는다는 분이 왜 이곳에서 이장 노릇은 하고 있지?"

　이제는 누구라고 특정하기 힘든 외모를 한 이장이 온화한 미소를 지으며 미호를 똑바로 바라보았다.

　"그러게요. 이계리 주민들이 왜 절 이장으로 뽑았을까요? 마침 임기도 끝나가니 다음번 이장 투표에 미호 씨가 한번 나와 보는 것도 좋겠군요. 이계리 주민들 사이에서는 미호 씨 평판이 높으니 가능성도 충분할 테고요."

　"못할 것도 없죠……. 다음 이장 투표가 언젠데요?"

　이장의 대답을 한 귀로 흘려들으며 미호는 포뢰의 손을 잡아끌고 차를 세워 둔 공터로 걸어갔다.

"읍내 가자!"

* * *

이계리의 밤은 점점 더 깊고 어두워져 갔다. 밤마다 바람결에 속삭이는 목소리들이, 산새들의 울음소리가 미호의 이름을 언급하는 게 들려왔다. 미호가 잠이 들면 검둥이는 뒷산으로 올라가 길고 고단한 사냥을 계속했다. 깊고 긴 밤이 지나 해가 떠오를 때 미호를 반기는 검둥이의 숨결에서 풍겨오는 피비린내가 미호를 몸서리치게 했다.

"언니랑 같이 그냥 서울 갈래? 여기 내가 계속 있을 이유도 없고. 넓은 데서 자유롭게 있다가 비좁은 아파트에 갇혀 있으면 갑갑하려나? 밤마다 사람 없을 때 언니가 데리고 뛰고 하면 안 될까?"

딱히 검둥이가 들으라고 하는 말은 아니었다. 조용히 혼잣말을 듣고 있는 검둥이를 바라보다 미호는 문뜩 생각이 떠올랐다.

'그래, 간만에 산책이나 다녀오자.'

이전에 사둔 굵은 가슴 줄은 이제 검둥이의 덩치에 어울리지 않게 얇고 불안할 정도로 약해 보였다. 대문을 나서 텅 비고 버려진 귀녀 할머니의 집을 바라보자 마음이 더 무거워졌다.

"일단 저기 정자까지 가서 한번 쉬자."

숨을 한번 몰아쉬고 가슴 줄을 짧게 쥔 채로 미호는 달리기 시작했다. 미호의 옆에 바짝 붙어 달리는 검둥이의 혀가 바람에 날렸다.

"그래도 언니 이제 완전 잘 뛰지?"

전속력으로 달리는 와중에 말을 내뱉어도 전혀 숨이 차지 않았다.

정자에는 낯익은 얼굴들이 먼저 자리를 차지하고 있었다.

"하이고! 뭔 개가 저리 크노!"

"저게 개가? 곰이가?"

미호는 가슴 줄을 더 짧게 쥐고 반갑게 웃으며 인사를 건넸다.

"그래, 미호, 글 좀 많이 썼나?"

"아…… 예."

미호는 출판도 되지 않은 자신의 글을 화제의 중심에 올리고 싶지 않았다.

"어르신들 요새는 무슨 책 보세요? 저도 유행 하는 것 좀 분석하고 하려고요."

"내가 요새 뭘 보드라?"

"내는 돌고 돌아 그래도 『백호전생』이 젤루 재미나더라!"

"뭐라 카노? 니 그 거짓부렁 또 보나?"

『백호전생』이란 이름에 떠오르는 얼굴이 미호의 마음에 파문을 일으켰다. 미호는 괜히 붉어지는 눈시울을 손등으로 누르며 건성으로 인사를 하고 자리를 피했다.

  잊히지 않는 이야기는 언제라도 다시 돌아온다…….

머릿속에 의미 없는 문장이 맴돌았다.

"잠깐 저수지까지만 갔다가 집에 들어가자."

아까와는 달리 조금은 힘 빠진 걸음으로 미호는 임도를 올라가기 시작했다. 처음 왔을 때는 그토록 힘들었던 언덕길이지만 지금은 평지를 걷는 것과 별다른 차이가 느껴지지 않았다. 모든 문이 활짝 열린 김 서방의 집은 을씨년스러운 분위기를 자아냈다.

"이제 주인도 없는데 여기 들어가면 안 되겠지."

검둥이가 걱정스러운 표정으로 미호를 올려다보았다. 집 뒤편 산속에서 낮 부엉이의 후후 하는 긴 울음소리가 들려왔다. 괜히 소름이 돋아 미호는 발걸음을 다시 돌려 저수지 방향으로 걸어갔다.

'그때 정신 차리고 보니 다시 저수지에 빠져 있었지. 잠깐 물에 빠져 정신 잃은 것처럼.'

사라진 이들과는 무관하게 세상은 변한 게 없어 보였다.

'돌아가자, 서울에. 검둥이도 원체 똑똑하고 사람 말 잘 알아들으니 엄마도 뭐라 하지 않을거야.'

멍하게 저수지의 물을 바라보는 미호의 등 뒤에서 발걸음 소리가 들려왔다. 낮게 으르렁대는 검둥이의 시선을 따라 미호는 몸을 돌렸다. 담벼락에 가려진 산중 소로에서 네 개의 다리를 바삐 놀리는 짐승이 다가오고 있었다. 순간 미호는 활을 가져오지 않은 걸 후회했다. 꽉 잡은 검둥이의 가슴 끈을 느슨하게 풀며 미호는 곧장 내달릴 수 있도록 온몸을 긴장시켰다.

담벼락에서 튀어나온 건 삼색의 고양이였다. 절로 긴장이 풀리며 긴 한숨이 새어 나왔다. 미호에게 다가오는 고양이의 걸음이 부자연스러웠다.

"너 입에 그게 뭐야?"

미호의 물음에 고양이는 대답할 수가 없었다. 고양이의 입에 물린 작은 호랑이 새끼가 날카로운 울음을 터트렸다.

미호는 저도 모르게 눈가가 뻐근해졌다.

'할머니가…… 잊히지 않은 이야기는 언제라도 돌아온다고…….'

고양이는 자기 몸집만 한 호랑이 새끼를 미호의 발치에 내려놓고 힘겹게 숨을 헐떡였다. 몸을 움크리고 호랑이를 쓰다듬는 미호를 보며 검둥이는 불편한 콧김을 내뱉었다.

'포뢰가 그 정도로 자라는데 얼마나 걸린 거였지?'

어찌 되었건 사람보다는 빨리 자랄 게 분명해 보였다.

'그래도 한동안은 새끼니 내가 좀 데리고 놀 수 있겠지? 귀여우니 훨 보기 좋네!'

미호의 손을 네 다리로 끌어안고 아프도록 손가락을 잘근잘근 깨무는 호랑이를 거칠게 바닥에 굴리며 미호는 웃음을 터트렸다.

잊히지 않은 이야기는 언제라도 돌아온다.

미호는 김 서방의 얼굴과 소년의 얼굴을 떠올렸다.

〈끝〉

하찮은 이야기

아직도 턱이 얼얼하다. 그 무엇도 뚫지 못할 것만 같았던 조풍의 목덜미를 파고 들어갔던 예리한 이빨의 감촉이 아직도 생생하다.

나의 날카로운 이빨 앞에선 조풍이라 할지라도 꼼짝 할 수 없지!

이제 이계리에 남아 있는 수호자는 없다. 조풍과 이계의 왕이 쳐 놓은 울타리는 무너지고, 닫혔던 문은 다시 활짝 열렸다.

그래도 저 여자는 조심해야 해!

짓궂은 표정으로 어린 조풍을 거칠게 마당에서 굴리고 있는 미호의 모습을 그는 한참 동안 바라보았다. 그조차도 접해 본 적이 없는 이형의 존재를 해치운 여자다. 그토록 강대하던 조풍의 입에서 들어볼 거라 생각해 본 적이 없었던 초라한 옹알거림이 터져 나왔다. 분노로 가득 찬 조풍의 포효는 아랑곳하지 않고 여자는 커다란 웃음소리를 낸다.

정말 무서운 여자야……

하지만 이형의 존재의 감정이 부리와 발톱의 어머니를 긴 잠에서 깨웠다. 그녀는 증오와 경멸의 날개를 활짝 펴고 조금씩 이곳으로 넘어오고 있다. 잠시 동안은 부리와 발톱의 어머니의 날개 아래 정체를 숨길 수 있을 것이다.

하지만 그녀 역시 내 야망을 이루기 위한 도구일 뿐이지……. 결국엔 이겨리가, 세상이 내 날카로운 발톱 아래에서 신음할 것이다!

기분 좋은 야오옹 소리를 내며 고양이는 햇살에 뜨겁게 달구어진 계단참에 몸을 대고 긴 기지개를 켠다.

이계리 판타지아

1판 1쇄 찍음 2018년 12월 24일
1판 1쇄 펴냄 2018년 12월 31일

지은이 | 이시우
발행인 | 박근섭
편집인 | 김준혁
책임편집 | 최고운
펴낸곳 | 황금가지

출판등록 | 2009. 10. 8 (제2009-000273호)
주소 | 06027 서울 강남구 도산대로 1길 62 강남출판문화센터 5층
전화 | 영업부 515-2000 **편집부** 3446-8774 **팩시밀리** 515-2007
홈페이지 | www.goldenbough.co.kr

도서 파본 등의 이유로 반송이 필요할 경우에는 구매처에서 교환하시고
출판사 교환이 필요할 경우에는 아래 주소로 반송 사유를 적어 도서와 함께 보내주세요.
06027 서울 강남구 도산대로 1길 62 강남출판문화센터 6층 민음인 마케팅부

© ㈜민음인, 2018. Printed in Seoul, Korea
ISBN 979-11-5888-486-4 03810

㈜민음인은 민음사 출판 그룹의 자회사입니다.
황금가지는 ㈜민음인의 픽션 전문 출간 브랜드입니다.

종이책의 감성을 온라인으로
황금가지의
온라인 소설 플랫폼

인기 출판소설 무료 연재 중!